벤츠가 되는 법

벤츠가 되는 법

초판 1쇄 인쇄일 2017년 09월 20일
초판 1쇄 발행일 2017년 09월 25일

지은이 | 신은진
펴낸이 | 김기선

편집장 | 김은지
편집부 | 임종성, 박지은, 김지현, 김아름
디자인 | 한주희

펴낸곳 | 와이엠북스(YMBOOKS)
출판등록 | 2012년 7월 17일 (제382-2012-000021호)
주소 | 서울시 도봉구 노해로 379, 802호(창동, 대성빌딩)
전화 | 02)906-7768 / **팩스** | 02)906-7769
E-mail | ymbooks@nate.com

ISBN 979-11-322-4280-2 03810

값 10,000원

신은진
장편소설

YMBOOKS
ROMANCE
STORY

벤츠가
되는 법

BOOKS

차 례

프롤로그

〈오늘의 할 일 : TR모터스 면접〉

깜찍한 다이어리를 넘기자 바로 나온 오늘자 페이지엔 동글동글한 글씨로 그렇게 쓰여 있었다. 세연은 떨리는 손으로 작은 네모 옆에 브이체크를 했다. 그런 다음 '이세준 팀장 만남'이라고 첨가하고는 느낌표를 20개 정도 붙여 넣었다.

"애썼어. 수고했어."

마침표를 찍은 세연이 만족한 얼굴로 크게 숨을 들이마셨다. 정말 이제 다 끝났다. 그녀는 막 면접을 끝내고 나온 참이었다. 그것도 아주 잘 본 것 같다.

"꺄악."

다리를 동동 굴러 기쁨의 세리머니를 초당 5회 정도 정신없이 표현한 다음 이내 멈추고 숨을 들이마셨다. 그녀의 꼭 쥔 손 마디

마디에 각기 다른 색깔의 펜들도 허공에서 춤을 추다 멎었다. 결과가 어떻게 나오든 최선을 다했으니 면접은 그것으로 됐다. 어쩐지 느낌이 좋았다.

'성적이 아주 우수하군요. 쌓아놓은 스펙도 훌륭하고. 그런데 TR에만 지원을 한 이유가 있을 것 같은데, 그게 뭐죠?'

아직도 그 목소리의 울림이 심장 어딘가에 남아 있는 것 같다. 검고 어두운 눈동자가 오롯이 그녀를 향해 질문을 던지고 있었다. 정신을 잃지 않고 제대로 대답했다는 것 하나만으로도 그녀는 오늘 충분히 제 몫을 다한 거다.

미친 외모였다. 면접관으로 앉아 있던 이세준 팀장은 잡지 인터뷰와 인터넷 검색으로 찾아본 사진보다 열 배는 더 근사했다. 짙은 눈썹과 그 사이로 곧게 뻗어 있는 콧날, 적당한 크기의 윤기 있는 입술, 그리고 입사지원서에 집중하느라 살짝 찌푸린 길고 서늘한 두 눈까지. 완벽하지 않은 곳이 없었다. 모든 것이 조화로웠고 잡티 하나 없는 피부는 그의 외모에 정점을 찍었다.

'TR에서 출시한 하이브리드 엔진 TR-3에 깊은 감명을 받았습니다. 제 손으로 직접 만져보고 참여해 보고 싶었습니다. TR이 아니면 제겐 의미가 없습니다."

면접장의 모두를 만족시킨 대답인지는 확실치 않았다. 하지만 살짝 훔쳐본 이세준 팀장의 입꼬리가 올라간 것 같은 착각이 들었다. 그것이면 됐다. 미국에서 스카우트되어 현재 계약직으로 있는 이세준 팀장이 TR에 몸담고 있는 동안 그와 함께 일하고 싶었다.

"하아……."

자판기 커피가 꿀처럼 달다. 어쩜 이 회사는 자판기 커피마저 이렇게 맛있는지.

면접이 끝나고 면접장 건물 뒤쪽으로 돌아오니 자판기와 함께 한적한 벤치가 놓여 있었다. 벅차고 떨리는 가슴을 가라앉히기 위해 그녀는 잠시 앉아 있다 가기로 했다. 남은 커피를 호로록 들이 컨 세연은 오늘의 할 일 두 번째 문항을 눈을 찌푸리며 들여다보았다.

〈2. 우석과 헤어지기〉

문항 옆의 작은 네모는 빈칸이었다. 이번엔 그녀가 우울하고도 깊은 한숨을 내쉬었다.

이건 참 뭐라고 해야 할지. 꼭 오늘 해야 할 일도 아니었는데.

하지만 1년이 넘도록 그녀의 다이어리 오늘의 할 일에 적혀 있는 문항이었다. 이제는 어떻게든 끝을 내야 했다. 그녀도 그녀의 남자 친구도 알고 있었다. 다만 누가 먼저 그 말을 꺼내느냐 그것이 문제였다. 일종의 끝이 보이는 커플의 버티기였다.

먼저 헤어지자고 하는 사람이 악역이 되는 것.

과 커플인 그들 사이의 불문율이었다. 친구들과 지인들, 선후배, 그리고 앞으로 사적으로 업무적으로 만나고 엮이게 될 모든 사람들이 얽혀 있기 때문이었다.

그래, 오늘은 말고.

세연이 손에 쥐었던 펜을 정리하며 다이어리를 툭 소리가 나도록 덮었다.

"한세연 씨죠? 마지막에 면접 들어왔던."

갑자기 들려온 목소리에 손에 들고 있던 종이컵을 툭 떨어뜨렸다. 빈 종이컵이 또그르르 굴러가서 검은 구두에 부딪쳐 멈췄다.

다이어리에서 눈을 든 그녀의 눈앞에 믿을 수 없는 일이 벌어져 있었다. 그 사람이다.

"티, 팀장님? 이세준 팀장님! 안녕하세요?"

세연이 자리에서 벌떡 일어나 그에게 인사했다. 그 바람에 채 닫지 못한 가방과 무릎에 놓여 있던 펜과 다이어리가 와르르 바닥에 쏟아졌다.

"저런. 내가 놀라게 했어요?"

오히려 당황한 건 그인 것 같았다. 쏜살같이 다가와 허리를 굽히고는 떨어진 물건들을 주워 올렸다.

"아, 아닙니다. 제가 더 놀라 가지고."

영문을 알 수 없는 대답을 던져놓은 줄도 모르고 그녀는 그가 건네주는 물건을 받아 가방에 정신없이 챙겨 넣었다.

"휴대폰 떨어뜨린 것 같아서 따라왔어요. 이거 한세연 씨 거 맞죠?"

심장이 몸에 혈액을 공급하는 소리가 시끄럽게 귀를 때렸다.

우와, 이게 다 무슨 일이야. 이거 내 심장 소리 맞지?

"네, 제 거 맞아요. 그런데 이게 왜."

"한세연 씨가 마지막 면접자라 다행이었어요. 대기실에 놓여 있던 걸 안내하던 직원이 발견해서 가져왔더군요."

그녀는 그리 덤벙대는 성격은 아니었다. 그만큼 오늘은 정신이 없었다는 얘기다.

"감사합니다."

"그런데 혹시 아버님이 항우연(항공우주연구원)의 한상렬 박사님이신가요?"

휴대폰을 그녀의 손에 건네주며 세준이 심상하게 물었다. 떨어뜨린 모든 것을 가방에 쓸어 담고 방금 받은 휴대폰도 욱여넣던 참이었다. 지퍼를 닫으려던 세연의 손이 미세하게 떨리며 멈췄다.

"아버님…… 이면 우리 아빤데, 아빠가 박사니까 한상렬 박사인 것도 맞는데요. 아, 항우연……."

벌어진 입이 무척이나 흉할 것이라고 뇌에서 신호를 보내왔지만 좀체로 벌린 입을 다물 수가 없다.

TR의 입사지원서에는 간단한 가족관계 정도만 기입하게 되어 있었다. 아버지의 이름만 보고 직업을 유추해내었다는 것은 그녀의 아버지를 이미 알고 있다는 의미였다. 모든 것이 조합되자 멍청한 뇌가 다시 활성화됐다. 그녀의 치명적인 단점은 위기상황인 이 순간에 그 능력을 십분 발휘하고 있었다.

"아, 네. 맞아요. 아버지세요. 그런데 어떻게 아세요?"

하지만 그런 걸 신경 쓸 때가 아니었다. 이런 천재일우의 기회가! 동경하던 상대와의 일대일 대화다. 게다가 그는 그녀에게 관심을 가지고 있다. 뭐, 그녀가 아닌 그녀의 아버지에 대한 것이었지만 그런 사소한 건 제쳐두기로 했다.

"흐음……."

그는 세연의 질문에 미간을 살짝 찌푸리는가 싶더니 대답 대신 손가락으로 턱을 쓸었다. 대답을 기다리던 세연은 멍하니 그의 얼굴을 쳐다보며 서 있었다. 그와 눈이 마주친 순간, 그는 할 말이 많은 것 같은 눈빛으로 그녀를 가만히 응시했다.

"……."

그 눈빛에 홀려 세연은 끝도 없이 그의 눈동자의 움직임을 좇았다. 그런 그녀를 바라보며 말을 더듬는 그를 인식할 새도 없었다.

"아, 예. 아마……. 워낙 유명하시니까요. 음, 지난번 논문 잘 봤습니다. 학술상 받으신 것도, 축하드린다고 전해주세요."

"네, 네에. 그럴게요."

세연이 멍하니 그렇게 대답했다.

"한세연 씨, 나도 묻고 싶은 게 있는데."

그가 고개를 숙이고 바지 주머니에 손을 꽂아 넣었다. 그로 인해 겨우 그의 눈동자에서 벗어날 수 있었던 세연은 뒤늦게 자신이 한 짓을 깨닫고 신음을 삼켜야 했다. 미쳤다, 미쳤어. 얼굴을 그렇게 뚫어지게 쳐다봤으니. 아마도 그는 곤혹스러워하고 있는 것이리라.

"네, 말씀하세요."

순식간에 불타오르는 자신의 얼굴을 숨기고자 세연도 고개를 숙였다.

"……혹시 날 알아요?"

그가 한참을 머뭇대다 그녀에게 물었다. 세연의 고개가 번쩍 들렸다.

아냐고? 아니, 무슨 그런 말씀을!

그녀가 사명감에 주먹을 불끈 쥐었다. 남아 있던 면접의 기운이 었다. 열정적인 답이 그녀의 입에서 흘러 나왔다.

"아, 네. 이세준 팀장님. 잘 압니다. 『월간 자동차』에 실린 인터뷰 기사 봤어요. 논문도 전부 찾아서 읽었고요, 지난번 설계하신 엔진 설계도면 봤어요. 특히 내신 배터리와 소켓도 다 찾아봤어요. 아직은 전기자동차보다는 하이브리드엔진을 개발하고 발전시켜야 한다는……."

이게 아닌가 보다. 그의 표정이 이상해지고 있다. 하지만 일단 말을 시작하니 멈출 수가 없었다. 뇌가 멈추라고 명령을 하는데도 세연은 폭주기관차처럼 질주했다.

"그 말씀에 저도 동의합니다. 우리나라는 아직 전기자동차 충전소가 턱없이 부족한 데다 관련 인프라나 급속충전소를 늘린다는 정책이 발표되긴 했지만……."

멈춰, 멈추라고! 바쁜 머리와 바쁜 입이 여전히 따로 놀며 그녀의 심장을 괴롭혀댔다. 만회할 뭔가가 필요하다. 빨리 뭐라도 좀 해.

"TR에 입사하면 꼭 같이 일해보고 싶습니다. 이세준 팀장님이 만드신 엔진 부품 하나까지 알고 싶어서 TR에 지원했고, 배우고 싶습니다. 늘 동경했습니다. 오늘 만나게 돼서 꿈같은 일이라고 생각했습니다."

이게 뭐야. 난 끝났어.

말을 마친 세연은 하늘에서 벼락이라도 떨어지길 빌었다. 하지만 그렇게 운이 좋을 리 없다.

"알…… 겠어요. 열정이 좋군요, 한세연 씨."

세연의 말에 당황했는지, 아니면 열정에 탄복이라도 한 건지 알 수 없는 모호한 표정으로 그가 대답했다. 아무래도 전자일 것이 확실했다.

"네……. 감사합니다."

그나마 입이라도 닫을 수 있게 된 것을 하늘에 감사하며 세연은 고개를 숙였다. 얼굴이 또다시 타올랐다. 그래도 거짓은 없었다.

"만나서 반가웠어요, 한세연 씨. 좋은 결과가 있길 바랍니다."

그의 눈빛에 실망의 기색이 어렸다. 당연한 일일 것이다. 그를 동경하여 연구직에 지원한 취업준비생들이 하늘의 별처럼 많을 것이다. 방금 망신살이 사방으로 뻗어나간 그녀를 포함해서 말이다.

불현듯 그의 잡지 인터뷰 말미에 쓰여 있던 문장이 떠올랐다.

'그는 능력만큼 특출한 그의 외모로 인해 겪은 많은 일들로 사적으로 접근하는 사람들을 좋아하지 않는다.'

큰일 났다. 등 뒤로 식은땀이 흘러내렸다.

광팬이라고 오해하면 어쩌지, 물론 사실이긴 하지만. 그래도 그렇게 막 광팬인 건 아닌데. 그냥 순수한 동경일 뿐 어떻게 해보겠다는 건 아닌데. 어떻게든 오해를 풀어야 한다!

"그럼 이만 가보겠습니다!"

응?

"한세연 씨?"

도망쳐! 그녀가 그에게 꾸벅 인사를 하고는 그대로 튀었다.

뭐 하는 거야? 오해는 어쩌고?

뒤도 안 돌아보고 달아나는 그녀에게 내면이 물어왔다.

더 있다간 영원히 박제될 흑역사를 두 개쯤은 더 제조할 수도 있다고. 내면, 너 조용히 해.

그녀가 달음박질치며 자신에게 경고했다.

입사하면 좋겠지만 특히나 그의 팀으로 발령받으면 더더욱 좋겠지만, 일단은 후퇴다. 바람결에 그가 부르는 소리가 들린 것 같았지만, 잘못 들은 거겠지. 그게 틀림없다.

1. 똥차가 가면 벤츠가 온다고?

TR모터스의 신입사원 OJT(On the Job Training) 기간은 3개월이었다. 자동차의 구조와 작동원리를 다시 배우고 조립라인 전체를 돌며 직접 자동차를 조립해보는 등의 과정을 거치는 입문 교육으로 볼 수 있었다. 세연은 이 교육을 국가고시 준비하듯 전투적으로 받았다. 미친 듯이 전화를 걸어대는 우석을 무시하기엔 최고였기 때문이다. 그녀의 예상대로 TR에 합격한 것을 알게 된 순간부터 그는 작정한 듯 세연을 괴롭혀댔다.

'거기 들어가서 뭐 하게? 어차피 결혼해서 아이 생기면 그만둘 텐데. 내가 너 하나 못 먹여 살릴까 봐?'

그는 독사처럼 비아냥대고 개처럼 물어뜯었다. 그녀의 자존심을 짓밟고 그녀의 능력을 폄하해 자신의 발아래에 두려 했다. 질투였다. 자기가 갖지 못한 기회를 가진 그녀에 대한 질투.

'더는 안 되겠어. 우리 그만 헤어지자.'

세연은 결국 그 말을 입 밖에 내고야 말았다. 긴 시간을 끌어온 이별은 결국 그녀에 의해 마침표가 찍어졌다. 문제는 우석이 의외로 이것을 쉽게 받아들이지 못한다는 데 있었다.

'누구 마음대로 헤어져? 네가 TR에 들어갔다고 눈에 뵈는 게 없나 본데, 내가 이대로 간단히 끝내줄 줄 알아?'

그는 미친놈처럼 날뛰었다. 아마 자존심의 문제라고 생각하는 듯했다. 대학원에 진학한 세연과 달리 그는 졸업하자마자 바로 취업전선에 뛰어들었다. 1지망은 단연 TR이었으나 아쉽게도 그는 불합격이었다. 그리고 업계 3위인 S자동차에 입사했다. 그들의 불행은 아마 그때부터 시작되었던 것 같다.

'넌 그렇게 남자를 깔아뭉개야 속이 시원하지? 잘 들어. 우리가 헤어지면 원인도 책임도 다 너한테 있는 거야.'

'그래, 다 내 잘못으로 해. 내가 취업하고 변심한 거야. 됐지? 정말 지긋지긋하다. 나쁜 놈 되는 게 그렇게 싫어? 그래서 그동안 그렇게 비열하게 굴어놓고도 헤어지자 소리를 끝내 안 한 거야? 나한테 차이는 게 동기들한테 얘기하기 편하니까? 선배는 그렇게 남의 눈이 중요하니? 그래, 원하는 대로 내가 차줄게. 헤어지자고.'

그들은 그렇게 끝이 났다. 적어도 세연에겐 그랬다. 하지만 헤어진 이후에도 우석은 끈질기게 그녀를 괴롭혔다.

[한 번만 만나자. 만나서 얘기해.]

[자니? 난 자꾸 네가 생각나. 잠이 안 오는 밤이네.]

[바쁘지? 밥은 잘 챙겨먹는지 궁금하다. 전화라도 한번 해줄래?]

[전화 좀 받아봐. 전화는 받을 수 있잖아.]

차단과 스팸, 그리고 무시로 일관하자 점점 횟수가 줄어들기는 했지만 아직까지도 세연은 모르는 번호의 전화는 받지 않았다.

그렇게 OJT 기간이 끝나고, 행운이 따랐는지 별도의 수습기간 없이 그녀는 바로 부서 배치를 받았다. 심지어 바라던 대로 이세준 팀장의 팀으로 발령이 났다. 그 이름도 찬란한 대형엔진 개발팀이 었다.

지이이이잉.

진동으로 해둔 휴대폰이 울렸다. 세연은 상념에서 깨어났다.

"어, 나영아."

세연이 반갑게 전화를 받았다.

그녀가 대학에 입학하던 해 300명이 정원인 기계공학과에는 여학생 12명이 입학하는 기적이 벌어졌다. 역대 최고로 많은 숫자라고 했다. 당연히 그들은 똘똘 뭉쳐 다녔고 그중 나영은 그녀와 제일 친한 친구였다.

"무슨 일 있어?"

업무 시간 중에는 물론 점심시간일지라도 문자나 톡으로 확인을 하고 나서야 전화를 하는 나영이 다이렉트로 걸었다는 건 무슨 일이 있다는 뜻이다.

-세연아! 우석 선배 결혼한대!

이거 봐. 대형 젠장이다.

"하든가."

헤어진 사이다. 아무 관계도 아니라고. 충격이 해일처럼 밀려왔지만 세연은 태연해지기 위해 애를 썼다.

-유진이랑 한다는데?

이번엔 핵폭탄이다. 태연이고 나발이고 할 겨를이 없다.

"누구? 김유진? 설마 내가 아는 그 김유진?"

머리가 빙빙 돌고 혈관을 달리는 혈액의 속도가 느껴지기 시작했다. 끓어오르는 분노를 삭이며 세연이 조용히 사무실을 나와 밖으로 향했다. 아무도 없는 곳이 필요했다.

-그래. 그 김유진. 커플해체기 김유진. 결국 이우석을 잡았단다. 그렇게 너희 커플 못 갈라놓아서 난리더니. 야, 그리고 너 이거 알면…….

"하지 마."

숨을 헐떡이며 건물 벽에 기대어 나영에게 경고했다. 쉴 새 없이 떠오르는 갖가지 기억들과 의혹, 그리고 분노와 모멸감을 정리하려면 시간이 필요했다.

-아, 왜! 대박 사건이란 말이야!

"나 대박도 싫어하고 사건도 싫어해. 나 일단 마음 좀 가라앉히고……."

-유진이 임신했대.

"임신……?"

다리에 힘이 풀려 주저앉을 뻔했다. 아무리 머리를 굴려봐도 어떻게 맞춰봐도 날짜가 안 맞는다.

개자식. 양다리였어.

너무 화가 나도 눈물이 솟는다는 걸 세연은 오늘에야 깨달았다. 치솟는 눈물을 땅바닥으로 떨어뜨리기 위해 허리를 굽혔다. 그 자식에겐 아까운 눈물이었다.

딱 한 방울만 흘리자, 그리고 잊는 거야.

-그런데 얼마 전까지 너한테 이상한 번호로 문자 보냈다고 하지 않았어, 우석 선배?

그런 세연의 상태를 아는지 모르는지 나영이 쾌활하게 물었다. 숨을 깊게 쉬고 눈을 깜빡여 눈물을 마저 떨구어냈다. 절대 볼을 타고 흐르지 않게 하겠다.

"맞아. 다시 시작하자고 했지."

그랬다. 저주도 했다가 빌기도 했다가 한 번만 만나자고 했다. 유진과 만나고 임신을 시키고 결혼 약속을 하던 그 와중에 말이다. 사람이 아니었다. 지금껏 그 짐승만도 못한 놈을 사람으로 알고 있었다.

-미친 거 아냐? 네가 다시 만나주면 어쩔 거였는데? 임신한 유진이 버리고 너랑 결혼하겠다는 거야?

나영이 흥분하기 시작했다. 나영도 이제야 상황 파악이 되고 있는 것 같았다.

"됐다. 잘 살라고 해라. 나랑은 상관없는 사람들이야."

온몸에 힘이 빠져 세연은 겨우 말할 수 있었다. 그래, 기분이 썩 유쾌하진 않지만 이로써 더 이상 연락은 안 오겠지 싶으니 이걸로 된 것도 같다. 아니다. 이걸로 다 된 거다. 가슴이 이상하게 벌렁벌렁하고 몸이 추워졌다 더워졌다 하는 것 같지만 그렇게 생각하기로 하자. 이 순간을 버텨내고 나중에 집에 가서 곰곰이 생각해보면 다 잘된 거라는 생각이 들 것이다.

-아니, 왜 이렇게 쿨하세요. 추워서 못 살겠네. 야, 그러지 말고 조금 기다려봐. 나 오후에 너희 회사 갈 일 있는데 자세한 얘기는

그때 만나서 하자."

나영이 안달을 했다.

"됐어. 뭘 자세하게 얘기까지 해."

세연이 소리쳤지만 전화는 이미 끊긴 후였다. 세연이 다시 다리에 힘을 끌어모아 사무실로 돌아가기까지는 꽤 오랜 시간이 걸렸다.

"이걸 너한테 보여줘도 되는지 모르겠다."

나영은 빛의 속도로 달려왔다.

졸업하고 기계과 여학생들은 취업으로, 유학으로, 대학원으로 각자 흩어졌지만 대부분 유기적으로 연결되어 있었다. 각각 다른 회사에 취업을 한다 해도 협력업체이거나 경쟁업체로 이어져 있어 연락망은 긴밀히 이어졌다. 나영의 회사도 TR모터스와 협력관계에 있었다. 세연이 부서배치 받은 이후로 나영은 기다리기라도 한 것처럼 종종 핑계를 대고 출장을 왔다.

"그럼 안 보여주면 되잖아."

점심시간 이후 신입사원들로 북적이던 커피자판기 옆 벤치에서 세연이 말했다. 나영의 전화를 끊고 아무 생각도 하지 않기 위해 필사적으로 뛰어다녔다. 온갖 일과 갖은 심부름과 잡일까지 전부 도맡아 했다. 그래서인지 충격을 벗어나게 되면서 의외로 견딜 만했다. 어차피 헤어진 사이였다. 성질내봤자 피해 입고 상처받는 건 그녀일 수밖에 없다.

"넌 왜 애가 그렇게 자비심이 없냐?"

나영이 얼굴을 구겨가며 원망 가득한 눈으로 세연을 노려보았다. 세연은 결국 웃음을 터뜨렸다.

"얘기가 왜 그렇게 돼? 이게 자비랑 무슨 상관인데?"

시끄럽게 들끓던 마음도 나영을 만나고 나니 차차 가라앉았다. 학부 때도 유난히 유진과 사이가 나빴던 나영이었다. 열두 명 중 세연과 단짝으로 붙어 다니긴 했지만 다른 여학생들과도 모두 친했다. 그건 세연도 마찬가지였다. 유진을 빼곤 모두 그랬다. 거기엔 그럴 만한 이유가 있었다.

"나한테 자비를 좀 베풀어봐라. 이 언니가 이걸 보여주고 싶어서 오늘 하루 종일 얼마나 애가 탔겠냐?"

불굴의 의지에 세연이 결국 두 손을 들었다.

"그래, 보자. 내가 눈이 썩어도 봐줄게."

"넌 정말 자비심이 부처님급이야."

나영이 신이 나서 봉투를 꺼냈다. 흰 봉투 안에서 청첩장을 꺼내고는 세연의 코앞에 들이댔다.

"글쎄, 이걸 들고 우리 회사로 찾아왔더라고."

"유진이가 직접?"

"그래, 낯짝도 두껍지. 걔가 마지막으로 찢어놓은 게 은주 언니 커플이었나? 그래 가지고 공실이에서 퇴출된 거잖아. 아마 유진이 걔가 유일하게 못 꼬신 게 우석 선배였을 거다. 혹시 걔 여태까지 내내 노리고 있다가 이번에 성공한 거 아냐?"

경악하는 나영의 얼굴을 보고 있노라니, 아스라이 먼 곳에서부터 기억이 스멀스멀 밀려 올라와 뒷골을 당기기 시작했다.

입학하면서부터 유진은 공작새처럼 남자들을 몰고 다녔다. 학기 초부터 똘똘 뭉쳐 다녔던 다른 친구들과는 다르게 그녀는 오로지 남학생하고만 어울렸다. 그러다 2학기가 되어 슬슬 커플이 생겨날 즈음 그녀가 여학생 휴게실을 찾아왔다.

기계과 여학생들은 늘 공대 여학생 휴게실에 모였다. 그래서 스스로를 공실이라고 불렀다.

유진은 어렵게 모임에 들어온 후, 공실이들과 아주 잘 지냈다. 하지만 기계과 1학년의 첫 공식 커플이 깨지기 전까지였다.

"해연이랑 인철이 커플을 유진이가 찢어놨잖아. 연애 상담 해준다고 인철이 불러내기 시작하더니 결국 자기한테 고백하게 만들었지? 어휴, 여우 같은 기지배. 다른 사람들한테는 비밀로 하자고 남자애들을 몇이나 꼬여내고. 타고났어, 암튼. 어장관리로 따지면 걔가 세계 챔피언이야."

교묘한 그녀의 수법은 잘 드러나지 않았다. 동기 남학생 하나가 그녀 때문에 죽겠다고 공대 건물에서 뛰어내리기 전까지는 말이다. 다행히 다리 하나 부러진 걸로 끝나긴 했지만 그 일로 그녀가 벌여온 일들이 만천하에 드러났고 결국 공실이 모임에서 퇴출되었다. 정식으로 퇴출되기 전 자기 발로 나갔지만 말이다.

"내가 전화 다 돌려봤는데 다른 애들한테도 다 왔었대. 심지어 해연이한테도 갔었다는 거야. 내가 진짜 기가 막혀 가지고. 야, 야, 내가 장담하는데, 분명히 너한테도 온다."

"불길한 예언 하지 마."

"세연아, 유진이 몰라? 김유진이야. 기계과 커플해체기 김유진이라고. 너 대비는 꼭 해둬라."

"그래, 고오맙다."

"우석 선배도 참. 학부 때는 유진이 본 척도 안 하더니 어떻게 그렇게 되냐? 야, 암튼 잘 헤어졌어. 그 선배 계속 못나게 굴 때도 마음에 안 들긴 했는데 김유진이랑 얽혔다는 데서 이미 막장이야. 조상님이 도우셨다.”

“나야 잘 헤어진 것도 고맙지, 뭐. 선배 얘긴 그만해. 별로 입에 담고 싶지도 않아.”

“그래. 똥차 가면 벤츠 온다잖아.”

“……나영아, 차종이 안 맞지 않아?”

나영이 어머머 소리를 내지르며 자신의 입을 틀어막았다.

“아, 맞다. 우석 선배, 그랜저였나?”

공실이들의 게임 중 하나, 남자들 차종에 비유하기.

압도적 소수였던 여학생들은 끊임없이 남자들의 품평을 받아야 했다. 인기투표 따위는 애교에 불과했다. 얼굴, 몸매 평가는 기본이었고 옷 입는 것, 화장하는 것, 걸음걸이까지 비교당하고 평가받았다. 남자들이 압도적으로 많은 과의 일상적인 일이라고 하기엔 정도가 심했다.

그에 대응하여 공실이들은 모여서 남자들을 차종에 따라 나눴다. 알고 있는 온갖 차종이 두루 등장했고 대부분의 남자들은 소형차에 등극했다. 그나마도 잘 봐준 것이었다. 오토바이, 심지어 자전거, 운동화도 있었으니까. 아무리 점수를 후하게 줘도 고급 차종은 드물었다. 그러니 우석은 그중 최고였다.

“리어카에 그랜저 로고 붙인 거였는데 내가 눈이 멀었지, 뭐.”

한때는 그가 세상에서 제일 멋진 줄 알았다. 얼굴에 혹해서 사귀긴 했지만 결국 잘생긴 놈은 얼굴값을 하게 마련인 것이다. 자조가 섞인 세연의 말에 나영이 배를 잡고 웃어댔다.

"그래, 맞다. 작정하고 속이는데 어떻게 안 속겠니? 아무튼 이번 일로 액땜했다 쳐. 앞으로 너한테는 좋은 일만 있을 거야."

"됐어. 난 이제 남자는 질렸어. 똥차가 가면 벤츠가 와? 웃기고 있다. 왜 내가 벤츠를 기다려야 돼? 이제부터는 내가 벤츠가 될 거야."

"오, 한세연. 멋진데? 그래, 네가 벤츠 해라. 우리가 뭣 땜에 벤츠를 기다리고 백마 탄 왕자를 기다려야 되냐? 우리 그렇게 살지 말……. 어머나, 저게 뭐야?"

세연의 어깨를 마구 두드리던 나영이 홀린 듯 벤치에서 벌떡 일어섰다. 나영을 따라 일어선 세연이 나영이 가리키는 곳을 바라보았다.

"저 사람 뭐야? 이 먼 곳까지 풍기는 훈내는 대체 뭐지?"

정문에서 연구동까지 이어진 길로 성큼성큼 걸어가고 있는 사람이 눈에 들어왔다. 흘깃 봐도 누군지 잘 알겠다.

"아."

"아? 아는 사람이야?"

"우리 팀장님. 출장 갔다 오시나 보다. 오늘 회사로 오신다는 말 없었는데 지금 들어오시네."

세연이 별것 아니라는 듯 손을 저으며 다시 벤치에 앉았다. 괜히 나와 있는 거 들켜봤자 좋을 것 없기도 하고.

"오오, 대박. 저 사람이 그 사람이야? 그 유명한 이세준 팀장? 너 왜 말 안 했어? 야, 저 정도면 벤츠도 넘겠다. 우와, 기럭지. 우와, 얼굴. 야, 벤틀리. 저 정도면 벤틀리!"

나영이 호들갑을 라임에 맞춰 떨기 시작했다. 이러면 불길한데. 세연이 나영을 진정시키기 위해 팔을 지그시 잡았다. 하지만 아무 소용이 없었다.

"어? 여기 봤다. 어머, 눈 마주쳤어. 어머, 웬일. 어? 이쪽으로 온다. 왜? 어? 너 봤나? 너 봤네, 너 봤어. 어머, 야. 너 일 안 하고 여기서 노닥거린다고 혼나는 거 아니야? 어떡하지? 나 가슴 떨린다. 어우, 야. 안 되겠다, 너네 팀장님 신고해야겠다."

나영은 이제 세연의 정신을 쏙 빼놓고 있었다. 세연도 팀장이 이쪽으로 걸어오고 있는 것을 보고 벤치에서 일어나던 참이었다.

"신고? 무슨 신고?"

"내 마음에 입주신고. 캬하하하하하."

세연이 끄응 소리를 내며 주먹을 틀어쥐었다. 그리고 약간의 힘을 실어 팔꿈치로 친구의 허리를 가격했다.

"너 진짜…… 시끄럽고 부끄럽고 내가 못 살겠다. 조용하지 못해?"

세연이 입을 최대한 다물고 이를 갈며 속삭였다. 나영은 억 소리를 내며 허리를 감싸면서도 킬킬대는 것을 멈추지 못했다.

"네."

하지만 얌전하게 고개를 수그리고 그녀의 말에 대답했다.

그때, 바로 앞까지 다가온 그가 부드럽게 물었다.

"한세연 씨, 퇴근 안 했나?"

오랜만에 듣는 그의 목소리였다. 옆에서 휘청하는 몸짓이 느껴졌다. 다리가 풀리는 목소리는 여전했다.

"출장 다녀오십니까, 팀장님? 네, 친구가 와서 대화 중이었습니다. 퇴근 전입니다. 이제 막 들어가려던 참이었습니다."

말이 절뚝절뚝 나온다. 무슨 군대세요? 뻣뻣한 어투가 벌린 입에서 잘도 쏟아졌다. 얼굴이 화끈화끈해지는데 나영이 옆에서 빤히 쳐다보고 있는 게 느껴지니 순식간에 더욱 붉어져버렸다.

"친구?"

"안녕하세요, 팀장님? 유나영입니다. D사에 근무하고 있습니다. 일 때문에 들렀다가 세연이 보고 가느라고요. 저도 이제 가보겠습니다. 나중에 보자, 세연아. 자세한 얘기는 전화로 하고."

나영이 세준에게 꾸벅 인사를 하더니 부리나케 사라져버렸다. 놀리는 듯한 눈빛이 뭔가 있어 보였지만 나중에 잔뜩 시달릴 생각에 잠시 뒤로 미루기로 했다.

부지불식간에 단둘이 남겨지게 되니 등 뒤로 식은땀이 흘러내렸다. 사실 신입사원이 팀장을 만날 일은 거의 없었다. 회의 때야 멀리서 얼굴이나 보는 것이고, 오다가다 만나서 인사하는 거야 만나는 걸로 치지 않으면…….

어머나, 이번이 처음이다.

손이 달달 떨린다.

"그럼 들어갈까요?"

세준이 말했다. 세연은 미루고 미뤄왔던 기회를 잡기로 했다. 반드시 한 번은 했어야 할 일이었다.

"팀장님…… 지난번에는 정말 감사했습니다."

"지난번이라니?"

"네. 면접시험 날 휴대폰 찾아주신 거. 인사도 제대로 못 했습니다."

"아…… 그거."

"OJT 하느라고 정신도 없었고, 다 변명이겠지만 아무튼 여러모로 늦었지만 그날 정말 감사했습니다."

세연이 꾸벅 인사를 하자 그가 빙긋 미소를 지었다.

"늦었는데."

깊은 그의 두 눈에서 장난기가 반짝거렸지만 세연은 그의 첫 번째 셔츠 단추를 뚫어지게 바라보고 있었기 때문에 미처 알아차리지 못했다.

"네?"

"상당히 늦은 감사 인사라고 생각 안 해요?"

뒤늦게 그를 향해 고개를 든 세연이 본 것은 언제나처럼 표정을 알 수 없는 그의 얼굴이었다.

"아, 그러네요……. 죄송…… 합니다."

"죄송할 건 없고, 이런 걸 아마 배은망덕이라고 하지?"

"네?"

"아, 신경 쓰지 말아요. 요즘 내가 사자성어를 공부하고 있어서. 한국말은 배울수록 어렵긴 한데 재밌더라고. 그런데 한국에서는 인사를 물질로 하는 걸로 아는데, 아닌가요?"

뭐야, 이 속물은.

"현금이요?"

그가 어딘가 모르게 불편해 보이는 미소를 지었다.

"농담이야. 커피라도 사요, 한세연 씨. 시간 내서."

"제가요?"

"내가 살까요?"

"아, 아닙니다. 제가 사겠습니다."

"그래요. 기쁘게 기다리도록 하지."

말을 마친 그가 긴 다리로 성큼성큼 앞서서 연구동으로 들어가 버렸다. 뒤에 남겨진 세연은 그저 벌어진 입을 다물지도 못한 채 서 있어야 했다.

〈벤츠가 되는 법〉

세연이 다이어리에 굵직하게 써 넣었다. 할 말이 많다는 눈빛으로 다이어리를 바라보다 올해의 목표 칸에 '남자 X, 벤츠 O'라고 적었다.

'내면을 쌓고 실력을 얹어야지. 일인자가 될 테다. 므하하!'라고 쓰고 있는데, 갑자기 파티션 너머로 얼굴이 나타났다.

"한세연 씨, 실린더 블록 설계 수정안 다 됐지?"

사수, 이숙현 주임이었다. 눈이 마주치자 세연이 멋쩍게 웃었다. 딴 짓하다 들킨 것 같아 괜히 뜨끔했다.

"네, 주임님. 다 됐습니다."

세연이 다이어리를 탁 소리 나게 덮고 일어섰다. 대형엔진개발팀 신입사원의 업무는 기다림, 눈치 보기, 그리고 자질구레한 일들이었다. 하지만 기다림은 황홀했고 눈치 보기는 즐거웠으며 복사는 보람찬 일이었다. 작은 업무라도 하나 맡겨지면 그 행복감은 비할 데가 없었다.

그만큼 원하던 직장이었고 그녀가 노력 끝에 얻어낸 결과였다.

"그거 팀장님이 직접 확인하시겠대."

자신 있게 업무용 태블릿을 내밀려던 세연의 손이 일순간 멈췄다.

뭐라고?

"왜요? 언제부터 그랬는데요?"

핏기가 가신 세연의 얼굴을 보고 숙현이 웃음을 터뜨렸다.

"아이고, 우리 막내 완전히 얼었네. 팀장님께 직접 보고하는 게 그렇게 겁이 나? 호호. 걱정 마, 세연 씨. 잡아먹진 않으신다고. 회의 때 보던 모습이 다가 아니라니까? 까다롭게 구시는 분 아니니까 너무 쫄지 말고. 파이팅!"

세연의 눈앞에 주먹까지 쥐어 보이는 숙현이었다. 세연이 억지웃음을 지었다.

그런 게 아니다. 이렇게 빨리, 이렇게 갑자기 독대를 할 순 없다. 단둘은 생각만 해도 숨이 막힌다고.

그런 이유가 아니라고 말을 하지 못하니 답답하기만 하다. 그러니 뭘 더 어찌하겠는가. 세연이 입을 몇 번 뻐금거리다 포기하고 업무용 패드를 챙겼다.

그가 커피를 사라던 그날 이후 세연은 시험에 들었다. 하필이면 그날 일을 나영에게 말했고, 나영은 기회는 이때다 하고 세연을 놀려먹었다.

'너한테 관심 있네. 확실해. 빼박이야. 우리 세연이 이제부터 썸 타나요?'

아니라고 버럭 소리를 질렀지만 듣고 보니 그런 것도 같아서 조금씩 설렌 건 사실이었다. 하지만 그 이후 지금까지 팀장은 그에 대해 아무 말이 없었다.

뭐지, 그건? 미국식 조크였나?

세연은 이제 그날의 대화가 자신이 만들어낸 환청이 아니었나 의심하기에 이르렀다.

똑똑.

세연이 지옥의 입구라도 되는 양 팀장실 문을 노려보다 천천히 노크했다. 울림이 좋은 목소리가 대답했다.

"들어와요."

대형엔진개발팀 팀장실은 연구소 내에서도 가장 핵심적인 곳에 위치하고 있었다. 채광이 좋은 실내엔 커다란 책상이 유리창을 등진 채 놓여 있었다. 업무용 노트북과 태블릿, 각종 메모와 서적들이 줄이라도 맞춘 것처럼 반듯하게 올려져 있는, 인테리어 잡지에서나 볼 법한 책상이었다.

"설계 수정안입니다, 팀장님."

그리고 그는 마치 후광인 것처럼 햇빛을 등에 지고 앉아 그녀를 기다리고 있었다.

이세준 팀장.

TR모터스 연구소 책임연구원이자 대형엔진개발팀의 최연소 팀장으로 그가 MIT에 수석 입학하여 박사학위를 따기까지 걸린 시간은 단 7년이라고 했다. 완벽한 외모만큼이나 완벽한 스펙이었다.

TR모터스는 그를 영입하기 위해 많은 노력을 기울여야 했다. 결국엔 TR그룹의 회장이 직접 나서서 그를 데려와야 했다는 일화로 유명하다. 그의 박사 논문이 워낙 어마어마해 졸업하기도 전에 전 세계 굴지의 자동차 회사들이 그를 끌어가려고 안간힘을 썼기 때문이었다.

그런 TR의 노력에 부응하듯 그가 개발한 하이브리드엔진은 엄청난 성능과 연비로 그해 TR의 하이브리드 자동차 국내 판매율을 1위로 만들었고 실적은 전 세계로 이어졌다.

"앉아요."

그가 턱짓으로 그녀에게 의자를 가리켰다. 퍼뜩 정신을 차린 세연은 그에게 자료를 내밀고는 조용히 그의 앞에 앉았다. 새삼 대단한 인물 앞에 앉아 있다는 긴장감이 그녀를 덮쳤다. 교무실에 끌려온 학생처럼, 면접시험을 기다리는 구직자처럼 쭈뼛거리게 만드는 일이었다.

"적응은 잘하고 있어요? 대형팀 일이 좀 힘들 텐데."

그거 말고 커피는요?

뭐, 꼭 집착하는 건 아니다. 하지만 지금 제일 묻고 싶은 건 바로 그거였다. 머릿속에서 그의 연구실적과 그에 관한 각종 기사, 그가 개발한 엔진 및 특허 낸 부품들과 함께 '커피는 언제 마실까요?'가 날파리 떼처럼 윙윙거리며 몰려다니고 있었다.

"네. 잘 맞습니다. 일도 재미있고 적응도 잘하고 있습니다."

하지만 대답은 늘 그렇듯 무난하게 맞춰 나왔다. 복잡한 심경으로 얼굴이 붉어졌다. 그런 그녀의 속도 모르고 세준은 그녀에게 미소 지었다. 사내 복지 규약으로 들어 있다는 그 유명한 미소였다.

맙소사. 방금, 심장이 파열된 것 같다.

"그래요……. 좋네요."

좋으시다니 저도 좋습니다. 멍청한 미소를 되돌리며 세연은 그를 마주 보았다. 그가 노트북을 들여다보는가 싶더니 다시 그녀를 향해 고개를 들었다. 흠잡을 데 없는 그의 완벽한 얼굴이 그녀를 향했다.

"설계 도면은?"

그가 그녀에게 말했지만 세연은 그저 그의 입 모양만 멍하니 쳐다보고 있을 뿐이었다. 그의 우뚝 선 콧날과 날카로운 턱선에 홀려 있었기 때문이다.

"네?"

문득 정신이 돌아왔다.

맙소사. 얼굴이 닳도록 쳐다봤어.

"도면 보내야지."

상냥하고 그윽한 목소리로 그가 말했다.

"아…… 네."

그녀가 허둥지둥 태블릿을 고쳐 잡았다. 거울을 보지 않아도 자신이 지금 정신 빠진 얼간이처럼 보인다는 걸 알 수 있다.

이게 다 팀장 탓이다. 그러니까 커피는 무슨 커피!

세연은 분노를 태워 투지를 끌어올렸다. 미친 듯이 자신을 다그쳐 정신을 차렸다. 그럼에도 태블릿으로 그에게 도면을 전송하기까지 수십 번의 각오와 다짐이 그녀의 머릿속을 뛰어다녀야 했다.

"이거 2D로 작업했던가?"

"네, 처음에 실린더 블록 도면 작업할 때 그렇게 지시하셨습니다."

정신 차리자. 호랑이한테 물려가도 정신만 바짝 차리면 살 수 있다고 했다.

"음, 그랬군요. 이건 강성 보강 설계 수정이죠?"

"네."

호랑이가 그냥 호랑이는 아닌 것 같지만.

"3D로 바꿔줘야겠는데. 내일까지 되겠어요?"

이것 보라고. 호랑이가 지금 불금에 야근을 주문한다.

"불가능한가?"

자신을 향한 그녀의 시선을 당연한 듯 받아내던 그가 한참 만에 물었다.

"아, 아닙니다, 팀장님."

세연은 조금 전 다이어리에 써내려갔던 올해의 목표를 떠올렸다. 벤츠가 될 거야. 내면을 쌓고 호랑이를 조심하고.

"좋아요. 다 되면 아무 때고 메일로 보내고. 아, 카티아(CATIA) 쓸 줄 알아요?"

"네."

그녀가 고개를 끄덕이자 그의 입술엔 만족한 미소가 걸렸다.

순간 심장이 철렁했다. 사내 복지를 이번엔 정면으로 맞아버렸다. 대체 왜 저렇게 자꾸 웃는 거지?

일어나려는데 다리가 다 후들거린다. 올해의 목표를 주문처럼 외우며 세연이 몸을 꼿꼿이 세워 일어섰다. 그리고 그의 다음 말을 기다렸다.

"나가봐요."

바로 이것 말이다. 고개를 숙여 인사를 하고 태블릿을 팔에 끼우고 빛보다 빠른 속도로 문까지 걸어갔다. 곧 이 방을 벗어날 수 있다. 오로지 그 생각뿐이었다.

"한세연 씨?"

막 문고리를 잡았을 때였다. 타이밍 한번 기가 막히게 그가 그녀를 불러 세웠다.

"네?"

까닭 모를 불안감이 엄습했다. 그러니까 호랑이에도 급이 있는 거다. 에 또, 한번 물리면 죽는다든가.

"그래서 커피는 언제 사는 거지?"

이것 보라니까. 불의의 일격에 정신이 아득했다. 그는 호랑이처럼 다가와 문고리에 달라붙은 그녀의 손을 떼어냈다.

"난 언제든 좋으니 한세연 씨가 정해요."

다정하고 상냥한 말투였지만 그녀의 귀엔 마치 그가 으르렁대고 있는 것처럼 들렸다.

"네, 알겠습니다. 곧. 조만간. 반드시. 네. 실례했습니다. 이만 나가보겠습니다."

그의 다음 말이 이어지기도 전에 세연은 쫓기듯 팀장실을 뛰쳐나갔다. 그녀의 뒤로 세준이 남겨졌다. 입가엔 알쏭달쏭한 미소를 띤 채 그는 가만히 세연이 잡았던 문고리를 잡고 서 있었다.

2. S시리즈도 볼트 하나부터

"내가 미쳐."

엉겁결에 대답은 넙죽 해 가지고 야근을 하게 됐다. 세연이 불 꺼진 팀장실을 가열차게 노려보며 중얼거렸다.

"아니 그리고 볼 때마다 커피는 무슨 커피? 커피에 환장한 것도 아니고."

사람 심장 떨어지게.

심호흡을 아무리 해봐도 도면을 그리는 손이 덜덜 떨린다.

'팀장님이 너한테 관심 있는 거라니까?'

나영의 짓궂은 놀림이 귓가를 맴돌았다.

아니야, 아니라고! 하여간 호들갑의 여왕 나영 때문에 되는 일이 없다. 누가 뭐라든 이 뜻 모를 떨림은 저녁을 부실하게 먹어서 그러는 것이 틀림없다.

그러니 이럴 땐 초콜릿이다. 이럴 때를 대비해 서랍 속엔 꼭 초콜릿이 있다. 얼른 하나 까먹고 폭풍같이 일을 해볼까. 세연이 초콜릿을 찾아 책상 서랍을 뒤지기 시작했다. 하지만 불행하게도 그녀의 손에 걸린 건 하얀 종이봉투였다.

"우이씨, 이게 뭐야!"

천하에 못 볼 것이라도 되는 것인 양 세연이 청첩장을 집어 던졌다. 그리고 미친 듯이 도면에 몰두했다. 눈에 안 보이면 없던 일이 되는 것처럼.

"누구는 맥주 마시러 가고, 누구는 야근하고."

세연이 하소연을 타령으로 불러댔다. 계속 신경이 쓰이는 청첩장을 애써 무시하기 위한 방법의 일환이었다. 별로 신통치는 않아도 조금 도움은 됐다. 손이 바삐 움직일 만큼의 힘은 생겼으니까.

신입사원의 야근이란 그저 늘 하는 일이었다. 대형엔진개발팀은 이름처럼 새 엔진을 개발하는 중이었고 언제나처럼 바빴다. 하지만 오늘은 금요일이었고 앞으로 더욱 바빠질 것을 감안하여 팀원들 모두가 회사 앞 맥줏집으로 달려갔다. 카티아 작업을 해야 하는 세연만 빼고.

"그래, 다 가라. 다 가. 맥줏집도 가고, 장가도 가."

포기하면 편하다. 인생의 진리다. 따지자면 일을 포기하는 게 제일 편하겠지만 그건 안 되겠고, 그 나머지를 포기하면 마음만이라도 편하지 않겠는가.

신들린 마우스 컨트롤에 매달려 겨우 도면을 완성했다. 그러나 일을 마친 기쁨보다 피곤이 먼저 그녀를 덮쳤다. 기지개를 켜고 아픈 어깨를 두드린 다음 저장 버튼을 누르고 주변을 정리했다. 그러고 나서야 책상 한쪽 구석에 박혀 있는 청첩장이 눈에 들어왔다. 일하는 내내 가시처럼 그녀를 괴롭혀대던 물건이었다.

천천히 청첩장을 집어 들어 바라보던 세연이 단숨에 반으로 갈랐다. 저주의 말을 중얼거리며 손으로 잘게 찢어 조각을 냈다. 그러고는 의식처럼 쓰레기통에 우수수 떨어뜨렸다. 눈처럼 작은 조각들이 그녀의 손가락 틈으로 떨어져 쓰레기통으로 들어갔다.

복잡한 감정도 이렇게 깔끔하게 버려지면 얼마나 좋을까.

"결혼 겁나 축하한다, 나쁜 자식아. 나랑은 그렇게나 안 되더니 그래 유진이랑은 어떻게 임신까지 했냐?"

갑자기 눈물이 뚝 떨어져 내렸다. 애써 아무렇지 않은 척, 강한 척했지만 혼자가 되니 꽁꽁 숨겨두었던 아프고 여린 부분이 고개를 내밀었다.

"아, 진짜 구질구질하다. 뭘 울고 그래."

휴지를 꺼내 눈물을 대충 닦고 코를 횡 하고 풀었다.

분했다. 누구라도 그러하겠지만 그녀 역시 아름다운 사랑을 꿈꿨었다. 사랑을 하고 결혼을 하고 아이를 갖고 가정을 이룬다. 간단하고 기본적인 인간의 공식이라 생각했다. 그녀는 그저 보통의 흔한 연애를 했었다. 우석은 괜찮은 남자였다. 그들에겐 분명히 좋은 날도 있었고, 대학생다운 풋풋하고 예쁜 사랑을 했다. 그가 열등감을 드러내기 전까지는 말이다.

'네가 그렇게 뻣뻣하니까 내가 이런 거야. 넌 어떻게 섹시한 데라곤 한 군데도 없냐? 넌 감각이라는 게 몸에 없니? 좀 잘해봐.'

그는 자신의 문제를 늘 세연의 책임으로 돌렸다. 처음엔 사소한 것에서, 그러다가 나중엔 모든 것에 그녀를 탓했다. 그러고는 지독하게 모욕적이고 자존감을 무너뜨리는 말로 그녀를 폭행했다.

그것을 감내하고 자신을 희생하기엔 세연은 역부족이었다. 그녀는 그러기엔 자신을 너무나 사랑했다.

"하아. 나쁜 자식."

휴지로 눈물을 꾹꾹 눌러 닦은 세연이 한숨을 쉬었다. 예정된 이별이었다. 이렇게 되어버린 것이 그녀의 잘못이 아니듯, 이 모든 것이 우석의 잘못이라고 할 수는 없을 것…… 이긴 개뿔이!

다 그놈의 잘못이다. 유진이랑 양다리라니. 천하의 나쁜 놈.

"고자나 돼라, 나쁜 새끼!"

세연이 버럭 소리를 질렀다. 어휴, 속이 다 시원하다. 이 한마디쯤은 꼭 해주고 끝낼걸. 묵묵히 전화와 문자, 톡 폭탄을 무시한 채 자신을 지켜내지 말걸. 영혼이 탈탈 털린다고 해도 끝장을 볼걸. 후회가 파도처럼 밀려왔다.

졌다. 억울하지만 사실이다. 결국 그는 그녀와 할 수 없었던 부분을 유진과는 해낸 것이다. 방식이야 더럽고 추잡하든 어떻든 우석과 유진 둘 다에게 지고 말았다. 지는 건 정말 싫어하는 세연이었지만 이번 일은 어쩔 수 없었다.

"다 된 건가?"

갑자기 등 뒤에서 들려온 목소리에 놀라 꽥 소리를 지른 세연이 볼썽사납게 의자에서 떨어졌다. 즉시 그녀의 양쪽 어깨를 잡아 일으키는 손길에 두 번 놀라 그녀는 힘을 잃고 그의 품에 축 늘어졌다.

"아, 미안해요. 기척이라도 냈어야 하는데. 괜찮아요?"

등을 폭 감싸 안은 그의 체온과 바로 귓가에서 그의 목소리가 생생하게 느껴졌다.

"팀장님?"

고개를 돌려 그를 확인하고 나니 힘을 잃은 다리가 완전히 풀려버리는 것 같다. 인생 최악의 날이 되려나 보다.

"아직 안 가셨어요?"

이를 갈지 않기 위해 최선을 다했다. 왜, 아직, 안 가고 있느냐고 묻고 싶었지만 참았다. 남은 힘을 끌어다 몸을 일으켜 세우는 데 써야 했기 때문이다.

"정말 괜찮아요?"

그녀가 그에게서 떨어지자 그가 눈을 맞추며 물어왔다. 휘청거리는 몸을 세워주고 얼굴을 자세히 들여다본다. 아주 부담스럽게.

"네, 저는 괜찮습니다. 잠깐 놀라서. 누가 있을 줄은 몰랐거든요."

분명히 그의 퇴근을 두 눈으로 똑똑히 지켜봤었다. 제일 먼저 나갔었다고. 팀장실에 불이 꺼진 것까지 다 봤는데.

"결재 올리면 승인해주고 가려고 기다렸어요."

"왜요?"

그만 못 참고 신경질적인 음성으로 물어버렸다. 아차 싶었지만 때는 늦었다.

"팀원들이 맥주 마시러 가면서 한세연 씨 혼자 야근한다고 하더군요. 결국 내가 잔업을 시킨 거나 마찬가지가 돼버린 것 같아서 다시 돌아왔어요. 조금 더 기한을 줄 걸 그랬나 싶기도 하고, 결과를 빨리 확인하고 싶기도 하고."

그는 못 들은 척 다정하게 그녀에게 설명했다. 굳이 그러지 않아도 되었는데. 자상함도 지나치시지.

"다 됐습니다. 바로 드릴 수 있는데 지금 보낼까요?"

"그래주면 좋고."

세연은 코를 훌쩍이며 도면을 확인하고 그의 앞에서 결재서류를 사내 인트라넷으로 그에게 보냈다. 그러고는 코를 풀기 위해 티슈를 향해 손을 뻗다 소름 끼치는 사실을 깨달았다.

얼굴이, 눈물이, 콧물이, 아까 내뱉은 단어들이 있었다!

"수고했어요. 승인하고 올 테니 잠시만 기다려주겠어요?"

설마 욕한 건 못 들었겠지?

아니, 그건 그렇다 치고, 지금 얼굴은?

"네."

팀장실로 향하는 그의 등을 확인하고 번개같이 거울을 찾았다.

오, 마이, 갓. 이건 뭐야. 넌 누구야. 하나님 맙소사.

휴지로 눌려 군데군데 묻은 마스카라와 눈 아래까지 번진 아이라인, 그리고 얼룩덜룩한 눈과 코와 뺨이 있었다. 방금까지 얼굴을 들여다보고 말했는데!

색맹일 거야. 어두워서 안 보일 거야. 아니, 노안이 와서 밤에는 잘 보이지 않는 게 분명해.

"젠장……."

그럴 리가 있냐!

물휴지를 꺼내 미친 듯이 얼굴을 닦아내며 세연이 팀장을 향해 갖은 욕을 쏟아부었다. 집에 진작 가지 왜 돌아왔니. 애초에 왜 오늘 안 해도 될 일을 시킨 거야, 이 일벌레 팀장아.

노메이크업에 가깝도록 얼굴을 박박 닦아내고 나니 문제의 팀장이 돌아오고 있었다.

"그럼 이제 갈까요?"

그사이 수습된 그녀의 얼굴을 보고도 그는 눈 하나 깜짝하지 않았다. 이 정도의 배려는 중증이다. 지독하도록 사회화된 인간의 전형이 아닐까, 세연이 의심의 눈초리로 그를 쳐다보며 대답했다.

"네."

그러고는 성큼성큼 걸어가는 그의 뒤를 종종대고 따라가며 세연은 이내 한숨을 내쉬었다.

그래, 이까짓 일로 세상이 무너지는 것도 아니고 일단 넘어가주기로 하자. 이 얼굴을 보고도 모르는 척해주었으니까. 원래 엄청나게 신사다운 성격일 수도 있는 거 아니겠는가.

게다가 앞서 걷고 있는 그의 잘 빠진 몸매와 시원한 비율을 눈으로 좇자니 원망 따윈 개나 주고 싶다.

"늦었지만 지금 사는 건 어때요?"

"네?"

갑자기 멈춰 선 그의 등에 코를 박을 뻔했다. 가끔 그와 단둘이 있는 건 귀도 멀고 눈도 안 보이고 뇌도 멈추는 것 같은 기분이 든다.

"커피 사야 하지 않아요?"

세상에 없는 좋은 생각이라도 난 것처럼 그가 물었다.

"아……."

그 커피, 말입니까. 이 정도면 집착인데요.

"그러죠."

일그러지려는 얼굴을 가까스로 추슬렀다. 밤늦은 시간도 아니고,

술을 마시자는 것도 아닌데 뭐 어때. 빚은 빨리 갚는 것이 좋다. 세연이 고개를 끄덕였다.

그들은 회사에서 조금 떨어진 카페에 와 있었다. 한적하지만 커피가 맛있는 곳이었다.

"가볍게 한 말이었는데, 한세연 씨가 부담을 많이 느끼는 것 같아서 그냥 오늘 오자고 했어요."

그의 말에 세연은 말없이 자신의 커피 잔을 만지작거렸다. 아니라고 하고 싶었지만 쉽사리 말이 나오지 않았다. 오는 동안 부담감이 백배쯤 커진 것이 사실이었기 때문이다. 게다가 이곳까지 오는 동안 그의 차를 타고 왔다. 없던 밀실공포증이 생길 뻔했다.

"매를 빨리 맞는 게 좋은 놈이라고 하지."

그가 너무나 당당하게 덧붙이는 바람에 세연은 말뜻을 헤아리느라 그의 얼굴을 멍하니 바라보아야 했다.

"아닌가?"

그가 슬며시 말을 거두어들였다.

"속담이요? 매도 먼저 맞는 놈이 낫다?"

마침내 그의 말을 이해한 세연이 물었다.

"맞아, 그거예요."

그가 반색을 했다. 세연은 웃음이 터져 나오려는 걸 초인적인 의지로 참아냈다. 미국인 이세준 팀장님은 요즘 한국의 속담을 공부하는 중이신가 보다.

세연이 굳었던 어깨를 풀고 미소를 지었다. 좋게 생각하자. 그대로 집으로 들어갔었다면 자신이 했던 행동과 욕설을 그가 다 보고 들었다는 생각에 자다 하이킥을 백만 번쯤 했을 것이다.

"팀장님, 요즘도 우리 말 공부하세요?"

한결 마음이 편안해진 세연은 그제야 손에 들고 있던 커피를 한 모금 마셨다. 허리에 들어갔던 힘이 조금 풀리고 소파에 등을 기대자 맞은편의 그가 눈에 들어왔다.

"속담과 사자성어에 관한 책을 읽고 있는데, 나에게는 조금 몹시 어려워요."

등을 기대지 않고 무릎 위에 팔꿈치를 대고 몸을 기울여 그녀를 바라보는 그는 왠지 불편해 보였다. 그러니까 그는 지금 '조금'과 '몹시'를 같이 썼다.

"한국말 엄청 잘하셔서 공부가 따로 필요하신 줄은 몰랐어요."

"길지 않은 대화나 전문적인 것은 오히려 괜찮은데 일상적인 것이 어려운 편이에요."

그가 마시지도 않는 커피 잔을 매만지며 말했다. 그 모습에 그녀는 문득 이런 생각이 들었다. 이 상황이 어색한 건 그도 마찬가지라고.

그는 말이 많은 편이 아니었다. 회의 때나 일을 지시할 때에도 꼭 필요한 말 이외에는 하지 않았다. 그러니 지금 그가 무리하게 말을 많이 하는 건 아마도 그녀의 긴장을 풀어주려 하는 것일 게다.

"말 편하게 하세요, 팀장님."

그냥 상황을 즐겨보기로 했다. 피할 수 없다면 즐겨라가 달리 명언이 아니다. 그리고 지금 상황에서 가장 무난한 제안을 했다. 그의 존댓말이 불편하기도 했고.

"편하게 하고 있어요. 불편하게 보이나?"

한껏 불편해 보이는 자세로 그가 말했다.

"아뇨. 말 놓으시라고요."

"놓아줘요?"

"……."

그렇지. 아무리 말을 잘한다고 해도 그는 한국인은 아니었다. 그렇다고 해도 그의 한국어 수준에 비해 이런 말을 못 알아듣는다는 건, 개인적인 인간관계가 거의 없다는 뜻인가 싶었다. 사회성이 높은 줄 알았는데, 이젠 감이 안 잡힌다.

"반말하세요, 팀장님."

그녀가 다시 한번 쉽게 말했다.

"아, 그거."

"네. 그거요."

세연이 웃었다. 그러자 그가 어색하게 따라 웃었다.

"반말하는 건 어렵지 않은데, 잘 쓰게 되진 않아요. 개인적으로 사람을 만나는 일이 별로 없어서. 오히려 상사로서 쓰는 말은 쉬운데, 반말인지 존대인지 헷갈리긴 하지만."

그가 턱을 매만지며 어색해했다. 사회성이 낮은 거였다. 세연은 자신의 예상이 맞은 것 같아 한편으론 마음이 짠했다.

"제가 불편해서 그래요. 그리고 상사로서 반말하셔도 돼요."

"그래요……. 그러지."

말은 그렇게 하면서도 그리 쉽지는 않은 모양이었다.

"커피 좋아하시나 봐요."

세연은 그도 편안하게 만들어주고 싶었다. 멋대로 해석하긴 했지만 커피를 마시자던 그의 의도는 그녀를 위한 배려인 것 같았다. 그래서 대화를 편안하게 이끌고 싶었다. 그랬던 것뿐인데,

"커피에 환장했냐고 묻는 건가?"

이건 뭡니까.

"풉."

그만 들이켜던 커피를 뿜었다. 컵을 입에 대고 있었기에 망정이지 대참사가 벌어질 뻔했다.

"에?"

세연이 입을 딱 벌렸다. 빙글빙글 웃고 있는 눈앞의 남자가 방금 어색해하던 그 사람이 맞는지 의심이 들었다.

이게 뭐야. 지금 시비 거는 건가? 그냥 놀리는 거? 이성과 사념과 생각이 헝클어져 뒤섞였다.

"제가요?"

아니라고 해야 하는데 말이 안 나온다. 사실 그렇게 생각하고 있었으니까! 쭉 그렇게 생각하며 그를 원망하고 있었으니까!

그런데 이 난관을 어떻게 극복해야 하지?

"얼굴에 그렇게 쓰여 있는데."

그가 입꼬리를 한껏 추어올리고는 커피를 입으로 가져갔다. 그러고 보니 등도 소파에 한껏 기대고 있었다. 여유작작한 모습이다.

와, 반말하랬다고 바로 이렇게 치고 들어오는 거야?

"아닌데요."

이미 들켜버렸지만 뻔뻔함을 가져보기로 했다. 허를 찔린 것 같은 패배감 비슷한 게 치고 올라왔지만 무시했다. 하지만 그녀는 조금 전과는 전혀 다른 그의 모습에 당황하여 어쩔 줄을 모르고 있

었다.

"그래?"

그가 소리 내어 웃었다. 그냥 웃은 것뿐인데, 그것도 아주 매력적으로 웃은 것뿐인데 이상하게 분하다!

"환장이라니, 어떻게 그런 말을 사용하실 수가 있어요. 그거 매우 좋지 않은 말이에요."

그렇다면 질 수 없지. 나도 편안할 테다. 여유롭게 공격할 거라고!

엉뚱한 곳에서 승부욕을 불태우는 이상한 습성이 고개를 들었다. 세연은 고개를 가로저으며 그에게 말했다. 선생님처럼, 엄하게.

"그런가. 나는 아주 적절한 용도로 적절하게 사용했다고 생각하는데."

하지만 통하지 않았다. 그는 턱을 매만지며 그녀를 응시했다. 내 말이 맞지? 그는 그렇게 말하고 있었다.

아이고, 분해!

"혹시 그 말도 책에서 배우셨어요?"

"그럼 어디겠어?"

그가 놀라운 말이라도 들은 것처럼 반문했다. 세상에. 반말이 이렇게나 얄미울 수 있다니.

"사자성어나 속담에 안 나오는 말 같은데요."

"다른 책이야."

헐. 그녀의 눈이 가늘어졌다. 점점 그에게 말려들어 이상한 승부욕을 보이고 있다는 걸 그녀는 깨닫지 못했다.

"무슨 비속어 사전이라도 있나 봐요?"

세연이 비아냥거렸다. 작은 말싸움에도 지기 싫어하는 그녀의 승부근성이었다. 평소에는 이성으로 무장하고 있기 때문에 등장하지 않는 그녀의 단점이었지만 그는 조금 전 그녀의 이성을 무장 해제시켰다.

"있어."

말도 안 돼.

세연이 입을 벌리고 있는 사이 그는 잘생긴 얼굴을 조금도 찌푸리지 않은 채 상냥하게 대답했다. 그런데 이상하게 짜증이 난다. 그의 입꼬리가 점점 올라가는 것 같은 느낌적인 느낌이다. 마치 그녀의 표정을 다 읽고 있는 것 같다.

"그런데 그새 깨끗해졌네? 아까 한세연 씨 얼굴이 아주 장관이었는데."

"헐!"

그녀야말로 자기도 모르게 비속어를 내뱉었다. 하지만 경악한 그녀의 얼굴을 보고 그가 또 소리를 내어 웃는 바람에 생각이 흩어져버렸다.

장관이란 지금 보이는 그의 얼굴을 두고 하는 말일 것이다. 늘 표정을 굳히고 있던 그가 느슨해져 있는 모습은 처음이었다. 즐거운 듯 장난기를 가득 담은 두 눈도 처음이었다.

"가관이겠죠."

세연이 새초롬하게 톡 쏘았다.

"아, 맞아. 그거."

그가 야릇한 미소로 답했다.

"지금 새로 배운 단어 저한테 사용해보시는 거예요?"

"맞아."

뭐가 맞아. 팍 씨.

세연이 그를 노려보다 문득 깨달았다. 그가 팀장이라는 걸. 상사인 그를 그녀는 지금까지 거리낌 없이 상대하고 있었다는 걸. 잊고 있었다, 어색함도 거리감도 그가 상사라는 것도.

복잡하게 이게 뭔가 분석하기 전에 세연은 놓아버렸다. 그가 빙글거리며 계속해서 그녀의 얼굴을 들여다보고 있는 한 생각이란 걸 할 수가 없었으니까.

"휴전해요."

이럴 땐 항복이 제일이다.

"기꺼이."

세연이 넋을 놓고 웃어버렸다. 아마 저것도 새로 배운 단어겠지 하는 의심의 끈을 놓지 않은 채.

"가리는 음식은 없나?"

그가 갑자기 훅 치고 들어왔다. 뭐냐, 이 맥락 없는 개연성은.

"특별히 좋아하는 게 있어?"

"제가 좋아하는 음식이요?"

"응."

그런 게 왜 궁금하지 싶긴 하지만 세연은 성실하게 대답하기로 했다. 추가 면접이라고 생각하면 되잖아.

"특별히 가리진 않습니다."

"회식 장소로 고르라면 가고 싶은 장소라든가 추천할 만한 곳은?"

"아……. 그런 거라면 요즘은 패밀리 레스토랑이나 한식 뷔페, 캐주얼한 맥줏집 같은 곳에서도 많이 하는 추세예요. 저도 그런 곳이 삼겹살집이나 횟집보다 더 좋고요."

"그런가. 참고하도록 하지."

그가 팀장의 모습으로 말했다.

세연은 푹신한 의자에 기대어 남은 커피를 마셨다. 이제 대화가 끊겨져도 어색하지 않을 만큼 편안해졌다. 신기했다. 그것은 맞은 편에 앉아 느긋하게 그녀를 바라보는 그도 마찬가지인 듯했다. 이게 뭘까?

"나에 대해서는 궁금한 게 별로 없나 보군."

그녀와 동시에 커피 잔을 내려놓은 그가 물었다. 놀랄 만큼 개운해진 마음을 느끼며 그녀가 몸을 앞으로 기울였다.

왜 없겠습니까. 궁금한 거야 백만 스물두 가지쯤 있는뎁쇼.

"일 얘기 물어봐도 돼요?"

세연이 두 눈을 반짝였다. 새로 개발하는 엔진에 대한 건, 밤을 새워도 모자랄 것이다.

"안 돼."

그가 싱긋 웃고는 단호하게 대답했다.

"아…… 네."

코가 석 자나 빠진 채로 세연이 대답했다.

"논문은요?"

이번엔 강아지 같은 눈망울로 그녀가 물었다. 지난번 그가 SCI에 발표한 논문은 정말이지 흥미로웠…….

"그것도 안 돼."

아주 단호박이 따로 없다.

"그럼 궁금한 거 없는데요……."

한껏 부풀었던 어깨가 내려앉았다. 세연은 눈에 띄게 풀이 죽어 말했다.

"다른 사람이 물어보는 걸 질문하는 건 어때?"

그가 여유롭게 그녀를 달랬다.

"다른 사람들은 뭘 물어보는데요?"

세연이 입을 툭 내밀었다. 궁금하지 않은 질문을 뭐하러 해?

"일반적이지. 사는 곳이 어디냐, 부모님은 어디에 사시냐, 연봉이 얼마냐."

"그게 뭐가 일반적이에요. 너무 사적인 거 아니에요?"

"그러게 말이야."

그가 이번엔 자조적으로 웃었다.

"어디 사시는데요?"

세연이 마지못해 물었다. 내내 떠나지 않는 미소를 달고 그가 사는 곳을 말하자 세연이 입을 오므리며 감탄을 내뱉었다.

"거기 되게 비싸다던데."

"회장님이 구해주신 곳이야. 나야 세입자에 불과하지."

"회사에서 집도 줬어요?"

"계약 조건에 있었어. 그런데 지나치게 크고 넓더라고."

"외로우시겠어요."

그냥 던진 말이었다. 생각 없이 툭 튀어나오는 그런 종류의. 그의 얼굴이 그렇게 갑자기 굳어지는 이유를 그래서 더욱 알 수 없었던 건지도 몰랐다. 장난기 가득하던 두 눈이 차갑게 굳어지고 짙어졌다. 그리고 묘한 눈빛으로 그녀를 뚫어지게 바라보기 시작했다. 평온하던 공기가 갑자기 바뀌어 그녀는 숨도 쉬지 못했다.

"왜 그런 말을 하지?"

어쩔 줄 몰라 하는 그녀를 자신의 눈동자에 잡아 가둔 채 그가 물었다.

"그냥 그런 생각이 들었어요."

그저 침착할 수밖에 없다. 그녀의 생각이 틀리지 않았다면 그의 눈동자 안에서 본 건 슬픔이었다. 왠지 알 수 있었다. 그는 화를 내는 것이 아니었다. 그저 묻는 것이다. 자신이 보여주고 싶지 않은 부분을 그녀가 보았는지.

"그게 다예요."

세연이 아무렇지 않게 그를 향해 생긋 웃었다. 그가 자신에게 분노하는 것이었다면 그녀는 두려웠을 것이다. 그녀는 우석을 만나는 동안 자칫하여 그가 화를 낼까 내내 두려워했다. 우석은 속이 좁았고 별것 아닌 일로 분노하여 미친 사람처럼 굴기 일쑤였다. 하지만 세준은 달랐다. 그는 안심할 수 있는 사람이었고 그녀는 자신이 느낀 것처럼 그를 안심시켜주고 싶었다.

건드리지 않을게요. 드러내고 싶지 않은 거 알아요.

세연이 그의 눈을 마주 보며 말없이 자신의 생각을 전하려 애썼다. 이윽고 그의 눈동자가 미묘하게 변하는가 싶더니 얼어버렸던 미소가 돌아왔다.

"똑똑하네, 한세연 씨."

남극도 녹일 것 같은 표정이었다. 갑갑했던 공기가 일순간에 풀렸다.

"늦었는데 이만 갈까?"

그가 자리에서 일어섰다. 그리고 그녀가 어쩌기도 전에 한발 앞서 나가 커피값을 계산해버렸다. 뒤늦게 따라 나와 항의하려는 그녀를 손을 들어 멈추고는 카페 문을 열어주었다.

"You first."

그가 자신의 차 문을 열어놓고 기다리는 것이 다음 차례였고 그녀는 아무 말도 못 한 채 그의 차를 타고 자신의 집으로 향했다. 순서대로 일어난 일이었고 그녀의 뇌는 온통 뒤죽박죽이 되었다.

자기가 살 거였으면 커피는 왜 사라고 한 거지? 대체 이 만남의 명분이 뭐야?

이젠 아무것도 모르겠다. 나영의 말처럼 그가 자신에게 관심이 있는 걸 수도 있다는 생각이 들었다.

'안 돼애애애애! 그런 생각 하지 마. 그냥 커피가 마시고 싶었던 거야!'

차창을 내다보며 머릿속으로 비명을 질러댔다.

'아닐 수도 있잖아.'

갑자기 이성이 말을 걸었다. 이 모든 게 그저 순수한 배려일 수도 있다고. 한국 사람이 아니니까 미국인이니까 생각하는 방식 자체가 다를 수도 있는 거라고. 그새 힘이 빠진 세연이 차창에 머리를 콕 박았다.

역시. 그런 거였어. 휴.

엄청나게 빠른 납득이었다. 왜냐하면 머리 아프니까. 오래 생각하면 늪에 빠져들 게 분명하다. 그러니 두 번 생각하지 않겠다. 하여간 호들갑 유나영 때문에 괜한 오해를 할 뻔했다. 엄한 나영의 탓으로 돌리고 나니 세연은 한결 가뿐해졌다.

혼자 북 치고 장구 치고 하는 게 특기이긴 하지만, 넘나 열심히 했더니 심신이 피곤하다. 오늘은 특히나 더.

"한세연 씨는 가끔씩 과하다 싶을 정도로 열심히 할 때가 있어. 일도 좋지만 자신의 몸부터 돌봐야 하는 게 첫째야. 주말 잘 보내고 건강한 모습으로 출근하도록."

그러는 사이 어느덧 세연의 원룸 앞에 그의 차가 섰다. 또 속마음을 들여다본 것처럼 그가 말했다.

사려 깊은 조언이었지만 내심 뜨끔했다. 이번엔 일을 열심히 한 게 아니라 오해를 열심히 한 것뿐이었지만.

"나는 잘 모르지만 빨리 잊는 게 복수하는 제일 좋은 방법일 수도 있어."

차 문을 열고 내리던 세연의 발이 멈췄다. 역시 그는 그때 모든 걸 듣고 있었다. 그저 모른 척해준 것뿐. 하지만 이제는 그저 그것만으로 감사할 따름이다. 직장에서 보기 흉한 모습을 보인 능력 없는 신입사원이 되었을 수도 있었다.

"네. 감사합니다, 팀장님."

세연이 진심에서 우러나오는 인사를 했다.

"그런데, 궁금한 게 한 가지 있는데."

그녀가 차 문을 닫자, 그가 창문을 내렸다.

"네."

"고자가 무슨 뜻이지?"

이런 젠장.

3. 고물차는 폐차가 답이다

계량컵으로 정확히 잰 물 500㎖, 4분에 맞춰져 있는 스톱워치, 2㎝ 간격으로 어슷썰기 되어 있는 파 한 줄기. 준비는 완벽하다. 물의 증발률까지 계산하면 약간의 물이 더 필요할 수가 있으니 5㎖ 정도는 보충이 필요할 것…….

"너 지금 뭐 하냐?"

난데없는 목소리가 불쑥 그녀의 생각을 방해했다. 세연이 미간을 찌푸린 상태로 뒤를 돌아다보았다.

"왜 그래, 또."

나영이 잔뜩 못마땅한 표정으로 그녀를 쏘아보고 서 있었다.

"내가 라면 끓여달랬지 라면 조립해달랬냐?"

"뭐든 정확해야 맛있는 거야. 특히 라면은 물 양부터…….'

"저리 비켜."

나영이 세연을 밀쳐냈다.

"이래 가지고 어느 세월에 라면을 먹어. 게다가 하나씩 끓여서 너 먹고 나 먹고, 하루해가 다 지겠네!"

"라면은 한 냄비에 하나씩이 기본이지."

"시끄러워. 기본 찾다가 다 굶어 죽겠네. 내가 라면 끓일 동안 넌 가서 저 정신 사나운 것부터 어떻게 좀 해. 아니, 하나도 어지러운데 뭘 두 개씩이나 펼쳐놨어."

엄마처럼 잔소리를 퍼부으며 나영이 세연의 등을 두드려 쫓았다.

세연의 원룸 바닥과 테이블 위에는 맞추다 만 500피스짜리 퍼즐 하나와 역시 조립하다 만 레고 블록이 한가득이었다.

"머리가 어지러울 때는 이게 최고란 말이야."

입을 잔뜩 내민 채 블록과 퍼즐을 주섬주섬 정리하며 세연이 투덜댔다. 사실은 정리하는 척만 했을 뿐이었다. 대강 한쪽으로 밀어놓고는 쭈그리고 앉아 퍼즐에 조각 몇 개를 더했다.

꽥 소리가 뒤통수로 날아들었다.

"그거 빨리 안 치워? 라면은 대체 어디서 먹을 거야?"

"그거야 식탁 위에서 먹으면 되지, 왜 성질을 부리고 그래."

더 이상은 지지 않겠다, 분연히 일어선 세연은 식탁 위를 온통 점령하고 있는 자동차 잡지와 소형게임기, 피규어들을 보고는 그만 입을 닫았다.

"제가 잘못했습니다."

"얼른 치우거라."

"네."

그러고는 두말하지 않고 식탁 위를 치우기 시작했다.

다 끓인 라면 냄비를 들고 기가 차다는 듯 자신을 흘겨보는 나영을 무시한 채 할 일을 마쳤다.

"뭐야, 빨리 말해."

티끌 한 점 없는 식탁 위에서 라면을 먹으며 나영은 참고 참았던 질문을 던졌다.

"무슨 소리야?"

세연이 나영의 눈길을 피하며 모르는 척 시치미를 떼자 젓가락이 허공에서 마술지팡이처럼 춤을 췄다.

"니가 저러는 이유가 있을 거 아냐."

그러고는 원룸의 한 자리를 차지하고 있는 퍼즐과 블록을 가리켰다.

"하나는 우석 선배랑 청첩장 문제겠고, 그럼 또 하나는 뭐야?"

"기지배가 예리하기는."

세연이 입을 삐죽거렸다.

"그새 또 무슨 사고를 친 거야?"

"내가 무슨 사고 치는 사람이야?"

"응."

마지못해 세연은 지난번 있었던 팀장과의 이야기를 털어놓았다. 연신 킬킬거리며 듣던 나영은 세연이 말을 마치자 물었다.

"그런데 고자 뜻을 모른단 말이야?"

"팀장님 원래 미국 사람이거든. 거기서 태어났대. 워낙 한국말 잘해서 사람들이 잘 몰라. 가끔씩 이상한 말 하기는 하나 보더라."

"그래서 넌 팀장한테 뭐라고 그랬는데?"

"아기를 낳을 수 없는 남자라고 했지."

나영이 오오 소리를 내며 박수를 쳤다.

"그랬더니?"

"아기는 여자가 낳는 게 아니냐고 하더라."

나영이 숨이 넘어가게 웃기 시작했다. 일단 그렇게 되면 한동안은 아무 얘기도 할 수 없다. 세연은 나영이 웃음을 멈출 때까지 잠시 기다려야 했다.

"그래서……?"

한참 만에 눈물까지 닦아내며 나영이 물었다. 그녀는 웃음을 멈추기 위해 물까지 마셔야 했다.

"아기를 만들 수 없는 남자라고 했어."

"오오, 정확했어."

"그런데 안색이 변하더라고."

뭘 또 그렇게까지 정색을 했는지 세연도 알 수 없었지만 아무튼 팀장은 충격을 받은 얼굴로 돌아갔다.

"별것도 아니네. 저렇게 블록 만들 것까진 없는 일이었는데요."

나영이 일갈한 후 다시 라면에 집중했다.

"별게 아니야, 그게?"

"그래. 그건 정말 별거 아니야. 별거는 너랑 팀장님이 커피를 마셨다는 거지. 둘이 그냥 커피만 마셨어? 다른 일은?"

나영의 눈이 가늘어지고 세연은 이내 가슴이 찔려 라면을 젓가락으로 뒤적거렸다.

"없었어."

"진짜? 아무래도 뭔가 있었는데. 내 촉이 딱 그렇게 말해주고 있는데. 이건 뭔가 있다! 이렇게."

"있긴 뭐가 있어! 암튼 너 땜에 내가!"

"나 땜에 뭐?"

나영이 눈을 빛내며 물었다. 저기 걸려들면 큰일 나는 거다.

"어휴, 아니다."

"암튼 너 수상해. 내가 두고 보겠어."

자기 몫의 라면을 호로록 입에 넣은 나영이 자리에서 일어섰다.

"그럼 이제부터 난 설거지를 할 테니 넌 저 블록과 퍼즐을 맞추든 정리하든 2시 40분까지 끝내도록."

나영이 고무장갑을 끼며 세연에게 말했다.

"응?"

얼결에 나영을 따라 자기 그릇의 라면도 단숨에 들이켠 세연이 나영을 향해 고개를 들었지만 이미 싱크대를 향해 돌아선 뒤였다.

언젠가 TV에서 집안일 안 하는 남편에게 일을 시키려면 정확한 시간을 제시해야 한다고 했다. 아이러니하게도 그 방법은 세연에게도 통했다. 아마 나영이 가끔씩 놀러 와 정리를 해주지 않으면 세연의 원룸은 그야말로 혼돈 그 자체일 것이다. 물론 본인이야 혼돈 속에도 법칙은 존재한다고 우길 게 뻔하지만 말이다.

귀여운 녀석. 필사적으로 시간을 재며 퍼즐과 사투를 벌이는 친구를 보고 미소를 짓던 나영이 콧노래를 부르며 설거지를 시작했다.

월요일이 도래했다. 세연은 드디어 잡무를 벗어나 일다운 일을 맡게 되었다. 그전에도 종종 심부름을 다녔던 시작실이 이제는 그녀의 담당이 되었다.

시작실이란 대량생산 전 시험을 위한 시제품을 제작하는 곳이다. 이곳 연구소의 시작실은 연구동과 나란히 붙어 있는 단층의 건물로, 주로 엔진만 제작하는 곳이었다.

그녀가 맡은 업무는 엔진 조립을 의뢰하고 문제가 생겼을 때 양쪽과 협의하여 문제를 해결하는 일이었다. 보기엔 별것 아닌 것 같고 쉬워 보여도 그리 만만한 일은 아니었다.

시작실은 현장이나 마찬가지였다. 직원들 모두 현장직이라 다소 걸걸해 연구원들과 잘 지내는 직원이 있는 반면 연구원이라면 무조건 배척하는 직원들도 간혹 있었다. 특히 시작실 담당이 세연으로 정해지자 노골적으로 불만을 표출하는 사람도 생겼다.

현장 직원은 대부분 공고를 졸업하고 바로 들어오거나 경력직으로 입사한다. 그리고 전부 남자였다. 세연의 앞길은 말 그대로 고난의 가시밭길이었다.

그나마 다행인 건 김 공장의 존재였다. 시작실의 수장이자 직함이 공장인 김도식은 세연을 처음 볼 때부터 마음에 들어 했다. 잔뜩 긴장한 그녀에게 먼저 다가와 따뜻한 말을 건네고 이름 대신 아가씨라 부르며 일은 할 줄 아냐고 비아냥거리던 기능원의 궁둥이를 발로 걷어차준 것도 그였다.

"안녕하십니까!"

기운차게 인사하며 정식 담당 첫날의 시작실 문을 세연이 활짝 열었다. 제일 먼저 눈에 들어온 사람은 역시나 김 공장이었다.

"어, 세연이 왔어? 어서 와, 어서 와. 그런데 어쩌지. 대형팀 엔진 아직 안 됐어. 소형팀 게 아직 조립이 덜 돼서 말이야. 대형팀 거는 아마…… 내일 오후쯤에 될 것 같은데."

"아닙니다. 오늘은 진척 상황만 확인하면 됩니다."

"그래? 아이고, 오늘도 아주 싹싹하네."

"김 공장님 덕분이죠."

"말도 참 예쁘게 하지. 내가 요즘 우리 세연이 덕에 즐거워. 그 뭐냐. 맛난 커피도 사다 주고 말이야. 그런데 그 커피 말이야. 진짜로 용하데. 어떻게 먹었다 하면 바로 신호가 와. 내가 덕분에 요즘 아주 원더풀 라이프야. 하하하."

"그렇죠? 그게 그렇다니까요."

회사 앞 커피 전문점에서 가끔 자판기 커피 대신 사 마시는 돌체라떼는 세연의 영혼의 양식이었다. 정신을 깨워주기도 하지만 아는 사람만 안다는 신체의 막힌 곳을 기가 막히게 뚫어주는 비밀스런 역할도 하기 때문이었다. 그리고 세연은 그 비밀을 김 공장과 나눠 가졌다. 말로 할 수 없는 고마움의 표현이었다.

"무슨 커피요? 왜 난 안 사줘? 연구원 씨도 비싼 커피만 좋아하는 건가? 김 공장님만 챙기고 사람 되게 차별하네."

훈훈한 분위기에 노랑머리 하나가 불쑥 디밀어졌다.

강명식이다. 시작실에서 제일 꼴 보기 싫은 놈.

강명식은 첫 만남에 왜 여자가 온 거냐며 불만을 노골적으로 드러냈었다. 고등학교 졸업하고 바로 들어와서 그녀보다 몇 살은 어린데도 자기가 선배라며 반말을 서슴없이 하다 김 공장한테 귀를 잡혀 끌려 나가기도 했다.

"강명식 씨는 직접 사서 드시는 걸로."

"말이 짧네요?"

"그럴 리가요. 기분 탓이겠죠."

그날 이후 세연도 똑같이 응대해주고 있었다. 저놈은 전생에 나랑 원수가 진 게 분명하다.

"넌 왜 또 와서 시비야, 인마? 연구원 씨는 또 뭐고? 누나라고 부르기 싫으면 한세연 씨라고 불러."

"누나는 무슨 누나예요! 엄연히 회사고 선배도 내가 선배인데."

"이놈이! 다른 연구원들한테는 잘도 형, 형 하면서 무슨 개소리야. 세연이가 너보다 세 살은 족히 더 먹었을 텐데 당연히 누나지. 배워도 너보다 배는 많이 배웠을 텐데 누나라고 부르는 게 그렇게 고까워?"

현장 직원들과 남자 연구원들은 대부분 사이가 좋았다. 직급 관계가 다르니 나이에 따라 형이라 부르거나 이름을 불렀다.

"나이가 무슨 상관이에요, 짬밥이 다른데. 왜 맨날 나만 가지고 그래요? 공장님이 그러니까 신참이 날 우습게 보는 거 아니에요!"

"뭐, 신참? 무슨 신참? 너 지금 세연이를 신참이라고 부른 거냐? 이놈이 어디서 고참 노릇을 하려고 들어? 아까 내가 시킨 건 다 해 놨어? 부품 모자란다고 인혁이가 두 번이나 말하고 갔어. 내가 확인 두 번씩 하라고 했냐, 안 했냐."

"에이 씨. 하면 될 거 아니에요."

"아니, 그래도 이놈이. 빨리 안 가?"

기어코 궁둥이를 걷어차이고 마는 강명식이었다. 하지만 기어이 세연을 향해 마지막 말을 던지고 나서야 퇴장을 했다.

"가요, 가. 에이. 연구원 씨, 오늘 운 좋은 줄 알아요. 신고식도 안 하고. 시작실 담당 되면 첫날에 말술 마셔야 되는 거 알아요? 여자라고 봐주는 거라고."

"아, 예. 여자라고 봐주셔서 감사합니다. 보답으로 돈 남으면 강명식 씨 커피도 한 잔 사다 드세요."

세연은 상냥하게 웃으며 대답했다. 잘 들어야 무슨 말인지 알아들을 수 있을 것이다. 김 공장은 못 알아들은 것 같았다. 혼자 썩어가는 명식의 얼굴이 조금 통쾌했다.

"도면에 이상 없는 거 확인했으니 전 이만 가보겠습니다. 내일 엔진 조립 끝나면 오겠습니다, 공장님."

"그래그래. 어여 가봐. 저놈은 신경 쓰지 말고."

인사를 꾸벅하고는 명식 쪽으론 눈길도 주지 않고 시작실을 나왔다. 너는 언젠가 내가 반드시 팬다. 세연이 주먹을 불끈 쥐었다.

"오늘 전체 회식 있습니다. 팀장님 참석하시고요, 미뤄왔던 신입사원 환영회 겸해서 합니다."

이숙현 주임이 퇴근 전에 소리쳤다. 미리 정해진 것이긴 해도 공지사항 담당인 그녀의 임무는 언제나 충실하게 행해졌다.

아, 회식. 망할 회식. 왜 회식은 죽지도 않고 또 오는 것인가.

우석과 헤어진 이후로 그녀는 회식 때마다 취하지 않으려고 안간힘을 썼다. 정신줄을 놓게 되면 자신이 무슨 짓을 할지 두려웠기 때문이다. 그래도 지금껏 한 번도 실수 없이 잘 버텨왔지만 전체 회식은 그중 제일 위험한 술자리였다.

신입 주제에 빠진다고 할 순 없는 노릇이었으니 오늘도 미리 무언가를 먹어두는 편이 좋으리라. 개도 떡도 사람으로 만들어준다는 그것 말이다.

하지만 세연의 걱정도 무색하게 그날의 전체 회식 장소는 패밀리 레스토랑이었다. 몰래 빠져나가 여명707에 견디셔까지 마셔둔 세연은 허망함에 잠시 할 말을 잃었다.

"팀장님 지시야."

옆에 앉은 숙현이 세연의 귀에 대고 소곤거렸다. 세연의 가슴이 펄떡 뛰었다 내려앉았다. 자신의 취향을 물어오던 팀장의 목소리가 떠올랐기 때문이었다. 쓸데없는 데서 자상하지 말아줬으면 좋겠다. 괜한 오해는 회사 생활에 막대한 지장을 초래한다는 걸 근래에 깨달았다.

회의실만 한 패밀리 레스토랑의 특별룸 안에서 세연이 심장을 다스리고 있는 가운데, 맞은편에 앉아 있던 윤 책임이 큰 소리로 외쳤다.

"오늘 여기 생맥주 무한 리필이래. 어디 한번 배 터지게 마셔보자고."

그럼 그렇지. 땅이 꺼지도록 한숨을 내쉬는 세연을 보고 숙현이 미소 지었다.

"괜찮아. 안 마셔도 돼. 신입 억지로 술 마시게 하지 말라고 팀장님이 따로 지시하셨다니까."

"진짜요?"

이건 정말이지 오해하기 딱 좋은 문장이다. 그녀는 설렘을 감추기 위해 잊고 있던 고자 드립을 억지로 기억해내야 했다.

"우리 막내, 팀장님 사랑 엄청 받네. 그렇게 우리 팀으로 끌어오려고 애쓰셨다더니. 세연 씨가 인재는 인재인가 봐?"

어느새 들었는지 가까이에 앉은 박 선임이 엄지를 치켜들며 말했다. 세연은 그 와중에 '사랑' 같은 소리만 쏙쏙 골라 들었다.

기분이 나쁘지는 않았다. 그렇잖아도 커피 마신 날부터 그가 자꾸 의식되기 시작했는데 자꾸 이러면 큰일이다.

"당연하지. 한세연 씨 유명했다고. OJT 때 자동차 조립 시험 1등 했다며? 공장 라인 기사님들이 혀를 내둘렀다던데. 크으으으."

세연은 그저 머리를 긁적였다. 말 그대로 조립이었고, 부피만 컸지 조립이라면 나노 블록에서부터 대전차포까지 안 해본 게 없는 그녀였다. 솔직히 너무 재미있어서 엔진 조립 파트와 자동차 조립 파트는 다시 한번 돌라고 해도 좋아라 할 것이다.

"어, 나도 들었어요. 지난번에 현장 갔는데 기사님 하나가 악바리 아가씨 잘 지내냐고 묻더라고요. 이번 신입 중에 대찬 아가씨 하나 있다고. 우리 팀으로 온 것까지 다 알고 있던데요."

그 옆에 앉은 홍 주임이 거들었다. 모두의 시선이 한꺼번에 자신에게로 쏠리자 세연은 몸 둘 바를 몰라 했다.

"어머, 그래요? 오늘 한세연 씨 많이는 아니라도 첫 잔은 꼭 마셔야겠다. 열심히 해보자. 응?"

마치 자기 일처럼 뿌듯해하며 사수인 숙현이 때맞춰 나온 생맥주 잔을 들었다. 일이 심상치 않게 돌아간다. 거한 축사와 대형팀의 구호를 외치며 팀원들은 세연이 첫 잔을 비우는 걸 지켜보고 환호를 보냈다. 그리고 두 번째 잔이 그녀에게 배달됐다.

"T1의 대성공을 위하여!"

모두가 떠들썩하게 마시고 흥겹게 자리에 앉았다. 그게 전부였다. 연신 맥주를 리필해서 먹는 윤 책임도, 조금씩 홀짝이며 안주 겸 식사를 하는 박 선임도 각자 분위기를 즐겼다.

"팀장님 있는 회식은 처음이지? 회식 잘 안 오시는데 한세연 씨 환영하는 자리라고 특별히 오신 거래."

숙현이 세연의 귀에 대고 소곤거렸다. 그녀의 말에 세연은 자연스럽게 눈길이 팀장 쪽으로 향했다. 그리고 약속이라도 한 것처럼 세준과 눈이 마주쳤다.

쿵.

그의 눈이 가늘게 휘어지며 그녀를 향해 미소를 짓자 세연의 심장이 내려앉았다. 어떻게 할 새도 없이 눈길을 피해버렸다.

무례했나? 인사라도 했었어야 하나?

온갖 생각이 머리를 어지럽혔다. 실수를 했을지도 모른다는 생각에 다시 고개를 든 그녀의 눈엔 옆 사람과 웃으며 대화를 나누는 팀장의 모습이 보였다. 마치 무언가 대단한 착각을 한 것 같은 기분이었다. 없는 일을 상상해낸 것 같은.

그러니까 큰일 났다니까. 미쳤다. 정신 차려, 한세연.

세연은 고개를 가로저으며 맥주잔을 집어 들었다.

띵동. 데시벨을 최대로 해놓은 그녀의 휴대폰이 울렸다.

"뭐?"

아무 생각 없이 문자를 확인한 세연이 기가 막혀 헛웃음을 지었다. 첨부된 화면에는 '초대합니다'로 시작하는 문구와 사진 한 장. 웨딩드레스를 입은 신부와 턱시도를 입은 신랑이 그녀를 향해 조롱하듯 미소 짓고 있었다.

순식간에 혈압이 솟구쳐 올라 정수리를 강타했다.

"이 상도덕도 없는 자식……. 여기가 어디라고 청첩장을 보내?"

자기도 모르게 입 밖으로 욕설을 내뱉고 황급히 고개를 들다 숙현과 눈이 마주쳤다.

"왜 그래? 무슨 일이야?"

"아니, 그냥 말이 헛나왔어요, 주임님."

"미안해, 세연 씨. 내가 훔쳐보려고 한 건 아닌데, 눈에 들어와서 봤어. 그거 청첩장이지?"

더 이상 숨길 수도 없게 되어버렸다. 될 대로 되라 싶다.

"하아⋯⋯. 네. 전 남친이 저한테 청첩장을 보냈네요?"

세연은 어깨를 으쓱하며 최대한 아무 일도 아닌 것처럼 말했지만 숙현의 눈은 크게 놀라 동그래졌다.

"정말이야? 어머, 세상에. 진짜 매너 없다. 어떻게 그런 짓을 해?"

듣고 보니 그야말로 천인공노할 짓인 게 분명하다. 갑자기 성질이 솟구친다.

"그러게 말입니다. 오늘 술 좀 마셔야겠는데요."

숙현이 말없이 세연의 등을 토닥였다.

"그래. 많이는 말고 조금 달려볼까, 우리?"

그렇게 주거니 받거니 숙현과 맥주를 나눠 마셨다. 청첩장은 곧 삭제해버렸고 솟구쳐 오르던 분노는 술로 가라앉혔다.

어느새 음식이 나오고 맥주잔은 끝도 없이 리필이 됐다. 누가 가져왔는지 양주병이 돌고 폭탄주가 제조됐다. 이럴 거면 왜 패밀리 레스토랑엘 왔는지 의문이 들었다.

띵동.

"또 뭐야?"

그 와중에 문자가 도착했다. 거절하지 못하고 폭탄주를 두어 잔

마신 뒤의 일이었다. 주량을 넘겼단 얘기였다. 마침 숙현은 화장실에 가서 자리를 비운 터라 세연은 거리낌 없이 휴대폰을 확인했다. 여지없이 또 우석이었다.

[아, 잘못 보냈다. 미안.]

"이 자식이 근데!"

술기운과 빡침의 콜라보가 그녀의 울화통에 시동을 걸었다. 하지만 회식 자리에서 터뜨릴 순 없었다.

일단 나가자.

"저 먼저 가봐도 될까요? 오늘은 2차 없다고 들었는데."

화장실에서 돌아오던 숙현에게 물었다.

"응. 그렇게 해. 2차는 아마 가고 싶은 사람들끼리 가게 될 것 같아. 팀장님도 먼저 들어가셨어. 괜찮아? 많이 마신 건 아니지?"

"네. 괜찮습니다."

괜찮긴. 그녀는 충분히 많이 마셨고, 지금 열이 받아 한꺼번에 오른 술기운으로 어질어질했다. 숙현의 허락이 떨어지기 무섭게 그녀는 회식 장소를 한걸음에 빠져나왔다.

해보자는 거지? 걸어왔다, 싸움. 죽인다, 우석.

겉보기엔 흐트러짐 없이 걷고 있는 세연의 뇌는 단순 구간을 반복하고 있었다.

"미친 거 아니야? 어디다 청첩장을 보내?"

버스정류장에 채 달려가기도 전에, 지나가는 택시에 손을 흔들기도 전에 그녀는 통화 버튼을 누르고야 말았다. 마치 기다리기라도 한 듯 우석은 대기음이 떨어지기 무섭게 전화를 받았다.

-그러니까 전화를 왜 안 받아?

짜증 섞인 목소리가 흘러나왔다. 오랜만이었다.

"전화를 내가 왜 하는데? 이미 끝난 사이에 무슨 할 말이 더 남았다고."

-끝난 사이? 그렇게 너 혼자 끝난다고 하면 다 끝난 거야?

"뭐라는 거야? 나 사귀는 동안 다른 여자 임신시켜놓고 뭐가 어째? 끝이 아니야?"

-그건…… 실수였어. 그리고 너 사귀는 동안 만난 거 아니야. 엄연히 헤어지고 만났어. 임신은 실수였고. 그러지 말고 세연아, 만나서 얘기하자. 내가 다 설명할게. 결혼 전에 한 번만 만나자.

나쁜 놈은 의식의 흐름도 지독히 이기적이다. 어떻게 결론이 한 번만 만나자가 되는지, 그녀는 죽었다 깨어나도 이해하지 못할 것이다.

"말이 되는 소리를 해. 그래, 실수, 좋다. 실수라고 쳐. 그러면 생긴 아이가 없어지니? 어디서 개수작이야? 아무리 따져도 날짜가 안 맞는데! 그리고 내가 미쳤니? 널 만나게? 앞으로 다신 전화하지 마. 아, 결혼은 축하해."

세연이 급 마무리를 하고 전화를 끊으려 했다.

-야, 넌 뭐가 그렇게 잘났는데?

나왔다. 넌 뭐가 잘났니 공격. 저 말 할 때마다 더 없어 보인다는 건 알고 하는 걸까?

"그만 끊자. 피곤하다."

-너도 당당할 건 없잖아. 너 남자 만난다며? 너, 그 남자 언제부터 만났어?

그래, 억지도 써야지. 세연이 고개를 저었다. 아무래도 소문의 근원은 나영일 것 같지만 말이다.

-동기들 사이에 벌써 소문 쫙 퍼졌어. 그런데도 나만 나쁜 놈 된 거 알아?

"너만 나쁜 놈 맞아. 소문 내가 낸 거 아니고. 유진이랑 결혼하는 것 자체부터가 소문날 일 아니야? 선배가 학부 때 왜 유진이를 싫어했는지 잘 생각해봐."

우석은 잠시 씨근덕거리더니 버럭 소리를 질렀다.

-언제부터 만났어?

"뭘 자꾸 언제부터 만나! 계속 말도 안 되는 억지 부릴 거면 이만 끊어."

-그 남자 언제부터 만났냐고!

나영이 일부러 소문을 냈다면, 그 장단에 춤을 추는 것도 괜찮겠다.

"무슨 말 같지도 않은 소리를 하고 그래? 내가 무슨 남자를 만나? 아니다, 남자 좀 만나면 안 돼? 그게 선배랑 무슨 상관이야?"

-아, 그렇지. 이제야 제대로 말을 하네. 나 바람피운 놈 만들고서 정작 남자 만나고 다닌 건 너 아냐?

세연이 기가 막혀 입을 다물었다. 우석의 비논리에 휘둘리다 보면 그녀도 뭐가 뭔지 알 수 없는 상태가 되어버린다.

-하여간 난 이대로 못 넘어가. 내 결혼에 흠집 내도록 그냥 안 놔둘 거야."

뭐래. 성질이 올라오니 술기운도 따라 올라온다. 지금이라면 놓쳤던 기회를 잡을 수 있을 것 같다. 무슨 기회? 이 자식을 엿 먹일 수 있는 기회.

"뭐라고? 작아서 못 들었어."

우석과의 스킨십은 저수위에서부터 고수위에 이르기까지 다 실패로 끝이 났다. 그는 역시 그 이유도 세연에게로 돌렸다. 연인 사이의 일이니 그녀의 탓도 없지는 않을 것이다. 하지만 그녀로선 그와의 스킨십이 즐거웠던 기억은 단 한 번도 없었다. 다만 한 가지 확인된 사실은 있었다.

그는 평소 '작다'는 단어에 굉장히 민감했다. 키는 180이 안 되긴 했지만 본인 말로 177이라고 했으니 작은 키는 결코 아니었다. 그래도 우석은 작다는 말에 늘 민감하게 반응했다. 왜 그런 것인지는 상상에 맡기겠다.

……….

그리하여 세연의 한마디에 잠시 휴대폰 저쪽이 조용해졌다. 그가 부들부들 떨고 있는 것이 휴대폰으로도 느껴질 지경이었다.

-너…… 너 지금 뭐라고 했어? 너, 너 뭐라고 했어? 너, 이 미친……. 야, 너 다시 말해봐. 너 뭐라고 했어!

반응은 실로 놀라웠다. 그리고 충분히 만족스러웠다.

"왜, 뭐가. 왜 그렇게 흥분해. 뭐가 찔려서? 목소리 작아서 못 들었다고. 내가 뭐 잘못 말했니? 임신 축하해, 힘들었을 텐데. 음……. 일종의 기적 같은 게 아니었을까? 아무튼 기적 같은 결혼 다시 한번 축하해. 그럼 이만."

제물을 앞에 둔 마녀처럼 미친 듯이 웃으며 통화 버튼을 눌러 껐다. 십 년 묵은 체증이 한꺼번에 내려가는 기분이었다. 아울러 묶어놨던 알코올의 기운이 전신으로 퍼지며 해방됐다. 세연은 그녀의 인생 최대치로 취해버렸다.

"집에 데려다줄까?"

"으아아악!"

귀신이 나왔대도 이보다 놀라진 않았을 것이다. 돌아보니 이세준 팀장이 무심한 표정으로 놀라 자빠지는 그녀를 바라보고 있었다.

"팀장님!"

왜. 그는. 언제나. 늘. 이런. 타이밍에. 나타나는. 것인가.

"왜, 왜 여기……."

아무래도 일부러 이러는 거지 싶었다. 막 어딘가에 숨어 있다가 제일 놀랄 것 같은 타이밍에 짠 나타나는 거지.

"아까…… 분명히…… 가시는 것 같았는…… 데, 언제…… 푸흐흐흐흐……."

엉뚱한 상상이 재현되면서 정신이 이상해진 건지 미친 듯이 웃음이 쏟아져 나왔다. 사실 주사였지만 한 번도 이 지경까지 취한 적이 없던 그녀로서는 자신이 주정을 부리고 있다는 걸 알 턱이 없었다.

"아, 죄송합니다. 흐흐흐흐. 제가 술이 좀 과해서, 허허허허. 죄소오오오호호호."

"괜찮아?"

그가 가까이 다가오려 하자 세연이 손을 들어 그를 제지했다.

"죄송합니다. 휴우. 일이 좀 있어서. 괜찮습니다. 집에는 혼자 갈 수 있습니다."

가까스로 웃음을 참아내고는 어눌한 발음이지만 분명하게 의사도 전달했다. 하지만 불빛 속에 흔들리는 그의 얼굴은 표정을 알 수 없었다.

"안 될 것 같은데. 술 많이 마시는 것 같아서 기다렸어."

그녀는 갈지자로 흔들리며 생각했다.

기다렸다고요? 왜요? 자꾸 오해하게 그러지 마세요.

"아닙니다. 괜찮습니다."

그랬다. 세상 괜찮았다. 아무 걱정도 없고 아무 시름도 없고.

"전혀 괜찮지 않아 보이는데."

그가 점점 다가오는 것 같은데 아닌가. 점점 멀어지는 건가.

"기분 탓이세요."

세연이 손까지 휘저어가며 그에게 말했다.

"아, 혹시 남자 친구가 데리러 오기로 한 건가?"

"네?"

무슨 말 같지도 않은 소리야.

"들으려고 들은 건 아니었는데."

아, 전화 통화. 어, 그런데 지금 팀장이 강아지 같은 눈을 하고 나한테 남자 친구 있나 확인하는 거야? 에이, 설마.

"없습니다, 남자 친구. 있었는데 지금은 없어요. 결혼한대나, 뭐래나. ㅎㅎㅎㅎㅎ"

저 슈트를 빼입고 저 키에 저 얼굴에 저 몸매를 가지고 나한테. 캬, 그림 좋다.

"아, 그러고 보니 제가 남자 친구가 필요하긴 합니다. 꼭 쓸데가 있어서요. 그 자식을 엿 먹였으면 좋겠는데. 아, 방금 먹이긴 했는데, 빅 엿을 한 번 더 먹였으면 좋겠거든요."

그래, 남자 친구 필요하지. 근데 그놈보다는 훨씬 잘나야 돼. 백

배는 더. 이 부분이 어려워, 그런 놈이 있을 리가……

"있네!"

세연이 세준을 향해 버럭 외쳤다. 여기 있네. 떡하니.

"지금 말로 하고 있는 거 알아?"

마침내 세준이 다가와 다정하게 속삭였다. 달콤한 사랑의 밀어처럼.

"뭐가요?"

세연은 그의 말을 못 알아들은 채 눈을 깜박이며 서 있었다.

"지금 자기 생각을 말로 하고 있는 것 같은데."

"그러니까 지금까지 내가 생각한 걸 다 말로 했다고?"

까지 말로 해놓고 세연이 헙 하고 입을 닫았다. 그런데 팀장은 그런 그녀를 보며 빙글빙글 웃고 있다.

왜 웃지? 세상도 빙글빙글 돌고 있는데 팀장도 빙글빙글 웃고. 좋다, 좋아.

"제가 그랬나요……? 하하. ……음. ……알 게 뭐냐. 팀장님! 그러고 보니 제가 지금 좋은 생각이 하나 있습니다!"

그리고 장렬하게 필름이 끊겼다.

4. 연구는 필수

　세연은 숙취도 없이 개운하게 눈을 떴다. 남아 있던 모든 앙금을 발산한 후의 그런 개운함이었다. 제약 없이 하고 싶은 모든 것을 마음껏 터뜨리고 난 다음 날의 상쾌한 기분. 처음 맛보는 기분이었다. 더불어 처음 보는 천장, 처음 보는 이불, 처음 보는 얼굴……?

　"으…… 헙!"

　팀장이 두 눈을 감고 그녀의 코앞에 누워 있었다!

　비명을 지르려는 입을 얼른 막았다.

　맙소사, 맙소사, 하느님 맙소사. 이건 꿈일 것이다. 꿈이어야만 했다. 한 번도 팀장이 꿈에 나타난 적은 없지만 처음은 있는 법이니까 이건 필시 꿈인 게 틀림없다. 두서없는 패닉 상태에 빠진 채 세연은 침대에 못 박혀 있었다. 손 하나라도 깜짝하면 꿈에서 깰까 봐 두려워서였다. 그게 자신이 꿈에서 깰까 봐인지, 아니면 옆에서 자고 있는 팀장이 깰까 봐인지는 도무지 모르겠지만, 어쨌거나 누가 됐든 깨면 끝장나는 거다.

"……."

세연은 깊게 심호흡을 하고 눈을 깜빡였다. 그리고 다시 머리를 돌렸다. 마치 녹슨 기계처럼 목뼈가 기기긱 소리를 내며 옆으로 돌아갔다. 불행히도 여전히 팀장의 얼굴이 그녀를 향해 있었다.

꿈이 아니었다. 그렇다면 그녀는 지금 인생 최대의 위기에 직면해 있는 것이다. 두뇌가 풀가동을 시작했다.

현실 : ON, Memory : OFF, Memory limit : 이우석과의 통화, 팀장과의 조우

여긴 어디 : 아마도 팀장의 집, 나는 누구 : 기억을 잃은 자

구체적 기억 : OFF, 침대의 기억 : OFF, 했냐고 : 모른다고.

아프냐 : 나도 아프다, 지금이 드립 칠 때냐 : 죄송합니다.

복장상태 : 불량, 어떻게 불량 : 내 옷이 아님, 속옷은 : 입었음. 그래서 했냐고 안 했냐고 : 모르겠다고!

팀장과 대면할 자신 : 0%, 이 사건으로 징계확률 : 50%, 잘릴 확률 : 20%?

결론 : 일단 튀어!

process에 따라 몸이 움직였다.

망할. 이 모든 게 다 이우석 때문이다. 반드시 복수할 테다.

이 일을 이제 어쩌냔 말이다.

이런 젠장, 이런 젠장, 이런 젠장!

초인적인 힘을 발휘해 베개에서 머리를 탈출시켰다. 몸이 기하학

적 자세로 기울어져 있었으나 지금 그런 거 따질 때가 아니었다. 다행히도 세연이 방문 쪽에 가까운 침대 자리를 차지하고 있었다. 내려서 몇 걸음만 가면 탈출할 수 있을 것이다.

살며시 침대 밖으로 한쪽 다리를 내밀었다.

"으음."

팀장의 신음에 세연의 모든 행동이 일시 정지되었다. 허공에서 멈춘 맨다리가 달달 떨렸다. 식은땀이 등 뒤로 줄줄 흘러내리는 기분이다. 몇 번 뒤척이던 팀장은 뒤로 돌아누웠다. 덕분에 망부석이 될 뻔한 다리를 무사히 바닥에 내려놓을 수 있었다. 동시에 그가 이불도 끌어가버려 침대를 벗어나는 일도 훨씬 수월해졌다.

세연은 무사히 방을 벗어났다. 다리가 후들거려 두어 번쯤 고꾸라질 뻔한 걸 제외하면 말이다. 사실 살면서 한 번쯤은 미친 짓을 할 수도 있으리라 생각했다. 그녀는 너무나도 올바르게만 살아왔다. 그러니 딱 한 번 정도는 진정으로 미친 짓을 해보는 것도 정신건강에 좋을 거라고 상상은 해봤었다.

상상이라고. 상상. 사람이 아무리 상상이라고 해도 막 연쇄살인 같은 거 하고 그러는 거 아니잖아.

"아, 쫌."

지나치게 넓은 거실 한쪽을 차지하고 있는 과하게 큰 소파 위에 널브러져 있는 자기 옷을 내려다보며 세연이 눈알을 굴렸다.

"이게 뭐야, 벗을 거면 단정하게라도 벗어놓지!"

맨발을 동동 굴러가며 소리를 낮춰 자신에게 박박 잔소리를 해댔다. 팀장이 깰까 봐 소리도 못 지르고, 미치고 환장할 노릇이다.

'오늘부터 1일이니까 우리 한 침대에서 자요.'

갑자기 기억 하나가 훅 치고 들어왔다.

"끽."

바지를 입다 말고 요상한 소리를 내며 주저앉아버렸다.

설마. 그럴 리 없어. 조작이겠지. 기억 조작. 내가 내 입으로 그런 말을 했을 리가.

'티셔츠 하나만 주세요. 나 그거 입고 잘래.'

"흐흡."

했네, 했어. 더한 말도 했네.

세연이 흐느끼며 바닥을 기었다. 이런 기억이라면 돌아오지 않는 게 나았다. 그냥 필름 끊긴 채로 있는 게 낫겠다.

'팀장님도 벗어요. 내가 벗겨줄까요?'

"……."

죽어라. 그냥 죽자고. 니가 사람이니.

세상에 아무 미련이 없어졌다. 블라우스 단추를 끼우던 손이 멈췄다. 차라리 연쇄살인을 할 걸 그랬다.

'그렇게 해.'

그의 목소리가 들려왔다. 연쇄 살인을 지령하는 게 아니었다. 그녀의 잠재 기억 속에 계속해서 남아 있던 목소리였다. 어젯밤 내내 그가 그랬으니까. 그녀가 무슨 짓을 하든, 무슨 말도 안 되는 요구를 하든, 어떤 억지를 쓰든 그는 내내 웃으며 그렇게 말했었다.

'그렇게 해.'

세연이 벌떡 일어섰다. 왜? 대체 왜 그는 그녀를 그의 집으로 데려온 것일까? 그는 그녀를 집에 데려다주려고 기다렸다고 했고 그러려고 했다면 충분히 그럴 수 있었다. 돌아가는 길도 알고 있었고 그녀는 인사불성도 아니었다. 다만 고주망태였다는 건데 그간 겪어온 술자리의 역사들을 되짚어보자면 -물론 역사가 있지도 않지만 굳이 따지고 들자면- 그녀는 고분고분한 주정뱅이였을 것이다. 그러니 집에 가라 했으면 갔을 거라고!

그녀가 기억에 억지를 부렸다. 하지만 아무리 그래도 이건 뭔가 함정에 빠진 기분이다. 말도 안 되지만 그랬다.

"가자."

옷을 다 챙겨 입고 가방을 들었다. 일단, 이 새벽에 그와 얼굴을 마주할 자신은 없었다. 기억을 더듬을 자신도 없고. 그렇다고 도망갔다가 회사에서 마주치는 것도 그리 좋은 방법은 아니었다. 세연은 벗어놓은 그의 티셔츠를 곱게 개어 소파 앞 테이블 위에 얹어두고 가방에서 메모지를 꺼내 들었다.

〈간밤엔 실례가 많았습니다. 이후 어떠한 질책을 하셔도 달게 받겠습니다. 회사에서 뵙도록 하겠습니다.〉

"이게 다 무슨 일들이야……."

살금살금 그의 집을 빠져나오는 순간 그녀는 세상이 끝났다는 걸 깨달았다. 세워둔 계획들이 많았는데, 이제 막 사회로 걸음마를 시작했는데 이렇게 수렁에 빠져버리다니. 이런 말도 안 되는 실수로 인생 전체를 망쳐버릴 위기에 빠져버리다니.

택시를 잡아타고 집으로 돌아가며 허벅지를 꼬집어 뜯었다. 이미 늦었지만. 천년만년 늦었지만 말이다.

"회의를 시작하겠습니다."

TR모터스 대형엔진개발팀의 회의가 시작되었다.

회의 자료 복사에서부터 간단한 음료수, 자질구레한 준비 및 정리는 다 신입의 몫이었다. 그것은 너무도 당연하지만 다행스러운 일이었고, 덕분에 출근해서 아침 내내 생각할 시간을 벌 수 있었다.

"T1 하이브리드엔진 개발 진행상황 보고하세요. 시제품 연소시험 결과부터."

무표정한 얼굴로 테이블 상석에 앉아 있는 현실의 그는 팀장의 위엄을 내뿜으며 회의실을 압도하고 있었다. 팀원들의 순간 집중력이 확 하고 뛰어오르는 게 눈에 보이는 것 같다. 뭐 저렇게 목소리까지 쓸데없이 낮고 멋질 필요가 있단 말인가.

차고 넘친다. 자고로 남는 건 다 잉여라 했다. 그러니 팀장과 그녀는 같은 부류다. 그녀의 자신감이 0.2% 상승했다.

달라진 게 없다는 소리다. 젠장.

"이 선임?"

그가 발표자를 부르며 고개를 들자 그녀의 심장이 쿵 하고 떨어졌다. 심지어 자기를 쳐다본 것도 아닌데 말씀이다. 벌써부터 이러면 정말 아무것도 못 할 텐데.

세연은 그 자리에서 무릎 꿇고 그를 향해 싹싹 빌고 싶은 심정을 억누르느라 안간힘을 써야 했다. 아침 샤워와 커피 한 주전자, 그리고 머리에 가해진 다수의 주먹질로 그녀는 약간의 정보를 더 얻을 수 있었다. 사건만 두고 보자면 아주 흔하고 뻔했다.

전형적인 헤드라인, '회식에서 만취한 여직원을 직장상사가'였다. 하지만 아무리 기억을 더듬고 헤집어 봐도 '덮친 건 나'라는 대경실색할 결과만 나올 뿐이었다. 그러므로 그녀가 집에서 회사까지 오면서 나름 고심하며 내린 결론은 하나였다.

적반하장.

그러니까 그녀는 인면수심의 자세로 이 사건을 대하기로 결심했다. 나도 나지만 너도 너다의 스탠스? 손뼉도 마주쳐야 소리가 난다, 서로 합의하에 그런 거 아니었나요? 와 같은 태도다.

잘못 들으면 성범죄자가 하는 소리 같겠지만 잘 들어도 그런 거다. 이 변태야, 하고 뺨을 때리면 내 뺨이 부풀어 오르겠지.

"……."

내면, 너 좀 조용히 하라고.

중요한 때에 생각이 중구난방이다. 세연이 깊은 한숨을 쉬며 회의에 집중하기로 했다.

"이번 시제품 3호기 고부하 연소시험은 이틀 전 시행되었습니다. 진행은 원만했으나 3번 실린더가 파손되는 현상이 발생하였습니다."

구조해석을 맡은 선임연구원의 설명이 있자, 세준은 그를 날카롭게 바라보며 물었다.

"구조해석 결과는?"

"엔진 블록의 3번 실린더 위치에서의 응력이 항복 강도를 넘어서는 것으로 확인되었습니다."

"시제품 제작 전 구조해석은 기본인데, 왜 사전에 문제점을 미리 확인 못 했지?"

그러게 말이다. 이렇게 늘 마주쳐야 된다는 문제점은 왜 미리 확인하지 못했냐 말이다. 절망감이 차오르자 세연은 회의 자료에 얼굴을 파묻었다. 팀장의 서슬 퍼런 목소리에 회의실 분위기도 무겁게 가라앉았다. 평소에도 회의 때 나긋나긋한 편은 아니었지만 오늘은 북풍한설이 따로 없었다. 그의 질책에 선임연구원은 땀을 뻘뻘 흘리며 답변을 겨우 이어갔다.

"물론 제작 전에 해석을 해서 문제가 없음을 확인했습니다만, 3호기부터 엔진 성능을 높이려고 연소 압력을 높이면서 연소온도가 10% 정도 높아졌습니다. 실린더 블럭의 소재인 고강도 알루미늄의 항복강도가 높은 온도에서 낮아지는 것을 미처 고려하지 못했습니다."

"이 선임, 나는 변명하는 사람 제일 싫어합니다."

뜨끔. 가슴에 불이 붙은 것 같았다. 그의 말 한 마디 한 마디가 전부 자신을 향한 것 같다. 그러니 이 선임이야 말해 뭐 하겠는가.

"예, 알고 있습니다. 죄송합니다."

다행히 이 선임의 말에 팀장이 고개를 끄덕이고 회의는 다음으로 넘어갔다. 아마 이 선임이 안도의 한숨을 쉬는 동안 세연도 흐르는 땀을 닦았을 것이다. 순간순간이 살얼음판이나 다름없었다. 이럴 줄 알았다면 오늘 아침 자고 있는 그를 깨우는 편이 더 나았을 것이다.

"PPT를 보며 설명드리겠습니다."

이 선임의 말에 모두의 시선이 스크린으로 향했다. 팀장인 세준이 마주 보고 있는 벽면에 스크린이 설치되어 있었다. 그리고 그곳은 바로 세연이 앉아 있는 곳이기도 했다. 세연을 제외한 모두의 시선이 PPT를 바라보고 있을 때 세준의 시선은 스크린을 비껴 세연에게로 향했다. 넋 놓고 그를 바라보다 그와 눈이 정면으로 마주친 세연이 미처 어찌지 못할 만큼 갑자기.

어두운 회의실 안에서 그의 눈빛을 확인하기란 불가능했다. 다만 그녀가 그의 눈길을 피했음에도 내내 그가 자신을 뚫어지게 쳐다보고 있었다는 건 알 수 있었다. 그녀는 그제야 자신이 무슨 짓을 했는지 실감했다. 기억이 나지 않는다고 해도 한 침대에서 눈을 뜬 건 둘 사이의 문제였다. 그러니 아무리 두려웠을지라도 둘이 해결했어야 했다. 이렇게 회사로 끌고 오면 안 되는 것이었다. 변명할 기회조차 내팽개치고 그를 버려두고 도망 온 자신을 저주했다.

그렇게 후회와 자책에 사로잡혀 남은 시간이 흩어져 갔다.

"한세연 씨, 노트북이랑 빔 프로젝터 정리하고 회의실 정리도 부탁해요. 다 끝나면 팀장실로 가보고. 혹시 뭐 잘못했어? 팀장님 표정이 별로 안 좋던데."

이숙현 주임이 회의 자료를 정리하며 세연에게 말했다. 어느새 회의가 모두 끝나버렸다. 회의실 안에는 그녀와 숙현 단둘만 남아 있었다.

"왜 그렇게 정신을 놓고 있었어? 아직도 술이 덜 깬 거야? 하여간 어제 너무 마시더라."

"아닙니다, 주임님. 잠시 딴생각을 하느라……. 죄송합니다."

"혹시 뭐라고 하시면 무조건 잘못했다고 해. 변명 싫어하시는 거 알지?"

"네."

변명하지 말고 무조건 빌라는 신의 계시인가. 자꾸 데자뷔처럼 봤던 것 같은 장면들이 보인다.

"사무직 직원을 빨리 뽑든가 해야지, 잡무를 자꾸 세연 씨가 하게 되네. 나머지는 할 수 있지?"

표정은 전혀 미안하지 않은 숙현이 회의실을 나갔다. 회의실에 홀로 남겨진 세연은 기계적으로 뒷정리를 하며 혼란한 감정을 수습했다.

그래, 올 것이 왔다.

한 치의 오차도 없이 정리를 끝낸 세연이 옷매무새를 가다듬었다. 이제 전장으로 향할 때다.

"들어와요."

그는 세연이 노크하고 그의 책상 앞으로 완전히 다가와 설 때까지 그녀에게서 한시도 눈을 떼지 않았다. 마치 먹잇감을 노리고 있는 맹수의 눈과 같아 보였다. 세연은 그에게로 한 걸음씩 걸어갔다.

"왜 도망치듯 가버린 거지? 적어도 아침은 같이 먹을 수 있을 줄 알았는데."

그의 목소리는 어젯밤처럼 상냥했다. 하지만 알 수 있었다. 그는 화가 나 있었다.

"팀장님, 어제는 제가 정말 돌이킬 수 없는 큰 실수를 저질렀습니다. 입이 열 개라도 할 말이 없습니다. 징계를 내리신다면 달게 받겠습니다."

준비했던 백 가지 말은 모두 날아가고 두 손을 모으고 고개를 숙인 채 싹싹 빌었다. 그것은 본능에 가까웠다. 그가 뭔가 말을 한 것 같긴 한데 빌어야 한다는 마음이 급해서 모두 귓등으로 흘려보냈다. 뭔가 핀트가 어긋난 것 같은 느낌적인 느낌은 들었지만 기분 탓이겠지.

고개를 들어보니 제일 먼저 그의 황당한 표정이 보였다.

"그게 대체 무슨 소리지? 어제의 일이라면 내 대답은 예스야."

이번에 당황할 차례는 그녀였다. 예스라니 그게 다 무슨 말인가요?

"예? 예스라니 그게 다……."

생각이 또 입 밖으로 나와버릴 뻔했다. 요즘 생각이 도통 말을 듣지 않는다.

"남자 친구가 필요하다고 하지 않았어? 그게 나였으면 좋겠다고도 했고. 어제도 대답했지만 기억 못 하는 것 같으니 한 번 더 말해주지. 내 대답은 예스야."

잠깐씩 스쳐 지나갔던 단편적 기억들이 하나하나 모여 그림이 완성되었다. 귀가 웽웽 울리고 동공이 미친 듯이 확장되어갔다.

"남자 친구요? 팀장님이요?"

세연이 경악하고 있는 사이 그는 자리에서 일어나 그녀에게로 천천히 다가왔다. 그러거나 말거나 그녀의 머릿속은 다시 시작된 멘붕으로 혼란의 쓰나미였고.

"아니, 남자 친구라니 그럴 리가요. 제가 지금 남자 친구를 사귀고 그럴 만한 처지가 아닌데요. 신입이고 할 일도 많고, 팀장님은 또 제 상사시고, 제가 어제 술을 많이 마시긴 했는데 그게 전 남친이 갑자기 전화를 해 가지고, 팀장님은 갑자기 나타났지, 제가 정신은 좀 없는데……. 그게 우리가 같이 자긴 했는데 그게 잤는데 그냥 잤는지 그게 말 그대로 잤는지 그걸 알 수가 없는데, 근데 그게 중요한 게 아니고 아니, 그게 중요하지, 중요한데요."

폭포수처럼 쏟아지는 생각을 주워섬기느라 그녀는 그가 마침내 자신의 코앞까지 다가왔다는 것조차 깨닫지 못했다.

"확인해보겠어?"

고개를 드니 몇 센티도 떨어지지 않은 곳에 그의 얼굴이 있었다. 꼭, 꼭 다가올 것처럼. 입술이라도 포갤 것처럼.

"뭐, 뭘요."

"우리가 말 그대로 잤는지."

그 말에 세연의 몸이 딱 굳었다.

에이, 설마. 그랬으면 내가 아무리 몰라도 아파야 되는데, 어디가 아픈지는 말로 못 하겠고 그래도 얼마쯤은 통증이 있어야 하는데, 가만 있어봐. 설마 이것도 내가 말로 하는 건 아니겠지?

"네…… 니요."

생각을 멈추고 대답하기까지 오랜 시간이 걸렸다. 게다가 침을 얼마나 소리 나게 꿀꺽 삼켰는지 목구멍이 다 아팠다.

"풋."

마치 만화처럼 한 발 물러서며 그가 웃었다.

"남자 친구가 꼭 필요하다고 하지 않았어? 복수할 거라고."

"제가요?"

제발 하나라도 기억나라. 오늘부터 1일 같은 쓸데없는 거 말고. 왜 중요한 건 몽땅 팀장님이 기억하는 걸까.

당연하지. 그는 술이 취하지 않았으니까!

"기억이 나지 않는다면 어쩔 수 없지. 하지만 우린 하룻밤을 같이했고 한세연 씨는 날 책임져야 해."

그가 정색을 하고 말했다. 세연은 그야말로 입이 떠억 하고 벌어졌다.

"책임이라뇨? 팀장님을요? 제가요?"

일이 흘러가는 방향이 어찌나 이상한지 사고회로가 제대로 돌아가지도 않는다. 금방이라도 정신이 돌 것 같다. 아니, 이미 그랬을 수도 있다.

"그게 요즘 사회의 미덕이지 않아? 한국은 그렇지 않은가? 내가 살던 곳에서는 당연한 일인데."

뭐라고요? 아니, 그게 지금 아메리카에서 나고 자라신 분이 하실 말씀입니까? 거기 프리섹스의 나라 아니던가요? 이게 무슨 플레이보이 잡지 순결 선언하는 말씀이십니까? 라는 말이 허공에서 우수수 쏟아져 내렸다. 말로 안 되어 나오길 다행이었다. 그런데 듣다 보니 참 다 맞는 말 같다. 묘하게 설득력 있다.

"그렇죠. 미덕이죠……."

게다가 따지고 들자면 애당초 제안자는 바로 그녀였다.

"그러니까 앞으로 잘 부탁해."

혹시 싫다고 하면 저 잘리는 건가요?

"아니."

"뭐가요?"

"방금 말했잖아. 잘리는 거냐고."

"……."

또 말해버렸다. 언제쯤이면 생각이 입으로 튀어나오는 버릇을 고칠 수 있을까. 아니, 이건 어렸을 때 이후엔 나오지 않던 버릇인데 왜 이제 와서 새삼스럽게 나오는 거야.

"싫다고 해도 인사고과에 문제가 생긴다거나 하지는 않을 거야. 물론 퇴직시키지도 않을 거고. 그렇다고 해도 도의적인 책임이라는 게 있으니까. 내 첫 경험을 가져간 책임은 져야 하지 않겠어?"

첫 경험은 무슨. 하지도 않았는데.

"난 여자 친구는 처음이거든."

"네에에에?"

무슨 삶은 무에 이도 안 들어갈 소리를. 여자를 한 만 삼천 명쯤 사귀었을 것같이 생겨 가지고 그게 무슨 망발이십니까.

"무척이나 모욕적인데."

"아무 말 안 했는데요."

이번엔 정말이다.

"그 얼굴이 말이야."

젠장.

"앞으로의 일은 한세연 씨한테 모두 일임하도록 하지. 알다시피 난 처음이라 아는 게 없거든."

귀신한테 홀려도 이보다는 나을 것이다. 장담할 수 있다. 나무토막처럼 뻣뻣하게 굳어 있는 세연과 달리 그는 팔짱까지 끼고는 자기 책상에 느슨하게 기대어 서 있었다. 예의 그 빙글빙글 웃는 표정을 하고서. 아니, 싱글싱글인가? 그의 웃음을 제대로 표현할 수가 없지만 어쨌든 마음에 들지 않는다. 특히 이 순간에는. 왜 저렇게 자꾸 웃는 거냐고. 소년 같은 천진한 웃음 같으면서도 어딘가 어색했다. 마치 한 번도 마음껏 웃어본 적 없는 사람이 짓는 억지웃음 같다.

그 웃음이 또한 세연의 마음 한 곳을 건드린다. 세연을 자극하고 그녀의 마음을 약하게 만든다. 게다가 꼭 나한테만 보여주는 것 같은 부분은 또 어떠한가. 거짓임을 알고 있음에도 부탁을 거절할 수 없게 만든다. 바로 지금처럼.

아주 단수가 높은 사기꾼일 수도 있다. 그런데도 책임감이 물밀듯이 밀려들었다. 지금 그녀는 마세라티처럼 매끈하게 빠진 모태솔로를 술 먹고 덮친 팜프파탈이니까.

그리고 왠지 그 설정이 마음에 드는 건 비밀.

"그리고 이거 말인데."

아침에 써놓고 나온 그녀의 쪽지를 엄지와 검지로 잡고 흔들며 그가 말했다. 끝인 줄 알았는데 지뢰가 계속 나온다. 그의 손에는 그녀의 박제된 흑역사가 팔랑팔랑 날리고 있었다.

"아니, 그게……. 그냥 나오는 건 예의가 아닌 것 같아서…… 제가……."

그가 기가 차다는 듯 하! 소리를 내고는 쪽지를 반으로 접어 검지와 중지 사이에 끼웠다.

"잠든 사람을 두고 나가는 것부터가 법도에 어긋나는 것 같은데."

버, 법도? 아까부터 생각했는데 이 남자 조금 이상하다.

"죄송합니다."

"잘도 날 버리고 갔더군. 난 뒤에 남겨지는 건 질색이야. 아주 매우 몹시 좋아하지 않아."

그는 다시 생각해도 화가 나는지 눈매가 날카로워지며 입술이 살짝 굳어졌다.

"나가봐."

하고 싶은 말은 많은 것 같은데 아무 말도 못 하고 조용히 문을 닫고 나가는 세연의 모습을 바라보며 세준은 미소 지었다. 그리고 손에 있던 쪽지를 말없이 바라보다 곱게 접어서는 지갑에 조심스레 넣는다. 그러고는 다시 만족스런 미소를 지었다.

한편, 엉겁결에 남자 친구가 생겨버린 세연은 여우에 홀린 듯 멍한 얼굴로 자기 자리로 걸어가고 있었다.

뭐지, 이 기분은? 쾌재를 불러야 하나? 야, 야호?

도대체가 정신이 수습이 되질 않는다.

"세연 씨, 얼굴빛이 왜 그래? 팀장님한테 많이 혼났어?"

숙현이 다가와 세연의 표정을 살피며 물었다.

"아니에요. 그런 게 아니라……. 그런데 주임님, 팀장님 원래 말 좀 이상하게 하세요?"

"말? 아아……. 오늘 말씀 좀 많이 하셨어? 하하하. 원래 안 그러신데 가끔 말 좀 길게 하시면 번역체 나오셔."

"번역체요?"

"매번 그러시는 건 아니고, 한국말 원체 잘하시는데 진짜 가끔 한두 번씩 말 길어지면 되게 웃기게 하실 때가 있거든. 근데 그거 듣기 엄청 힘든데. 원래 사람들이랑 말 길게 안 하시잖아. 세연 씨 운 좋다. 하하. 뭐라서? 뭐라고 하셨는데?"

"뭐라더라, 아주 매우 싫어하시고 법도에 어긋나고 그러시던데요."

"아하하하하. 진짜? 세연 씨 횡재했네. 오늘 화내다가 좀 당황하셨나 봐. 평소에 안 하는 말씀 하셨는데? 야, 재밌다."

"아, 네. 하하. 제가 운이 좋네요. 하하."

아주 그냥 횡재가 더블이네. 세연이 억지웃음을 지으며 생각했다. 그나저나 당황하면 번역체 나오는 모태솔로 직장 상사 남자 친구를 앞으로 어쩌란 말이냐!

소리 없는 절규가 막막한 세연의 가슴을 두드리며 흩어져갔다.

5. 엔진을 설계한다

사내연애란 무엇인가. 직장 상사와 사귄다는 건 학교 선배와 사귀는 것과는 천지 차이일 것이다.

책임지라는 세준의 말에 덜컥 그러겠다고 한 지 이틀이 지났다. 아직 아무것도 하지 않았는데도 세연은 이미 지쳐 있었다. 집에 들어앉아 차분히 생각을 너무 정리했기 때문이다. 확실히 스릴 넘치는 일인 건 확실했다. 눈이 마주칠 때마다 가슴이 폭파되는 것 같고 온몸이 불타오르는 기분이었으니까. 그는 아무렇지도 않게 눈이 마주치면 웃어주지만 세연은 그럴 때마다 수명이 1개월씩은 줄어드는 것 같았다.

"나 남자 친구 생겼다."

세연이 점심을 먹다 말고 나영에게 선포했다.

"난 갈비탕."

고개도 들지 않고 나영이 되받아쳤다.

"뭐야, 그게."

"난 결혼식 음식 뷔페보다 갈비탕이 좋더라고."

"……."

설레발의 여왕은 오늘도 건재했다.

"내가 뭐랬니? 아니라고 박박 우길 때는 언제고. 암튼 너랑 너네 팀장 뭐 있을 줄 진작에 알았지. 잘했다, 지지배야. 이 언니가 다 흡족하다. 그래서 영어유치원은 예약했니? 지금부터 해놔야지, 나중엔 자리 없다?"

"너 가라. 더운 밥 먹여놨는데 계속 헛소리하는 거 보니 갈 때가 됐다."

세연이 식판을 들고 미련 없이 일어섰다.

나영의 회사와 TR은 버스로 몇 정거장 정도 되는 거리였다. 나영은 TR의 구내식당 식사가 맛있다는 핑계로 요즘 부쩍 셀프 출장을 왔다.

"얘기도 안 해주고 가는 거야? 같이 가."

나영이 남은 밥을 국에 말아 후루룩 마시고 허둥지둥 세연을 따라나섰다. 쏜살같이 세연을 따라잡고 나영이 세연을 등나무 벤치에 앉혔다. 세연은 하는 수 없이 나머지 얘기를 몽땅 뽑아내야 했다.

"미쳤다."

나영이 자판기 커피를 뽑다 말고 소리쳤다.

"나도 알아. 미친 거. 그런데 일이 그렇게 되어버렸다고."

"아니, 넌 학교 다닐 때도 술 먹고 사고 한 번 친 적이 없는 애가……. 아니다. 야, 축하한다."

세연이 눈이 돌아가도록 나영을 노려보았다.

"이게 축하할 일이야?"

"그럼 애통할 일이냐? 너도 보란 듯이 애를 하나 쫙!"

라임에 맞춰 등짝을 시원하게 맞은 나영이 애먼 팔을 문지르며 아픔을 달랬다. 등에는 손이 안 닿기 때문이었다. 그 모습에 웃음이 터진 세연에게 나영은 또 다른 제안을 하기 바빴다.

"암튼 잘됐다. 다음 주에 동기모임 있잖아. 거기 같이 나와. 그 인간들 온다는 얘기가 있거든. 결혼식 전에 인사한다고 했대. 아주 염병도 그런 염병이 없어."

"응?"

세연은 순간이었지만 그 인간들이 누구더라 했다. 사고 친 이후로 까맣게 잊고 있었던 것이다. 어떻게 이럴 수 있지?

"됐어."

아니다, 잊어버릴 만도 했다. 지금 그것들이 문제가 아니다.

"야, 넌 분하지도 않아?"

오히려 나영이 씩씩거리며 말했다.

"응."

세연이 진심으로 말했다.

분하긴. 내 코가 석 자인데 무슨 남의 결혼식이 대수냐.

"아이고. 너하고 내가 무슨 말을 하니? 아니, 얼마나 기회가 좋아. 저런 근사한 남친 생겼겠다, 나 같으면 결혼식장에 쳐들어가서 확 뒤집어놓고 오겠네."

김빠진 나영이 긴 숨을 풀어내며 고개를 저었지만 세연의 관심을 돌릴 순 없었다. 오로지 프로세스 하나에만 집중한다. 어찌 보면 지극히 단순한 세연이었다.

"여어, 유나영이! 너 요즘 우리 회사 자주 온다?"

멀리서 손을 흔들며 성수가 다가왔다. 대학동기이자 입사동기인 성수는 이번에 현장관리직으로 입사했다. OJT 때 만나 합격 여부를 알게 된 세연과 가끔 만나 점심을 먹곤 했다. 남자 동기들 중엔 그중 가장 친했던 친구였다.

그의 손에는 뭔가가 들려 있었다. 세연과 나영을 향해 손을 펄럭이며 걸어오는 폼이 긴한 용무가 있는 듯했다.

"오늘 반계탕 나오는 날이었단 말이야. 놓칠 수 없지."

나영이 마주 손을 흔들다 주먹을 불끈 쥐었다. 성수가 아연한 표정으로 멈춰 섰다.

"아주 메뉴도 꿰고 있구먼. 그냥 이직을 해. 경력사원 모집한다는 것 같던데."

말은 그렇게 해도 싱글벙글 웃고 있는 것이 나영이 여간 반가운 게 아닌가 보다.

"뭐 할 말 있어서 온 거 아냐?"

세연이 성수의 손에 들린 봉투를 주의 깊게 보며 물었다. 어디서 많이 보던 봉투였다.

"아, 맞다. 세연아, 이거 뭐냐? 나 방금 유진이 만났다."

성수의 말에 나영과 세연이 동시에 서로를 마주 보았다. 설마설마했지만 실제로 TR에 나타날 줄은 몰랐다. 세연도 나영도 기가 막혀 입만 벌리고 있었다.

"뭐야, 니들 왜 그래?"

성수가 세연과 나영의 표정을 번갈아 훑어보더니 봉투에서 청첩장을 꺼내 들었다. 그러고는 전면에 신랑과 신부의 이름을 소리 내어 읽었다.

"신랑 이우석, 신부 김유진. 어? 이우석?"

순식간에 성수의 낯빛이 허옇게 질려갔다.

"야, 설마 이우석이 그…… 에이, 아니지?"

나영을 향해 도움을 요청이라도 하는 것처럼 성수가 애절한 표정으로 물었다.

"아니긴 왜 아니냐. 김유진이 한 건 했다."

나영이 성수의 손에 든 청첩장을 빼앗아 들며 말했다. 이제 말을 잇지 못하는 건 성수가 되었다. 물고기처럼 입을 뻐끔거리더니 한동안 정지화면처럼 멈춰 서 있었다.

"와, 김유진. 와. 이게 웬…… 애들 알아? 너네 그 여자애들 모임 있잖아. 다 알아?"

"우리야 다 알지. 직접 찾아와서 청첩장 줬거든."

"우와, 김유진. 멘탈 보소. 그래도 어떻게 너한테 오냐? 걔 소시오패스야? 학교 다닐 때도 범상치 않다는 건 알았지만 이렇게까지 미친 애인 줄은 몰랐다."

성수는 묻지도 않고 어떻게 된 상황인지 바로 알아차렸다. 그만큼 유진은 유명했다. 그리고 그것은 우석도 마찬가지였다.

"이제 와 얘기지만 이우석 그 자식도 결백하진 않을걸."

조금 전까지 형이던 우석이 성수의 입에서 그 자식으로 전락했다. 나영은 깔깔 웃었고 세연은 말리지 않았다.

"그게 무슨 말이야?"

"너희들은 잘 모르겠지만 이우석, 후배들 사이에서 평판이 그렇게 좋지는 않았거든. 속 좁고 화 잘 내는 것도 그렇지만 여자 후배들 새로 들어오면 따로 만나고 다니고 그랬어."

"정말이야?"

"뭐, 유진이처럼 커플을 갈라놓거나 따로 만나서 사귀거나 하는 건 아니었지만 소문은 별로 안 좋았어. 누가 좋아하겠냐, 남자들만 득시글대는 우리 과에 여자 후배들만 들어오면 자기가 다 몰고 다니는데. 어장관리 하는 것도 아니고."

결국 그런 것이었다. 당사자만 빼고 모두가 다 아는 사실. 불완전한 연애에서 늘 일어나는 일이었다. 그녀만 빼고 모두 우석이 어떤 유형의 인간인지 알고 있었던 게 아닐까. 세연은 이제 해결해야 할 때가 왔다고 생각했다. 그래, 유진과도 한 번쯤은 부딪쳐야 했다. 그게 오늘일 줄은 몰랐지만 말이다.

"나 다녀올게."

"어? 가게? 야, 가지 마. 뭐하러 얼굴 붉혀. 그냥 내버려둬. 기다리다가 안 오면 가겠지."

성수가 얼굴이 하얗게 질렸다가 벌겋게 물들었다 하며 세연을 붙들고 오락가락하고 있었다.

"같이 가줘?"

세연의 굳은 결심을 눈치챈 나영이 물었다.

"아니야. 내가 알아서 할게."

세연이 나영을 다독였다. 걱정 어린 얼굴의 성수에게도 눈인사를 보냈다. 정리할 건 정리해야 했다. 우석도 유진도.

직원 휴게실은 한산했다. 간판은 카페테리아였지만 매점이나 다름없었고 직원들은 그냥 휴게실이라고 불렀다.

점심시간이 다 끝나가고 있었다. 휴게실 안에 사람이라고는 진열대를 닦고 있는 매점 직원을 제외하고는 눈에 제일 잘 띄는 곳에 앉아 있는 유진 한 명뿐이었다.

"네가 여긴 웬일이야?"

단 몇 걸음 만에 그 앞으로 걸어가 다짜고짜 물었다. 세연이 들어오는 모습을 눈 하나 깜짝 안 하고 지켜보던 유진은 차분하게 대꾸했다.

"일단 좀 앉아."

유진은 거의 변한 것이 없었다. 잘 관리된 피부와 완벽한 헤어 메이크업, 일부러 그랬는지는 몰라도 몸에 달라붙게 입은 원피스로 인해 봉긋하게 솟아오른 배를 빼고는 대학 때와 거의 달라진 것이 없었다.

"너는 직장 다니는 애가 옷도 좀 신경 써서 입고 그러지, 그게 뭐니? 하여간 여자들, 자기가 안 꾸미고 아무렇게나 하고 다녀놓고 왜 애꿎은 남자 탓들을 하는지 알 수가 없다니까."

세연이 앉는 모습을 지켜보던 유진은 자기가 마치 엄마라도 되는 것처럼 잔소리를 시작했다. 하지만 뒤에 따라오는 말은 엄마의 잔소리와는 거리가 멀었다. 늘 그런 식이었다. 자기 말고는 세상 모든 게 틀렸다는 태도. 그녀가 학생일 때 유진을 특징하는 단어는 없었다. 하지만 SNS의 시대, 이제 그녀를 지칭하는 말이 생겼다.

나빼썅. 이 얼마나 김유진과 딱 들어맞는 말인가.

"뭐?"

"아, 네 얘기 하는 거 아니니까 오해하지는 말고. 그냥 우리 회사에도 너처럼 그렇게 대충 입고 오는 여직원들 되게 많거든. 그러면서 자긴 왜 인기가 없냐며 하소연이나 하고. 소개팅은 왜 시켜달라는지. 애프터도 못 받을 거면서. 난 임신했어도 옷은 꼭 신경 써서 입는 편이야."

'그래서 하고 싶은 말이 뭔데? 너처럼 잘 꾸미고 다녀야 남자가 잘 따르고 그래야 임신해서 결혼도 빨리하고?'

하고 싶은 말이 입가에서만 맴돌다 사라졌다. 임신한 여자에게는 말도 조심해야 하지 않을까? 유진을 배려해서가 아니라 죄가 없는 배 속의 아이를 위해서 세연은 말을 아끼기로 했다.

"용건만 말하고 가. 나 일하러 가봐야 돼. 바빠."

"넌 여전하구나. 그래, 난 잘 지냈어. 너도 잘 지냈니? 물어줘서 아주 고맙다."

"내가 하고 싶은 말이야. 무슨 말이 하고 싶어서 왔니? 설마 나한테 결혼식에 와달라고 온 건 아니겠지?"

"아니, 그러려고 온 거야."

낯빛 하나 바꾸지 않고 유진이 잘도 말을 이었다. 세상에 이토록 당연한 일은 없는 것처럼 가방에서 청첩장을 꺼내어 테이블 위에 올리는 것도 잊지 않았다.

"사람들 진짜 웃기더라. 우리 오빠, 너하고 헤어지고 나서 나 만난 거거든? 나 때문에 너 버리고 결혼하는 거 아니라고. 아주 만나는 사람마다 네 얘기 해대서 내가 미치겠어. 지금 나 임신 중이야. 스트레스 받으면 안 된다고."

그러니까 너는 내 결혼식에 와야 돼.

유진의 눈은 그렇게 말하고 있었다.

아가야, 미안하다. 이제부터 험한 말 할 건데 아직 귀가 생기기 전이면 좋겠구나.

"개소리를 길게도 하네."

세연이 손가락 끝으로 청첩장을 유진에게로 툭 밀었다.

청첩장은 절묘하게 유진의 앞까지 튕겨져 날아갔다.

"그리고 배도 별로 안 나왔는데 유난 좀 그만 떨어. 그렇게 자기 관리 철저한 애가 어떻게 결혼 전에 임신을 했니? 너도 참, 너다."

딱 받은 만큼만 돌려주는 거다. 세연은 유진을 향해 여유로운 미소를 던졌다.

"그래, 옷은 신경 써야겠지. 불러오는 배 가리려면 아무거나 입어서 되겠니? 사람들도 쑥덕거릴 테고 말이야. 너처럼 완벽한 애가 그런 게 얼마나 신경 쓰이겠어?"

유진은 방금 들은 말이 세연의 입을 통해 나왔다는 것을 믿을 수 없는 것 같았다. 눈을 깜빡거리고 입을 여러 번 벌렸다 닫았다 하는 것이, 세연의 반격을 생각하지 못한 것으로 보였다.

"그래, 맞아. 우리 사이는 예전에 끝났어. 사귀어 보니까 우석 선배가 그렇게 좋은 사람은 아니더라. 너도 이미 눈치챘을지도 모르겠지만. 아, 물리기엔 이미 늦었을라나? 아무튼 너희는 결백해. 내가 동기들 만나면 꼭 말해줄게. 뭐, 내가 버린 남자 네가 주워 가졌다 소리는 좀 듣겠지만 그래도 양다리 걸치다 너 임신시켜서 할 수 없이 결혼한다는 것보다는 낫지 않겠니?"

그도 그럴 것이 그녀가 이런 일로 유진을 상대한 적은 처음이었던 것이다. 비슷한 일에도 세연이 유진을 공격하며 나선 적은 없었고 말이다. 그런 것치고는 생각보다 말이 차분하게 나와주었다. 세연 자신도 시원하다기보다는 정리가 되는 기분이었다. 하지만 유진은 그렇지 않았다. 흉하게 얼굴을 일그러뜨린 그녀는 곧 온몸을 부들부들 떨기 시작했다.

"너도 참 딱하다. 왜 남의 남자 빼앗는 걸로 네 존재 가치를 입증하는 건지는 잘 모르겠는데 너 자신을 좀 사랑해봐. 이 세상은 남자가 전부가 아니야. 너도 알잖아."

'나만 빼고 다 XX'은 유진의 로고나 마찬가지였다. 그것을 그녀가 유진에게 직접 쓸 것이라고는 상상도 하지 못했을 것이다. 일부러 그런 것은 아니지만 카타르시스 같은 게 느껴지는 것 같기도 했다. '남자가 전부는 아니다'라는 부분에서 조금 찔리긴 찔린다. 역시 나쁘샹은 아무나 하는 것이 아니다.

"아, 그리고 결혼식은 못 가겠다. 내가 요즘 더러운 걸 못 보는 병이 생겼거든. 잘 가라. 임신했어도 혼자 걸을 수는 있지?"

유진은 금방이라도 뒤로 넘어갈 기세였다. 하지만 세연은 결국 자신이 하고 싶은 말을 모두 유진에게 해버렸다. 이제 다시는 안 볼 사람이니까 쌓아뒀던 걸 다 해치우지, 뭐. 할 말을 모두 마친 세연은 뒤도 돌아보지 않고 휴게실 문을 향해 걸어 나갔다. 아주, 매우, 몹시 홀가분했다.

"너 말 다 했어?"

하지만 그렇게 쉽게 끝내줄 유진이 아니었다. 세연의 등 뒤로 악다구니가 쫓아왔다. 여유를 벗어던지고 본색을 드러낸 유진은 악의에 가득 차 있었다.

"너한테 문제 있는 거였다며. 너 여자구실 못한다고 소문나도 되겠어? 네가 결혼식에 나타나줘야 너랑 우리 오빠랑 별문제 없이 헤어진 게 되고 너한테도 문제가 없는 게 되는 거야."

그 말에 세연의 걸음이 멈췄다.

"이우석이 그래? 나한테 문제 있다고?"

먹잇감을 노리는 교활한 여우처럼 미소 지으며 유진이 천천히 다가왔다. 배를 감싸 안고 만삭의 임산부처럼 조심조심.

"안 그랬으면 오빠가 나한테 왔겠니? 너 좀 심각하다더라. 하. 그렇게 쿨한 척, 고고한 척, 털털한 척 다 하던 한세연이 그래서 그런 줄 누가 알았어? 그래서 그렇게 여자애들이 너만 줄줄 따른 거야? 어우, 재수 없어."

결정적 한 방을 노리며 유진이 눈알을 굴렸다.

"무슨 소릴 하는 거야?"

결국 참지 못하고 세연이 쏘아붙이자 유진은 참았던 한 방을 날렸다.

"너 레즈 아냐? 우석 오빠가 그러던데. 그거 아니고는 너 목석이래. 감각이 없는 거라고."

온몸이 부들부들 떨리고 망막에 하얀 빛이 점멸하며 귓속으로 쉴 새 없이 바람 소리가 드나들었다. 세연은 극심한 분노란 것을 온몸으로 느끼며 서 있었다. 반격을 해야 하는데 꼼짝할 수가 없다. 지나간 사랑에도 예의란 것이 있다. 지켜줘야 할 최소한의 것이 있다는 말이다. 인간이 인간답기 위한 법칙이다. 우석과 유진은 방금 그걸 깨뜨렸다.

"어떻게 그런 말을 아무렇지도 않게 내뱉을 수 있지? 넌 정말 무례하고 악랄하다. 선배는 네 뒤에 숨어서 더없이 비겁하고. 그러고 보니 둘이 참 잘 어울리네. 제발 헤어지지 말고 백년해로해."

그리고 우석다웠다. 그는 방금 유진의 입을 통해 그녀를 모욕했고, 동시에 그에게 아무 일도 저지르지 않은 성소수자를 모욕했다. 오로지 모든 잘못을 타인에게 돌리기 위해서였다.

세연은 유진을 무시하고 발걸음을 옮겼다. 악에 받친 목소리가 그녀를 따라왔다.

"그래서 결혼식에 안 올 거야?"

또각또각. 정확한 발걸음으로 따라오는 발소리도 들린다. 그렇게 보란 듯이 뒤뚱거리더니 높은 굽의 구두를 신고도 잘만 걷는다. 거의 날아오는 수준이었다. 여우누이에게 쫓기는 것처럼 세연이 유진에게서 달아났다.

"아, 한세연 씨. 여기 있었군. 시작실에 엔진 나왔다고 해서 보러 가는 길인데 같이……."

앞도 안 보고 뛰다시피 걸어가던 길이었다. 그와 마주칠 줄은 꿈에도 몰랐다. 휴게실과 연구동은 뒤쪽 산책로로 연결되어 있어 근무시간에는 직원들이 거의 없는 곳이었다.

그는 뛰어오던 세연을 붙잡고 뒤따라오는 유진을 흘긋 본 다음 말을 멈췄다.

"무슨 일이야?"

"아무것도 아닙니다, 팀장님."

하지만 수습할 새도 없이 눈물이 툭 하고 한쪽 볼을 타고 떨어졌다. 그녀를 바라보던 세준의 눈빛이 흉흉하게 바뀌었다. 그 눈빛에 놀라 서둘러 눈물을 닦아내려 했지만 그의 손이 훨씬 빨랐다. 따뜻한 그의 손이 볼을 감싸고 엄지손가락이 눈물을 닦아냈다.

고개를 들어 그의 눈과 마주했다. 묻고 있는 시선이 그녀를 보고 있었다. 그리고 곧 싸늘하게 굳어졌다.

"넌 애가 무슨 걸음이 그렇게 빨…… 라."

유진이 뒤에서 나타났다. 그가 재빨리 세연을 품 안으로 끌어당겼다. 그리고 그의 품 안에 있는 세연을 보고 유진은 사태를 파악했다.

"친구?"

그가 세연을 내려다보며 물었다.

"네, 팀장님. 아니요, 팀장님. 아니에요. 전에 말했었죠, 전에 사귀던 사람이랑 결혼하는 친구예요. 아니, 친구 아니에요."

세연이 하는 두서없는 설명을 세준은 고개까지 끄덕이며 신중하게 듣고 있었다. 그리고 그런 세준을 유진은 탐욕스러운 눈초리로 관찰하고 있었다.

"아, 팀장님이세요? 저는 김유진이라고 합니다. 세연이 대학 동기예요. 친구 맞아요. 결혼식 초대하려고 온 건데, 조금 전에 다툼이 좀 있어서 세연이가 저러네요. 호호. 죄송합니다."

1. 머리카락을 귀 뒤로 꽂아 넘긴다.

2. 고개를 한쪽으로 살짝 숙이며 눈을 치켜뜨고 교태를 부린다.

3. 손을 내리고 고개를 갸우뚱하며 눈웃음 짓는다.

김유진의 남자 후리기 3단계가 다 나왔다. 아마도 뻔뻔함이 사람으로 태어나면 김유진일 것이다.

세준은 말없이 유진이 하는 양을 바라보기만 했다. 변화 없는 표정으로 유진이 낯을 붉힐 때까지 오래. 그리고 아주 낮은 목소리가 그의 입에서 흘러나왔다.

"Ah, I know. 기억나. 그 쓰레기 대신 치워주신다는 분이십니까? Nice to meet you."

손도 내밀지 않고 나이스 투 미츄다. 당연히 악수할 줄 알고 손이 나오다 만 유진만 엉거주춤 바보가 되었다. 영어의 발성은 한국어와 달라서 저음이 두드러진다. 그렇지 않아도 목소리가 무기인 남자가 영어를 하니 울림이 남달랐다. 누구 하나 죽이겠다는 거지. 세연은 그가 무슨 저의로 이러는지 확실히 알 수는 없었어도 왠지 수긍이 갔다. 방금 그가 아무렇지도 않게 '쓰레기'라고 했기 때문이다.

김유진이 발끈했다. 영어와 영어의 사이에 나온 말이었지만 바보라도 알아들을 수 있었을 것이다.

"네? 방금 뭐라고 하셨어요?"

"환경 문제에 무척 관심이 많으신가 보군요. 좋은 일 하시는 겁니다."

그는 유진의 말을 듣지 못한 것처럼 다음 말을 이어갔다. 그의 표정이 어찌나 천연덕스럽던지 직접 들은 세연조차 그의 말을 있는 그대로 믿고 싶을 정도였다.

"Congratulations. 결혼 축하드립니다. Hey, Pumpkin. 우리가 꼭 가봐야 할 것 같아."

펌킨? 지금 나한테 호박이라고 한 거야?

세연이 그를 노려봤지만 그는 꿈쩍도 하지 않았다. 하지만 그가 얼마나 꿀이 떨어지게 호박이라고 불렀던지 듣기만 했던 유진이 다 흐물흐물해졌다. 아마 의도한 바가 이것이었나 보다.

"초대 감사합니다. 세연과 저도 가보도록 하겠습니다. Right, Sugar?"

그가 어깨를 끌어안으며 세연에게 물었다. 아주 호박에 설탕에 난리 났다. 그런데 유진과 우석에 대한 이야기를 했던가, 기억이 나질 않는다. 세연이 의문을 담은 눈길을 그에게 향하자 그는 가볍게 고개를 끄덕였다. 그 순간, 떠오르는 것이 있었다. 그날 밤, 그의 침대. 세연의 볼이 단번에 빨갛게 물들었다. 아주 그날 별 얘기를 다 했네. 세연이 슬그머니 그에게서 눈을 돌렸다.

"아, 그럼 두 분이 그…… 저기, 사귀시는……."

그저 어버버, 하며 보고만 있던 유진이 기어이 확인을 한다.

"네, 그렇습니다. 얼마 안 되었지만. 아, 그리고 나가시는 문은 저쪽입니다."

그가 손가락으로 정문을 가리켰다. 그 두껍던 유진의 볼이 기어이 벌겋게 변해갔다.

"갈게요. 가면 되잖아요. 너 꼭 오는 거다? 너 그거 아닌 거 증명하려면 와야 될걸? 소문 쫙 났어. 남자 친구랑 같이 오면 다 증명되겠네."

끝까지 포악을 떨던 유진은 세준이 싸늘한 표정으로 정문을 다시 한번 가리키자 그제야 씩씩대며 퇴장했다. 그리고 그길로 세준은 세연을 데리고 연구동 뒤쪽 구석진 으름나무 덩굴 벤치로 갔다. 이 시간에 그곳에는 아무도 없었다.

"울지 말라고는 하지 않겠어. 모든 눈물이 나쁜 것만은 아니니까."

그가 세연을 벤치에 앉히고는 손수건을 내밀며 말했다. 그의 손수건에선 상쾌한 스킨 향이 났고 그의 국어책 같은 말투에 세연은 그만 웃음이 터졌다.

하지만 그녀의 볼을 타고 흐르는 건 눈물이었다.

"멋진 말이네요."

웃음 대신 울먹이며 그녀가 말했다.

"「반지의 제왕」에서 간달프가 한 말이야."

그의 말에 결국 또 웃음이 터져 나왔다.

"역시."

눈물을 뚝뚝 떨구며 웃었다. 뭔가 이상한 기분이었지만 그렇다고 나쁘지도 않았다.

"웃든가 울든가 둘 중 하나만 해."

그가 웃으며 말했다.

"저도 그러고 싶어요."

울며 웃으며 그녀가 말했다.

"아무튼 수고했어."

"뭐가요?"

그의 목소리엔 치유의 힘이 있는 것 같다. 세연은 열심히 그의 목소리에 대답하며 그런 생각을 했다.

"견디기 힘든 사람이던데."

그가 그녀의 곁에 앉아 자신의 어깨에 그녀를 기대게 했다. 그리고 자신의 볼에 맞닿아 있는 그녀의 관자놀이에 키스했다.

헉. 심장이 발작하는 줄.

"뭐, 이렇게 갑자기 막 아메리칸 스타일이에요?"

경악하는 소리가 꺽꺽거리며 나왔는데 그에게는 볼멘소리처럼 들린 것 같았다.

"방금 건 상이니까. 잘했다고 주는 상."

그에게선 너무 아무렇지도 않게 대답이 나왔다. 별거 아니란 말이다. 숨 쉬는 것처럼 자연스러운 일이었다는 말이다.

미친 거 아니야? 아니, 이 사람 혹시 선수 아니야? 변태인가?

심장 발작이 끝나지 않아서 손이 바들바들 떨려왔다.

"누구한테 상인데요?"

이번엔 진심으로 기막혀하는 목소리가 제대로 나왔다. 숨이 가빠서 떨리는 건지 설레는 건지 화가 나는 건지 모르겠다.

"그러게."

그가 일순 진지하게 고민을 하는가 싶더니 이내 웃음을 터뜨렸다. 세연도 헛웃음이 따라 나왔다. 그렇게 망연자실하게 웃다 보니 어느 정도 진정이 되었다. 머릿속에선 알록달록 별들의 회전목마가 쌩쌩 돌고 있다 할지라도 말이다.

"고마워요."

그리고 맨 먼저 감사의 인사가 나왔다. 진심이었다.

"뭐가."

"필요할 때 있어줘서."

최악의 경우 그가 변태라고 할지라도 고마운 건 고마운 거다. 그리고 솔직히 말해서 그의 키스는 놀라고 떨리긴 했지만 따뜻했고, 무엇보다 위로가 되었다.

"you're welcome."

완벽한 발음으로 그가 말했다. 좀 재수 없다.

"필요할 때 나오는 영어도 고맙고요. 아까처럼."

"좋은 핑곗거리가 되어주지. 무뢰한을 상대할 때 아주 적합해."

세연이 남은 훌쩍임의 호흡을 내보내고 기분 좋은 한숨을 쉬었다. 손수건에서 나던 좋은 향기가 그에게서 나오고 있었고 눈물은 모두 멎었으며 그녀의 심장은 불길하게 두근거리고 있었다.

"괜찮네요. 남자 친구. 술 먹고 만들길 잘했어요."

덕분에 아무 말이나 막 던져버렸다.

"길에서 만나는 아무 남자보다야 낫지?"

그가 의미심장한 말로 응수했다.

"그게 무슨 말이에요?"

세연이 물었지만 그는 그저 웃기만 했다.

"주말에 우리 첫 데이트를 해야 할 텐데, 생각해둔 곳이라도 있어?"

그리고 다른 말로 주의를 돌리는 바람에 세연은 꼭 기억해야 할 것을 잊어버렸다.

"아니요. 아직."

"그럼 소풍 갈까?"

"네."

세연이 웃으며 대답했다.

뭔가 따뜻하고 아련하고 가슴 아픈 무언가가 생겼다. 딱히 정의할 수 없는 뭔가가 가슴 한구석에 자리했다. 아주 작았지만 아주 소중한 것이었다.

세연이 미처 깨닫기도 전에 그것은 세연의 가슴속에 뿌리 내릴 준비를 하고 있었다.

6. 조립은 섬세하게

　나른한 오후였다. 시간을 적당히 보내고 나면 내일은 황금 같은 토요일이었기에 다들 조금은 느슨해져 있었다. 제아무리 바쁜 대형엔진개발팀이라고 할지라도 이런 시간엔 사망자 속출이란 얘기다.

　쾅. 누군가 졸다가 책상에 머리를 박은 줄 알고 고개를 드니 팀원들의 얼굴이 전부 파티션 너머로 나와 있었다. 미어캣이 따로 없었다. 세연이 엉뚱한 포인트에서 웃음을 터뜨리고는 그들의 눈길이 향한 곳을 바라보았다. 큰 소리의 진원지는 놀랍게도 팀장실이었다.

　잠시 후 복도를 지나 엘리베이터를 향해 걸어가는 세준의 잔뜩 굳은 모습이 그녀의 시야에 잡혔다. 우습게도 그 와중에 가슴이 설레었다. 미친 거지. 어제부터 계속 이 상태다. 아메리칸 스타일이 사람 잡는다고, 어제 그가 키스한 관자놀이 근처에 인장이라도 찍혀 있는 것 같았다.

"팀장님, 가셨어?"

쾅 하고 닫혔던 팀장실 문이 빼꼼히 열리더니 윤 책임의 얼굴이 쏙 하고 내밀어졌다. 조금 전 엔진 제작에 필요한 부품 및 협력업체 발주 건으로 그가 팀장실을 찾았다는 걸 그제야 모두 기억해냈다.

"우와, 단단히 화나셨어. 쫄려 죽는 줄 알았네."

그러지 않아도 되는데 굳이 살금살금 자리로 돌아오며 윤 책임이 땀을 닦는 시늉을 했다.

TR모터스의 신차, 프로젝트명 T1의 개발 일정에 따라 엔진명 T1의 시험용 엔진 제작이 시작됐다. 일반적으로 개발팀이 엔진 개발을 목표 기간 내에 완료하기 위해서는 총 30대의 엔진을 일주일에 1기씩 시작실에 의뢰하여 조립해야 하고, 6개월 내에 모든 시험용 엔진을 엔진 시험실에 제공해야 한다.

지금까지도 바빴지만 앞으로는 더 바빠질 것이란 소리다.

"밸브 시험 확인 안 했어, 박 선임?"

윤 책임은 자기 자리에 앉자마자 파티션 너머 박 선임에게 물었다.

"했어요. 벌써 오케이 난 건데? 삼현에서 했잖아요."

아예 자리에서 일어선 박 선임이 그 무슨 말도 안 되는 질문이냐며 목소리를 높였다.

"거봐. 그런데 그거 부품 결재 올린 거 상무가 끽 했잖아."

윤 책임이 손으로 목을 긋는 시늉을 했다. 낮은 탄식 소리가 듣고 있던 팀원들의 입에서 동시에 터져 나왔다.

"네? 왜요? 시험 성적도 좋았는데."

"몰라. 뭐가 맘에 안 든대. 전 업체로 다시 바꾼다고 했다나 봐."

진저리 치듯 손을 내젓던 윤 책임이 의자에 몸을 묻었다.

"동림이요? 거긴 작년에 스로틀 밸브 불량 나서 바꾼 데잖아요. 아니, 진짜 상무님 왜 그러시지?"

나른한 오후는 날아갔다. 눈이 반짝반짝해진 팀원들이 의자를 돌리고, 자리에서 일어서고, 멀리에서 다가왔다.

"그래서 지금 팀장님이 상무 들이받으러 간 거야."

"으아, 난리 나겠네. 난 진짜 상무님처럼 막무가내는 처음 봐요. 가만 보면 무슨 원칙이라는 게 하나도 없어요. 그러니까 원칙대로만 하는 팀장님이랑 계속 부딪치는 거잖아요."

박 선임이 안타까워하며 발을 동동 굴렀다. 상무의 성질은 회사 내에서도 유명했다. 신입사원인 세연도 여러 번 들었을 만큼 일화가 넘쳐났다. 그것도 하나같이 좋지 못한 사건사고 일색이었다.

"그러니까 말이야. 아무리 회장님 조카라도 그렇지, 자동차에 애정도 관심도 지식도 없는 사람을 상무로 앉혀놓는 게 말이 돼? 욕심만 많아 가지고 계열사 어디 있다가 문제 일으켜서 여기로 온 거잖아."

주위를 두리번거리던 윤 책임이 고개까지 낮추며 말했다. 다들 고개를 끄덕였다.

유명한 사건이었다. 회사에서 쉬쉬하고 덮고 넘어가려고 했지만 전 직원이 알고 있었다. 막말에 성추행을 일삼는 사람이라고 했다. 그리고 핵심 사건은 그 모두를 합한 것이었던 모양이다.

"에이, 말도 안 돼. 자동차가 TR 핵심 아니에요? 문제 일으키면 어디 안 보이는 데로 가야지 왜 주력사 상무로 와요?"

"TR모터스가 상무님 올 때까지만 해도 어디 이랬어? 그전까지는 자동차 한 대 겨우 만들어서 내놨을 때였는데. 교수 하시던 사장님을 회장님이 억지로 끌어다 앉히시고, 또 팀장님 데려오시고 나서 분위기 많이 달라진 거지. 회장님이 작정하고 자동차 키우신 거야. 상무님만 있을 때는 엉망진창이었다고. 그러니까 사장님이 일 다 하시고 상무님은 바지 상무 아냐, 아무 일도 안 시켜. 할 일 없으니까 업체 가지고 저렇게 유세를 떠는 거고. 속은 좁아 가지고."

윤 책임이 TR의 자동차 경영 일대기를 간략하게 설명했다. 만년 3위에 머물러 있던 TR이 업계 1위로 떠오르게 된 것은 최근의 일이었다. 그 시작점은 계속 학자의 길을 가겠다던 회장의 아들 임성혁을 사장으로 취임시키고 나서부터였다. 그리고 결정적인 계기가 바로 이세준의 영입이었다.

"그런데 상무님이 우리 팀장님 눈엣가시로 여긴다던데, 사실이에요? 팀장님 스카우트할 때도 유일하게 반대했다면서요."

내내 팔짱을 끼고 서 있던 이 주임이 한마디 거들었다. 팀장에 대한 이야기야 워낙에 무궁무진했으니 얼마든지 주워들을 수 있었다. 하지만 사실을 확인할 수 있는 자리라니, 너무나 짜릿한 기회였다.

"그랬다더라고. 나도 들었어. 원래 신차 개발 팀장으로 자기 쪽 사람 심으려고 했다는 말도 있고. 확인해본 건 아니니까 사실이 아닐 수도 있지만, 상무님이라면 그러고도 남을 거야. T1에 적용된 특허 말고도 팀장님이 가지고 있는 특허, 회사에 내놓으라고 불러서 닦달했다는 얘기도 있고."

"진짜요? 우와, 날강도가 따로 없네. 그런데 이미 T1에 들어간 팀장님 특허는 어떻게 되는 거예요? 따로 특허료를 지불하고 쓰는 거예요? 아니면 회사에 귀속되는 건가?"

"모르지. 회장님이 스카우트하셨으니까 따로 계약서가 있겠지."

어마어마한 계약이었을 것이다. 세연은 문득 회장님이 그에게 계약으로 주셨다던 가장 비싼 땅에 가장 비싼 집이 떠올랐다. 외로웠겠다고 생각 없이 던졌던 말에 짙어지던 그의 눈빛도.

"그거 얘기해줘요, 그거. 한세연 씨는 그거 모르지? 우리 팀장님 처음 오셔 가지고 상무님이랑 맞짱 뜬 거."

박 선임이 윤 책임을 졸랐고 세연은 그저 세준에 대한 무용담이 더 나온다는 기대감에 절로 고개가 끄덕여졌다.

"이야. 그 얘기를 모른단 말이야? 그건 완전 전설인데. 그때 내가 우리 팀장님 진가를 알아봤지. 지금도 그렇지만 우리 상무님은 아는 것도 하나도 없는데 고집만 세단 말이야. 팀장님 막 오셨을 때도 인테이크 매니폴드(intake manifold, 흡기 다기관)를 우리 회사만 여전히 알루미늄으로 썼어. 단가도 세고 무겁고 사실 아무 의미가 없잖아. 그런데 그거 만드는 업체가 상무님 오랜 거래처였거든. 아무도 바꾸자는 말을 못 하는 거지. 그런데 팀장님이 오자마자 딱! 바로 교체해버렸거든. 그래 가지고 아주 난리도 그런 난리가 없었어."

"상무님이요?"

상무는 성질을 잘못 건드리면 욕설은 물론이고 폭행당하는 건 예사라고 했다. 듣고 있던 세연의 간담이 서늘할 정도였다.

"우리 TR에서 회장님 빼고 상무님 고집 꺾은 사람이 없거든? 근데 우리 팀장님이 꺾었잖아. 이야. 목소리 한 번을 안 높이더라. 상무는 그렇게 펄펄 뛰는데. 멋지지 않아? 아마 상무님이 그때부터 우리 팀장님 싫어했을걸? 뭐, 그전부터도 싫어했겠지만 그때부터는 본격적으로 싫어했을 거야. 크크크."

윤 책임을 따라 같이 웃던 박 선임이 갑자기 웃음을 멈추더니 고개를 갸웃했다.

"제가 이상한 건요. 우리 팀장님 말이에요. 핵심 기술도 기술이지만 다른 쪽 특허도 많이 가지고 있지 않아요? 미국 특허만 해도 평생 놀고먹어도 된다던데 우리 회사에 대체 왜 온 걸까요? 연봉 계약은 따로 했다고 해도 외국 쟁쟁한 회사들만큼 주는 것도 아닐 텐데. 뭐 약점 잡힌 거라도 있나?"

세연도 늘 의아하게 생각해오던 것이었다. 그는 왜 한국에, 왜 TR에, 그것도 팀장으로 왔을까?

"한국 사람이잖아. 애국심 몰라? 애국심!"

"에이. 윤 책임님이 뭘 모르시네. 우리 팀장님 미국 사람이에요. 나고 자랐다는데 무슨 애국심이 있겠어요? 있으면 미국에 있겠지. 난 한국말 저렇게 잘하는 게 더 신기해."

그렇다. 가끔씩 모두가 간과하고 있는 것. 그는 한국인이 아니다. 세연이 읽은 인터뷰 기사에도 분명히 나와 있었다. 미국 국민이고 시민권자이며 한국 국적은 없다고.

"그거 아니면 계약 때 상무님이 저렇게 쩔쩔맬 정도로 많은 걸 줬겠지. 회장님이 직접 가서 협상했다고 하니까."

"자동차회사 준다고 한 거 아닐까요? 우리 사장님 후계자 없잖아. 딸 하나밖에 없을걸? 지금 고등학생인가?"

"에이, 설마. 회장님이 핏줄을 얼마나 따지는데. 그러니까 CEO

고용 안 하고 교수 하는 아들 사장으로 데려다 앉힌 거지. 그나마 사장님이 경영학과 교수였기에 망정이지 회사 말아먹었으면 어쩔 뻔했어? 우리 회장님 고집불통인 거 업계에 자자해."

"그럼 뭐, 돈을 엄청나게 많이 줬든가 나중에 CEO를 시켜준다고 했든가 했겠지. 뭐, 그런 것까지 알 게 뭐야."

"하긴. 일이야 어떻게 이루어졌든 지금은 우리 팀장님이지. 우리한테는 더없이 좋은 거고."

박 선임의 말에 다들 이견 없이 수긍했다. 월등한 실력과 재능을 모두 겸비했다. 원칙을 따르고 공정하다. 팀장으로 믿고 따를 만했다. 그러니 모두 아무 의심 없이 T1의 성공을 믿고 일할 수 있었다.

엘리베이터가 내려와서는 알림음이 땡 하고 울리자 모두의 시선이 한곳으로 쏠렸다. 문이 열리고 세준이 걸어 나왔다.

"박 선임, 삼현에 부품 발주 체크하고 윤 책임은 밸브 건 부품 결재 다시 올려요."

다시 돌아온 팀장은 모여 있는 그들을 보고도 아무 말 없이 지시만 내리고는 자기 방으로 돌아갔다. 모여 있던 팀원들은 경외의 눈초리로 그의 뒷모습을 좇았다.

"역시! 또 해냈어."

팀장이 문을 닫고 들어간 것을 확인하자 윤 책임이 주먹을 불끈 쥐어 하늘로 들어 올렸다. 금메달이라도 따온 것처럼 팀원들이 낮게 환호성을 지르고 박수를 치며 각자의 자리로 돌아갔다.

냉철하고 능력 있는 팀장의 모습.

그는 모두가 존경하고 따르는 대형엔진개발팀의 수장이었다.

그의 업무량은 상상을 초월했다. 물론 밤이고 주말이고 일에 매달려 삶을 포기한 워커홀릭은 아니지만 평일에 그가 해내는 일은 남들의 몇 배였다.

행운인지 불행인지 그의 개인적인 모습을 본 것은 세연이 유일할 것이다. 어디에서 기인한 건지 알 수 없었으나 그와 외로움을 말할 때 세연은 보았다. 깊고 짙은 눈동자에서 묻어나오는 무언가를. 아주 잠깐이었지만 그녀를 가슴 아프게 했던 것. 회사에서 보이는 모습과는 전혀 다른 그의 모습이었다.

그리고 원인이야 어찌 됐든 그들은 사귀게 되었다. 처음에는 말도 안 되는 장난이라고 생각했다. 집에 들어앉아 차분히 생각하고 또 생각해본 결과 적당히 맞춰주다 그만두려고 했었다. 심각하게 이건 아니라고 말하자, 했었다. 하지만 어제 그녀는 마음을 돌렸다. 정확히 말하면 마음이 움직였다. 그를 향해.

관자놀이 키스 때문에 그런 건 아니다.

……맞다. 어느 정도는. 참, 사람이 이렇게 단순하고 간사하다.

그래서 그녀는 오늘 하루 종일 일이 손에 잡히지 않는 고초를 겪고 있는 중이었다. 반대로 그는 아주 맹렬하게 일을 하고 있고. 아주 워킹머신이 따로 없네. 팀장실을 향해 눈알을 굴려 비아냥거리고는 세연이 억지로 해야 할 업무에 눈을 돌렸다.

토요일 아침이 밝았다. 아침은 밝았지만 세연의 안색은 밝지 못했다. 누구를 탓하겠는가. 자기가 놓은 덫에 자기가 걸렸으니. 어디 가서 하소연도 못 하겠다. 풋사랑에 설레는 열아홉 청춘처럼 혼자 설레고 잠도 못 자고 아주 난리가 났다.

약속대로 그는 정확히 9시에 그녀의 집 문을 두드렸다. 모든 준비를 끝내고 현관 앞에 앉아 있던 세연이 일어났다.

"이거 좀 들어줄래요?"

"그래."

그는 문이 열리고 그녀 대신 바구니가 나오자 놀란 눈치였지만 이내 웃으며 바구니를 받아 들었다.

"갈까?"

그가 바구니를 들지 않은 손을 그녀에게 내밀었다.

쿠쿵.

이건 또 무슨 공격이야.

세연이 그의 손을 한 번, 그의 얼굴을 또 한 번 쳐다보자 그가 손을 뻗어 그녀의 손을 감아쥐었다.

쿠쿵쿠쿵.

"가까운 곳에 호수공원이 있어."

세상 자연스럽게 그가 말했다.

"네……."

목소리가 나오는지도 잘 모르겠다. 심장 소리에 묻혀 자기 목소리가 안 들리는 경지는 또 처음이다.

왜 이래, 아마추어같이!

세연이 자신을 다그치며 그에게 잡혀 있는 자신의 손을 무시했다. 그는 매일 그래 왔던 것처럼 자연스럽게 그녀의 손을 잡고 자신의 차까지 걸어갔다. 그리고 배려의 화신답게 조수석 문을 열어 그녀를 먼저 태우고, 바구니를 뒷좌석에 싣고 난 후 운전석에 몸을 실었다.

시트를 조절하고 시동을 걸고 핸들을 잡는 일련의 행동을 세연은 홀린 듯 바라보았다. 셔츠를 걷은 그의 긴 팔에 힘줄이 드러나 있었다.

이건 또 뭐야. 이러다 입에 주차권 물고 폭풍후진이라도 하면 기절하겠다. 세연이 침을 꿀꺽 삼켰다. 세연도 그 누구나 하나씩은 가지고 있는 로망이라는 게 있었다. 이상형이라고도 하고, 뭐. 그런데 지금 바로 눈앞에 있잖아. 물 빠진 청바지에 팔 걷은 셔츠, 그 아래 드러난 팔뚝에 힘줄이라니. 게다가 얼굴이야 뭐 두말할 것도 없고 말이다. 이 정도면 심장 폭행 수준이다. 내가 미쳤지, 내가 미쳤어. 이런 남자와는 연애를 하는 게 아니다. 이런 남자는 그냥 팬질을 하는 거다.

호흡을 다스리느라 안간힘을 쓰는 사이 그의 차는 어느새 공원 주차장으로 들어서고 있었다.

"가자."

차에서 내릴 때에도 그는 그녀에게 손을 내밀었다. 그리고 마치 사명이나 되는 것처럼 내내 그녀의 손을 놓지 않았다. 공원은 생각보다 넓었고 긴 산책로로 잘 정비되어 있었다. 그 길을 내내 그의 손을 잡고 걷는 건 말 그대로 '소풍'이었다. 하지만 그녀의 심장은 '폭풍'이었고.

"이게 뭐야?"

세준이 바구니에서 드론을 꺼내 들고 황당해했다. 공원 한가운데 펼쳐진 넓은 잔디밭에는 소풍 나온 사람들이 여기저기 한가로이 앉아 있었다.

"드론이요."

"드론인 건 알아. 이게 왜 소풍 바구니에 들어 있냐는 거지."

말은 그렇게 하면서도 그는 조심스레 드론과 컨트롤러, 그리고 설명서까지 모두 꺼내어 늘어놓았다.

"소풍에서 날려보려고요."

그가 웃었다. 가지런한 이를 드러내며 즐거운 듯 소리 내어 웃는 그는 여유로워 보였다. 회사에서 보던 그는 분 단위로 움직이는 로봇 같았다. 일하는 기계. 회사는 한 치의 오차도 없이 그를 철저하게 이용했다.

"본인이 어디로 날아가고 싶은 건 아니야?"

"어쩜 그럴 수도 있죠."

"날려본 적은 있어?"

"아뇨. 오늘이 처음이에요."

세연이 당당하게 말했다. 지나치게 당당했다.

"그래. 그러면 마음껏 해봐."

그가 그녀의 손에 컨트롤러를 쥐여주었다.

"진짜로 내가 하고 싶은 대로 해도 되는 거죠?"

컨트롤러를 손에 들고 덜덜 떨며 세연이 다시 한번 물었다.

"스로틀을 천천히 올려서 낮게 시작하면 될 거야."

그는 드론 설명서를 한번 슥 훑어보고는 세연에게 척척 지시했다.

"안 될 것 같으니까 그렇죠."

"게임하듯 하면 될 것 같은데."

세연에게서 컨트롤러를 받아 든 그가 드론을 한 번에 휙 날리더니 자유자재로 조종해냈다. 주변에서 놀던 아이들이 우르르 몰려와서 구경하고 갈 정도였다. 숨어 잠자고 있던 세연의 승부 근성을 끌어내는 짓이었다.

"말은 쉽지."

세연은 그가 다시 넘겨준 컨트롤러를 받아 들고 드론을 날렸다. 그가 양손으로 그녀의 손을 감싸고 조종하기 쉽도록 감각을 익히게 도와주니 쉬웠다. 하지만 그보다 점점 맞닿아오는 팔과 그녀를 감싸 안은 어깨, 등 뒤에서 오르락내리락하는 그의 가슴, 정수리 위에 닿아 있는 그의 얼굴이 신경이 쓰이기 시작했다. 너무 달라붙어 있는 거다. 너무. 숨 가쁘다.

"제가 해볼게요."

세연이 그를 떨쳐냈다. 자연스러웠다고 생각했는데 그가 항복 자세로 두 팔을 들고 뒷걸음질 치는 걸 보니 그렇지도 않았나 보다. 세연의 얼굴이 붉게 물들었다. 이렇게 일일이 반응하다간 신경이 남아나질 않겠다.

"그렇게 해."

그가 그 와중에도 웃으며 말했다. 세연이 눈을 가늘게 뜨고 그의 목 뒤에 '그렇게 해'라는 구간만 반복되는 리플레이 버튼이 있는 게 아닌가 살짝 의심해보았다. 아니면 전생에 앵무새였던가.

그래도 드론은 제법 잘 날았다. 그나마 다행이었다. 그의 조언대로 낮게 띄우다 하강해서 착륙을 반복하다 보니 요령도 생겼다.

"됐다!"

폴짝 뛰며 기뻐하는 그녀의 모습을 보던 세준이 엄지를 치켜들었다. 세연이 눈을 치켜뜨고 고개를 젓자 그가 눈을 크게 떴다.

"응?"

그녀가 한 손을 들었다. 마침내 이해한 그가 그녀의 손에 하이파이브를 하고는 그 손 그대로 움켜잡고 끌어안고 등을 다독였다.

"잘했어."

으악.

잠깐이었고 그는 곧 몸을 뗐지만 세연은 또 몸이 잔뜩 굳어 서 있었다.

"하이파이브는 좀 한국식으로 하면 안 돼요?"

불만에 찬 목소리가 세연에게서 흘러나왔다.

"내가 뭘 또 잘못한 거야?"

그가 세연의 얼굴과 같은 높이로 몸을 낮추고 물었다. 눈과 눈이 같은 높이에서 서로를 바라보고 있었다. 이건 또 이것 나름대로 숨이 가쁘다. 아, 한두 번도 아니고 매번. 짜증 난다.

"진짜로 여자 친구 사귀어본 적 없어요?"

세연이 눈을 가늘게 뜨고 물었다. 그의 동공이 확 커지는가 싶더니 곧 눈이 두 번 깜박이고 그의 얼굴이 물러났다. 그가 배를 잡고 웃고 있는 것이다.

"……."

뭐, 왜. 이게 뭐가 웃겨.

"점심 먹을래?"

한참을 웃던 그가 허리를 펴고 그녀에게 물었다.

"네."

그녀는 그렇게 대답할 수밖에 없었다.

"그런데, 보통 이렇게 하는 건가?"

"뭐가요?"

가까운 분식집에서 급조한 김밥과 컵라면을 먹으며 그가 물었다. 세연의 바구니에선 접이식 작은 식탁도 들어 있었다. 솜씨가 없어 도시락은 싸지 못했지만 따뜻한 차를 담은 보온병과 돗자리를 누르는 누름돌도 나왔다. 세준은 벽돌이 든 줄 알았는데 정말 돌이 들어 있었다며 고개를 저었다.

"한국에서는 보통 데이트를 이런 식으로 하는 건지 궁금해서."

"잘 모르겠는데요, 저도. 그냥 하고 싶은 대로 하는 거 아닐까요?"

멍하니 그녀를 바라보던 그가 고개를 끄덕였다.

"과연."

"대부분은 그냥 영화 보고 밥 먹고 친구들 만나고 술 마시고 그러죠. 그런 거 해볼까요?"

그녀가 아는 데이트란 주로 그런 것이었다. 이우석과 만나는 동안 가끔 했던 것. 대부분은 그와 만나 공부를 했으니까. 도서실에서 만나 공부하고 가까운 곳에서 밥을 먹고 다시 공부를 했다. 그들은 학생이었고 우석은 밖으로 돌아다니는 것을 정말 싫어했다.

"아니야. 그렇게 하라고 했잖아. 지금이 좋아."

그가 말했다. 세연이 의심의 눈초리로 그를 쏘아봤다. 정말로 좋아서 그런 말을 하는 건지 도통 모르겠다. 그래도 밥을 다 먹고 그가 텀블러에 담아온 아이스커피까지 나눠 마시고 나니 평화로운 기분이 들었다.

"이대로 괜찮겠어?"

돗자리에 비스듬히 옆으로 누워 커피를 한 모금 마신 세준이 물었다.

"뭐가요?"

"사귀는 거. 후회하고 있는 거라면, 난 괜찮으니까."

그는 백만 볼트짜리 배려의 미소로 그녀의 평화로운 마음을 쑥 대밭으로 만들었다.

"첫 데이트에 헤어지자고 하는 거예요?"

"그런 게 아니라……."

그가 잠시 말을 멈췄다. 그와 함께 세연도 숨을 멈췄다. 이제 겨우 마음을 정했는데 또 새 프로세스에 적응하라고? 그녀로선 하늘이 두 쪽 날 일이다.

"그때 싫다고 했으면 나는 그러라고 했을 거야."

그때 예스라고 안 했으면 됐잖아요. 세연이 그를 노려보며 생각했다.

"……."

왜 이제 와서 발을 빼는 거야.

"그게 아니라."

일부러 이러는 건가?

"아니야."

"일일이 내 생각에 대답하지 마요, 좀. 어……?"

세연이 생각을 멈췄다. 어디부터가 생각이고 어디부터가 말이 되어 나왔는지 구분도 안 된다.

"또 그랬어요? 내가?"

"응."

그가 웃음을 참으며 말했다. 모든 게 재미있나 보다. 이 양반은.

"진짜 이상하네. 이게 정말 오래된 버릇이거든요. 어렸을 때만 그랬어요. 제가 워낙 생각이 많아서 말을 늦게 했대요. 부모님 말로는 상상력이 풍부해서 그랬다는데, 그랬던 것 같진 않고. 가끔 방심하면 가족들 앞에서나 하던 버릇인데 커서는 한 번도 그런 적 없거든요. 맹세코. 한 번도."

당황한 세연이 그에게 변명했다. 당혹스러워 어쩔 줄 모르겠다. 한두 번도 아니고.

"난 괜찮아. 날 믿을 수 있어서 말해주는 거니까. 영광이야."

"아무튼 죄송합니다."

"괜찮다니까."

그가 손을 뻗어 그녀의 머리와 귀 뒤쪽에 얹었다. 살며시 쓰다듬어주는 그의 손길에 귓가에 파도가 쏠려가는 소리가 났다.

그러니까. 이런 거. 이런 스킨십 하지 말라고. 이런 거 하면서 그만두자고 하는 건 뭐지?

"그때 좋다고 했잖아요. 이제 와서 무르기 없기예요."

세연이 그의 손을 떼어 내고는 그를 노려보며 말했다.

"무르기?"

그는 무안하지도 않은지 세연이 떼어낸 자신의 손을 자연스럽게 거두어들이고 물었다.

"그만두기 없기. 전 이제부터 잘해볼 거거든요."

세연이 그를 덜 무섭게 노려보려고 애쓰며 진심으로 말했다. 그런 그녀를 보며 그가 희미하게 웃었다.

"그래. 잘 부탁해."

이런 대답을 원한 건 아니었다.

"왜 도망가겠다는 말처럼 들리죠?"

"하하. 아니야."

뭔가 역전된 것 같은데, 기분 탓이겠지.

"그런 거라면 전 괜찮으니까요. 아까 하신 말 돌려드릴게요. 첫 만남에 차이는 거 좀 그렇지만 사귀다 차이는 것보다는 낫죠, 뭐."

자존심 따위는 얼마든지 버릴 수 있다. 하지만 자존감에 흠이 간다면 문제가 다르다.

"그런 게 아니야."

그가 비스듬히 누워 있던 몸을 일으켰다. 그리고 세연의 앞으로 당겨 앉았다.

"지금 명확히 해주세요."

"세연아."

쿵-

세연아, 라고 불렀다.

"「Oθ… ˌiƷⱫ ηƮφƷʌʧ?"

그가 뭐라고 입을 움직이고 있었지만 아무것도 들리지 않는다.

그가. 세연아, 라고. 불렀으니까.

"네, 다시 한번."

"응?"

"이름. 다시 한번."

그의 얼굴이 이상하게 변하고 있다. 웃고 있지 않는다. 가면같이 웃던 얼굴이 아닌 '그의 얼굴'이다.

"세연아?"

그가 얼이 빠진 듯한 표정으로 그녀의 이름을 되뇌자 세연이 냉큼 대답했다.

"네."

그의 얼굴이 일그러지듯 풀어졌다. 그리고 희미한 미소가 그의 입가에서 시작하더니 얼굴 전체로 번져나갔다.

"지난번에도 말했지만 난 예스야. 언제든 예스야. 이건 온전히 너에게 달린 일이야."

그의 진짜 미소를 본 듯한 느낌이 들었다. 그리고 세연은 공대생으로서 절대 깨달을 수 없었던 한 가지를 비로소 알 수 있었다.

누군가 이름을 불러주었을 때 그에게로 가 꽃이 된다는 시의 진짜 의미 말이다.

"난…… 난 좋아요."

세연이 말했다. 그와 동시에 번개 같은 깨달음이 뇌리를 스쳐 지나갔다.

난 팀장님이 좋아요.

오 마이 갓. 혹시 말로 한 거 아니지?

"ηθθ ⅃iℨℤ ηⅠφℨΛʧ ʂ∫ᗡ."

또 그의 말이 외계어처럼 들리기 시작했다. 충격이 흡수되기까지는 시간이 좀 걸릴 것이니까.

그를 좋아하게 되어버렸다. 이렇게 쉽게, 이렇게 빨리. 예정된 수순이었던 것 같은 기분도 든다.

"……ηⅠφℨ, 가자."

그가 그녀의 손을 잡아 일으켰다. 멍하니 끌려 일어나며 세연이 배시시 미소를 지었다. 머리가 상쾌해지고 기분도 명확해졌다.

"네. 가요."

새로운 프로세스가 접수되었다.

이제, 직진이다.

7. 용접은 화력이다!

본격적인 연애를 시작해보자. 프로세스에 불이 들어오면 오로지 그것만 실행한다. 상대는 프로토 타입, 연애는 초짜이다. 본인도 기본만 실행해봤을 뿐 그와 다를 것이 없었다. 그러니 최선을 다한다.

연애모드 ON.

"딸기밭 갈래요?"

세연이 제안했다. 그는 언제나처럼 그러자 했고 무척이나 적극적으로 임했다. 너무. 매우. 몹시. 심하게 적극적이었다.

전투적으로 딸기를 따고 한 알의 딸기도 낭비하지 않았다. 여기서 낭비란 세연의 입으로 들어가는 것을 말한다. 그는 자랑스럽게 딸기잼 두 병을 들고 자기 집으로 돌아갔다. 세연이 딸기잼을 별로 좋아하지 않는다고 하자 냉큼 가져갔다. 두 번도 물어보지 않았다. 로맨스란 1도 없었음은 물론이다. 연애모드 실패.

연애모드 OFF.

"팀장님, 안녕하십니까?"

그와 마주치는 일은 드물다. 그는 신입사원과 노닥거릴 시간 따위 없는 고귀하신 팀장의 몸이니까 말이다. 회의 때 멀찌감치 얼굴이나 보는 정도였다. 그러니 이렇게 복도에서 인사를 할 수 있게 되는 건 운이 좋은 경우에 해당되었다.

"음, 한세연 씨 머리 묶었네? 잘 어울려요."

그가 잠시 걸음을 멈추고 말을 걸었다. 세연의 모든 동작도 멈췄다.

저기요, 여기서 이러시면 안 됩니다.

세연의 눈이 재빨리 주변을 살폈다. 무심히 지나가는 다른 팀 직원이 있을 뿐이었다. 다행이었다. 세연이 고개를 들고 그를 째려보자 그가 눈이 휘어지도록 웃어준다.

미치겠네. 오프모드 실패.

연애모드 ON.

어디를 다시 가자고 하는 게 아니었다.

"도자기 만들러 갈래요?"

한국의 미를 알려주고 싶었다는 건 사실 조금 핑계고, 케이블 채널에서 해주었던 옛날 영화를 보고 떠올린 것이었다. '사랑과 영혼' 남녀 주인공이 도자기를 빚는 바로 그 장면에 꽂혔다. 물론 그렇게 되지는 않겠지만 그래도 서로 장난 정도는 칠 줄 알았다. 그것이 오산이었던 게지. 하아.

그는 역시 너무도 열심이었다. 도대체 못하는 게 없었다. 매끈한 도자기 컵을 만들어내곤 뿌듯해했다. 세연은 형편없이 못생기게 만들어진 자신의 컵을 몰래 버리려다 그에게 들키기까지 했다. 그는 자신의 것과 그녀의 것을 모두 유약을 발라 구웠다. 완성된 도자기 컵은 둘 다 자신의 집으로 배달받겠다며 주소를 적어두었고 무척이나 만족스러워했다.

연애모드는 대실패. 택배는 제발 분실되길.

연애모드 OFF.

까똑.

일하는데 톡이 울렸다. 모든 알람을 꺼두고 단 하나만 울리게 해놨다. 그러니 확인해보지 않아도 누군지 안다.

[세연: 회사에서 톡하지 말라고요.]

[세준: 왜?]

[세연: 밤에나 좀 하지!]

[세준: 점심 먹으러 갈까?]

[세연: 회사라고!]

[세준: 알았어.]

왜 이러는 걸까? 이쯤 되면 일부러 이러는가 싶기도 하다.

까똑.

한참 만에 또 왔다. 뭐냐고! 아악.

톡 개가 시무룩하게 엎어져 있다. 미쳤네. 심장 폭행이네. 괜히 가르쳐줬다. 오프모드는 대실패다.

확실히 그는 연애에 서툴렀다. 아니, 공과 사에 서투른 것일까. 개념을 반대로 알고 있는 걸 수도 있었다. 어쨌거나 그녀의 새로운 연애는 실패의 연속이었다. 하지만 굴하지 않겠다.

다시 연애모드 ON. 이번엔 그의 집이다.

딩동. 벨을 누르고 문이 열리기까지 몇 분의 시간이 영겁의 시간처럼 길게 느껴졌다. 휴대폰을 만지작거리는 사이 문이 열리고,

"들어와."

장신의 그가 문을 받치고 서 있었다. 이계의 수문장처럼.

뭔가 비현실적인 기분이다. 돌이킬 수 없는 곳에 발을 디디는 묘한 느낌도 들고.

"이사 오라는 뜻은 아니었어."

짐을 바리바리 싸들고 들어오는 그녀를 보며 그가 말했다. 웃음기 섞인 그의 말투에서 안도감 같은 게 느껴지는 건 아마도 그녀의 감정이 투영된 것이리라. 그녀의 짐을 받아 들고 현관문을 닫고 전실 문을 여는 일련의 행동들을 하며 그는 마치 유리라도 되는 것처럼 세연을 대했다.

"저도 그럴 생각은 없어요."

거실로 들어서며 세연 역시 웃으며 말했다. 맨 정신으로 다시 돌아본 그의 집은 기억과는 많이 달랐다. 터무니없이 넓은 평수의 아파트였다. 넓은 전실을 거쳐 길고 좁은 복도를 지나니 아일랜드 식탁으로 거실과 부엌이 나뉜 넓은 공간이 나타났다.

그날은 오로지 침대와 소파와 복도 딱 세 가지만 뇌리에 박혀

있었는데, 오늘 보니 그날 아침과는 전혀 다른 모습이었다.

"이사 오겠다면 굳이 말리지는 않겠어."

소파 앞 테이블 위에 세연의 짐을 내려놓으며 그가 말했다. 세연이 쪽지를 써두고 간 바로 그 테이블이었다.

"그거 프러포즈예요?"

농담이었다. 농담이었다고. 분위기가 남극 빙산같이 될 줄 알았다면 절대 이런 드립 안 쳤을 것이다. 저렇게 면역력이 없어서야. 잔뜩 등이 굳어서 주춤대는 그는 이제야 여자 친구 없었던 남자처럼 보인다. 그래도 그렇지. 말한 사람 무안하게.

"커피 마시겠어? 주말엔 대개 늦은 조식을 먹게 되니 지금쯤 커피를 드는 것이……."

"무슨 임금님 수라상도 아니고. 조식과 커피는 나중에 들게요."

세연이 웃음을 터뜨렸다. 그의 삐걱대는 말투와 이상한 어법이 그의 당황함을 너무나 여실히 대변해주고 있었다. 그리고 그의 말투처럼 그들의 연애도 삐걱대며 굴러가고 있었다. 그녀가 한발 다가가면 어김없이 한발 물러선다. 철벽이 산성 수준이다. 험난한 길이 예고되지만 오늘의 목표는 다음 진도다. 무슨 놈의 연애에 목표까지 정하고 난리블루스인지는 모르겠지만 상대가 상대이니만큼 필수요건이었다. 가끔 이러려고 TR에 입사했나 자괴감 들고 괴롭지만 참을 수 있다.

관자놀이에 키스했고. 손도 잡았고. 어깨에도 기대봤고. 팔짱도 껴봤다. 진도 착착 나갔으니까 이제 뭐, 하나 남았네.

"그보다 집 구경 좀 시켜주세요."

"그래. 그렇게 해."

그가 그녀를 앞세웠다.

구경할 것도 없는 집이었다. 황량하기 그지없는, 동물조차 살지 않는 벌판 같았다. 그녀가 잠깐 머물렀던 침실엔 침대와 붙박이 옷장이 전부였고 그 옆에 있는 용도를 알 수 없는 방엔 두어 대의 컴퓨터와 벽면 가득 수납장이 짜여져 있었다.

수납장엔 내용을 알 수 없는 CD와 오래된 비디오테이프들, LP판들이 종류별로 정리되어 있었다. 다른 칸에는 비디오 레코더와 플레이어, 턴테이블, 각종 음향기기 등이 진열되어 있었고 태블릿과 노트북 같은 전자기기들도 흐트러짐 없이 제자리를 찾아 놓여 있었다.

"정리가 잘되어 있네요?"

"일주일에 한 번씩 아주머니가 오셔."

"그렇군요."

방을 나가려다 바로 뒤에 서 있는 세준에게 부딪쳐버렸다.

왜 이렇게 바싹 붙어 서 있는 거야.

세연은 아픈 코를 문지르며 그를 피해 방을 나왔다. 하지만 그건 다음 방에서도 마찬가지였다. 다음 방은 넓은 방에 러닝머신만 하나 덩그러니 놓여 있어, 바로 뒤돌아 나오려던 그녀는 기다리고 있던 그의 품 안으로 뛰어들어버렸다. 민망한 상황의 연속이었다. 그런데도 그는 그녀가 가는 곳마다 강아지처럼 졸졸 따라다녔다. 게다가 따라와서는 너무 가까이 붙어 있었다. 사람과 사람 사이에는 정해진 거리가 있고 모두 학습된 그것을 지킨다. 그는 그걸 모르는 사람 같았다. 아니면 일부러 모르는 척하거나.

세연은 잠시 허둥대는 그를 지켜보다 요령이 없다, 로 결론을 내렸다. 그의 말처럼 여자를 사귀어본 경험이 없다면 같이 있을 때 어느 정도 거리를 지켜야 한다는 요령도 전혀 없다는 말이 된다.

　마지막 방은 책으로 가득 찬 방이었는데 이전의 방처럼 창을 제외한 벽면이 모두 책장으로 되어 있었다. 하지만 아파트에 있는 네 개의 방 중 가장 사람 냄새가 나는 방이었다. 손때 묻은 책과 책상, 편안해 보이는 작은 소파와 테이블로 구성된 방에선 그의 향기가 났다. 아마도 그가 제일 많은 시간을 보내는 곳이리라 쉽게 짐작할 수 있었다. 그리고 역시 정리가 잘된 방이었다. 모든 책이 순서대로 정리가 되어 있었다. 한글과 영어로 나뉘어서 알파벳과 가나다순으로, 시리즈물은 번호순으로. 그러고 보니 수납장이 있는 방의 CD도 일일이 작은 색인과 목록이 붙어 있었다.

　"혹시 정리벽 있는 거 아니에요?"

　세연이 의혹의 눈빛으로 그에게 물었다.

　"응. 아니야."

　그가 1초의 여유도 없이 즉각 반응했다. 세연은 그만 웃음이 터져버렸다.

　"무슨 대답이 그래요."

　"순서대로 있는 게 보기에도 좋고 찾을 때 편리하지 않아? 그건 효율성의 문제야."

　"그거야 그렇죠. 하지만 그게 정리벽이에요."

　"그렇지 않아."

　그가 조곤조곤 반박했다.

　세연이 돌아온 길을 찬찬히 떠올려보았다. 워킹 머신, 일하는 로봇 이세준이 주말에 뭘 하고 지내는지 뻔히 보였다. 책을 읽고 정리하고, 무언가를 만들거나 보고 정리하고, 운동하고 정리하고, 청소하고 정리하고…….

"강박인데."

"아니야."

혼잣말이었는데 근성 있게 그가 대답했다.

"혹시 방금 발끈하신 거예요?"

세연이 생긋 웃으며 그를 놀렸다. 그의 귀가 조금 붉어진다.

"아니."

신기하고 새로운 모습이다. 하지만 이쯤에서 그만두기로 했다. 재미있긴 하지만 나중의 즐거움을 위해 아껴두자.

"이제 커피 주세요."

"그럴까?"

그는 바로 아래에 있는 그녀와 부엌을 번갈아 한 번씩 바라본 다음 조금 망설인 후에야 커피를 만들러 갔다. 덕분에 고개 들어 하늘을 보는 것처럼 그의 얼굴을 보고 있던 그녀는 작게 한숨을 쉬고 나서 그가 없는 곳에서 마음껏 그의 도서 취향을 관찰할 수 있었다. 그러다 그녀는 발견했다. 그 이름도 당당한 '국어 비속어 사전'을!

'무슨 비속어 사전이라도 있나 봐요?'

자신이 그에게 했던 말이 떠올랐다. 맙소사. 내기라도 했더라면 큰일 날 뻔했다. 백 퍼센트 거짓말인 줄 알았다.

이게 진짜로 있었다니. 비속어 사전을 테이블에 내려놓으며 세연이 소리 없는 경악을 삼켰다.

"커피 다 됐어."

그가 부르는 소리에 세연이 방에서 나왔다. 그의 부엌은 역시 넓었고, 아무것도 없었다. 밖에 나와 있는 것이라고는 번쩍번쩍한 커피머신이 전부였다. 그 흔한 밥솥 하나 보이지 않았다.

넓은 아일랜드 부엌 구조에 높은 스툴이 놓여 있었다. 흰 대리석 상판 위에 도자기 머그잔이 나와 있고 향기로운 커피 향이 그곳에서 흘러나왔다.

"근사한데요? 향도 좋고, 맛도 있고. 근데 쟤 몇 기통이에요?"

그가 내준 커피를 마시며 세연이 물었다. 세준이 그럴 줄 알았다는 듯 커피머신의 상부를 손으로 툭툭 치며 말했다.

"엔진으로 따지면 6기통쯤 되겠지. 예민한 녀석이라 매일 압력 맞추는 게 내부 청소보다 더 힘들어."

"커피 엄청 좋아하시나 봐요. 그냥 봐도 무척 비싸 보이는데."

"선물 받은 거야. 난 인스턴트건 캡슐머신이건 상관없지만 선물한 분이 겉치레를 중시하는 양반이라."

그의 미간이 살짝 좁혀졌다. 그다지 맘에 드는 선물은 아닌 것 같다. 아니, 선물한 사람이 맘에 들지 않는 건가.

"난 열다섯 살부터 혼자 살았어. 입고 먹고 쓰던 모든 것은 제공받은 것이었고, 다 후원자에게서 온 것이었지. 내가 선택한 삶이 아니야."

그는 엄청난 말을 아무렇지 않게 하는 재주가 있는 사람이다. 세연은 방금 자신의 귀를 의심했다. 혼자에, 후원자면……?

"후원자요?"

그가 어깨를 한 번 으쓱하고는 부엌 한쪽을 가리켰다.

"두 번째 칸을 빼고는 다 그분 취향이야."

아일랜드 식탁 옆쪽 벽면의 붙박이로 되어 있는 장식장이었다.

술병과 회사에서 받은 것 같은 상패, 고풍스런 장식품, 찻잔 등이 장식되어 있었다. 무척이나 호사스럽고 비싸 보이는 물건들이 첫 번째와 세 번째 칸을 차지했다. 그런가 보다 하며 찬찬히 구경하던 세연의 눈에 어울리지 않게 초라하고 못생긴, 어찌 보면 흉물스러워 보이는 물건이 들어왔다. 맙소사. 세연이 그와 함께 만들었던 도자기 머그잔이었다.

"이걸 왜 여기다 뒀어요?"

비명에 가까운 외침이 터져 나왔다.

"왜? 그거 귀한 거야."

"귀하긴 뭐가! 버려요."

장식장 쪽으로 급히 걸어가며 그녀가 말했다. 그 뒤를 그가 당연한 것처럼 따라붙었다.

"싫은데."

"왜요? 드물게 흉측해서요?"

"뭐, 그렇기도 하고."

그가 큭큭대며 웃다가 세연이 꼬물꼬물 자기가 만든 컵을 향해 손을 움직이자 전면방어에 나섰다. 그의 철벽은 참 여기저기에 쓰인다. 그의 견고한 방어를 뚫기는 불가능했다. 결국 포기한 세연은 꼭 잡힌 자신의 손을 그에게 맡긴 채 두 번째 칸을 마저 탐구하기로 했다. 그러다 한쪽 구석에서 작은 액자를 발견했다. 반쯤 먹다만 딸기잼 병과 세연의 드론 컨트롤러 사이에 있었다.

오래된 액자 속에는 미모의 여인이 곱게 웃고 있었다.

"미인이시네요."

어느 모로 보나 그와 닮아 있는 여인이었다. 그런데 참 낯이 익었다. 어디서 많이 보았던 것 같은 얼굴이었다. 그와 닮아서 그런 걸까.

"그렇지?"

그의 눈가가 부드러워졌다.

"투병하시기 전이야. 유일한 사진이지."

"어머니가……."

"돌아가셨어."

"유감이에요."

"괜찮아. 아주 오래전이니까. 마지막엔 아주 안 좋으셔서 오히려 돌아가셨을 때는 마음이 편했어."

그의 얼굴에 가면 같은 미소가 덧씌워졌다. 늘 보던 그 미소였다. 세연이 저도 모르게 잡혀 있던 그의 손을 마주 잡았다. 양손으로 감싼 그의 손은 조금 떨리는 듯했다.

"지금은 편안하실 거예요."

그의 어머니에 대해 아무것도 모르지만 사진 속의 그녀는 행복해 보였다. 그리고 분명히 지금도 그럴 것이라는 생각이 들었다.

"그럴까?"

그가 물끄러미 자신의 손을 잡고 있는 그녀의 손을 내려다보며 말했다.

"그럼 아버님은?"

"없어."

싸늘한 대답이 날아왔다.

"네?"

"처음부터 없었어."

없다는 의미는 존재하지 않는다는 것이다. 그의 의미는 그랬다. 돌아가신 것도 멀리 가신 것도 헤어진 것도 아니다. 존재하지 않는다.

"그럼……."

당혹스러워진 세연은 그를 잡은 손을 잡지도 놓지도 못한 채 할 말을 고르고 있었다.

"없어. 그게 내가 아는 전부야."

그가 그녀의 손등을 토닥이며 말을 맺었다. 따뜻한 그의 손과는 달리 그의 눈동자는 차갑게 굳어 있었다.

"미안해요. 내가 힘든 얘길 꺼내게 했나 봐요."

그는 대답하지 않았지만 애서 그녀에게 웃음을 지었다. 자기 얘기를 털어놓는 일에 익숙하지 않은 사람이다. 어쩌면 절대 자신의 이야기를 하지 않는 사람일 수도 있을 것이다. 그런데 그는 한 마디 한 마디 내뱉듯 자신의 얘기를 억지로 끌어올려 그녀에게 하고 있었다. 그것마저 힘겨워 보이는데도 불구하고.

그는 그녀가 잡은 손을 놓지 않았다. 세연은 그것만으로 만족하기로 했다. 어차피 오늘의 목표는 이루지 못할 것이라 생각했다. 이쯤이면 목표와 비슷하기는 한 것 같다…… 고 우겨볼까.

"자, 그럼 짐을 개봉해볼까요?"

화제를 돌리기로 했다. 이런 건 집에 가서 차분히 생각해봐야 할 건이다. 패스.

세연이 캐리어와 짐 가방, 그리고 종이봉투가 있는 곳으로 달려갔다. 종이봉투에는 간식거리, 짐 가방에는 나노블럭 박스가 들어 있었고, 캐리어에는 무려 플레이스테이션이 들어 있었다.

그리고 각종 게임 타이틀과 칸을 나눠 냄비 두 개…….

"이걸…… 전부 들고 온 거야?"

하나씩 꺼내어 늘어놓는데 놀라움을 겨우 억누르는 목소리가 들려왔다. 뒤돌아보니 그가 그녀의 뒤에 서 있었다. 그리고 그의 두 손은 바지 주머니 속에 들어가 있었다. 편안한 베이지색 면바지였다. 그 위에 헐렁한 회색 맨투맨 티셔츠를 입고 있었는데 어찌나 오래 입었는지 소매 부분이 다 해져서 너덜너덜할 지경이었다. 그마저도 고급 빈티지처럼 보이는 건 패션의 완성은 얼굴이란 오랜 명제를 설명해주는 거겠지만. 아무튼 그는 모델처럼 서서 어딘가 불편해 보였다.

"네. 게임기 없던 거 같아서요. 블록 맞추는 거 좋아하세요? 퍼즐은 너무 어지럽힐까 봐 안 가져왔어요. 그리고 라면도 먹고 싶은데 팀장님 댁에 라면 없을까 봐 제가 다 가져왔어요."

"냄비도?"

그가 여전히 주머니에서 손을 빼지 않은 채 물었다. 나중에야 알았지만 그건 무언가를 하고 싶어 근질근질할 때 나오는 행동이었다.

"네. 두 개. 거기 비닐봉지에 계란이랑 파도 있어요."

세연이 해맑게 말하자 세준의 눈썹이 꿈틀하고 움직였다. 그것이 경악의 표정이란 것도 세연은 훨씬 나중에야 알게 되었다.

"정말 이사 온 거 아니지?"

세준이 '정말' 진지하게 물었다.

"게임 안 해봤다더니!"

내리 열 판째 그에게 패배하고 잔뜩 약이 오른 세연이 그를 노려보며 볼을 부풀렸다. 그가 어린아이처럼 웃으며 그녀 쪽으로 고개를 돌렸다.

"이건 아주 기본적인 조작이거든. 이런 조합의 공격일 때는……."

"아, 됐어요. 나 안 해."

세연이 미리 깔아놓은 쿠션 뒤로 벌렁 누웠다. 항복이다. 어깨로 밀어도 봤고, 뒤통수로 화면도 가려보고, 자기만 아는 치트키도 써봤지만 처음 몇 판을 빼고는 여지없이 패배였다.

'굴려서 공을 크게 만드는 게임'을 할 때도 그랬고 '격투게임'에서도 그랬고, 심지어 '스노보드게임'에서도 그랬다. 스노보드 게임에서 그녀를 이긴 일반인은 지금껏 한 명도 없었는데! 저 인간은 천재다. 그걸 잠시 망각했었다.

"회장님은 왜 이렇게 넓은 집을 사주신 걸까요?"

기지개를 켜며 세연이 혼잣말처럼 중얼거렸다. 작은 소리임에도 동굴처럼 소리가 울려 퍼졌다. 가구도 소품도 부족한 집에 메아리처럼 그녀의 목소리가 되돌아왔다.

"겉치레를 중시하시거든. 저 커피머신처럼."

"후원자라는 분이 회장님이셨어요?"

세연이 벌떡 일어나 물었다. 놀라운 정보의 연속이다.

"TR에는 과학영재를 지원하는 프로그램이 있어."

그가 고개를 끄덕이며 말했다.

"그래, 맞아. 후원자는 회장님이야. 어머니가 돌아가신 뒤 열다섯 살에 회장님을 만났고 그 이후 학비를 포함한 모든 지원을 받았어. 난 그 빚을 갚으러 여기에 온 거야."

엄청난 고백을 날씨 얘기라도 하듯 그가 술술 풀어냈다. 그에 대한 미스터리 하나가 풀렸다. 많은 사람들이 궁금해했던 그것. 어째서 그가 TR을 선택했는지에 대한 궁금증 말이다.

"그랬군요."

세연은 어쩐지 주눅이 들었다. 솔직히 어떻게 반응을 해야 할지도 가늠할 수 없었다. 왜 이런 얘기를 자신에게 하는지 알 수도 없었다.

"별거 아니야. 사람들이 흔히 물어보는 거니까. 넌 알아야 할 것 같아서."

"……"

"게임 더 할래?"

그가 분위기를 바꾸며 그녀에게 물었다.

"아니요."

더 해봤자 그를 이길 순 없을 것이다. 그녀의 말에 그는 TV를 끄고 게임기의 전원버튼을 껐다. 게임 컨트롤러인 듀얼 쇼크 선까지 말아 정리해두는 그를 지켜보며 세연은 소파 위로 슬며시 올라가 등을 기댔다. 그가 바닥에 깔아놓았던 쿠션을 소파 위로 가져왔다. 그가 그녀 옆에 자리를 잡자 그녀는 또다시 테이블로 손을 뻗어 가지런히 정리되어 있는 게임 CD들을 훑어보는 척하며 흩어놓았다.

"라면 먹을까?"

그가 그녀에게 물으며 흩어진 게임 CD들을 정리했다. 숨쉬듯 자연스러웠다.

"그럴까요?"

세연이 건성으로 그에게 대답하며 게임 CD 하나를 꺼내어 열어보고는 그대로 두어보았다. 조금은 참는가 싶더니 그가 또다시 손을 뻗어 게임 CD를 정리해 놓았다.

푸훗. 웃음이 새어 나오려 한다. 참아야 해.

테이블 아래에 놓아두었던 나노블럭 박스 윗부분을 조금 뜯었다. 그의 눈이 동공지진을 일으킨 것 같다.

"신경 쓰이죠?"

"아니."

"거짓말."

"정말 괜찮아."

세연이 입을 가로로 한껏 벌려 웃으며 악동처럼 말했다.

"이게 굉장히 작고 많거든요. 자잘하고 작은 게, 뜯으면 좌악 퍼져요. 바닥에 촤르륵 하고. 구석으로 들어가면 못 찾는 것도 있고…… 그렇긴 한데, 지금부터 맞추다가 못 맞추면 놔두세요. 다음 주에 와서 또 맞추면 되니까. 그대로……"

웃으면 안 되는데 콧구멍이 넓어지려고 한다. 그는 표정관리가 안 되는지 심각한 고민에 빠진 건지 얼굴이 조금 굳어 있다.

"음…… 그렇게 해. 그런데 지금 꼭 그걸 해야겠어? 조금 있다가……"

"푸핫!"

그만 웃음이 터져버렸다. 그는 이내 그녀의 장난기를 알아채 버렸고 굳은 표정에서 분한 표정으로 바뀌었다.

"이리 줘."

곧 빼앗으려는 자와 뺏기지 않으려는 자의 전쟁이 시작됐다. 보나 마나 그녀의 패배였지만 상황이야 늘 그렇듯 여자에게 유리하다. 그녀는 소파 위로 넘어졌고 그 위로 박스를 빼앗은 그가 따라왔다. 그녀를 보호하기 위해 양팔로 소파 위를 짚었지만 얼굴은 마주 보게 되었다.

드라마에서 아주 쉽게 볼 수 있는 작위적인 포즈였다. 아마 TV에서 봤다면 식상하다고 손가락질을 했을 텐데 직접 당하고 보니 벼락에라도 맞은 것 같았다.

아무도 움직이지 않았다. 움직일 수 없었다. 아무 말도, 숨소리도 나지 않았다. 침조차 삼킬 수가 없었다. 심장이 어찌나 빠르게 뛰는지 이러다 죽을 수도 있을 것 같다.

천천히, 아주 천천히 그가 그녀에게로 내려왔다. 그러는 것이 너무나 당연해서 세연은 자연스레 눈을 감았다. 하지만 한참을 기다려도 와야 할 것은 오지 않았다.

"아야!"

대신 이마에 화끈하게 딱밤을 맞았다.

"정신 차려. 눈은 왜 감고 있는 거야?"

눈을 떠보니 사악한 그의 눈동자가 빙글빙글 그녀를 보며 웃고 있었다.

아악! 당했다! 이봐요, 이 장면에서 그러는 거 아니야. 그렇게 하는 거 아니라고.

"점심 먹어야지. 라면?"

그가 몸을 일으키고 부엌을 향해 걸어가는 동안 처참하게 복수당한 그녀의 영혼은 돌아올 줄 몰랐다.

"사람이 연애를 했으면 진도를 나가야지……. 이게 뭐야."

입을 잔뜩 내밀고 일어서며 투덜거렸다. 아, 뭐 하나 되는 일이 없다. 그녀의 다이어리엔 계속 연애모드 실패만 늘어나고 있는데 말이다.

터덜터덜 걸어서 그에게로 가니 그는 양손에 그녀가 가져온 냄비 두 개를 들고 서 있었다. 세연이 그의 손에서 냄비를 빼앗아 가스레인지 위에 올렸다. 그리고 정확히 계량한 물 500cc를 말없이 양쪽 냄비에 부었다.

"그런데 진도가 뭐지?"

부스럭거리며 라면을 준비하던 세연의 손이 딱 멈췄다. 그걸 또 들었네, 이 사람이.

"그런 게…… 있답니다."

말하는 사이사이 한숨을 섞어 대답을 마치고는 세연이 가스레인지의 불을 켰다.

"말 안 해도 뭔지 알 만하군."

그가 그녀를 도우려 라면에 손을 댔다가 손등을 가볍게 맞고 물러났다.

"네에. 어련하시겠어요."

불 조절을 하며 세연이 말했다. 다분히 영혼 없는 대답이었다. 입이 점점 튀어나오고 있었다.

찰칵. 가스불 두 개가 동시에 꺼졌다. 그가 끓기 시작한 라면 물의 불을 끈 것이다. 뭐 하는 거냐며 세준을 향하던 세연의 몸이 빙글 돌려지고 허리가 그에게로 끌어당겨졌다. 머리를 쓰다듬으며 내려온 그의 손이 그녀의 뒷머리를 단단히 받친 순간 그의 입술이 그녀에게로 내려왔다.

벌어진 그녀의 입술 사이로 그의 입술이 완벽하게 겹쳐졌다. 심장이 미친 듯이 뛰고 세상이 빙글빙글 돌기 시작했다. 그의 키스는 정직하고 서툴렀다. 강하지만 부드러웠다. 그럼에도 그녀는 따뜻한 바람이 전신을 휘감는 것처럼 온몸이 서서히 달아올랐다.

이런 것이 있으리라곤 상상도 하지 못했다. 이런 방식이, 이러한 일이 존재하리라곤 생각도 해본 적이 없었다. 주저하며 서툴게 그녀의 입술을 빨아들이던 그가 그녀의 입술을 두드려 열었다. 등이 어딘가에 닿았고 머리와 허리를 받친 그의 손에 힘이 들어갔다. 밀착된 그의 몸이 의식됨과 동시에 깊고 진한 키스가 시작되었다.

밀려 들어온 그의 혀가 그녀의 입 안을 구석구석 탐색한 후 그녀의 혀를 빨아들이고 얽었다. 거침없이 입 안을 휘젓고 입술과 잇몸 사이를 천천히 훑던 그가 쪽 하고 입술을 뗐다. 숨이 부족했던 세연이 급하게 숨을 몰아쉬자 쿡 하고 웃고는 고개를 돌려 다시 부드럽게 입술을 겹쳐왔다. 능수능란한 플레이보이처럼.

말랑하고 촉촉한 감촉이 아랫입술에 닿았다 떨어지고 이번엔 윗입술을 빨아들였다. 그러고는 그녀의 혀끝을 톡톡 건드려 자신의 입 속으로 불러들여 격하게 빨았다. 타액을 삼키고 혀의 밑부분과 볼 안쪽까지 샅샅이 애무했다. 뜨겁고 부드러운 그의 입술은 쉬지 않고 그녀를 정복해 나갔다.

감은 두 눈 속에서 별들이 폭죽처럼 터지는 것 같았다. 그녀의 뒷목에 단단히 고정되어 있던 그의 손이 천천히 내려가 등을 훑고 엉덩이까지 내려갔다. 정신이 하나도 없었다.

그가 마침내 입술을 떼어내자 세연은 다리가 풀려 그의 몸에서 주룩 흘러내렸다.

"Whoa(워우)!"

감탄사를 내뱉으며 동시에 그가 그녀를 받쳐 안았다. 허리와 등이 다시 그에게로 바싹 당겨 일어서자 이제 그의 얼굴이 눈앞에 나타났다.

"좀 앉을래?"

"네. 네. 그럴게요."

다시 눈을 감고 고개를 끄덕였다. 달리기라도 하고 온 것처럼 헐떡이며 숨을 들이마셨다.

이게 뭐라고. 겨우 키스인데. 처음도 아니잖아.

"유감인걸. 난 처음인데."

감은 눈 위에서 그의 목소리가 들려왔다.

이런 젠장. 또 말로 했어.

실눈을 뜨자 그의 눈동자가 그녀에게 내리꽂혀 있었다. 다행히 화난 것 같지는 않았다.

"라면…… 먹을래요?"

온전히 눈을 뜨고 그에게 제안했다. 목소리가 다소 헐떡이며 나온 게 옥에 티였다. 낮게 울리는 웃음소리가 그녀와 이어진 그의 가슴을 타고 그녀에게로 고스란히 전해졌다.

"혹시 기대했던 게 이런 거야?"

그가 짓궂게 물었다. 불안하게 그의 입술이 조금씩 가까워지는 것 같다.

"아, 아니요?"

일단 발뺌을 해보기로 하자.

"왜 심통이 났던 거야?"

엄지손가락으로 그녀의 볼을 쓰다듬으며 그가 물었다.

"내가 언제요?"

왜 그의 눈을 똑바로 볼 수 없는 건지는 모르겠지만 어쨌거나 그의 눈을 피하며 세연이 대답했다.

"한번 손을 뻗으면 멈출 수 없을 거야. 넌 방금 열어서는 안 될 상자를 연 것일 수도 있어."

그의 입술이 거의 닿을락 말락 다가왔다. 세연이 꼼지락꼼지락 손가락을 뻗어 그의 이마를 꾹 눌렀다.

"봉인 해제."

그의 얼굴이 순식간에 멀어지더니 폭풍 같은 웃음소리가 터져 나왔다. 어리둥절해진 건 세연이었다.

뭐가 웃겨. 진심이었는데.

"못 말리겠군."

그가 고개를 저으며 연신 웃음을 참지 못했다. 그리고 억지로 자신에게서 그녀를 떼어냈다.

찰칵. 다시 가스레인지 불이 켜졌다.

"때때로 팀장님이 뭘 원하는 건지 잘 모르겠어요."

라면을 꺼내어 놓고 스프와 건더기스프를 분리해서 뜯어놓던 세연이 푸념처럼 말했다. 무의식중에 나온 말이었다. 머리 어딘가 에서 잠복해 있던 생각이 툭 튀어나온 것처럼.

말을 던져놓고 나니 정말로 그랬다. 그가 정말 여자 친구를 원 하는 건지, 그저 친구가 필요한 건지, 아니면 인류애적 차원에서 그녀를 도와주려고 하는 건지 도통 알 수가 없어졌다. 키스까지 해 놓고 뜬금없이 이런 생각이 들다니, 정상은 아니었다. 무척이나 일 반적이지 않은 연애를 하고 있는 기분이긴 했다. 그녀는 이제 막

서툴게 연애를 시작했는데 그는 계속 제자리인 느낌을 벗어날 수가 없는 것이다. 이런 키스를 해놓고도 말이다.

"정말로 알고 싶어?"

그가 조용히 물어왔다. 갑자기 겁이 덜컥 나서 대답할 수가 없었다. 그에게선 언제나 일정 선을 넘어가면 경보가 울린다. 더 이상 다가오지 마. 그의 눈동자가 그렇게 말한다. 그 깊은 곳에는 감추고 있는 무언가가 있다. 마음이 무겁게 가라앉았다.

대체 숨기고 있는 게 뭐예요?

그녀는 대답을 회피한 채 그저 속으로 그에게 물었다. 그리고 한동안 둘은 약속이라도 한 듯 말이 없었다.

물이 끓기 시작했다. 라면을 넣고 파를 정확히 썰어서 넣고 계란을 깨뜨려 넣었다. 그녀는 계란 껍데기와 라면 봉지를 일부러 흩어놓고 그를 쳐다보며 물었다.

"지금 신경 쓰여 죽겠죠?"

"응."

그의 깔끔한 대답에 그녀가 깔깔대고 웃었다. 그는 즉시 주변을 정리했다. 그리고 그녀가 라면을 끓이는 동안 단 한 번도 잔소리를 하지 않았다. 계량컵을 원하면 찾아주고 물을 재달라면 재주고 그녀가 예의 그 라면을 조립할 동안 헌신적인 조수 노릇을 톡톡히 했다. 테이블 세팅을 도맡아 해주었으며 라면을 먹는 동안 맛있다고 엄지손가락을 추켜올려 주었다.

"자고 가도 돼요?"

젓가락을 내려놓은 세연이 물었다. 짓궂은 미소가 이번엔 그녀의 입가를 맴돌았다.

"안 돼."

턱 밑에 깍지 낀 손가락을 괴며 그가 말했다.

"잠만 잘게요."

세연이 협상을 시도했다.

"그래도 안 돼."

그가 고개를 저었다.

"나 못 믿어요?"

세연이 세상 천진한 표정을 지으며 물었다.

"날 못 믿어."

그가 눈을 가늘게 뜨며 말했다.

"쳇."

세연은 이내 포기했다. 협상은 결렬됐지만 둘은 악수를 했다. 그리고 나란히 서서 설거지를 마쳤다.

집으로 돌아가게 된 세연은 모처럼 다이어리에 적을 만한 게 생겼다. 그의 철벽은 여전히 굳건. 하지만 더할 나위 없는 실내데이트.

오늘의 목표 달성. 연애모드 대성공♡.

8. 시제품을 만든다

시험용 엔진 제작이 진척을 거듭할수록 대형엔진개발팀은 시동이 걸린 엔진처럼 정신없이 돌아갔다. 하루도 편할 날이 없었다. 그중 최악은 시험용 엔진에 이상이 생기는 것이었다.

"한세연 씨, 시작실 좀 다녀와야겠어. 부품 안 맞는 게 나왔다는데?"

"저희 쪽 부품이 안 맞아요? 어제 김 공장님 아무 말씀 없으셨는데요."

이 주임의 말에 세연이 벌떡 일어섰다.

"어떻게든 맞춰보려고 하셨었나 봐. 그런데 도저히 안 되겠대. 아무래도 규격에 안 맞는 게 온 거 같아. 수거해서 업체로 바로 반송해 줘."

갑작스레 10년은 늙은 것처럼 이마에 주름까지 깊게 팬 이 주임이 심각한 표정으로 말을 이었다.

"알겠습니다. 지금 내려가 보겠습니다."

머리보다 몸이 먼저 반응했다. 지금 개발팀에 비상이 걸린 것이다. 시험용 엔진 제작은 시작실에서 한다. 이것은 30기까지 차례로 진행이 되는데, 만약 한 대라도 제공이 늦어지면 뒤따라오는 엔진 시험은 물론 차량 시험까지 줄줄이 연기되는 대참사가 벌어진다. 그야말로 지옥문 입성이다.

엔진 개발에 관련된 모든 이사 및 팀장은 줄줄이 개발 담당 본부장에게 불려가 박살이 나고 불똥은 고스란히 팀원들에게까지 튀게 되는 수순이다. 팀 내의 개발 담당자들은 자신이 담당하는 부품이 개발 중에 아무 문제가 없기를 모든 신에게 빌며 일하고 있었다.

그 시작은 이름 그대로 시작실, 그러니까 세연의 일이었다. 시작실로 향하는 세연의 발걸음이 다급할 수밖에 없었다.

"시작실?"

계단이냐 엘리베이터냐를 놓고 고민하다 마침 내려오는 엘리베이터를 보고 걸음을 멈춘 순간 손이 하나 뻗어 나와 엘리베이터 버튼을 눌렀다. 그녀가 익히 잘 알고 있는 손이었다.

"팀장님."

조금 전까지 유리벽 너머에 있던 그가 신기루처럼 눈앞에 나타났다. 그녀는 순간 자신이 하려던 일이 무엇인지 잊었다. 아니, 시간이 멈춘 것일 수도 있었다. 하지만 분하게도 그는 마법처럼 땡하고 멈춘 엘리베이터 안으로 들어가 여유 있게 그녀를 향해 미소를 지었다.

"타."

한마디였다. 그게 뭐라고. 천사의 나팔소리도 아니고. 그런데도 온몸의 털들이 쭈뼛하고 일어섰다. 세연은 허리를 꼿꼿하게 세우고 태연을 가장했다. 연애모드 OFF다. 명심해야 한다.

"고맙습니다."

쭈뼛쭈뼛 그의 옆으로 들어가 인사를 하자 그가 픽 하고 웃었다. 회사에 있을 때의 그는 카리스마를 뿜뿜 내뿜는다. 그것이 또 기가 막히게 섹시하다는 게 문제다. 금단의 영역에 있는 느낌이랄까. 심장이 바짝 죄여온다.

열림 버튼을 누르고 있던 손이 우아하게 닫힘 버튼을 누르자 엘리베이터의 문이 닫혔다. 없었던 폐소공포증이 생기는 기분이었다. 공기가 모자라는지 숨이 턱턱 막혔다.

"어디 가세요?"

숨찬 목소리로 세연이 물었다. 없던 증상이 생겼다. 이게 다 그의 탓이다. 뭐, 어쩌면 엘리베이터 탓일 수도 있고.

"시작실."

땅. 엘리베이터가 멈췄다. 그녀의 두뇌회전도 멎은 것 같았다. 내리기 전 커다란 손으로 그녀의 머리를 헝클어뜨린 그가 성큼성큼 그녀를 앞서갔다.

OFF라고. 이 양반아, OFF.

"네? 시작실이요? ……팀장님!"

멍하니 멀어지는 그의 뒷모습을 보고 있던 그녀가 황급히 그를 따라 내렸다. 어제도 보고 그제도 보고 내내 보고 있는 그의 등은 왜 볼 때마다 설레는 건지. 세연은 그런 자신을 질책하며 그의 뒤를 쫓았다. 그리고 마침내 그를 따라잡았을 때, 그는 시작실 문 앞에서 그녀를 기다리고 있었다. 그는 그녀가 직장인 돌연사로 사망할 정도의 미소를 지으며 문고리를 잡고 있었다.

"After you."

그녀가 다가가자 그의 입술이 귓가에 내려왔다. 달콤한 속삭임. 그리고 시작실 문이 열렸다. 쇼크로 잠시 멈춘 것 같던 그녀의 심장이 미친 듯 세차게 뛰기 시작했다.

"미쳤나 봐."

세연이 저도 모르게 중얼거렸다. OFF모드일 때마다 이러니 정말 환장하겠다. 그는 반칙의 제왕이었다. 아니, 대마왕이다.

"대형팀에서 왔습니다!"

세연이 큰 소리로 외쳤다. 시작실은 평소와 다르게 조용하고 한가로웠다. 매번 전쟁터 같은 모습만 보아왔던 세연은 다소 어리둥절한 표정으로 주변을 두리번거렸다. 그리고 한 걸음 뒤 그녀를 따라 세준이 시작실 내부로 들어섰다.

"세연이 왔냐? 아이구야, 팀장님도 같이 오셨구먼."

한쪽 구석에서 엔진을 살펴보고 있던 김 공장이 그들에게로 다가왔다. 그동안의 시작실 업무로 어느덧 돈독해진 그들의 관계가 눈에 띄게 드러났다. 단신이지만 다부진 몸집의 김 공장이 너털웃음을 터뜨렸다. 세연을 무척이나 반기는 모양새였다.

"이번 신입 아주 잘 뽑았어, 이 팀장. 일 잘하지 싹싹하지, 저 도적놈들 같은 기능원들하고도 아주 잘 지내. 왔다야, 왔다."

세준의 묵례에는 아랑곳 않고 다가와 그의 손을 잡아 위아래로 흔들어대며 김 공장이 떠들었다.

"한 가지 단점이 있는데 말이야. 저놈이 계속 날 김 공장이라고 불러. 아저씨라고 불러주면 좀 좋아 그래? 아주 고집 있어. 하긴 그러니까 이렇게 어렵고 험한 공부 해 가지고 엔진 만드는 연구원이 됐겠지. 안 그런가, 이 팀장?"

그는 기능원 중 최고 직책인 공장이었다. 하지만 직책으로 불리는 것을 끔찍이도 싫어했다. 대부분 시작실을 드나드는 다른 남자 연구원들은 그를 형이라고 불렀다. 다른 기능원들도 마찬가지였다. 처음부터 그녀를 마음에 들어 한 김 공장은 그녀에게도 자기를 격의 없이 불러달라 했지만 그럴 수는 없었다.

"예, 그렇습니다. 제가 보는 눈이 좀 있죠. 그런데 다른 기능원들은 어디 갔습니까?"

그가 모처럼 이를 드러내고 웃었다. 좀처럼 없는 일이었다. 아마도 김 공장의 공치사가 무척이나 마음에 든 모양이었다.

"아, 오늘 좀 한가하지? V1은 엔진시험실로 보냈고 Q1도 조립이 일찍 끝나버렸어. (V1, Q1:다른 차종의 엔진 개발 프로젝트명) 그래서 내가 이놈들 나가서 족구라도 한판 하고 오라고 몽땅 내보냈지."

기름 묻은 손을 작업복 주머니에 반쯤 나와 있던 수건에 슥슥 닦아내며 김 공장이 말했다.

"우리 T1은요, 김 공장님? 부품이 안 맞는다면서요? 몇 개나요? 뭐가 안 맞아요?"

세연이 끼어들었다.

"아이고, 난리 났네. 아, 한 개씩 물어, 이놈아. 두어 개 안 맞는 놈 있었는데 내가 좀 깎아서 넣은 것도 있고……. 그런데 하나가

속을 썩이네. 아무래도 이거 불량이 온 것 같아."

"뭡니까, 그게?"

세준이 김 공장이 어깨 너머로 가리키는 T1 엔진을 쏘아보며 물었다.

"서모스탯 하우징은 어떻게 끼워 맞췄는데 피스톤 네 개 중에 하나가 도저히 안 맞네."

김 공장이 고개를 절레절레 흔들었다. 4기통 엔진이면 피스톤이 네 개가 있다. 그중 한 개가 규격에 맞지 않는 것이다.

"어떻게 이놈만 내일까지 다시 줄 수 있겠어? 스케줄이 꽉 차서 못 미뤄줘. 내일까지는 엔진시험실에 넘겨야 돼."

"압니다. 무슨 수를 써서라도 내일까지 부품 가져다드리겠습니다."

"그런데……. 거기서 하루 만에 깎아 보낼 수 있으려나?"

그의 말에 세준이 뭔가를 생각하는 듯 턱에 손을 가져다 댔다.

"되게 해야죠. 한세연 씨, 가서 부품 찾아와. 오면서 업체 전화 넣고. 아무래도 내가 가봐야겠어."

그가 세연을 돌아보며 지시했다. 세연이 즉각 반응했다.

"김 공장님, 부품은……."

"아, 창고에 가져다놨어. 명식이 있을 거야. 가서 달라고 해."

고개를 숙이고 부품창고로 향하는 세연의 모습은 사뭇 비장해 보였다. 하지만 그녀의 입술이 불만으로 약간 뒤틀리는 걸 본 사람은 아무도 없었다.

"그런데 팀장님이 직접 가시게? 하이구야. 업체가 아주 불벼락을 맞겠구먼. 허허. 하긴 이제 시작인데 첫 단추부터 잘못 끼우면 안 되겠지? 액땜했다 치자고."

김 공장이 세준의 어깨를 토닥이며 말했다. 하지만 무심코 고개를 끄덕이는 세준의 시선은 부품창고로 들어가는 세연의 뒷모습에 고정되어 있었다.

"부품 가지러 왔습니다."

부품창고는 시작실과 바로 이어진 작은 골방이었다. 세연은 들어서자마자 인사 대신 말을 던지고는 조그맣게 한숨을 쉬었다. 또 강명식이다.

"뭐요?"

이것 보라고. 호전적인 말투에 세연의 한숨이 깊어졌다.

"방금 말했잖아요. 부품 가지러 왔다고."

세연이 욱하려는 성질을 누르고 상냥하게 말했다. 일단 말투는 그랬단 얘기다.

"불출증 있어요?"

명식은 쳐다볼 가치도 없다는 듯 고개를 옆으로 돌리고 바닥만 쳐다보며 불퉁거렸다.

"불량 부품 한 개에 무슨 불출증이에요. 김 공장님이 미리 말씀해두셨다면서요."

규정대로라면 부품을 가져가려면 불출증을 제출해야 하는 게 맞다. 하지만 시작실에서만큼은 한두 개의 부품 정도는 재량껏 가져다 쓸 수 있었다. 거기에다 김 공장이 미리 말해놨다지 않는가. 이것은 대놓고 거는 시비였다. 세연의 이마 위로 핏줄이 하나 튀어나왔다.

"아, 몰라요. FM대로 해요. 불출증 없으면 못 줘요."

성질이 차오르고 있는 세연을 아는지 모르는지 그는 풀어헤친 작업복 앞섶의 단추를 만지작거리며 시큰둥하게 내뱉었다.

"진짜 왜 이래요?"

안 그래도 바빠 죽겠는데 협조 안 해주는 동료만큼 짜증 나는 것도 없을 것이다. 세연은 열이 바짝 올라 타들어갈 지경이었다.

"뭘 왜 이래요? 규정대로 하자는 건데."

"이봐요, 명식 씨!"

정말 해보자는 거야? 기껏 잘 달아두었던 머리 위의 성질 뚜껑이 열렸다.

"왜 이렇게 늦어? 시간 없는 거 몰라?"

삿대질할 손가락을 만들어 두고 공격태세를 갖추던 세연의 머리 위로 불호령이 떨어졌다. 세준이 처음 보는 얼굴을 하고 그녀의 뒤에 서 있었다. 그렇게나 무서운 표정은 지금껏 본 적이 없었다. 서릿발 같은 목소리는 또 어떻고.

"뭐야, 강명식. 시간 남는다고 노닥거리는 거야?"

그의 싸늘한 눈빛이 그녀를 거쳐 명식에게로 향했다.

"아, 아닙니다. 저는 그냥…… 규정이…….."

명식은 매서운 그의 눈빛을 견디지 못해 쩔쩔매며 변명을 해댔다. 하지만 세준은 단호하게 그의 말을 잘랐다.

"뭐 해, 부품 안 줘?"

"아 예, 팀장님. 여기 있습니다."

애초부터 거기에 있었던 것처럼 명식이 바로 옆 수납장에서 부품을 꺼내어 냉큼 건넸다. 기가 막힌 세연이 그를 눈이 돌아가도록 째려봤다.

"가지."

표독하게 한마디 쏘아주려는 찰나 그의 손이 그녀의 팔뚝을 단단히 잡았다. 하는 수 없이 그에게 끌려가며 세연은 무섭게 뒤를 돌아보았다.

명식은 어깨를 으쓱하며 휘파람 부는 시늉을 했다.

"뭐야?"

사무실로 돌아가며 세준이 물었다.

"뭐가요?"

"강명식과 한세연, 뭐냐고."

"뭐긴 뭐예요. 싸움 날 뻔한 거죠. 아, 정말. 왜 저러는지 모르겠네."

세연은 잔뜩 짜증이 난 상태였다. 그의 묘한 눈빛을 알아차리지도 못할 만큼 말이다. 그리고 OFF모드라는 것도 그새 잊고 있었다.

"정말 몰라?"

"뭘 몰라요, 내가. 설마 내가 여자라서 그런가? 처음부터 저러더라고요. 내가 처음 시작실 맡을 때부터 내 앞에 침을 턱 하고 뱉더니 무슨 회식 때 술을 마시면 봐준다질 않나 만나면 꼬박꼬박 인사를 하라질 않나 올 때마다 커피를 사오라질 않나. 지가 꼰대야 뭐야."

세연의 목소리가 카랑카랑해졌다. 그리고 그녀의 목소리가 높아질수록 그의 눈은 어둡고 깊은 호수처럼 변해갔다.

"그게 강명식이었어?"

"네?"

"내내 신경 쓰이게 한다던 기능원이 강명식이었냐고."

가끔 지나가는 말로 투덜거린 적은 있었다. 그가 마음에 담아두고 있을 줄은 몰랐다. 세연이 머뭇거리며 그의 말에 대답했다.

"네……."

"이거 안 되겠는데."

엘리베이터 버튼을 누르며 그가 지나가는 말처럼 낮게 말했다. 세연이 그의 뒤를 따라 엘리베이터에 오르며 묻듯이 쳐다보자 그가 불편한 듯 고개를 좌우로 꺾었다.

"앞으로 시작실, 특히 부품창고 쪽엔 다른 사람을 보내도록 하지."

"괜찮습니다. 제 업무인데요."

순종적인 부하직원의 모습으로 돌아온 그녀가 말했다.

땡. 엘리베이터가 사무실 층에 멈췄다.

"아니. 괜찮지 않아. 난 내 것에 대한 집착이 매우 강한 편이거든."

"네?"

세연이 어리둥절해져서 그에게 물었지만 그는 벌써 엘리베이터에서 내려 사무실로 성큼성큼 걸어 들어가고 있었다.

"피스톤이 문제였어. 지금부터 업체 출장 다녀올 테니까 내일까지 내 직무대리는 윤 책임이 맡아서 하고 박 선임하고 정 선임은 내일 엔진 시험 준비, 차질 없이 진행하도록 해."

세준이 사무실 문을 열자마자 소리쳤다. 그의 말에 팀원들 모두

자리에서 일어섰다.

"내일까지 될까요?"

정 선임이 걱정스러운 목소리로 물었다.

"밤을 새워서라도 해내게 할 거야. 일 대충하는 건 절대로 용납할 수 없으니까 일단 내려가서 해결해야지."

"혼자 가십니까?"

"아니. 비서가 필요해. 피스톤 담당자 해외출장 중이니까 시작실 담당 한세연 씨, 지금 바로 출장 신청하고 같이 내려갈 준비 해. 차량은 필요 없어. 내가 직접 운전해서 갈 거니까."

그의 뒤를 따라 들어와 숨죽이고 있던 세연은 그가 출장 파트너로 자신을 지목하자 당황한 나머지 말까지 더듬었다.

"추, 추, 출장이요? 제, 제, 제가요?"

그러자 옆에 서 있던 이 주임이 그녀를 꼬집으며 눈을 부라렸다.

"니, 니, 니가 가야지. 그럼 내가 가리?"

그녀의 말에 사무실에 있던 팀원 모두가 웃음을 터뜨렸다.

"크게 힘든 일은 없을 테니까 너무 걱정하지 마. 가서 팀장님 일 처리하는 것도 잘 보고. 실수 없이 부품 확인하고. 규격에 맞는지 세연 씨가 확인해야 해. 알았지?"

이 주임이 세연에게 당부를 덧붙였다. 세연이 고개를 끄덕였다. 출장 준비로 세준이 팀장실로 들어가버리자 이 주임은 세연을 조용히 불러냈다.

"내가 이거 노파심인 거 아는데 그래도 나중에 후회하는 것보다는 낫지 싶어서 말해."

"네, 말씀하세요, 이 주임님."

"팀장님이야 워낙 공과 사 구분 철저하시니까 걱정이 안 되는데 세연 씨는 솔직히 조금 걱정된다."

"……."

"걱정 마. 아무도 모르니까. 그저 내가 눈치가 좀 빠르고 세연 씨 사수니까 나만 본 거야. 요즘 세연 씨 시선이 부쩍 팀장님 따라다니는 거 알아?"

등 뒤로 식은땀이 흘러내렸다. 모든 게 얼굴에 나타나기로 유명한 한세연이 꽤 오래 잘 숨겼다 했다.

"아, 주임님. 그건 그냥……."

뭐라고 변명을 해야 하는데 머릿속이 하얗게 비워져 생각나는 말이 하나도 없었다. 숙현은 그런 세연을 짠한 눈빛으로 바라보다 등을 두드려주었다.

"그래, 어쩔 수 없겠지. 우리 팀장님이 워낙 멋있잖아. 나도 인정. 그래도 그러다 말 거지? 연예인 좋아하는 것처럼 그런 거지?"

이건 좀 너무 앞서 나가는 것 아닌가. 아무리 사수라지만 사생활이다. 그럼에도 세연은 아무 말도 할 수 없었다.

"내가 자세한 얘기는 안 했지만 우리 팀에 사무직 여사원이 없는 이유는 배치가 없어서가 아니야. 문제가 한두 번 있었기 때문이지. 아냐, 솔직히 말할게. 두 번이었고, 치명적이었어. 두 명 다 내가 퇴사시켰고."

한숨을 내쉬며 숙현이 고백했다. 마음고생이 심했던 모양이었다. 숙현이 세연의 손을 두 손으로 꼭 잡아 도닥이며 말을 이었다.

"내가 잘은 몰라도 한세연 씨 어떤지는 이제 차츰 알겠어서 걱정을 많이는 안 하는데, 그래도 처음 가는 출장이고 그것도 팀장님이랑 단둘이 가는 출장이라 혹시나 싶어서 하는 당부니까 너무 고깝게 생각진 말아줬음 좋겠어. 난 한세연 씨랑도 팀장님이랑도 오래 같이 일하고 싶거든."

마음이 복잡해졌다. 얄밉게도 자기 관리가 잘되는 사람과 하는 사내 연애란 이렇게나 힘든 산이었나 보다. 오해를 받는 쪽도 관리를 당하는 쪽도 언제나 약자다. 당당하게 드러내지도 철저하게 부인하지도 못하는 마음이 비겁하다고 외치고 있었다.

"네, 무슨 뜻인지 잘 알겠습니다."

결국 세연은 이렇게 대답할 수밖에 없었다. 엄연히 사생활인데도 공적인 취급을 당하면서 그녀는 마음의 상처를 입었다. 숙현의 마음도 이해가 가고 또한 회사에서는 그럴 수밖에 없는 세준도 이해가 가면서도 억울하고 미웠다.

"그래. 똑똑한 사람이니 그럴 거라 믿어."

"네."

"팀장님, 계약직이시라 아마 오래 일하시진 않을 거야. 잘된다고 해도 결국 상처받을 사람은 세연 씨가 될 거야."

숙현의 말에 세연이 물끄러미 그녀를 바라보았다. 뭔가를 알고 하는 말일까. 하지만 숙현은 이내 자리를 떴다.

잔뜩 엉킨 마음의 세연만을 남겨두고.

출장지로 출발하기까지는 30분도 채 걸리지 않았다. 그리고 그 30분 동안 세연은 세준이 얼마나 효율적으로 일을 하는지 온몸으로 깨달았다. 그는 그녀가 고군분투하는 사이 그녀가 겨우 해낸 일의 몇 배나 되는 일을 다 해치워버렸다.

"더워? 에어컨 켤까?"

게다가 운전까지. 그가 시동을 걸며 그녀에게 물었다. 몸에 배어 있는 매너는 자동차로 따진다면 기본옵션 같았다.

"아뇨. 괜찮아요."

무얼 해야 할까. 상사가 운전하는 차를 타고 가는 부하직원이 조수석에 앉아 해야 할 일이 무엇일까. 심지어 공과 사를 구분해야 한다는 압박감과 상사이자 연인인 그와 단둘이 어딘가로 떠난다는 이율배반의 감정이 그녀의 혼란을 가중시켰다. 세연은 안전벨트를 하고 의자 높이를 조절하며 공연히 분주한 척 몸을 움직였다. 휴대폰을 꺼내고 차의 내부를 둘러보았다. 퍼즐도 없고 블록도 없는 지금 혼란을 잠재울 방법은 다른 소일거리를 찾는 것뿐이다.

"뭘 하는 거야?"

잠시 운전에 집중하던 그가 그녀의 모습을 흘끔흘끔 보는가 싶더니 더는 못 참겠는지 물어왔다.

"그냥 확인하는 거예요. 팀장님, 이 차 풀 옵션이죠?"

"응."

가는 동안 조수석의 역할을 충실히 해야겠다 마음먹고 그녀는 제일 기본이 되는 할 일을 찾았다.

"제 폰으로 블루투스 페어링 해도 될까요?"

"뭘 물어. 그렇게 해."

"음악 틀게요. 제 플레이리스트 근본 없는데 그래도 괜찮으시겠어요?"

그녀의 말이 재미있었는지 그가 낮은 웃음을 웃었다.

"근본 없는 플레이리스트라니 무척 흥미로운걸. 난 음악엔 별다른 취향이 없는 편이니까 괜찮을 거야. 시끄럽지만 않으면 돼."

그의 말이 떨어지기가 무섭게 스피커에서 강렬한 비트의 드럼 소리와 함께 하드한 록 음악이 흘러나왔다. 세연이 황급히 볼륨을 줄였다. 그의 눈썹이 꿈틀대는가 싶더니 곧 웃음이 터져 나왔다.

"일부러 그런 거야?"

"아닌데요. 취향이 시끄러워서 죄송합니다."

부끄러움과 뻔뻔 그 사이 어딘가의 감정을 느끼며 세연이 대답했다. 뭐 하나 마음대로 되는 일이 없다.

"괜찮아. 업무도 아니고 음악 취향이 미안할 건 없지."

갑자기 뭔가가 울컥했다. 애써 숨겨놓았던 뾰족뾰족한 가시가 올라왔다. 그러고 싶지 않은데, 공과 사를 구분해서 부하직원으로 있고 싶은데 그럴 수가 없다. 졸렬한 인간이라 그런가 싶다.

"팀장님은 참 좋으시겠어요. 공과 사 구분 철저하셔서."

비아냥대고 싶지 않았는데 자기도 모르게 입 밖으로 말을 내고야 말았다. 자신이 내뱉고도 스스로 움찔했다.

"무슨 뜻이지?"

가시의 날카로움을 느꼈는지 잠시 주춤한 그가 조용히 물어왔다. 흠칫해서 잠자코 있던 세연은 이내 입을 삐죽거렸다. 바로 그 점이 마음에 안 드는 거다.

그렇게 늘 상냥하지 않아도 되잖아. 언제 어느 때고 어른일 필요 없잖아. 왜 매번 혼자 이성적이고 혼자 냉정하고 혼자 아무렇지도 않은 거냐고.

"팀장님은 어떻게 그렇게 구분이 딱딱 돼요? 난 잘 안 되던데."

유치했다. 분명 자신이 유치한 걸 인지하고 있었다. 알고는 있지만 멈출 수가 없었다. 숙현의 말 한 마디 한 마디가 아직도 비수처럼 가슴에 박혀 있기 때문이었다.

"무슨 일 있었던 거야?"

"그게 이……."

이 주임님이 그랬다고 말할 수는 없었다. 이건 어디까지나 그녀와 그녀 사수의 일이었고, 공과 사 중이라면 공적인 일이었다. 이것만큼은 구분해야 했다.

세연은 마음을 다잡고 그와 그녀의 문제에만 집중했다. 그들의 관계도 이제 시작이고 그것이 어려운 일이 될 거라는 건 불 보듯 뻔한 일이었다. 그러니 지금이 중요하다.

"저만 티 나잖아요. 팀장님은 회사에선 아무렇지도 않고 완벽하게 일만 하시는데 저는 혼자 티도 다 내고 일도 제대로 못 하고. 이것도 분명히 일이고 출장인데 괜히 혼자서 찔리고 설레고 이렇게 난리 칠 일도 아닌……."

갑자기 운전대를 틀어 차가 샛길로 접어드는 바람에 세연의 몸이 한쪽으로 홱 쏠렸다. 차가 덜컹대며 비포장도로를 잠시 달리는가 싶더니 풀숲 어딘가에 멈춰 섰다. 가슴이 덜컥 내려앉았다. 잘못한 건 알겠는데 인정하고 싶진 않았다. 그래도 조금 두렵다. 그가 화가 났을까 봐.

"내가 아무렇지도 않아 보여?"

사이드 브레이크를 걸고 시동을 끄며 그가 말했다. 갑자기 조용해진 차 안으로 낮은 그의 목소리가 스며들었다.

"난 구분이 뚜렷한 게 아니야. 필사적으로 참고 있는 거야."

안전벨트의 버클을 풀며 그가 다시 말했다. 세연은 무의식중에 자신의 안전벨트를 양손으로 움켜쥐고 그의 말을 들었다. 그러다 그녀는 그가 화가 나지 않았으리라는 걸 깨달았다. 그리고 화가 났더라도 자신에게 소리치지 않으리라는 것도. 언제쯤이 되어야 그가 우석과 다르다는 걸 인지하게 될까. 알고 있으면서도 습관은 무섭다.

"내가 회사에서 미친놈처럼 네게 덤벼들길 바라는 거야?"

이제 그는 똑바로 그녀를 바라보며 말을 하고 있었다.

"네."

자동으로 대답이 튀어나왔다. 고개를 돌려보니 그가 무섭게 노려보고 있었다.

"……니요."

물론, 전혀 무섭진 않았다.

"나는 지금도 충분히 너에게 휘둘리고 있어. 이미 네가 내 혼을 너무 빼놓아서 정신이 하나도 없다고."

응? 이건 처음 듣는 소리이자 솔깃한 이야기다.

"다른 놈 혼도 빼놓는 것 같아 문제지만."

"아닌데요."

꼬박꼬박 잘도 말대답을 하며 세연이 그의 얼굴을 쳐다보기 시작했다. 잘생긴 얼굴을 찌푸리며 그가 그녀에게 점점 다가왔다.

"아무것도 하지 마. 네가 건드리지 않아도 날뛰기 직전이야."

"아무것도 안 하잖아요."

쿵쿵대는 심장 소리가 그에게도 들릴 것처럼 가까운 거리였다. 떨리는 목소리로 대답하자 그의 눈동자가 그녀를 집어삼킬 듯 바라보고 있었다.

"너는 모르는 것 같지만, 난 이제 한계야."

입술 위에서 그가 속삭였다. 그리고 그녀의 대답을 기다리지도 않은 채 바로 입술이 겹쳐졌다. 찰칵 하고 그녀의 안전벨트가 풀어지는 소리가 마치 먼 곳에서 들려오는 것처럼 아득했다.

쓸어 올리듯 그녀의 입술을 깨문 그가 턱을 잡아 입을 벌리게 했다. 성급하게 입 안을 헤집는 그의 혀가 다급한 그의 심정을 말해주고 있었다. 빨고 핥고 삼킨다. 잡아먹힐 듯한 키스였다. 왼손으로 그녀의 얼굴을 단단히 고정시키고 정신없이 입술을 훔친다. 꼬여 있던 마음이 스르르 풀려가는 것이 느껴졌다. 사람 마음이 이렇게나 간사한 거다. 그에게 적극적으로 응하며 세연이 멋쩍게 생각했다.

끝나지 않을 것 같은 긴 키스가 이어지고, 그는 겨우 그녀의 입술에서 자신의 입술을 떼어냈다. 그리고 갈라진 목소리로 말했다.

"너무 혼자 고민하고 애쓰지 마."

엄지손가락으로 부드럽게 그녀의 볼을 쓸어주는 그는 평소처럼 다정했다. 적당한 예의와 적당한 거리감, 그 안을 가득 채우는 그의 다정함이다.

"같이해. 나에게 전부 맡겨도 좋고."

그건 중독될 정도로 달콤해서 다른 건 먼지처럼 별것 아니게 느껴졌다.

"네."

잔잔한 키스를 두어 번 그녀의 입술에 더한 후에 그가 마지못해 안전벨트를 다시 채웠다.

"이제 가볼까. 급한 불은 끈 것 같으니까."

느긋한 표정으로 그가 말했다. 참새 여남은 마리를 삼킨 고양이 같은 얼굴이었다. 세연이 풋 하고 웃었다.

"어서 가요. 피곤하면 운전 교대해도 되고요."

채워지지 않는 마음의 공간은 언제나처럼 무시하고 세연이 그에게 말했다. 잠시 침묵이 흘렀다.

"내가 그동안 알게 된 한세연은 왠지 '레이서'의 경향이 있을 것 같은데."

세연의 안전벨트를 다시 채워주며 그가 말했다. 뜨끔. 그는 늘 예리하다. 친구들은 '절대' 그녀에게 운전대를 맡기지 않는다. 특히 고속도로에선.

대답하지 않는 그녀에게 그것 보라는 식의 미소를 남기고 그가 차를 움직였다. 차는 부드럽고 안전하게 고속도로로 접어들었고 그녀가 고른 음악 안에서 즐거운 드라이브를 즐겼다.

그리고 그 음악이 나오기 전까지는 그저 평화롭기만 한 시간이 었다. 힘줄이 튀어나오도록 핸들을 꽉 쥐고 있는 그의 손을 발견하기 전까지는 말이다.

"왜 그래요?"

도로 밖의 상황에 긴장이라도 한 것일까. 세연이 그의 손을 감싸며 물었다. 그는 잠시 다른 사람의 손이라도 되는 것처럼 자기 손을 내려다보고 다시 창밖을 주시했다. 세연이 그의 눈길을 따라 시선을 옮겼으나 도로 위에는 아무것도 없었다.

"오래된 노래인데, 이 노래를 어떻게 알지?"

처음엔 그가 무슨 말을 하고 있는 건지 이해하지 못했다.

"이거요?"

그녀의 휴대폰에 페어링된 오디오에서는 올드팝이 흘러나오고 있었다. 피터 폴 앤 메리의 '500miles'라는 노래였다. 꽤나 오래된 팝송이었다. 언제부터인지는 그녀도 잘 몰랐다. 어떻게 알게 됐는지도 기억이 가물가물했다.

그렇지만 늘 그녀의 플레이리스트에 오르는 곡이기도 했다. 그녀의 친구들은 무슨 이런 곰팡내 나는 노래가 있냐며 질색을 했지만 그녀는 이 노래를 들으면 왠지 아련한 추억에 젖는 것 같아 무척이나 마음에 들어 했다.

"잘 모르겠어요. 우연히 들은 것 같기도 하고, 그냥 어릴 때부터 좋아하던 노래예요."

그녀의 말에 그가 희미하게 미소 지었다.

"이건…… 우리 어머니가 좋아하시던 노래야."

깊고 깊은 우물 속에서 길어 올리듯 낮고 힘든 목소리로 말을 하는 그는 기억을 더듬는 양 먼 곳을 응시하고 있었다.

"돌아가시기 전까지 고집스럽게 한마디도 영어를 쓰지 않으신 어머니가 유일하게 듣는 영어 노래였어. 지겨울 정도로 틀어놓으셨지. 어릴 때는 이 청승맞은 노래가 정말 싫었어."

슬프지만 따뜻하다고 생각했다. 내가 탄 기차를 상대방은 타지 못하고, 고향에서 멀리 떠나는 연인. 점점 멀어질수록 이제 다시는 돌아가지 못한다는 가사는 처절했다. 그녀에게는 구슬프게 들리는 목소리가 따뜻함과 그리움이 묻어 있다고 생각했었다. 하지만 그에게는 전혀 다른 느낌인 듯했다.

"어머니는 그곳에서 돌아가셨어. 그리고 그곳에 묻히셨지. 마치 가사처럼 이곳에 돌아올 수 없었어. 난 원래부터 없던 아버지를 그리워해본 적이 없어. 하지만 어머니는 이 노래를 틀어놓고 오지도 않을 아버지를 하염없이 기다렸지. 난 정말이지 이 노래가 싫었어. 창밖만 내다보는 어머니도 싫었고."

점점 멀어지는 기차와 이제 다시는 고향으로 돌아갈 수 없다는 처량한 후렴구가 차 안을 가득 메웠다. 그저 무심코 들어 넘겼던 가사의 의미가 외로웠을 한 어머니와 작은 아이의 모습을 그려내며 그녀의 가슴을 울렸다. 세연은 말없이 전방을 주시하며 앉아 있었다. 눈물이 방울방울 솟아나와 자칫 고개라도 떨구었다간 볼을 타고 흘러내릴 수도 있었다.

"잊어버리고 있었는데, 다시 들으니까 왜 그렇게 싫어했는지 모르겠어. 어머니가 좋아했을 법한 노래야."

부드럽고 촉촉한 목소리로 그가 말했다. 먼 곳을 응시하는 그의 눈동자에는 그리움이 묻어 있었다.

"미안해요……."

눈물이 툭 손등으로 떨어졌다. 그 바람에 목이 멘 대답이 나와버렸다. 그가 한 손을 뻗어 그녀의 머리를 감싸고 엄지손가락으로 눈물을 닦아주었다.

"울지 마."

"우는 거 아니에요."

"그래. 알아. 그래도 울지 마. 미안해."

그는 그녀의 눈물이 그칠 때까지 그녀의 목과 어깨를 다독이고 머리를 쓰다듬었다. 쏟아지는 눈물을 주체하지도 못한 채 운전에나 신경 쓰라고 그의 손을 밀쳐내는데도 그는 내내 그녀에게서 손을 떼지 못했다.

9. 반드시 점검한다

세준이 차를 몰고 D업체의 정문을 통과했을 때는 이미 퇴근 시간이 한참이나 지난 후였다. 하지만 그곳엔 사장과 임원들이 모두 나와 그를 맞이했다. 다들 사색이 되어 안절부절못하고 있는 모습이었다.

"어서 오십시오, 이 팀장님. 기다리고 있었습니다."

머리가 반쯤 벗어진, 50대 남자가 그에게 악수를 청했다. 아마도 사장인 듯했다. 그는 연신 흘러내리는 땀을 손수건으로 닦으며 그들을 사장실로 직접 안내했다. 감정을 수습하고 냉정한 모습으로 돌아온 세연도 그 뒤를 따랐다.

"이쪽으로 앉으세요."

소박했던 건물 외관과는 어울리지 않게 넓고 화려해 보이는 사장실 중앙엔 사치스러운 가죽소파와 앤티크 테이블이 놓여 있었다. 세준이 길게 놓인 소파의 중앙에 앉자 세연이 그 옆을 차지했다. 상석처럼 놓여 있는 1인용 소파에 사장이 앉고 나머지 자리를 임원들이 채웠다.

"규격에 맞지 않는 부품이 왔습니다."

세준이 소파에 앉기가 무섭게 말문을 열었다. 세연은 그가 말을 시작하자마자 가져온 부품을 테이블 위에 올려놨다.

"예, 미리 연락 받았습니다. 명백히 저희 잘못입니다."

사장은 세연이 올려놓은 부품을 스윽 쳐다보고는 세준에게 눈을 돌려 사과했다. 하지만 사과치고는 당당했고 당장 머리를 조아리고 새로운 부품을 만들어낼 것이라는 세연의 상상과 달리 사장의 자세는 고압적이고 뻣뻣했다.

"내일 오전까지 규격에 맞는 피스톤이 필요합니다."

세준은 시종일관 침착했다. 당장이라도 테이블을 내리치며 부품을 어서 만들어내라고 고래고래 소리치진 않더라도 적어도 목소리는 커질 줄 알았는데 그는 어찌 보면 '을'의 자세로 앉아 있었다.

국내에서 자동차 완성차업체에 부품을 납품하는 협력업체는 그야말로 간이고 쓸개고 모두 내놓아야 한다. 지금 같은 상황에서라면 세준의 자리가 오히려 '슈퍼 갑'의 위치였다. 만일 팀장이 부품업체의 품질을 빌미로 거래처를 다른 업체로 바꿀 경우에는 부품업체는 엄청난 손실을 감내해야 하기 때문이다.

"하아, 이걸 어쩌나. 정말 죄송합니다, 팀장님. 그런데 그건 좀 힘들겠습니다."

사장의 입에서 믿을 수 없는 말이 흘러나왔다. 듣고 있던 세연의 입이 떡 벌어졌다.

대체 저 사람은 뭘 믿고 저러는 거지?

"지금, 안 된다고 하신 겁니까?"

세준의 음성이 날카로워졌다.

"그게…… CNC머신 세팅을 새로 하는 바람에 제작 공정에 오차가 발생한 것 같습니다. QC(자체 품질 검사)에서 걸러냈어야 하는데 실수가 있었습니다. 그런데 세팅을 다시 하고 부품을 만들어내려면 시간이 좀 걸리기 때문에 내일 오전까지는 아무래도 힘들 것 같습니다."

현장 경험이 없는 세연은 차분히 설명하는 사장의 말에 그런가 보다 하며 고개를 끄덕였다. 만약 내일 오후까지 가능하다면 기다렸다 가지고 올라가도 어떻게든 시험에 맞출 수 있을 것 같다는 계산이 머릿속에서 바쁘게 이루어지고 있었다. 그 때문에 세준의 눈매가 날카로워지고 있다는 걸 눈치채지 못했다.

"사장님, CNC머신 세팅을 왜 새로 합니까? 지금 우리 부품 외에 다른 부품을 가공하신다는 말씀이십니까? 저희 전용 머신으로 알고 있는데요. 계약 조건이 그렇지 않습니까?"

살얼음 같은 목소리가 세준에게서 흘러나오자, 당황한 건 사장뿐만이 아니었다.

그게 그런 거였어? 세연은 그를 새삼스럽게 쳐다봤다. 이 사람은 직접 엔진 부품도 제작해봤구나. 그렇지 않고서야 현장에서 쓰는 공작 기계에 대해 이렇게까지 자세히 알지 못할 것이다. 아마 사장도 그가 그저 가방끈이 길 뿐 현장 일에 대해선 속속들이 알지 못하리라 여겼을 것이다.

"아, 아니, 그게 아니라요."

사장의 번들거리는 이마에서 땀이 흘러내리기 시작했다.

"경고만 하고 끝내려고 했는데 안 되겠군요. 지금 머신 확인해 봐도 되겠습니까?"

세준이 자리에서 일어서려고 하자 다급해진 사장이 그의 바짓 가랑이를 잡는 시늉을 하며 그를 말렸다.

"팀장님, 잠깐만요. 아니, 그게 아니라 제 말을 좀 들어보세요."

"아니요. 더 이상 들을 말은 없습니다. 부품이 안 나온다면 여기 있을 이유도 없고 앞으로의 거래도 없는 겁니다."

최후통첩이었다. 더 이상의 변명은 통하지 않을 것이 분명한.

"그, 그런. 팀장님, 어떻게든 내일까지 부품을 드리겠습니다. 한 번만, 한 번만 기회를 주십시오."

사장은 이제 그에게 애걸하고 있었다. 세준은 잠시 그를 내려다 보며 망설이는 듯했다. 그리고 조용히 말했다.

"내일 오전 9시까지 가능하겠습니까?"

"예……. 맞춰보겠습니다."

결국 사장이 백기를 들었다. 업체 입장에서야 한 기계에서 여러 종류의 부품을 제작하면 기계 회전율이 높아지기 때문에 이익이 었다. 하지만 이렇게 되면 TR 쪽은 부품 공급 일정에 차질이 생기 거나 품질에 문제가 생기기 때문에 전용 CNC머신을 쓰도록 계약 했던 것이다.

"좋습니다. 내일 아침 다시 오겠습니다."

세준의 태도는 시종일관 정중했다. 하지만 사장은 거의 울기 직 전이었다.

"팀장님, 정말 죄송합니다. 사실 저희 회사가 매출이 점점 줄어 들어서 거래처 다변화를 위해 외국에 부품 수출을 준비하고 있어 서 전용 기계를 좀 사용했습니다. 요즘 경기도 안 좋고 저희도 직 원들 월급은 줘야 하니까……."

세연은 우리나라 완성차업체의 횡포를 잘 알고 있었다. 차 가격 은 올려도 부품 납품가는 오히려 내려 부품업체에 부담을 전가하 는 현실에서 부품업체의 고충은 말이 아닐 것이다. 결국 이러한 전 횡이 우리나라 자동차 산업의 경쟁력을 좀먹고 있었다. 아마 세준 도 그 누구보다 그러한 사정을 잘 알고 있을 것이라는 생각이 들 었다. 그는 허리를 굽히고 어쩔 줄 몰라 하는 사장을 가만히 보고 만 있었다.

"좋습니다. 이번 일은 없던 일로 하겠습니다. 전용 기계를 어떻 게 사용하든지 상관하지 않겠습니다. 다만 납품은 문제없도록 해 주시기 바랍니다. 그리고 이런 일이 한 번만 더 되풀이된다면 그때 는 반드시 문제 삼도록 하겠습니다."

"예, 팀장님. 물론이고말고요. 앞으로는 절대 이런 일 없을 겁니 다. 감사합니다, 팀장님. 감사합니다."

그들이 다시 차를 타고 업체를 벗어날 때까지 사장 이하 임원진 들은 그들을 따라 나와 거듭 허리를 굽혔다. 씁쓸한 뒷맛이 남는 광경이었다.

간단하게 식사를 마친 그들이 호텔에 도착했을 때, 시간은 이미 9시를 훌쩍 넘기고 있었다.

"받아. 같은 층이긴 한데 조금 떨어져 있군."

갑자기 눈앞에 호텔 로고가 박힌 카드가 들이밀어지자 세연이 깜짝 놀라 고개를 들었다.

"무슨 생각을 한 거야?"

그녀의 손에 카드키를 쥐여주며 그가 장난스럽게 말했다. 아무래도 생각이 얼굴에 몽땅 드러난 것 같다.

"아무 생각도 안 했는데요."

하지만 그녀는 뻔뻔스럽게 거짓말을 했다.

"업무의 일환이니까 출장지에선 원칙적으로 숙소를 각각 잡아서 쓰는 것이 맞겠지."

객실로 올라가기 위해 엘리베이터로 향하며 그가 말했다.

"다, 당연한 거 아니에요?"

"……내가 굳이 기억을 상기시키려고 하는 말은 아닌데, 사귀기 시작했으니까 잠은 같이 자야 한다고 한 건 너야."

그는 비겁하게 엘리베이터 층수를 누른 뒤 문이 닫히자 그녀의 뒤에서 귀에 대고 속삭였다. 순식간에 그녀의 볼이 새빨갛게 물들었다.

"내, 내가 언제요!"

"글쎄, 언제일까?"

반박하려는 순간 문이 열리고 어둡고 긴 호텔 복도가 나타났다. 그는 세연의 손에서 카드키를 빼앗아 들고 성큼성큼 걸어가더니 그녀의 방문을 열고 그녀를 기다리며 서 있었다.

"들어가지."

세연이 그를 매섭게 노려보고는 그의 손에서 자신의 카드키를 빼앗아 들고 그의 면전에서 문을 꽝 닫아버렸다. 하지만 쿡쿡대며 웃는 소리가 호텔 방문 너머 그녀에게로 고스란히 들려왔다.

샤워를 하고 나오니 그녀의 휴대폰이 깜빡대고 있었다. 전화가
온 것이다.

-기억이 안 날 테지만 그날 당한 쪽은 바로 나야.

'여보세요'도 하기 전에 그의 목소리가 흘러나왔다.

아악, 짜증 나.

"궁금하지 않아요."

-깔린 쪽도 엄연히 나고.

"안 물어봤다고."

이를 갈며 대답하는데 그의 목소리가 이중으로 들리는 것 같았
다. 문밖에서도 그의 목소리가 들렸다.

-옷을 벗겨달라고……

세연이 호텔방 문을 벌컥 열어젖혔다.

"하지 말라고요!"

건너편 벽에 기대어 전화를 하던 그가 고개를 들었다. 연신 킬
킬대며 웃고 있다가 그녀를 보고 약간은 놀란 눈치였다. 세연이 노
려보며 서 있자 휴대폰을 꺼 주머니에 넣고는 양손을 바지 주머니
에 넣은 자세로 서서 그녀에게 물었다.

"커피 마실래?"

무슨 선전포고도 아니고. 세연이 고개를 가로저었다.

그는 입고 온 양복 대신 캐주얼한 평상복 차림이었다. 샤워를
막 마쳤는지 조금 젖은 머리와 보송보송해 보이는 얼굴이 훨씬 편
안해 보였다.

"좋아요. 그런데 왜 그러고 서 있어요?"

여전히 자리에서 움직일 생각이 없는 것처럼 서 있는 그를 향해 그녀가 물었다.

"나를 시험하는 중이야."

"무슨 시험이요?"

"우선은 방으로 들어가도 좋을지에 대한 시험."

세연은 한숨을 푹 내쉬며 그에게 길을 내주었다.

"안 잡아먹을 테니 들어오세요. 당하지도, 깔릴 일도, 벗을 일도 없으실 거예요."

그가 소리를 내어 웃으며 그녀의 방 안으로 들어왔다.

"커피 마실 거지? 지금 마셔도 괜찮겠어?"

그가 소매를 걷어올리며 물었다.

"네. 괜찮아요."

그녀가 대답하자 그는 능숙하게 물을 꺼내고 비치된 커피캡슐을 커피머신에 넣었다. 어느새 커피 잔엔 뽑아낸 에스프레소가 칙칙 소리를 내며 담겼다. 아마 그는 지구상의 모든 기계를 다룰 수 있는 사람일 것이다. 포트에 끓인 물로 아메리카노를 만든 그가 양손에 잔을 들고 그녀에게 다가왔다.

"그런데 그 옷은 어떻게 된 거예요? 입고 오신 게 아니잖아요."

침대에 앉아 그가 천천히 다가오는 걸 바라만 보던 그녀는 자신이 지금 가운 속에 속옷만 달랑 입었다는 걸 깨달았다. 그것도 팬티만 걸쳤다. 맙소사. 세연은 가운 끈을 단단히 동여맸다.

"이럴 때를 대비해서 회사 책상 밑에 '출장 키트'가 따로 준비되어 있어."

그가 세연의 바로 앞에 멈춰 서서 말했다. 잊고 있었다. 그는 쓸데없이 부지런하고 쓸데없이 계획적인 사람이라는 걸. 그리고 왠지 분하다!

"정리벽."

세연이 삐죽댔다.

"아니야."

"아니긴."

그녀는 그가 내민 커피 잔을 불손한 표정으로 받아 들었다. 물론 그는 개의치 않아 했다. 그리고 하고많은 자리를 다 놔두고 그녀가 앉은 곳에 나란히 앉았다.

"뭔가 있어."

"뭐가요?"

그녀가 커피를 홀짝이며 그에게 물었다. 그런 다음 엉덩이를 들어 그에게서 조금 멀리 떨어져 앉았다.

그는 흘긋 그녀를 한번 쳐다보고는 자신의 길고 긴 다리 위로 팔꿈치를 올렸다. 상체가 숙여지고 넓은 등이 그녀의 눈앞에 펼쳐졌다. 세연은 갑자기 허리를 팔로 감싸고 그의 등 위에 얼굴을 올려놓고 싶은 충동이 일었다.

"조금 전 보고받기론 이 업체의 실수가 이번이 처음이 아니더군."

그는 무심히 커피 잔을 기울여 그 안에 뭐라도 들어 있는 것처럼 들여다보고 있었다. 생각에 잠긴 목소리였다.

"불량품이 속출하는 업체와 거래를 이어가는 이유가 뭘까. 게다가 부품 단가는 타 업체에 비해 턱없이 높아."

"어떻게 그럴 수 있죠?"

결정적인 부품의 결함이나 불량품은 협력업체에겐 치명적이었다. 연이은 불량이라면 벌써 거래처를 바꿨어야 했다.

"리베이트가 있는 거겠지."

커피 잔 너머의 세상이라도 있는 것처럼 뚫어지게 커피를 바라보는 그의 얼굴이 점점 심각해져갔다.

"리베이트요?"

세연이 깜짝 놀라며 물었다. 생각보다 사안이 심각했다. 하지만 섣불리 나섰다 큰 타격을 받는 건 오히려 이쪽일 수도 있었다.

"아직 어떠한 증거도 나온 것이 없으니 일단은 추측일 뿐이야. 그러니까 지금 한 얘기는 기억에서 지우도록 해."

간단한 업무 지시를 하듯 그가 말했다. 그녀가 고개를 끄덕이는 것을 확인하고 그가 갑자기 허리를 쭉 폈다. 심각한 표정이 원래의 평온한 표정으로 돌아와 있었다.

"네, 알겠습니다."

그의 몸짓으로 침대가 출렁이자 그녀는 뒤늦은 대답을 하며 몸을 뒤로 뺐다. 하지만 커피 잔을 든 손이 자유롭지 못해 몸이 그에게로 쏠리는 것을 막을 수 없었다. 그녀가 몸을 벌떡 일으켰다. 경고등에 빨간 불이 들어왔기 때문이다.

"어디 가려고?"

그가 세연의 손목을 잡았다.

"아, 커피를 다 마셔서요."

그녀는 자연스럽게 세준의 손을 뿌리치고 가까운 테이블 위에 커피 잔을 올려놓았다.

"그리고 이젠 자야 할 것 같아요."

가운을 여미며 그녀가 뒤돌아 그를 향해 말했다. 허리띠를 꽁꽁 졸라매두긴 했지만 자칫하면 앞섶이 벌어질 것이다. 미처 준비해 오지 못해 가운 속엔 속옷만 달랑 입고 있었다.

"내일 일찍 일어나서 체크할 것도 있고……."

그녀는 그에게 보이도록 하품을 하며 일어섰다. 하지만 그에게서 멀어지는 세연의 손목을 그가 낚아챈 건 순식간이었다. 휘리릭 몸이 돌아 정확하게 그의 무릎에 안착했다.

세연이 헉 소리를 내며 그의 목에 매달렸다.

"이게 뭐 하는……."

정신을 차린 그녀가 그에게 화를 내며 입을 열었다.

"이제 두 번째 시험."

"그건 또 뭔데요?"

"같이 잠을 자도 괜찮을까? 그날처럼."

세연의 볼이 순식간에 붉게 물들자 그가 혀를 끌끌 찼다.

"생각하는 그런 거 말고."

"아무 생각 안 했거든요."

"그래. 그런 것 같네."

그의 말에 웃음이 터진 세연은 헛기침을 하며 그의 품을 벗어났다. 그리고 그의 옆자리에 허리를 펴고 앉았다. 그런 것이라고 해도 세연은 괜찮다고 생각했다. 연인 사이에 있는 자연스러운 일이기에 언제가 됐든 좋을 것이다. 굳이 오늘이면 어떻고 아니면 또 어떠랴.

"음, 저는……. 제 생각엔……."

"아니야. 그렇지 않아."

그가 그녀의 말을 막았다. 그는 가끔 그녀의 생각을 훤히 들여다보고 있는 것 같았다.

설마, 지금도 생각을 입 밖에 낸 건 아니겠지?

"저 아직 아무 말도 안 했는데요."

"알아. 그런데 넌 준비가 안 됐어."

그의 말은 조금은 충격이었고 조금은 부끄러웠다. 즉흥적으로 그런 결정을 내려버린 자신도 그렇고 분위기에 휩쓸릴까 싶어 잔소리를 해주었던 숙현도 떠올랐으니까.

"……."

"네가 준비가 되면 내가 알 거야."

그가 손을 들어 다정하게 그녀의 뺨을 어루만졌다.

"오늘은 그냥 같이 있고 싶어서 그래. 그래도 되겠어?"

차 안에서의 일이 떠올랐다. 왠지 눈물이 날 것 같았다. 세연이 일부러 짓궂게 그를 찌르며 물었다.

"침대 밑이나 옷장 속에 뭐가 있을까 봐 그래요?"

"맞아."

"걱정 말아요. 내가 지켜줄게요."

그는 웃지도 않고 그녀를 가만히 들여다보며 말했다.

"그래, 파워퍼프걸."

"어, 내가 그거 좋아하는 거 어떻게 알았어요?"

세연이 놀라움에 두 눈을 크게 뜨며 말했다. 그녀의 어린 시절을 지켜준 만화영화였다. 여자아이 세 명이 슈퍼히어로로 나오는 독특한 TV시리즈로, 세연은 그 만화에 홀딱 빠져 지냈었다.

"닮았어. 거기 빨간 애랑."

그는 엉뚱한 대답을 하더니 그녀의 두 손을 잡아당겨 끌어안은 다음 침대로 벌러덩 누워버렸다. 갑자기 침대로 넘어져 그의 품에 갇히게 된 세연이 버둥거리자 그가 더욱 세게 끌어안았다.

"난 버블이 더 좋아요."

그럼에도 굴하지 않고 그의 가슴팍에서 세연이 투덜댔다. 웃음 섞인 목소리가 정수리 위에서부터 흘러나왔다.

"그래. 그래도 빨간 애랑 닮았어. 고집 센 거하며."

"고집은 버터컵이 세죠. 블로섬은 원칙주의자예요. 책임감이 강한 거라고요."

"그것 봐. 꼭 닮았네."

그가 계속해서 놀리자 욱해서 바르작거리던 세연이 결국 포기하고 그의 품에서 늘어졌다. 이번에도 그녀는 그의 수법에 걸려들어 주제에서 먼 싸움을 하고 있었다.

"나는 아무도 믿지 않아."

조금 느슨해진 그녀를 풀어주며 그가 말했다. 세연이 고개를 끄덕였다. 그러다 문득 그가 하는 말의 뜻이 조금 전 리베이트 건과 닿아 있다는 생각이 들었다.

"그런데 왜 저한테……."

그 얘길 했어요?

세연이 차마 말이 다 되어 나오지 않은 질문을 하며 그를 올려다보았다. 그는 깊은 눈으로 그녀를 내려다보고 있었다. 눈이 마주쳤지만 그의 눈에선 아무것도 읽을 수 없었다.

"그러니까 네가 날 잘 지켜야 돼, 블로섬."

등을 토닥이며 그가 놀렸다. 이미 전력을 상실한 세연은 그의 가슴에 고개를 파묻고 하품을 했다. 그와 같은 침대에서 절대로 잠을 잘 수 없을 것이란 걱정은 기우였다. 눈꺼풀이 천근만근이었다. 그는 세연이 잠들 때까지 그녀를 끌어안은 채 많은 이야기를 했다. 하지만 그녀가 알아들은 건 반도 채 되지 못했다.

"이렇게까지 한국에 오래도록 머물 생각은 없었어. 그저 묵은 빚을 탕감하고 나면 이곳을 떠나서 다신 오지 않을 생각이었지."

세연은 무의식적으로 그의 말에 반응하며 잠의 영토를 넘나들었다.

"그런…… 데요?"

그녀가 겨우 입을 벌려 물었다. 몇 번 잠들었다 깨고 나니 그녀에겐 어느새 이불이 덮여 있었고 베개 아래로 그의 팔이 그녀를 안고 있었다.

"그런데 변수가 생겨버렸어."

하지만 나지막한 그의 목소리는 계속해서 그녀의 졸음을 부채질할 뿐이었다. 그리고 그걸 막을 힘이 그녀에겐 없었다.

"……브라질의 렌소이스 사막에는 호수가 있어. 분명히 모래뿐인 사막인데 우기가 되면 그 안에 수백 개의 호수가 나타나는 거야. 건기가 되면 사라질 호수인데도 그 안에 물고기가 살고 있지. 신비하지 않아? 하얀 모래 위에 눈이 부시도록 푸른 호수가 있어. 그리고 존재하지 않을 것 같지만 분명히 존재하는 물고기까지."

"으응."

"함께 가자. 네게 보여주고 싶어."

"응."

대답하는 것이 신기할 지경인 그녀의 상태를 보며 그가 쿡 하고 웃었다. 그리고 그녀의 이마에 살며시 입을 맞췄다.

"네가 그 노래를 기억하고 있을 줄은 몰랐어."

"……."

"내가 널 이렇게 욕심내도 되는 걸까? 계속 이렇게 너와 함께해도 될까? 다시 혼자 남겨지게 된다면 이번엔 견딜 수 없을 것 같아."

잠든 세연의 머리카락을 부드럽게 넘겨주며 그가 속삭였다.

"미안하다, 세연아."

그녀의 허리를 끌어안고 그녀의 목덜미에 얼굴을 묻은 채 그가 말했다. 하지만 이미 잠의 나락으로 떨어진 세연은 그의 애달프고도 쓸쓸한 목소리를 한마디도 들을 수 없었다.

10. motivation이 필요하다

그들의 관계는 출장 이후 미묘하게 달라졌다. 세연은 이전보다 훨씬 느긋해졌다. 마음 한구석에서 그녀를 끊임없이 괴롭히던 불안감이 완전히 사라진 것은 아니었지만 적어도 갈피를 못 잡고 허둥대진 않았다. 반면 그는 조금씩 초조해하는 것 같았다. 회사 일이 바빠진 이유도 있을 것이다. 부품 문제가 해결되자 엔진은 문제없이 한 기씩 시험 제작이 되었고 그는 온갖 일로 더욱 바빠졌다. 그리고 곧이어 해외출장을 떠나게 되었다. 그전에도 잦았던 출장이었지만 그들이 사귄 이후로는 처음이었다.

"세연아, 여기야!"

원래대로라면 그와 함께 보내는 토요일이었겠지만 세연은 결국 공실이 모임에 불려 나왔다. 출장 건으로 그가 갑자기 회사의 호출을 받았기 때문이었다. 약속 장소를 확인하고 나중에 데리러 오겠다며 그는 몇 번이나 세연에게 확인 전화를 하고 나서야 그녀를 놓아줬다. 물론 잘 도착했냐는 그의 문자가 약속 장소에 도착한 순간 알림음을 올리긴 했다.

"꺄악. 세연아! 오랜만이야."

여자들은 귀엽다. 따로따로 있을 때도 그렇지만 모여 있으면 더욱 그렇다. 여고생일 때도 그렇고 여대생이 되어도 마찬가지다. 더구나 남학생이 많은 과에서 소수 여학생 모임쯤 되면 단연 최고다.

"어우, 세연이 취직하더니 예뻐진 것 좀 봐. 역시 사회물이 다르 다니까."

새로 생긴 한식 레스토랑의 별실 문을 열고 들어서니 반가운 얼굴이 세연을 반겼다. 공실이들의 저녁 회동은 세연에게는 정말 오랜만이었다.

"그러게. 나영이가 너 온다고 해서 우리 다들 너 올 때까지 안 먹고 기다렸어."

나온 음식을 앞에 놓고 참고 있었다니 있을 수 없는 일이었다. SNS 에 올리는 사진 찍는 시간도 못 참아 다 먹은 접시를 찍는 일도 비일비 재했던 그들이었다. 하해와 같은 큰 사랑이었다.

세연은 사랑받고 있었다.

"쟤, 남친 생겼어."

구석에서 조용하게 있던 나영이 팔짱을 끼고 세연의 비밀을 불어버렸다. 가끔 큰 사랑엔 부작용이 따른다.

"야."

세연이 깜짝 놀라 나영을 노려보았지만 때는 이미 늦은 것. 의자에 엉덩이를 붙이기도 전에 발설된 비밀로 공실이들이 난리가 났다. 유학 가고, 결혼하고, 지방에 내려가 있고, 남의 남자 뺏다가 쫓겨나고.

이러저러한 이유로 오늘 모인 공실이들은 세연을 포함해서 여섯이었다. 핵심 멤버만 모였다고 해도 과언이 아니었다.

"진짜?"

"어머, 잘됐다. 세연아, 축하해."

"누구야. 잘생겼어? 뭐 해? 사진 있어?"

사실 세연이 들어오기 전까지 그들은 나영에게 그간의 스토리를 몽땅 들었다. 이미 유진의 청첩장이 모두를 밟고 지나간 후이긴 했지만 일이 어떻게 진행된 건지가 그들에겐 중요한 사항이었다. 유진으로 말미암아 모든 과 커플이 깨어지고 찢겼으며, 유일하게 버티고 있던 세연의 커플마저 깨어졌다. 역시 유진에 의해. 관심이 집중될 만했다.

"밥이나 먹어."

세연이 일갈했다. 나영에게는 특히 손가락으로 목을 긋는 시늉을 해서 자신의 의사를 전달했다. 그것으로 충분했다. 나영은 입을 닫았고 그들은 음식이 더 식기 전에 식사를 시작했다.

떠들썩하게 음식을 나누고 서로의 안부를 묻고 서로를 칭찬하는 아름다운 정경이 펼쳐졌다.

귀엽다. 여자들은 정말이지 너무 귀엽고 사랑스럽다. 친구라서 더욱 좋다.

그런데…… 좀 시끄럽다.

"정보를 좀 줘라."

"그래. 의리가 있지."

"하나만 말해줘. 레벨이 뭐야. 국산차야, 외제차야 그것만 알려
줘."

배가 차니 또다시 아우성이다. 먹을 때만 조용한 건 역시 만국
공통의 진리였다. 후식이 나오기 전 잠시 쉬는 틈을 타 한바탕 소
란이 일었다.

"외제차."

나영이 세연의 살벌한 눈빛에도 불구하고 결국 입을 열었다.

"헉. 진짜? 오오, 한세연 대어를 낚았구나. 그래서 뭔데. 뭐야. 벤
츠야? BMW야?"

세연의 옆자리에 앉아 있던 미혜가 호들갑을 떨었다. 호들갑으
로는 나영과 쌍벽을 이루는 친구다.

"높여, 높여."

"꺅. 더 위야?"

공실이 즉석 레벨명명식이 벌어졌다.

"포르쉐야?"

"페라리?"

"마세라티?"

아주 신이 났다. 세연이 더 이상 말리지도 못하고 팔짱을 끼며
물러났다.

"벤틀리!"

"빙고!"

나영이 집게손가락으로 정답을 맞힌 공실이를 찍자 비명이 난
무했다. 환호성이 울렸다.

"야, 근데 세상에 인간 벤틀리가 있긴 있어? 너 그냥 세연이 남

친이라고 막 갖다 붙이는 거 아니야?"

"맞거든? 내가 직접 봤거든?"

나영이 의심의 눈초리로 심기를 건드리는 미혜에게 턱을 들고 눈을 부라렸다. 누가 보면 자기 남친인 줄 알겠다. 세연이 고개를 가로저었다.

"뭐 하는 사람이야? 그러지 말고 나오라고 해라. 오늘 왜 안 만났어?"

"갑자기 회사에서 불러서 나갔어."

화장을 고치며 묻는 소현에게 세연은 파우치를 열어 립스틱을 꺼내주었다.

"너희도 아는 사람일걸."

나영이 냉큼 대답을 이었다.

"그만하지 못해?"

세연이 소리를 버럭 지르자 옆에 앉은 미혜가 세연의 입을 막았다.

"그만하지 말고 계속해. 아는 사람 누구야, 설마 우리 선배는 아니겠지?"

"알 만한 사람이야."

나영이 거들먹거리며 말했다. 이제 세준이 누구인지 밝혀지는 건 시간문제였다. 다들 이쪽 업계라 이름만 들으면 혹은 설명만 조금 들으면 그가 누군지 알 것이다. 게다가 인터넷 검색 한 번이면 그의 얼굴이 나온다.

"업계 사람이야?"

"나오라고 해."

다들 흥에 겨웠다. 춤이라도 한 판씩 출 기세였다.

"전화해."

"전화해."

"전화해."

"이것들이!"

나영의 꼬임에 넘어가 이 자리에 나온 걸 후회하며 주먹을 불끈 쥐는데, 갑자기 미혜가 사색이 되어 휴대폰을 꺼내 들었다.

"얘들아, 유진이하고 우석 선배 온다는데?"

달아오른 분위기에 찬물이 확 끼얹어졌다.

"어떻게?"

세연이 제일 먼저 물었다. 그렇지 않아도 이 모임에 나오고 싶어 한다는 걸 나영에게서 들었다. 그래서 두 번 세 번 묻고 나오지 않는다는 걸 확인하고서야 나온 자리였다.

"여길 어떻게 알고? 우리 모이는 거 모르지 않나?"

나영이 미혜의 휴대폰을 같이 들여다보며 말했다.

"지지난주에 동기모임 있었잖아. 거기서 동혁이가 묻더라고. 요즘 공실이 안 모이냐고. 그래서 아무 생각 없이 오늘 모일 거라고 했지."

"동혁이가 유진이랑 같은 회사 아니야? 알아오라고 시켰네, 김유진 그 여우 같은 게."

미혜는 세연의 눈치를 살피며 어쩔 줄 몰라 하고, 나영은 그사이에 추리를 끝마쳤다. 세연은 일단 미혜를 다독이고는 타는 속을 가라앉히느라 찬물을 들이켰다.

"괜찮아. 오라고 해."

어차피 겪어야 할 일이라면 지금도 괜찮다. 혼자 마주하는 것보다 친구들과 함께라니 더 든든했다.

"진짜? 그래도 되겠어?"

"오고 있다며. 그럼 우리가 다 피해서 도망가지 않는 한 유진이는 올 거야. 너희도 알잖아, 유진이 성격. 그러니 별수 있어?"

세연이 말하자 다들 고개를 끄덕였다.

원하는 것이 있으면 무슨 수를 써서라도 얻고야 마는 집요한 성격의 유진이었다. 자기 결혼식의 정당성을 입증하기 위해 물불을 안 가리는 그녀는 그 과정에서 누가 다치고 상처를 입든 전혀 개의치 않을 것이다.

후식이 나오고 어색하게 가라앉은 분위기 속에 모두들 말없이 출입문을 바라보며 앉아 있었다. 반갑지 않은 사람을 기다리는 자리는 불편하고 시간은 느리게 흐르기 마련이다.

유진은 제법 불러온 배에도 불구하고 하늘하늘한 시폰원피스와 레깅스 차림으로 나타났다. 밝은 색으로 염색한 머리는 굵게 세팅을 해서 늘어뜨리고 경쾌한 은빛 링 귀걸이로 하얀 피부를 더욱 돋보이게 했다.

예전에도 그랬듯 수수한 차림의 세연과는 대조적이었다.

"얘들아, 정말 오랜만이다. 잘 지냈어?"

특유의 눈웃음을 지으며 유진이 인사를 건넸다. 그 뒤로 뚱한 표정의 우석이 따라 들어왔다. 척 봐도 억지로 따라왔다는 것이 너무도 티가 나는 모양새였다. 하지만, 그럼에도 불구하고 오랜만에 보게 된 그는 예전에 세연이 좋아하던 그 모습 그대로였다. 큰 키에 서글서글한 생김새, 살짝 처진 눈꼬리가 웃을 때마다 싱긋 휘어지며 눈웃음을 친다. 객관적으로 잘생긴 얼굴이었다. 유진이 목을 매고 쫓아다닐 만했다.

세연과 눈이 마주치자 잠시 머뭇거리던 그가 눈을 피했다. 그래놓고 나영을 비롯한 다른 공실이들과 일일이 인사를 나누었다. 여자 친구라는 입장에서 벗어나 제삼자의 눈으로 바라보니 그는 타고난 어장관리자였다.

"다음 주 우리 결혼식인 거 알지? 혹시나 해서 일부러 와봤어. 부케 받을 친구도 필요하고, 사진도 꼭 찍어줘야 해, 너희들 모두."

유진이 우석을 잡아 옆자리에 앉히며 말했다. 그녀의 말투는 부탁이 아닌 명령조였다. 막 공분을 사려던 찰나 우석이 꼭 와달라며 거들자 분위기가 급변했다. 모두 그에 대한 반감을 가지고 있었으나 쉽사리 그를 미워할 순 없었다. 그것이 우석이 가진 매력이었다.

"우리가 왜 그래야 돼요?"

세연을 빼곤 나영이 유일하게 그에게 넘어가지 않았다. 세연은 우석의 한쪽 눈이 살짝 찌푸려지는 것을 놓치지 않았다. 신경질이 나셨군. 그는 보기와 다르게 아주 속이 좁았다.

"어휴, 나영이 넌 어쩜 학부 때랑 달라진 게 하나도 없니? 우리 이제 어른이야. 언제까지 그렇게 지난 일에 아이처럼 굴래? 친구끼리 경사에 서로 도와야지. 우리 공실이잖아. 오해가 좀 있어서 내가 모임에 안 나왔지만 우리 다 동기 아니니?"

나영이 욱하고 몸을 일으키자 세연이 미혜를 건드렸고, 미혜가 나영을 찔렀다. 유진과 이런 일은 처음이 아니었고 난장판이 되고 나서 더러운 기분을 맛보는 사람은 유진이 아니었다. 그리고 잘 어울리는 한 쌍답게 우석은 유진의 하는 양을 미소까지 지어가며 보고만 있었다.

"그때도 그랬지만 지금도 너희가 오해하고 있을까 봐 일부러 세연이 있는데 왔어. 우리 오빠랑 세연이, 합의하에 잘 헤어졌어. 너희도 알 거야. 그렇지, 세연아?"

세연이 평정심을 찾으려 애쓰며 유진과 눈을 마주쳤다. 우석의 얼굴을 쳐다봤다간 눈앞의 물병을 집어 들 것 같았기 때문이었다.

"무슨 이혼해? 웬 합의. 안 오면 그런가 보다 하는 거지."

비아냥거리는 소리가 우석의 입에서 흘러나오자 공실이들의 눈이 1.5배 정도씩 커졌다. 세연에겐 새로울 것도 없는 일이었지만 다른 친구들은 달랐다. 우석도 아차 싶었는지 곧 입을 다물었고 대신 유진이 나섰다.

"아유, 오빠는. 농담도 잘해. 여자들을 이렇게 몰라요. 결혼식 사진이 얼마나 중요한데."

유진이 우석의 팔짱을 끼며 애교를 피웠다. 하지만 그녀의 얼굴은 신경질적이었고 당황한 기색이 역력했다.

"세연아, 신경 쓰이는 거 아니지? 너 남자 친구 있잖아. 그날 본 사람 맞지? 너네 팀장이라는 그 사람, 남자 친구 맞지?"

유진의 말에 모두의 시선이 세연에게로 향했다. 멀리 앉아 있던 친구가 입 모양으로 '팀장?'을 만들며 익살스러운 표정을 짓자 그만 웃음이 터질 뻔했다. 하지만 모두들 애써 침착하게 유진에게 대응했다.

"너희들도 알아?"

"알아. 우리 방금 다 들었어."

유진의 물음에 금방 이렇게 대꾸했던 것이다.

김빠진 유진은 속상해하며 우석에게 더욱 몸을 기댔다. 하지만 우석의 표정은 점점 일그러져가고 있었다.

"헤어질 만해서 헤어진 거고 유진이 너는 아무 상관없어. 됐지? 나 신경 쓰지 말고 결혼식 잘해. 너희들도 눈치 보지 말고 결혼식 갈 사람은 가고."

의자에 파묻혀 있던 세연이 말했다.

"왜? 너도 와야지?"

"뭐?"

"그러기로 했잖아? 그날 너희 팀장님하고 너하고."

그냥 참고 넘어가려고 했는데 아무래도 안 되겠다. 세연이 몸을 일으켰다. 가라앉혀 뒀던 전투욕을 끌어내고 파렴치한 인간의 머리채라도 잡아야겠다고 생각할 때, 휴대폰이 울었다.

"잠깐만."

세연이 휴대폰을 꺼내 들며 말했다. 너 딱 기다려. 휴대폰을 보지도 않고 받으며 세연이 유진을 노려보았다.

-어디야?

갑자기 세준의 목소리가 휴대폰에서 들려와 세연은 지금까지 하려던 모든 것을 잊어버렸다. 심장이 덜컹하며 여태 가슴에 걸려 있던 답답한 게 스르르 사라진다. 힘이 난다, 목소리 하나에.

"일 끝났어요?"

손으로 휴대폰을 최대한 가리고 다시 의자에 파묻혔다. 친구들로 사방이 막혀서 일어나 나갈 수가 없었다. 호기심 어린 눈초리들이 온통 자신을 향해 있는 걸 아는데도 어쩔 수 없었다.

-응.

"여긴 아직이에요."

나영이 미혜를 찌르고 미혜가 그 옆을 찌르고 순서대로 아주 난리들이 났다. 세연이 노려보는데도 자기들끼리 키득거리고 신났다.

-내가 갈게.

그의 말에 세연이 작게 대답하고 통화를 끝내고 나니 친구들의 짓궂은 시선들이 따갑다.

"온대?"

"지금 온대?"

눈에는 묻고 싶은 것이 열 가지씩은 있는 것 같았다. 세연이 고개를 끄덕이자 환호를 하고 비명을 지르고 난리다.

"아, 그럼 오늘 음식값은 예비신랑이 내는 거야?"

이때다 싶은지 분위기를 파장으로 이끌며 나영이 유진을 향해 말했다. 으레 친구들에게 남자 친구를 소개하는 자리에선 그렇게 한다. 특히 공실이 모임에선 더욱 그러했다. 하지만 그건 유진을 아주 쉽게 본 거다.

"어, 그럼 내가……."

우석이 어색하게 웃으며 계산서에 손을 가져가려 하자 유진이 그의 손을 잡으며 말했다.

"아유, 오늘은 말고. 결혼식 끝나고 크게 쏠게. 오늘은 그냥 인사만 한 걸로 하자."

결혼식에 온다는 보장도 없는데 헛돈은 쓰지 않겠다는 단호한 표현, 유진다웠다. 세연이 고개를 저었다. 도저히 당해낼 수가 없다.

"이만 일어나자."

"그래, 그럼. 회비로 일단 내고."

공실이 회장 미혜가 유진을 쳐다보자 유진이 양팔을 벌리고 어깨를 으쓱했다.

"우린 늦게 와서 별로 먹은 것도 없는데?"

"야, 네가……."

욱하고 일어서려는 나영을 미혜가 제지했다. 늦게 와서 전 시키고 샐러드 시키고 임신 중이라 과일 먹어야 한다고 비싼 과일안주까지 시켜서 먹었던 유진이었다. 이래 놓고 자기 결혼식에 와주길 바라는 건 언어도단이다.

"그래, 오늘은 회비로 하자."

세연이 말을 마치고 입구를 향해 가볍게 손을 흔들었다. 나영과 미혜가 입을 다물고 세연의 시선을 따라갔다. 큰 키의 슈트를 차려입은 남자가 성큼성큼 세연에게로 걸어오고 있었다.

"헐."

"저 사람이야?"

경악하는 미혜와 맞다고 호들갑 떠는 나영을 뒤로한 채 세연이 손을 뻗었고 그가 그녀의 손을 잡았다. 유진과 우석을 둘러싸고 있던 공실이들의 뒤쪽으로 낮은 음성이 들리자 일순 모두의 시선이 그쪽으로 확 쏠렸다. 곧이어 작은 비명들이 난무했다.

"엄마야."

"세상에. 진짜 벤틀리잖아."

유진의 미소는 굳어버렸고 우석의 표정은 썩어갔다. 그리고 그 둘을 제외한 나머지 공실이들은 희색이 만연했다. 세연은 아무렇지 않은데 공실이들이 의기양양했다.

아니, 왜 자기들이 저래.

세연은 그만 웃어버렸다.

"어, 저 사람 혹시."

미혜가 세준을 알아보고 나영을 찔렀다.

"맞아. 그 사람."

나영이 확인해주자 미혜는 벌어진 입을 다물지 못했다.

"이세준이잖아!"

경쟁업체인 H사에 근무하는 그녀였다. 그를 모를 리 없었다.

"네, 맞습니다. 안녕하세요?"

세준이 사내 복지 미소를 띤 채 인사를 했고 미혜는 실신 지경에 이르렀다.

"안녕하십니까, 이세준 팀장님? 말씀은 많이 들었습니다."

일그러진 표정으로 우석이 마지못해 인사를 건넸다. 하지만 내밀어진 그의 손은 환영받지 못했고, 세준은 천연덕스럽게 그의 얼굴을 바라보며 물었다.

"누구시죠?"

하얗게 굳은 얼굴로 펴진 손이 주먹이 되어 천천히 거둬들여진다. 분노로 하얗게 질린 얼굴이 빠르게 붉어졌다.

"이우석입니다. S자동차에 근무하고 있습니다."

애써 아무렇지 않은 척 손을 주머니에 찔러 넣은 우석이 세준을 노려보며 말했다. 그러고는 곁으로 다가오려던 유진을 가차 없이 손으로 밀어내며 성깔을 부렸다. 조금 전까지 스마트해 보이던 훈남 이우석은 세준과 나란히 서 있으니 웬일인지 찌질해 보였다.

"친구야?"

세준이 고개를 돌려 세연에게 물었다. 말투에서 꿀이 뚝뚝 떨어졌다. 세연을 둘러싼 친구들의 쑥덕대는 소리가 작게 들려온다. 우석과 세준을 비교해본 건 세연만이 아닌 모양이다.

"유진이 결혼할 사람이에요. 우리 선배고. 제 전 남친이에요. 지난번에 말했었죠, 왜."

세연이 세준에게 방긋 웃으며 말했다. 역시 내용과는 다르게 상큼한 말투였다.

"아, 유진 씨가 수거해 가시는 그분."

그가 고개를 끄덕였고 유진은 분노에 불타올랐다. 하지만 우석은 영문 모를 표정으로 그와 세연, 그리고 유진을 번갈아 바라보고 있었다.

"그럼 갈까?"

세준이 자연스럽게 계산서를 집어 들며 말했다. 또다시 분주하게 눈길이 오고 가고 그것을 본 유진의 얼굴은 참혹하게 일그러졌다.

"잘 먹었어요."

"고맙습니다."

누구 보란 듯이 세준에게 인사를 하며 공실이들은 세준이 피리 부는 사나이라도 되는 것처럼 그의 뒤를 따랐다.

"블랙카드다."

"블랙카드가 뭐야?"

"그것도 몰라?"

그새 미니언들처럼 모여 가지고 또 난리들이 났다.

"또 뭔데?"

세연이 몰려 있는 공실이들에게 다가가니 초롱초롱한 눈망울들이 물욕으로 찬란하다.

"블랙이라고."

"아메리칸 익스프레스 블랙카드야."

"세연아, 네 남친 대박 부자야."

세연도 한 번쯤 이름은 들어봤다. 아무나 만들 수 없다는 그 유명한 카드. 세연이 계산을 마친 세준을 쳐다보자 그가 그녀의 곁으로 다가왔다. 목덜미가 붉어진 걸로 봐서 어색하고 난감한 이 상황을 애써 견디고 있는 듯하다.

"그럼 먼저 가볼게."

세연이 친구들에게 인사를 했다. 그를 위해 어서 이 자리를 빠져나가야 했다. 조금 더 있으면 얼굴까지 붉은 기가 올라올 것이다.

"같이 오실 거죠? 저희 결혼식에."

꿔다 놓은 보릿자루처럼 한구석에 서 있던 유진이 나섰다. 이제는 흙빛이 된 얼굴로 우석이 말리고 있었지만 아랑곳하지 않았다. 오기가 난 것 같았다.

"둘이 사귀는 거 맞아? 내가 착각한 건가. 세연이 너, 우리 오빠한테 미련 남은 것처럼 보여. 아까부터 계속 오빠만 쳐다보고. 그거 나한테 실례야. 네 남친한테도 예의가 아니고."

"무슨 말 같지도 않은 소리를 하는 거야?"

상대하지 않으려던 세연이 결국 유진에게 돌아섰다. 악의에 가득 찬 눈이 세연을 보며 웃었다. 발끈해서 쏘아붙이려는 세연의 등에 따뜻하고 커다란 무언가가 토닥였다. 세준의 손이었다.

"아니면 우리 결혼식에 못 올 거 없지. 안 그래요?"

입을 열려던 세연이 갑자기 입을 다물자 유진은 세준을 향해 물었다. 그리고 가방에서 청첩장을 꺼내어 그에게 내밀었다. 세준은 대답하지 않았다. 다만 유진이 내민 청첩장을 받아 들고 세연이 처음 보는 종류의 미소를 지었을 뿐이었다.

"꼭 가보도록 하죠."

서늘하고 차가운 미소였다. 상대를 한없이 내리누르는 듯한.

"그럼 다음에."

세준이 늘 보던 미소를 다른 친구들에게 보이고 세연의 손을 잡았다. 그리고 그에게 인사를 건네는 유진과 목석처럼 서 있는 우석을 무시한 채 레스토랑을 나왔다.

"다녀오면 결혼식에 가자."

세준이 혼이 빠진 듯한 세연을 차에 태우며 말했다.

"내가 갔으면 좋겠어요?"

얼이 빠진 목소리로 세연이 물었다.

"이젠 내가 가봐야 할 이유도 생긴 것 같고. 한 번쯤 봐주는 것도 좋겠지. 대체 저렇게 결혼식에 오라고 하는 이유가 뭔지도 궁금하고."

"내가 가서 날 증명해야 되는 건가요? 오해받았으니까? 그들이 거짓말했다고 증명해야 되는 거예요? 유진이가 원하는 건 내가 가서 자기들이 정당한 결혼이라는 걸 입증해달라는 건데."

세연의 안전벨트를 채워주던 그가 그녀의 눈동자를 들여다보며 한 글자씩 새기듯 말했다.

"잘 들어. 넌 한세연이고, 있는 그대로 완벽해. 그러니까 아무것도 증명해야 할 필요가 없어."

그의 눈빛은 진지했고 그의 음성은 진실했다. 크나큰 위로가 그의 눈을 타고 그녀에게로 흘러 들어왔다.

"그럼 안 가도 되잖아요."

눈물이 날 것 같아 그의 눈을 피하며 일부러 삐뚜름하게 말했다.

"분하잖아."

그가 웃음기 섞인 목소리로 받아쳤다.

"제가요?"

"아니야?"

그의 말이 맞았다. 승부욕 넘치고 당한 대로 갚아주는 한세연은 지금 몹시 분했다. 잘 알고 있다는 듯 그가 손을 뻗어 그녀의 머리를 쓰다듬었다.

"다녀올게. 다녀와서 같이 가. 재미있는 구경이 될 수도 있겠어."

시동을 걸기 전 세연의 입술에 가볍게 입을 맞추며 그가 말했다. 세연은 그저 가만히 고개를 끄덕일 수밖에 없었다.

11. 외형을 디자인한다

그의 긴 출장으로 매일 회사에서 보던 그를 볼 수 없었다. 끔찍하게 긴 시간이었다. 그는 매일 전화를 걸어왔지만 전화만으로는 그리움의 공백을 메울 순 없었다.

한 가지 깨달은 게 있다면 그를 생각보다 많이 좋아한다는 것. 그리고 또 한 가지는 보고 싶어 피눈물이 난다는 게 무슨 의미인지 알게 되었다는 것이다.

생각보다 사태가 심각했다. 속절없이 그에게 빠져 있다는 뜻이기도 했기 때문이다.

하필이면 금요일이 휴일이었다. 기나긴 일주일 동안 그녀에게는 남겨진 숙제가 너무 많았다. 결국 그녀에게 오류가 났다. 전문적인 용어로는 프로세스의 과부하로 인한 시스템 오작동. 모처럼 남친 없다고 놀러 온 나영이 그 여파를 오롯이 맞았다.

case 1.

"너 뭐 하냐?"

"계란프라이."

"근데 알맹이는 어디 가고 계란 껍데기를 프라이팬에 올려놓고 있어?"

"에?"

case 2.

"그런데 냉면에 무슨 계란프라이야? 삶아서 올려야지."

"에?"

"냉면 먹을 거 아니었어? 너 냉면 먹고 싶다며."

"에?"

"야!"

case 3.

"야, 냉면이 뜨겁냐?"

"무슨 소리야? 냉면이 차가우니까 냉면이지, 그럼 뜨겁겠냐?"

"근데 왜 계속 불고 있어?"

"에?"

머리를 쥐어뜯던 나영이 본격적으로 세연을 다그치기 시작했다.

"너 왜 그래. 빨리 말해!"

"뭘 왜 그래? 말하긴 뭘 말하라고 그래. 아무것도 아냐."

"아무것도 아니긴! 지금 너 완전 나사 빠진 것 같거든? 뭐야, 너 얼른 불어. 아니, 냉면 말고!"

"헛."

명령대로 멍하니 냉면을 또 불어대던 세연이 즉시 멈췄다. 자신이 생각해도 한심한지 젓가락을 놓고는 곰곰이 생각해보기 시작했다.

"결혼식에 가야 할지 말아야 할지 고민 중이야."

나영은 그럴 줄 알았다며 자신에게로 온 각종 톡과 문자들을 세연에게 보여주었다.

"요즘 빅 이슈야. 네가 결혼식에 나타날지 안 나타날지가. 그래서 넌 어떻게 할 건데?"

"팀장님은 같이 가자고 하는데⋯⋯."

"그런데?"

"나는 군이 왜 그래야 하는지 잘 모르겠어. 팀장님한테도 폐를 끼치는 것 같고 나도 가서 무슨 이득일까 싶기도 하고."

"세연아."

"응?"

"유진이가 무슨 소문내고 다니는지 모르지?"

"무슨?"

"일단 우리 공실이 중에는 아무도 안 믿어. 우리한테는 그런 얘기 한 적도 없고. 이건 남자 동기들한테서 들은 이야기야."

"뭔데 그래?"

"너하고 우석 선배하고 사귄 게 네 정체성을 감추려고 네가 우석 선배를 이용한 거라고."

"뭐?"

악질인 줄은 알았지만 이렇게까지 더러울 수 있을지는 상상하지 못했다. 생각보다 더 더럽고 악질이었다.

"네가 결혼식장에 안 오는 게 그 증거일 거라고 말하고 다닌대. 남자 친구 있다는 소문도 다 거짓말이라고."

"봤잖아. 자기 눈으로 직접. 도대체 나한테 왜 그러는 거야?"

"내가 보기에 유진이는 너한테 콤플렉스 같은 게 있는 것 같아. 다른 남자애들 건드리고 다닌 건 그냥 습관 같고, 진짜로 좋아한 건 우석 선배였던가 봐. 그러니 지금 이 결혼이랑 자기를 동일시하는 거지. 게다가 우선 선배네 집에서 엄청나게 반대했다더라. 걔는 모든 게 다 남 탓인 애잖아. 그러니까 지금 자기가 겪는 게 다 네 탓이라고 생각하나 봐. 자기 잘못은 없는 거지."

우석의 어머니를 떠올리니 유진에게 없던 동정심도 생길 지경이었다. 그의 어머니는 세연과 사귈 때도 결사 반대였다.

"그게 내가 결혼식장에 가는 거랑 무슨 상관인데?"

그래도 동정심만으로 결혼식에 갈 수는 없다.

"너한테 확인받고 싶은 거겠지. 자기가 결혼하는 걸 너한테 보여주고 싶은 거야. 봐라, 우석 선배랑 결혼하는 건 나다. 이런 거? 오기야, 오기. 걔 이상한 고집 있는 거 너도 알잖아."

"그래서?"

"가는 게 좋겠어. 우리도 얘기해봤는데 미혜랑 소현이랑 가기로 했어. 나도 너 간다고 하면 가려고."

"휴······."

"그리고 우리 다 안 가면 분명히 네가 못 가게 해서 아무도 안 온 거라고 난리 치고 다닐 게 뻔해. 그냥 입 막는다고 생각하고 가는 거야. 미혜가 그러는데 보내지 말라고 해도 회비 꼬박꼬박 계좌 이체 했었대. 경조사 자기 것도 다 챙겨야 한다고. 이번에 다 주고 오겠다더라."

"그래."

"너네 팀장님은 언제 와? 같이 갈 수는 있는 거야?"

"내일 도착인데 오전이라 회사 들렀다가 바로 식장으로 온다고 했어."

"응."

이제는 안 갈 수도 없는 상황이 되어버렸다. 출장 가기 전 세준 에게도 그러겠다고 했으니 가는 것이야 상관은 없다. 하지만.

"이우석 턱시도 입은 꼴을 내가 봐야 하다니."

그것만은 죽어도 보기 싫었다. 세연이 마지못해 다시 젓가락을 들며 말하자 나영이 웃음을 터뜨렸다.

"너는 그게 문제냐? 유진이 웨딩드레스 입은 꼴은 보기 좋고?"

"그것도 보기 싫은데 이우석이 더 꼴 보기 싫어."

세연이 입을 비죽거리고 냉면을 호로록 한입에 넣었다. 웃으며 세연을 바라보던 나영이 친구를 따라 젓가락을 집어 들었다.

"그런데 참 말 함부로 한다."

"누가?"

"유진이랑 우석 선배 말이야. 어떻게 그런 말을 지어내?"

자못 진지한 얼굴로 나영이 말했다.

"그러게 말이다. 할 말이 있고, 못 할 말이 있는 거지."

"모든 걸 다 떠나서 내 친구지만 넌 멋져. 성을 떠나서 말이야. 이 건 진짜야."

나영의 진심이 깃든 말에 세연은 코끝이 찡해졌다. 덕분에 입에서는 무뚝뚝한 말이 튀어나갔다.

"고맙다. 근데 반하지는 마. 나 임자 있어."

"닥치고 냉면이나 먹어. 그만 불고."

나영이 시니컬하게 대꾸했다.

"네."

　멋쩍어지는 바람에 냉면을 또 불고 있던 세연이 즉시 멈추며 대답했다. 그리고 나영과 세연은 조금 불었지만 여전히 차가운 냉면을 맛있게 먹기 시작했다.

　나영이 돌아가고 나서도 세연은 복잡한 머리를 어쩌지 못해 하릴없이 작은 블록을 맞추고 부수고를 반복했다. 미용실을 예약하고 입고 갈 옷을 세팅해놓고 나서도 마음은 갈팡질팡했다.

　띵동. 벨이 울렸다. 다 늦은 저녁시간에도 가끔씩 택배가 오곤했다. 마침 주문했던 물건이 빨리 왔나 싶어 세연이 별생각 없이 문을 열었다. 그리고 그대로 온몸이 굳어버렸다.

"Hey……."

　거짓말처럼 그가 서 있었다. 피곤이 가득한 얼굴로.

"거짓말."

"아니야."

"왜……."

　라고 물을 틈도 없이 그가 그녀를 덥석 끌어안았다. 그 바람에 그가 들고 있던 종이가방이 털썩 하고 바닥에 떨어졌다.

"다녀왔어."

그의 옷에선 바람 냄새가 났다. 목덜미 부근에선 그가 평소 사용하는 스킨 향이 풍겼고 그의 가슴은 넓고 따뜻했다.

그다. 그가 왔다.

"다녀오셨어요."

세연이 말했다. 그녀의 말에 그가 더욱 힘주어 그녀를 끌어안았다. 세연이 그의 등을 토닥이며 그의 존재를 만끽했다. 혼란스럽던 머리가, 미묘했던 심장이 그의 품 안에서 안정되어 갔다.

"일정을 당겼어. 빨리 보고 싶어서."

귓가에 세준이 속삭였다. 그리워한 건 그녀만이 아니었던 것 같다.

"들어와요."

그녀의 내음을 맡듯 숨을 크게 들이켠 그가 몸을 떼어냈다. 그리고 바닥에 떨어졌던 종이가방을 주워 들어 그녀에게 내밀었다.

"사이즈가 확실하지 않아서 비슷한 걸로 두 벌 샀어. 맞지 않는 건 반품할 수 있으니까."

그리고 멍하니 그를 바라보고 서 있는 그녀의 손에 종이가방을 걸어주며 이렇게 말했다.

"내일 올게. 오늘은 너무 피곤해서 유혹에 질 것 같다."

"그래도……."

지면 좀 어때서.

"아침에 올게."

바보 멍청이.

그녀가 몸을 돌려 인사하는 그를 계속 노려보자 그가 웃으며 손을 흔들었다.

뭐, 이렇게 매번 건전해? 사람을 뭘로 보고.

세연이 방으로 돌아와 손에 든 종이가방을 집어 던졌다. 광택 있는 검은 천이 스르륵 가방 밖으로 흘러나왔다.

"뭐야, 이게?"

매끈한 감촉의 원피스였다. 똑같은 검은색의 원피스가 두 벌, 가방 안에 곱게 접혀 있었다. 아웃렛이라도 다녀왔나? 세연이 웃음을 터뜨렸다. 그녀의 옷을 사기 위해 어울리지 않게 아웃렛을 헤매고 다녔을 생각을 하니 웃음부터 나왔다. 그가 가지고 있던 블랙카드 따윈 이미 기억에서 사라지고 없었다.

세팅해놓았던 옷을 옷장에 다시 걸고 그가 사다 준 미니드레스를 걸어놓았다. 두 벌 중 다행히 작은 쪽이 그녀에게 맞았다. 아름다운 미니드레스였다. 고급스러운 광택이 은은한 소재의 반소매 원피스로 목부터 가슴까지 깊지 않게 V자로 커트되어 세연의 흰 피부를 강조하였고, 무릎 위로 두 마디만큼 올라온 길이는 엉덩이를 커버하면서 늘씬한 다리를 강조하는 스타일이었다.

패션 문외한인 그녀가 보기에도 상당히 세련된 고급제품이었다. 어디에 이런 센스가 숨어 있었을까. 필시 누군가의 도움을 받았을 테지만 한마디로 마음에 쏙 들었다. 심플한 목걸이를 해야겠어. 머리는 틀어 올려도 늘어뜨려도 다 잘 어울릴 것 같았다. 그녀는 한참 동안 거울 앞을 서성대며 옷매무새를 점검했다. 결혼식에 갈 무기가 생겼다.

그것도 아주 강력한 무기가.

띵동- 다음 날 아침 일찍 초인종이 울렸다.

미리 준비하고 있었던 세연이 옷차림을 점검하고 문을 열자 근사한 슈트 차림의 세준이 서 있었다. 어제의 피곤은 말끔히 사라진 얼굴이었다.

"잠은 좀 잤어요? 시차 적응하려면 힘들 텐데."

"일부러 비행기에서 자지 않고 버텼어. 덕분에 아침까지 잘 잤어."

"다행이네요."

세연이 활짝 웃었다.

"준비됐어?"

"물론이죠."

세연이 문밖을 나와 그의 팔짱을 꼈다.

"너무 이른 건 아닌가?"

"넉넉해요. 브런치 먹고 커피도 마시고 좀 여유롭게 있다가 팀장님 회사에 출장 보고하러 가시면 그때 미용실 가려고요. 숍 예약했어요."

그들이 그의 차 앞에 이르렀을 때 그가 문득 발걸음을 멈추고 세연의 발을 유심히 쳐다보았다.

"왜요? 뭐 묻었어요?"

"아니야. 그런 건 아닌데."

"이상해요? 아, 굽 까진 거요? 그거 이따가 매직 사서 칠하면 돼요."

세연이 아무렇지도 않게 말했다. 요리 보고 저리 봐도 괜찮은데 괜히 그래.

"설마, 농담이지?"

그가 벌린 입을 다물지도 않은 채 물었다. 놀라는 그의 모습이 새로워서 세연이 호호 웃었다.

"아뇨. 진담인데요? 힐은 이거 하나란 말이에요. 팀장님이 사주 신 거라 이 원피스 꼭 입고 싶은데 다른 구두는 다 정장 구두에 단 화라서 안 어울리거든요. 그나마 이게 제일 나아요."

그가 작게 한숨을 쉰 것 같았지만 세연은 무시하기로 했다.

"그래, 일단 타지."

그가 그녀를 부드럽게 밀며 말했다. 그런데 좀 너무 민다. 차 안 으로 들어가려면 오히려 그에게 저항하는 자세가 되어야만 했다.

"자, 잠깐만요. 왜 이렇게……."

한쪽으로 밀려나 바닥 배수구 구멍에 발이 걸린 그녀는 휘청대 다 그에게 몸을 기댔다. 그리고 뚝 하고 구두의 굽이 부러졌다. 마 치 일부러 그런 것처럼.

"어머, 이게 뭐야."

그가 황급히 물러나는 것 같은 느낌이 들었는데 기분 탓이겠지.

"지금 뭐 하신 거예요?"

"아무것도. 왜 그런 말을 하지?"

아무래도 그가 연기를 하고 있는 것 같은데. 세연이 눈을 가늘 게 뜨고 그를 흘겨보았다.

"일부러 이런 것 같은데요?"

"굽이 부러졌어? 저런, 안됐네."

그 어디에도 안타까움은 전혀 묻어나지 않는 그의 말투에 세연 이 절뚝거리며 차 쪽으로 걸었다. 그녀를 부축한 그의 손에 힘이 들어가긴 했지만 그는 구두를 어떻게 해볼 생각은 없는 것 같았다.

세연은 그에게 기대어 일단 조수석에 앉았다. 이미 부러진 굽을 어찌할 수도 없고, 심증은 있으나 물증이 없다.

"이거 새건데, 몇 번 안 신었단 말이야. 아까워서 어쩌지."

한쪽 손엔 떨어져버린 굽을, 다른 쪽 손엔 굽 없는 구두를 든 세연이 절망적으로 말했다. 필사적으로 머리를 굴리면서. 분명히 어딘가에 수선집이 있을 것이다. 그녀의 눈이 도로를 샅샅이 훑고 있었다. 하지만 여유롭게 차를 출발시킨 그는 시니컬하게 그녀의 말에 대꾸했다.

"새것이라고……? 언제 산 건데?"

"음, 보자 보자, 한 5년 전?"

그의 입에서 정확하게 '하!' 하는 소리가 흘러나왔다.

"도대체 새것이라는 정의가 어디에 해당이 되는 거야?"

그리고 기막혀하는 그의 말이 덧붙여졌다. 세연도 할 말이 없는 건 아니었다.

"몇 번 안 신은 부분이요."

차가 정지 신호에 걸리자 그가 그녀를 한번 돌아보고는 고개를 저으며 말했다.

"그래. 새것이나 다름없네. 그래도 굽이 부러졌으니 버려야겠지?"

진심은 양념으로도 버무려져 있지 않은 말투로 그가 서론을 꺼냈다. 그러고는 '버려야겠지'에 온 마음을 담아 그녀에게 물었다.

"아니, 고쳐서 쓰면 되지 왜 버려요?"

세연이 버럭 짜증을 냈다. 대체 왜 이러는 건지 영문을 모르겠으니 화가 더 난다. 혹시 결혼식에 가고 싶지 않은 걸까?

"어휴. 됐어요. 내가 이렇지, 뭐. 무슨 전 남친 결혼식엘 가겠다고. 차려입고 머리하겠다고 미용실에 가고 화장하고 멋을 내고. 이게 다 무슨 짓인지 모르겠어요. 지금이라도 가지 말까요? 혹시 이게 다 가지 말라는 신의 계시일 수도 있는 거잖아요."

모든 게 다 부질없었다. 우울감이 그녀를 덮쳤다. 구두 굽이 부러진 건 처음이었고 그게 왠지 무슨 의미가 있을 것 같다는 생각이 그녀의 머릿속을 지배하기 시작했다. 구두수선집이 눈 돌리는 데마다 있는 것도 아니고.

"아니야. 새 구두를 사라는 새로운 계시지. 아울러 그 가방도."

그가 새로운 견해를 제시했다. 그래, 그런 방법도 있다. 월급날이 아직 멀어서 그렇지. 그런데 가방? 가방은 왜!

"이 가방이 어때서요. 이거 대학교 입학할 때 큰이모가 사준 건데! 이거 명품이에요!"

확실히 효과가 있었다. 방금 전에 부질없게 느껴지던 세상이 갑자기 막 의미가 있어지고 생활력이 강해진다. 그래 봐야 별 상관은 없지만. 어쨌거나 그녀가 낡은 토트백을 끌어안으며 외쳤다.

"그래, 알겠어. 그런데 대학 입학을 언제 한 거야? 일제시대?"

그의 대답은 시종일관 영혼이 없었고 이젠 그답지 않게 그녀를 놀리기까지 한다. 세연이 발끈하려다 팔짱을 끼고 그를 노려봤다.

"아. 하. 하. 웃기다. 저 집에 갈래요."

세준이 그녀의 말을 가볍게 무시하고 손가락으로 차 전방을 가리켰다.

"저기 백화점이 있군. 무슨 계시 안 들려?"

세연의 발에 은빛 글리터링 스틸레토 힐이 신겨졌다. 진열되어 있을 때는 밝은 은빛처럼 보이던 구두는 그녀가 신으니 입고 있던 블랙 드레스와 어우러져 색이 착 가라앉아 무거운 회색의 은빛이 되었다. 맞춘 듯 딱 맞는 그녀만의 구두였다.

"이걸로 하지."

그녀의 뒤에 서 있던 세준이 말했다. 비즈니스 미소를 입에 매달고 서 있던 직원이 한 발 앞으로 나섰다.

"잘 생각하셨어요. 이 제품이 영화 '상실의 끝' 무대인사 때 최영인이 신고 나와서 유명해진 바로 그 구두예요. 프러포즈 기자회견 때도 신어서 프러포즈 구두로도 유명하죠?"

"아, 그래요? 그런데 이거 국내 브랜드인가 봐요. 디자이너 성이 추씨예요?"

세연이 해맑게 묻자 매장 직원은 자존심이 상한 것 같았다.

"지미추입니다, 고객님. 저희 브랜드는……."

그러자 세준이 매장 직원을 향해 고개를 가로저었다. 눈치 빠른 직원은 즉시 입을 다물었고 다행히 세연은 그 모습을 보지 못했다.

"제가 받아도 되는지 모르겠어요. 월급날은 멀었지만 카드로 하면 되는데."

매장을 고른 건 세준이었다. 백화점을 발견한 건 자신이었으니 지불도 자신이 해야 한다는 해괴망측한 논리를 내세웠기 때문이었다.

"내가 사주고 싶어서 그래."

그의 지갑에서 검은색 카드 한 장이 나왔다. 친구들이 호들갑을 떨던 그 아메리칸 익스프레스 블랙이었다. 직원이 허리를 90도로 굽히고 카드를 받으려는 순간, 갑자기 무언가가 번뜩 하고 그녀의 뇌리를 스치고 지나갔다.

"어! 그거! 나 그거 아는데. 나 그거 봤어요. 그, 그 게임 TV에서. 그거 아메리칸 익스프레스 블랙 아니에요?"

세연의 입이 놀라움으로 벌어지고 손가락이 허공에서 그대로 굳었다. 친구들이 말할 때는 그냥저냥 듣고 넘겼는데, 이제야 저 카드가 뭔지 정확하게 기억이 났다. 그리고 카드를 손에 든 자세로 세준도 그대로 멈춰 있었다. 그러고는 놀라움에 커진 눈으로 그녀에게 물었다.

"지미추도 모르면서 이건 어떻게 아는 거야?"

놀랍다기보다는 당황스럽다는 표현이 더 적절할 것이다. 그는 얼른 카드를 직원에게 넘기고는 그녀에게로 돌아섰다.

"그 게임사 사장이 우리나라에만 왔었어요. 워낙 큰 시장인 데다 게임강국이니까요. 확장팩 나오면서 경기를 했었는데 관람하러 경기장에 왔다가 관람객 모두에게 피자를 돌렸어요. 그런데 바로 그 카드로 계산을 했던 거죠. 블리자드 사장이나 게임보다 그 카드가 더 유명해졌어요, 아무나 못 만드는 상위 1퍼센트 카드라고요. 그런데 팀장님 그 카드 있네요? 팀장님 부자예요?"

순수한 호기심으로 세연이 물었다. 계산을 끝마친 직원이 카드를 가져올 때까지도 말을 고르고 있던 세준은 이마를 긁적이는가 싶더니 그녀에게 이렇게 말했다.

"일종의 법인카드 같은 거야. 대학 졸업하면서 친구들하고 작은 회사를 만들었는데 몇 가지 특허가 들어가 있어. 로봇 관련 IT회사 거든. 하이브리드엔진에 들어가는 배터리 이외는 다른 배터리와 소켓 특허는 그쪽에 있어."

"그렇군요."

의외로 가볍게 받아넘긴 세연이 새로 산 구두를 신고 그의 곁에 섰다. 높은 힐 덕에 그녀는 이제 그의 턱선에 거의 닿아 있었다.

"그럼 가방은 구두와 같이 가는 걸로 할까?"

화제를 전환하기에 이보다 더 적절한 때가 있을까. 그는 쿨한 그녀의 성격을 이용해서 적당히 낚싯밥을 던졌고 그녀는 냉큼 미끼를 물었다.

"가방이요? 가방은 왜요, 이거 진짜 명품이라고요, 괜찮은데요. 그리고 같이 가는 건 또 뭐예요?"

세연이 낡아빠진 토트백을 끌어안고 그에게 저항을 시도했지만 역시 그의 힘은 당해낼 수가 없었다. 그는 그녀의 손과 허리를 살짝 자신에게로 잡아끈 것만으로도 그녀를 마음대로 조종할 수 있었고 보조를 맞춰 몇 발짝 걸은 곳에는 안성맞춤인 매장이 있었다.

"구두가 은색이니까 가방도 비슷하게. 음, 저거. 좋은데."

그가 가리킨 곳은 세연도 잘 아는 곳이었다.

반짝반짝한 은색의 앙증맞은 네모난 백이 그의 손가락이 가리키는 곳에 진열되어 있었고 이름도 모양만큼이나 예뻤다. 한순간 레이디가 된 듯한 착각에 빠지도록 사람을 홀리는 가방이었다.

이미 그의 수법에 홀려버린 세연은 새 가방을 들고, 새 구두를 신은 채 그의 손에 이끌려 백화점을 나서고 있었다. 하지만 한 가지만큼은 알 수 있었다. 이제 정말로 완벽해졌다. 배신자 전 남친의 결혼식에 가기에 완벽한 날이었다.

세준이 회사로 가버리고 세연은 단골 미용실 입구에서 가운의 끈을 벌써 세 번째 고쳐 매는 중이었다. 그녀의 담당 디자이너는 이미 준비를 마치고 그녀를 기다리고 있을 것이다. 그저 다리를 움직여 지정해준 자리로 가서 의자에 앉기만 하면 될 일이었다. 그런데 뭐가 이리 어려운 건지 발걸음이 떨어지지가 않는다.

보다 못한 스태프가 그녀의 손을 이끌고 직접 자리에 앉혀주었다. 조금 전까지만 해도 결의에 차서 주먹까지 불끈 쥐고 흔들었는데 시간이 다가올수록 자신감은 떨어져가고 복수니 뭐니, 모든 것이 부질없어 보였다.

"어떻게 해드릴까요?"

그녀의 담당 디자이너 이 실장이 상냥하게 물었다. 거울에 비친 자신의 모습을 물끄러미 바라보던 세연은 한참을 머뭇거리다 겨우 입을 떼었다.

"결혼식에 가야 해서요. 단정하게 해주세요."

굳이 미용실까지 올 일은 아니었다. 그저 어디 가서 커피나 마시면서 시간이나 때우고 있을걸. 지금도 충분히 과한 것 같은데.

"어머, 오늘 어디 좋은 데 가시나 보다. 그 남자 친구랑 데이트?"

그녀의 상념을 깨고 이 실장이 발랄하게 물어왔다. 오랫동안 단골이었던 미용실이었다. 취향이 까다롭지 않은 그녀는 무난하게 그녀의 스타일을 만들어주는 이곳을 고집해왔고 그녀의 담당도 언제나 같은 사람이었다. 연예인들이 드나드는 유명한 곳은 아니었지만 그 나름의 커리어를 쌓은 원장은 일대에서 꽤 알아주는 편에 속했다. 사귈 당시 우석도 몇 번 같이 와서 커트를 했던 적이 있었기에 이 실장은 쉽사리 그를 기억해낼 수 있었던 것이다.

"그 남자 친구가 오늘 결혼을 합니다. 사실."

에라, 모르겠다. 이러려고 온 거잖아.

세연의 말뜻이 무엇인지를 깨달은 이 실장의 목소리가 하이톤으로 올라갔다.

"결혼…… 이요? 그러니까 다른 여자분이랑요?"

"네. 그것도 제 대학 동창하고요. 재밌죠? 안 가려고 했었는데 동창이 찾아왔더라고요. 꼭 와달라고. 자기들이 오해받고 있대요. 그래서 갈까 말까 하다가……. 뭐."

순간 정적이 흘렀고 분위기는 숙연해졌다. 디자이너는 경악한 채 입을 벌린 채였고 뒤에 서 있던 스태프들도 마찬가지였다. 세연의 옆으로 나란히 앉은 손님들까지도 그녀를 주시하고 있었다.

음, 못 할 말을 한 건가. 지금이라도 도망갈까.

"그럼요! 당연히 가야죠. 못 갈 게 뭐 있어요, 안 그래요?"

갑자기 두 눈이 불타오르는 듯한 이 실장이었다. 가냘프지만 다부진 그녀의 어깨 위로 전의가 솟아나오는 것 같은데.

"아니다. 안 되겠다. 세연 씨, 잠깐만 기다려봐요."

이 실장이 손에 들었던 가위를 두어 번 돌리더니 다시 허리벨트에 꽂아 넣고 결의에 찬 듯 세연의 어깨를 두드리고는 휙 하니 사라졌다.

"예? 아니, 저기…… 왜……."

이 실장이 가버리자 당황한 쪽은 세연이었다. 뭐가 잘못된 걸까. 역시 말을 하는 게 아니었다. 전 남친의 결혼식에 간다고 하면 미용실 전체가 전투모드가 된다더니. 후회하는 그녀의 뒤로 앳돼 보이는 스태프가 다가왔다.

"걱정 마세요. 저희가 알아서 해드릴게요."

아니, 이미 걱정인데. 전체가 걱정이라고. 거울 속으로 눈이 마주친 스태프가 고개를 주억거리며 그녀를 안심시켰지만 안심이 될 리 없다. 대체 뭘 하려고?

"한세연 씨?"

잠시 후 이 실장과 함께 나타난 사람은 다름 아닌 미용실의 원장이었다. 이름만큼 거창한 헤어숍 '그레이스'의 그레이스 강.

커트의 달인으로 불릴 만큼 완벽한 커트를 해준다는 그녀는 예약으로만 손님을 받는 데다 차별화된 요금으로 유명했다. 그만큼 비싸단 소리였다.

사실 세연은 그동안 한 번도 원장에게 머리를 한 적이 없었다.

"전 남친 결혼식에 가신다고요?"

짧은 금발에 새빨간 입술을 한 미녀가 얼굴과는 다르게 괄괄한 목소리로 물었다.

"아, 네. 그건 그런데……."

"오케이. 눈이 번쩍 튀어나오게 한번 해봅시다."

원장 그레이스가 세연의 머리카락을 이리저리 만져보며 스타일을 계산하고 있는 듯했다. 세연은 벌써부터 더블이 되었을 요금이 두려워 머리를 가로저으며 손을 휘둘렀다.

"아니, 저기. 저는 괜찮아요. 그냥 이 실장님이 해주셔도……."

그레이스의 눈이 가늘어졌다. 머리를 만지던 그녀의 손이 세연의 양어깨로 내려와 다독거리며 안심시켰다.

"걱정 말아요, 자기. 내가 헤어부터 메이크업까지 완벽하게 해줄 테니까. 엑스트라 차지는 받지 않는 걸로. 오케이? 이 그레이스의 선물이에요. 그 대신 나한테 머리 한 번 더 하러 와요. 뒷얘기를 내가 꼭 들어야겠으니까."

그레이스가 눈을 찡긋했다. 그리고 한 손으로 가위를 휘리릭 돌리더니 손바닥에 붙이고 세연의 머리카락에 춤을 추듯 분무기로 물을 뿌리기 시작했다.

"이 실장, 염색 준비해."

분주히 머리를 적신 그녀가 엄청난 속도로 가위질을 하며 어시스턴트로 서 있던 이 실장에게 지시했다.

"염색이요?"

놀란 세연이 펄쩍 뛰자 그레이스는 커트하는 가위를 멈추지도 않은 채 세연에게 곱게 눈을 흘겼다.

"아니 그럼, 이렇게 칙칙한 머리를 하고 결혼식에 가려고 했어? 이 실장, 가운 좀 들춰봐."

말릴 새도 없이 세연의 가운이 들춰지고 안쪽에 입고 있던 검정색 원피스가 드러났다.

"이거 봐. 치마도 블랙으로 입어……. 어머, 이거 발렌티노 아니야? 자기 혹시 이거 오리지널이야? 어머, 그러네. 자기 진짜 작정을 했구나! 아유, 어지럽다, 됐고. 애시브라운일지 오렌지브라운일지 그것만 결정해요."

"아니, 저는……."

애시고 오렌지고 어지러운 건 세연이었다. 그런데 발렌티노라니, 뭐가? 이 원피스? 이거 혹시 비싼 건가?

불안감이 두 배로 엄습했다.

"됐어. 자기 얼굴이랑 피부 보니까 오렌지보다 애시가 낫겠다. 너무 밝지 않게 잘 섞어서. 식이 몇 시라고?"

"두, 두 시요."

"오케이. 시간도 적당하네. 자, 시작."

눈 깜짝할 사이 그녀의 머리카락에 염색약이 발라지고 어느 틈에 나타났는지 디자이너 하나가 그녀의 손톱을 정리하더니 인디언핑크색으로 네일을 완성했다. 호박이 마차로 변하고 쥐들이 마부로 변하는 것처럼 마법의 금가루가 눈앞에 떠다니는 게 보일 지경이었다.

"투톤으로 할 거예요. 머릿결이 좋아서 커트도 많이 안 했어. 여기다 세팅할 건데 다 끝나고 나면 세연 씨 맘에도 들 거야. 내 장담할게. 이 실장, 메이크업 연락했니?"

세연의 입이 딱 벌어졌다. 메이크업? 화장은 이미 하고 온 상태였다. 커트에 염색에 거기다 메이크업까지 한다면 너무 과하지 않을까? 정신없이 원장의 손에 휘둘리며 세연은 어떻게든 그것만은 거부해야겠다고 마음을 먹었……

"맡겨봐요. 이 위에 살짝 리터치만 해도 확 달라질 거야. 응?"

……지만 통할 리가. 세연은 그냥 잠자코 그녀의 뜻에 따르기로 했다. 여우에게 홀린 건지, 아니면 정말 재투성이 신데렐라를 공주로 바꿔주는 요정이라도 되는지 원장은 일사불란하게 스태프들에게 지시하고 그녀의 메이크오버에 박차를 가했다.

두 시간 후.

그녀는 잡지에서 그대로 튀어나온 듯한 완벽한 모습으로 거울 앞에 서 있었다. 축축 늘어지던 긴 머리는 적당히 찰랑찰랑하고 가벼운 길이로 커트되었고 자연스런 웨이브를 이루며 사랑스럽게 그녀의 어깨를 덮었다. 칙칙했던 흑발은 살짝 잿빛이 도는 갈색으로 바뀌어 그녀의 투명한 피부를 더욱 돋보이게 해주었다. 거기에다 전문가의 솜씨로 마무리한 메이크업으로 그녀의 얼굴은 마치 딴사람이 된 듯 아름답게 변신했다. 성형 메이크업이라더니, 이런 마술 같은 일도 존재하는가 보다.

세연이 거울 너머로 자신의 얼굴을 만져보며 경이에 차 있는 동안 그녀의 뒤로 원장과 실장, 그리고 스태프들이 몰려왔다. 마치 전장에 나가는 군인을 배웅하듯 모두 입을 꾹 다문 채 결의에 찬 표정이었다.

"마음에 들죠? 내가 이 정도라니까. 하."

원장이 턱을 치켜들고 자신의 솜씨를 뽐냈지만 아무도 맞장구를 치지 못했다. 그저 그런 결과의 산물인 세연을 감탄 어린 시선으로 바라볼 뿐.

그때, 미용실의 자동문이 스르륵 열리며 거짓말처럼 세준이 들어섰다. 말끔한 투버튼의 블랙 슈트 차림이었다. 하얀색 솔리드 셔츠와 연한 그레이의 넥타이가 광택이 도는 그의 슈트와 잘 어울렸다. 거기에다 그녀와 맞추기라도 한 듯 넥타이는 그녀의 머리 색깔과, 올 블랙의 슈트는 그녀의 블랙 원피스와 기가 막히게 어우러졌다. 누가 봐도 그들이 커플임을 부정할 수 없을 것이다. 모든 사람들의 시선이 그에게로 쏠렸다. 그리고 자동으로 세연에게로.

"뭐야, 새 남친이에요?"

원장이 참지 못하고 물어왔다.

"네."

세연이 얼굴을 붉히며 대답하자, 동시에 '오!' 하는 탄성이 터져

나왔다.

"이겼네."

원장이 말했다. 주변에 서 있던 스태프들과 호기심으로 하나둘 몰려든 손님과, 그리고 멀리서 지켜보고 있던 손님들까지 고개를 주억거렸다.

"이미 이겼어. 안 꾸몄어도 이겼네."

주문을 외듯 덧붙이며 원장은 세연을 손가락으로 꾹꾹 찔렀다. 세준이 그녀를 발견하고 미소를 지으며 다가올수록 찌름의 세기는 강도를 더했다.

"예쁜데?"

그가 그녀의 손을 잡아 깍지를 끼며 정수리에 입을 맞췄다. 그의 눈엔 그녀 외엔 아무도 안 보이는 것 같았다. 동시에 헉 하는 소리가 여기저기서 들려왔다. 시도 때도 없이 아메리칸 스타일이라 정말이지 큰일이다.

"갈까? 계산은 내가 하고 왔어."

세준이 말했다. 그러자 박수갈채가 터져 나왔다. 세연이 부끄러움에 고개를 숙였다. 당장 땅으로 꺼졌으면 싶었지만 오늘만큼은 세연에게 그는 구세주나 다름없었다. 정수리가 아니라 그 어디에 입을 맞춰도 다 봐줘야 된다. 엘리베이터까지 따라 나오는 미용실 스태프들에게 일일이 인사를 한 후 그들은 주차장으로 내려왔다.

"아무래도 생각을 잘못한 것 같아."

그녀를 차에 태우며 세준이 말했다.

"뭐가요?"

"이런 건 페어플레이가 아니지 않나?"

조수석에 막 그녀를 앉히고 차 문을 닫기 전, 그가 한 손으로 문을 잡은 채 그녀를 보며 말했다.

"알아듣게 말씀을 하셔야죠."

세연이 웃으며 말했다.

"너무 예쁘잖아. 매우. 많이. 몹시. 심하게."

그는 으르렁거리듯 말했다.

"생각해보니까 지금 너와 나, 일주일 만에 보는 거라고. 알아?"

하지만 그것이 싫지만은 않았다.

"그런데 메이크오버가 지나치잖아. 심장에 쇼크가 올 수도 있다고."

"팀장님이 옷이랑 구두랑 가방 사주신 거 생각 안 나세요?"

세연이 그의 기억을 상기시켰지만 그는 들은 척도 하지 않았다.

"다른 놈들이 보는 건 또 어떻고. 지금 네 엑스 보이프렌드 결혼식에 가는 거야. 엑스 보이프렌드는 그렇다 치고 그 외에 다른 프렌드들은 어떻게 할 거야? 예를 들면 남자인 프렌드 말이야."

그는 막무가내였다. 그가 차 안으로 고개를 들이밀었고 그녀의 입술과는 지나치게 가까워졌다. 숨결이 닿을 정도로.

"이거 메이크업 받은 거예요."

"그래서?"

입술이 닿기 직전 그가 말했다.

"키스하시면 똑같은 입술 색 못 낸다고요. 저 립스틱 안 가져왔어요."

그녀의 말에 그가 얼음처럼 굳었다. 그녀의 입술 바로 위에서.

사실 립스틱은 앙증맞은 핸드백에 이미 들어 있었다. 다만 지금의 입술 색과 같지는 않았다. 기껏 힘들게 메이크업을 받았는데 키스로 지워진다면 너무나 허무할 것이다. 그래서 아쉽지만 그녀는 거짓말을 해야 했다. 한숨을 내쉰 그의 얼굴이 멀어지고 차 문이 조용히 닫혔다.

"아직 안 끝났어."

그가 시동을 걸며 말했다.

"알았으니까 어서 가요. 시간 다 됐어요."

세연이 마녀처럼 웃으며 대꾸했다. 진홍빛의 입술이 유혹적으로 반짝이며 그를 향해 느슨하게 호를 그렸다.

"지금 내가 보고 느끼는 것 그대로 다른 놈들도 널 볼 거라고 생각하니 영 기분이 좋진 않아."

M호텔 주차장에 차를 세우며 그가 말했다. 뒤끝 참 길고도 집요하다.

"지금 질투하는 거예요?"

"물론이야. 꾸준히 하고 있었잖아."

세연이 농담을 던져보았지만 그는 꼭 심통 난 어린애처럼 그녀에게 답했다.

"농담하지 말고요."

"이렇게 예쁜데 어떻게 안 그럴 수 있겠어. Damn it."

그는 욕구불만에 가득 찬 바람둥이 같았다. 그렇지 않고서야 하는 말마다 그녀의 에고를 백 퍼센트 만족시키면서 동시에 변태 같을 수는 없을 것이다.

"시동이나 꺼요."

그녀가 일갈했다. 하지만 목소리는 말처럼 그렇게 차갑지는 않았다. 그녀의 말투엔 온기가 배어 있었다. 그녀의 말에 마지못해 그녀를 따라 내린 그가 차 문을 잠근 뒤 다가와 그녀의 손을 잡았다.

"가자. 이 빌어먹을 결혼식을 빨리 해치워야겠어."

어린애 같은 그의 행동에 세연은 한숨을 쉬며 걸음을 옮겼다. 그의 새로운 일면에 놀라면서도 한편으론 왠지 모를 자신감에 조금 우쭐해졌다.

12. 주행테스트를 한다

예식홀은 이미 많은 하객들로 북적이고 있었다. 세연은 활짝 열린 메인 게이트를 통해 보이는 버진 로드를 야릇한 기분에 싸여 바라보며 서 있었다. 상황이 달랐더라면 오늘 빛나는 저 길을 걸어 들어갈 행복한 신부는 그녀가 됐을 수도 있었다.

사람의 운명이 이렇게도 갈리는구나.

"왜?"

무의식중에 몸을 떠는 세연의 어깨를 감싸 안으며 세준이 물었다.

"아니에요, 아무것도."

세연이 고개를 저었다. 적당히 몸에 붙는 원피스와 찰랑거리는 머릿결이 그녀의 움직임에 따라 흔들렸다. 하나둘 호기심 어린 시선이 그녀에게로 향했다. 크게 심호흡을 하고 자신의 어깨에서 내려온 세준의 손을 잡아 손깍지를 끼느라 정작 세연은 다른 사람들의 시선을 알아차리지 못했다. 다만 세준은 슬슬 그녀에게로 모여드는 시선들을 알아채고 서서히 얼굴이 굳어갔다.

"어? 세연이? 한세연?"

결국 멀리 서 있던 무리의 남자들 중 하나가 세연의 앞으로 튀어나왔다. 세연은 잠시 기억을 더듬어야 했다. 얼굴은 낯이 익는데 정작 이름이 기억나지 않았기 때문이었다.

"아, 태호 선배. 안녕하셨어요?"

다행히 금방 그에 대한 기억을 떠올렸다. 쉽게 잊힐 리가 없었다. 기숙사 앞 머저리. 그렇게 거절을 했음에도 매일 아침 기숙사 앞에서 그녀를 기다리던 인간이었다.

"와, 진짜 너야? 긴가민가했다. 몰라볼 뻔했어. 너, 진짜 예뻐졌다. 사회물이 좋긴 좋은가 보네, 더 예뻐졌어."

느끼한 시선으로 거침없이 세연을 위아래로 훑었다. 짧은 드레스 아래로 쭉 뻗은 다리에서 한참을 방황하던 그의 시선이 세연의 손이 이어진 곳을 발견하곤 흠칫했다. 그리고 그 시선이 쭉 뻗은 장신의 슈트를 따라 한없이 올라갔다가, 그를 향해 내리꽂히는 싸늘한 시선과 마주했다. 절로 떨리는 음성이 흘러나왔다.

"유진이가 너 올 거라고 해도 안 믿었는데, 정말 왔네. 이렇게라도 보니 반갑다."

머저리는 어정쩡하게 손을 내미나 싶더니 슬그머니 거두어들였다. 잔뜩 주눅이 들어서는 기어 들어가는 목소리로 몇 마디 하더니 냉큼 무리로 도망을 갔다.

"네, 반가웠어요."

이렇게 쉽게? 이렇게 빨리? 세연이 아는 한 저 인간은 그럴 인간이 아니었다. 무리로 돌아가서도 계속해서 그녀 쪽을 흘끔거리며 수군거리고 있었다. 자세히 보니 한 무리가 다 선배였다.

"가서 인사를 하고 오는 게 좋겠어요."

세연이 세준을 향해 고개를 들었다. 그의 얼굴을 보니 살짝 비틀어져 있는 입가와 어딘가를 주시하고 있는 눈이 세연의 눈에 들어왔다. 그녀와 함께 있을 때 절대 볼 수 없는 얼굴이었다. 회의 때, 그것도 한참 산으로 가고 있는 회의 때에나 나올 법한 표정이었다. 박 선임이 봤다면 오금이 저려서 걸음도 못 걷게 되는 그런 표정 말이다.

"지금 뭐 하는 거예요?"

세연이 손을 끌어당기자 그의 어깨가 그녀에게로 기울어졌다.

"아무것도."

여전히 사람들을 주시하며 그가 말했다.

"지금 사람들 위협하고 있는 것 같은데요?"

"아니야."

하. 세연이 기가 막혀 헛웃음을 지었다. 멀리서 다가오지도 못하고 그녀에게 그저 목으로만 인사하는 과 선배들이 이제는 좀 안쓰럽게 느껴졌다.

"선배들이에요. 좀 다녀올게요."

잡았던 그의 손을 놓으려고 하자 그가 단단히 그녀의 손을 틀어쥐었다.

"왜요?"

"그냥 여기에 있는 건 어때?"

"인사만 하고 올게요."

"별로 좋은 생각이 아닌 것 같아."

"왜 그러는 거예요?"

"널 보는 눈빛이 마음에 들지 않아."

"원래 저래요. 그래도 가서 인사라도 하고 오지 않으면 내내 뒤에서 이상한 소리 할 거라고요."

"저런 사람들은 상대하지 않으면 그만이야."

그가 그녀의 손을 잡은 채로 걸음을 옮겼다. 아마 무리를 피해 다른 곳으로 가려는 것 같았다. 다분히 일부러 그러는 듯 그는 그녀의 선배들이 있는 곳을 지나쳤다. 세연이 자연스럽게 그들에게 인사하며 지나칠 수 있었다.

"와, 우석이 저 미친 새끼는 저런 애를 찼다고?"

예식홀을 벗어나 신부대기실로 가는 복도 한쪽 구석이었다. 어딘가에서 들려온 말에 세연이 신경을 곤두세웠다. 돌아보니 아는 얼굴은 아니었다. 그는 누군가 옆구리를 찔렀는지 왜 그러냐며 다투는 중이었다.

"지가 찼다더니 보나마나 지가 차였네. 아까 신부도 잠깐 들여다봤는데 성형발이더구먼. 쟤가 훨 나은데?"

그럼에도 개의치 않고 하고 싶은 말을 결국 다 해버렸다. 세연의 귀에까지 다 들리도록. 칭찬임에도 불구하고 기분이 썩 좋지만은 않았다. 남자들의 입방아에 오르내리는 기분이 이렇다는 걸 너무나도 오랜만에 느끼는 중이었다.

"야, 유진이는 평소에 워낙 빡세게 꾸미고 다녀서 그런가? 신부 화장 해놔도 똑같던데."

"남의 남자 뺏는 애라더니 그냥 차인 남자 주운 거 아냐?"

피라냐 떼 같다. 킬킬거리는 하이에나 떼 같다. 끊임없이 물고

뜯고 부순다.

"저 잠깐 화장실 좀 다녀올게요."

세준에게 말하자 그가 고개를 끄덕인다. 더 이상 견딜 수 없어 도망가려는 것을 그도 눈치챈 것 같다.

"그냥 가도 돼. 지금 나갈까?"

걱정스러운 눈빛으로 그가 물었다.

"아니에요. 금방 돌아올게요."

세연이 내내 잡고 있던 그의 손을 놓으며 말했다.

찬물에 손을 씻고 또 씻고 난 후 정신을 차리고 화장실에서 나오니 그가 서 있었다. 이우석이었다. 오늘의 신랑. 오는 길에 잠깐 우석과 눈이 마주쳤고 놀란 그의 시선이 세연을 내내 따라왔다.

"여긴 뭐하러 왔어?"

말쑥한 턱시도 차림의 우석이 조용히 세연에게 물었다. 그나마 화장실 앞에 사람이 그리 많지 않았다. 잠시 주변을 의식하던 그가 세연을 데리고 화장실 옆 비상구 계단으로 향했다.

"올 수밖에 없도록 만들어놓고 무슨 소리야?"

비상계단의 문을 조심스레 닫는 우석을 보며 세연이 말했다.

"유진이는 그냥 무시하면 됐잖아."

짜증 섞인 한숨과 함께 우석이 답했다. 새신랑이라고 하기엔 표정이 그리 밝지 않았다.

"내가 성 정체성이 달라서 선배랑 위장으로 사귄 거라며?"

세연이 핵심을 찌르자 우석의 표정이 보기 흉하게 일그러졌다.

"뭐?"

"몰랐어? 유진이가 혼자 만들어낸 얘기야? 그렇다고 하기엔 소문이 너무 많이 퍼졌던데."

세연이 찌르듯 시선을 쏘아 보내자 우석은 더듬더듬 변명을 늘어놓았다.

"난, 그냥 그때 화가 나서……. 네가 사정도 들어보지 않고 만나주지도 않았잖아. 그래서…… 난 유진이가 그렇게 받아들일 줄은 몰랐어."

결국 소문의 근원지는 자신임을 밝히고도 슬며시 발을 뺀다. 일을 이렇게 만든 건 그였으면서 모든 탓을 또다시 유진에게로 돌리는 것이다. 세연과 사귈 때 그녀에게 그랬던 것처럼.

"그건…… 정말 미안하다."

"그래, 미안해야지. 앞으로 이런 비슷한 얘기가 내 귀에 다시 한번 들려온다면 선배나 선배의 신부 모두 명예훼손으로 고소할 테니까."

"뭐?"

"아, 참. 선배 귀찮은 거 딱 질색이지? 선배를 특히 고소해야겠네."

"너……."

우석이 당혹해하는 사이 세연은 옷매무새를 가다듬으며 비상계단에서 나갈 준비를 했다. 더 이상 할 얘기는 없었다. 세연이 비상문의 문고리를 잡았다.

"세연아, 이러지 말고 우리 만나서 얘기하자. 내가 나중에 연락할게."

우석이 다급하게 세연의 팔을 잡으며 말했다. 하지만 세연이 잡은 그의 손을 경멸의 눈초리로 내려다보자 우석은 주춤주춤 잡은 팔을 놓았다.

"말이 되는 소리를 해. 책임지지도 못할 일이라면 하지 말았어야지. 그리고 책임질 거라면 확실하게 책임져야지. 지금 나한테 바닥까지 다 드러내 보이겠다는 거야? 이러지 마. 최소한 추억 하나 정도는 가지고 있게 해줘. 다 버리게 하지 말라고. 이런 사람이랑 사귀었다는 걸 후회하게 하지 말라고."

"세연아."

"유진이한테 잘하고 살아. 태어날 아이한테도 잘하고."

망연자실하게 서 있는 그를 놔둔 채 비상계단의 문을 쾅 하고 닫았다. 갑자기 이 모든 게 다 지긋지긋해졌다. 이우석도, 김유진도, 그들과 얽힌 그녀 자신도. 벗어나고 싶다는 생각밖에 들지 않는다.

"어? 세연아, 여기 있었어? 전화도 안 받고. 한참 찾았네. 야, 가자. 신부대기실에 애들 모여 있어."

화장실 복도로 나오자마자 멀리서 나영이 그녀를 알아보고 달려왔다. 뭐라고 말할 틈도 없이 나영의 손에 이끌려 신부대기실로 끌려갔다.

신부대기실 복도 쪽에서 그녀를 기다리던 세준이 나영과 그녀를 알아보고 미소를 흘렸다. 세연이 어깨를 으쓱하자 그가 잘 다녀오라며 고개를 끄덕였다.

"왔네, 왔어. 세연아, 어서 와."

나영은 세연을 밀어 넣고는 금세 사라졌다. 누굴 또 찾으러 간다는 것 같았다. 결국 신부대기실에서 그녀를 기쁘게 맞아준 건 유진이 아닌 세연의 다른 동기들이었다. 얼마 전 공실이 모임에선 볼 수 없었던 친구들이었다. 그래 봤자 두어 명이었지만 강력했다. 들어오다 대충 훑어봐도 유진 또래의 젊은 여성은 거의 찾아볼 수 없었다. 친구가 없는 모양이다. 아마도 여기 있는 사람들이 다겠지.

"아까부터 봤는데 네 남친 너무 멋있어서 아는 척도 못 하고 여기서 기다렸다."

가장 가까이에 있던 친구가 그녀의 팔짱을 끼며 말했다. 유진은 한쪽 구석에 마련된 신부 의자에 앉아 스냅사진을 찍고 있었다. 분명히 세연이 들어오는 것을 보았을 텐데 알은척도 하지 않는다.

"맞아, 맞아, 나도 봤어. 연예인인 줄. 아까 동기들이랑 선배들이 말하는 거 들었는데 니 남친 팀장이라며? 되게 대단한 사람인가 보던데, 아주 남자 선배들이 난리가 났더라고."

그사이에 알아본 사람들이 있었나 보다. 자동차 업계 바닥이 좁긴 좁다.

"어우, 지지배. 부럽다. 똥차 가면 벤츠 온다더니 정말이네?"

그 똥차의 신부가 버젓이 뒤에 서 있는데 동기들의 입은 거침이 없었다. 아직 인사도 못 건넨 유진이 부글부글 끓는 소리가 환청처럼 들리는 것 같다. 슬쩍 돌아보니 사진촬영이 끝난 건지 혼자 그들 쪽을 표독스럽게 노려보고 있었다. 신부의 주변엔 한 사람도 없었고 오히려 세연이 주인공인 것처럼 친구들에게 둘러싸여 있는 진풍경이 펼쳐지니 당연한 반응일 수도 있었다.

"오늘 정말 예쁘다, 세연아. 오늘 이 결혼식장에서 니가 제일 예쁜 거 같아."

"그러게. 원피스 잘 어울린다. 어디 거야?"

세연은 일단 신부 쪽은 무시하기로 했다. 어차피 축하하려고 온 자리도 아니었으니까. 하지만 그사이 꼭 이렇게 뒷덜미를 까보는 애가 있었다. 뒤늦게 상표를 확인하는 손을 찰싹 때렸지만 때는 이미 늦었다.

"으악, 이거 발렌티노잖아. 너 이거 어떻게 샀어? 너 설마 여기 온다고 적금 깼니?"

친구의 호들갑에 낯빛이 하얗게 변한 건 세연이었다.

"이거, 비싼 거야?"

"너 몰라? 너 선물받았어? 설마, 남친이?"

"아웃렛에서 산 줄 알았는데……."

"야, 아웃렛은 미친. 누가 발렌티노 신상을 아웃렛에서 사니? 와, 니 남친 진짜 능력 있다. 어머, 너 구두는 그거 최영인이 신은 구두 아니야? 너 이거 지미추지? 이것도 남친이 사줬어?"

그저 고개만 끄덕이고 있는 세연에게 친구들은 부럽다고 또 한바탕 호들갑을 떨어댔다. 정신이 하나도 없었다.

"세연아, 너 가방도 남친이 사줬지? 네가 고를 만한 게 아니다. 너 분명 그 이모가 사줬다던 국민 명품백 들고 올 거라고 생각했는데."

뜨끔.

"너 입고 신고 들은 거 다 합치면 오늘의 신부 꾸며놓은 거 몇 배는 되겠는데?"

친구 하나가 킬킬대며 세연의 몸을 위아래로 훑는 시늉을 했다.

"쟤, 저 드레스 베라왕이라고 아까부터 자랑했잖아."

아니꼬움을 숨길 생각도 없는 것 같았다. 세연은 이제 친구들이 좀 무서워지기 시작했다.

"다 들리거든? 너희 정말 너무하는 거 아냐?"

잔뜩 성이 난 목소리가 그들 뒤에서 들려왔다. 그제야 모두가 한꺼번에 신부에게로 고개를 돌렸다.

"너희는 대체 누굴 보러 온 거야? 나야, 세연이야? 좀 너무한 거 아니니?"

"어, 그래, 축하해. 아까 말했잖아."

한 친구가 시들하게 말을 건넸다.

"맞아. 아까 다 했잖아. 우리 세연이 진짜 오랜만에 보는 거야. 니가 이해해야지."

"맨날 세연이, 세연이. 아주 귀가 닳겠어. 어서 와, 세연아. 오란 다고 정말로 왔구나."

비아냥대며 유진이 말했다.

"넌 왜 말을 그렇게 하니? 기껏 축하해주러 온 애한테. 니가 오라고 했다며."

"그래, 그래서 잘 왔다고 했잖아."

신경질적인 유진의 반응에도 그들은 굴하지 않았다. 작정하고 온 건 세연뿐만이 아닌 것 같았다.

"우리 세연이 온다고 해서 온 거야. 너 보러 온 거 아니야. 너 얼마 전 희주 결혼식에 드레스 같은 흰 원피스 입고 갔다며? 신부 옆에서 사진도 찍고. 너 그러는 거 아니다. 심보를 곱게 써."

호전적인 친구의 말에 유진의 얼굴이 빨갛게 물들어갔다. 화가 난 건지 부끄러운 건지 잠시 당황하는가 싶더니 주섬주섬 변명을 하기 시작했다.

"그냥 원피스가 그거 하나라서 입고 간 거야. 결혼식에 흰옷 못 입는 풍습은 누가 만들어낸 거야? 그런 거 다른 나라에는 없어."

"아, 그래서 네가 아까 나 아이보리 투피스 입고 왔다고 화낸 거구나? 풍습 만들어내느라고. 나 사진 찍지 말라며? 왜 말이 앞뒤가 달라?"

세연은 뒤늦게 깨달았다. 친구들 모두 유진에게 한 번씩은 당한 적이 있었다는 걸. 남자 친구를 빼앗기거나 잘되려던 사이가 갈라졌다거나 유진에 대해 잘 모르던 시절 미팅에 같이 나갔다가 험한 꼴을 당한 적이 있거나. 세연은 이들의 행동이 이해가 가기 시작했다.

"혜진 언니 결혼식에도 흰 원피스 입고 갔다잖아. 얘 상습범이야. 너 내 결혼식엔 그러지 마라. 아니다, 오지 마. 너 안 와도 돼. 나 사진 찍을 친구 많아. 참, 넌 사진 찍어줄 친구 없겠네. 그러니까 아까부터 우리한테 사진 찍고 가라고 계속 그러는 거 아냐?"

결혼을 앞두고 있는 친구 하나가 쏘아붙였다.

"어, 나 사진 안 찍을 건데?"

"어머, 나도."

유진의 얼굴이 금세 울상이 되어버렸다.

"아, 여기 있었구나."

우석이 신부대기실로 들어섰다. 세연이 이마를 손으로 짚으며 끄응 소리를 냈다.

"세연아, 나중에 식 끝나고 우리 얘기 좀 하자."

다른 친구들과 신부까지 있는 대기실에서 그는 세연에게 거리낌 없이 다가왔다.

"오빠, 미쳤어? 전 여친이랑 무슨 할 말이 있는데?"

"넌 좀 가만히 있어. 도대체 세연이는 왜 오라고 한 거야?"

자신의 신부에게 하고 있는 말이라고는 믿기지 않을 만큼 차가운 목소리였다.

"오빠도 오는 게 낫겠다고 했잖아. 왜 이제 와서 이래? 왜, 전 여친 다시 보니까 눈이 돌아가니?"

유진의 목소리가 앙칼지게 변했다. 전쟁이 터지기 일보 직전이었다.

"난리통이 따로 없군. 우린 이제 가야겠어."

그녀의 귓가에 세준의 목소리가 들렸다. 어느새 들어왔는지 그는 세연의 뒤에 서서 그녀의 어깨에 손을 올리고 있었다. 그리고 그의 등장으로 일순 모든 것이 멈췄다.

한순간 정적이 흐르는가 싶더니 세연의 친구들이 그를 향해 인사를 하기 시작하자 다시 떠들썩해졌다. 그리고 그 사이를 뚫고 우석이 들어왔다.

"세연이 잘 부탁합니다."

"당신이 왜요?"

돌아온 건 차가운 응대였다.

"네?"

어안이 벙벙해진 우석을 무서운 표정으로 바라보고 있던 세준이 착 가라앉은 목소리로 그에게 말했다. 회의 때 가끔씩 듣게 되는 그의 화난 목소리였다.

"세연이를 왜 부탁하시는 건지 모르겠습니다. 그건 제가 알아서 할 일이고 당신과는 상관없는 사람일 텐데요, 우리 세연이."

그가 자신에게로 세연을 당겨 안았다. 친구들이 서 있는 쪽이 소란스러워졌다. 세연이 그들 쪽으로 고개를 돌리자 엄지손가락을 세우고 아주 난리들 났다.

"뭐 하는 거야? 그만하지 못해?"

그때 유진이 소리를 지르는가 싶더니 무언가가 세연을 향해 날아왔다. 세준이 번개같이 손을 뻗어 그것을 쳐냈다. 부케였다.

그의 팔에 맞아 떨어진 부케는 형체를 알아보기 힘들게 짓이겨져 있었다. 날아오다 그렇게 된 건지 이미 유진에 의해 그렇게 된 건지 일그러져 추해진 모습이었다. 마치 지금 이 순간 누구처럼.

"치우기만 하시는 줄 알았더니 만들어내기도 하시는군요."

세준이 딱히 누구에게랄 것도 없이 말했다.

"네? 무슨 말씀이신지."

그에게 질문한 건 우석이었다. 씩씩거리며 유진이 신랑 곁으로 다가왔다.

"쓰레기 말입니다."

그가 유진과 우석을 동시에 쳐다보며 말했다. 그의 입에서 나온 쓰레기가 누구를 지칭하는지 알려주기라도 하는 것처럼. 숨을 들이켜는 소리가 나더니 갑자기 유진이 울기 시작했다.

"우리는 이만 가보겠습니다. 결혼 축하드립니다. 잘 사세요."

세준은 아랑곳하지 않고 마지막 인사까지 꺼내 들었다. 울고 있는 유진을 보고도 눈 하나 깜짝하지 않았다. 마치 무생물을 보고 있는 듯한 눈빛이었다.

"그래. 이왕 이렇게 된 거 둘이 잘 살아."

세연이 지친 목소리로 덧붙였다. 이젠 정말 이곳이 지긋지긋해졌다. 세연이 잡힌 손에 힘을 주었다. 나가고 싶다고 그에게 전했다.

"이왕? 지금 뭐라고 하는 거야? 날 동정하는 거야? 니가? 니가 뭔데!"

울고 있던 유진은 아무도 자신에게 신경을 써주지 않자 눈물이 범벅이 된 얼굴을 들었다. 심지어 신랑마저도 그녀를 위로하지 않았다. 우석을 한 번 매섭게 흘겨본 눈은 세연에게로 향했다.

"너 진짜 재수 없어. 학교 때도 그렇게 잘난 척하고 다니더니 아직도 변한 게 없네. 니가 뭐 그렇게 대단한 줄 알아? 기계과 여자애들 우르르 몰고 다니면서 여왕벌 놀이 하니까 니가 진짜 여왕이라도 된 것 같니? 웃기지 말라 그래. 그래 봤자 넌 남자 뺏긴 여자야. 오빠하고 결혼은 내가 한다고!"

유진의 악다구니에 세연은 오히려 마음이 평온해졌다. 그거였다. 별것 아닌 질투, 괜한 피해의식, 남자로만 보상을 받을 수 있다고 믿고 있는 유진의 심리였다.

"넌 남자가 그렇게 중요해? 결혼이 네 인생의 전부니? 미안하지만 난 그렇지 않아."

세연이 자신의 손을 잡고 있는 세준을 쳐다보고는 시선을 우석에게로 향했다.

"그래, 내가 너한테 남자 뺏겼네."

그리고 우석의 얼굴을 무표정하게 바라보며 말했다. 우석의 표정이 잠시 어두워졌고 유진은 잠시 만족한 듯한 표정이 되었다. 하지만 그런 유진에게 세연은 마지막 말을 던졌다.

"너 가져."

유진의 눈꼬리가 하늘로 치켜 올라갔다. 세연은 유진에게 등을 돌리며 세준에게 말했다.

"가요."

더 들어볼 필요도 없다. 세연이 그의 손을 잡고 신부대기실을 나왔다. 비명처럼 악을 질러대는 신부의 목소리가 그들의 뒤를 따라 대기실 밖으로 울려 퍼졌다.

"어디 갔다 온 거야?"

세연이 조수석에 타자 차를 출발시키며 그가 물었다.

그사이 세연의 톡 알람은 쉴 새 없이 울리고 있었다. 신부대기실에서 만났던 친구들과의 단체대화방이었다.

[유진이 부케 대신 조화 들고 입장했다. 지 성질 못 이겨 그런 거니 누굴 탓하겠어.]

[입장 전에 둘이 또 싸웠잖아. 볼만하더라.]

[우리 사진 안 찍고 따로 밥 먹으러 갈 거야. 너도 올래?]

[그러게, 남친이랑 같이 와도 되는데.]

[유진이 말 신경 쓰지 마, 세연아.]

[여왕벌은 나인 줄 알았는데! 분하다.]

유진의 여왕벌 발언으로 황당했던 건 세연만이 아니었던가 보다. 나영의 분하다 밑에 주먹을 쥔 토끼 이모티콘이 그녀의 심정을 대변해주었다.

"아무 데도요. 그냥 좀 천천히 왔어요."

세준의 물음에 건성으로 대답하며 세연이 카톡을 놓지 못했다. 친구들과 몰려다니던 것을 여왕벌 놀이라고 생각해본 적은 없었다. 그것을 그런 시각으로 바라보는 사람이 있다는 것이 의외였다. 그리고 정말 그런 적은 없었으나 곰곰이 되짚어보았다.

[그럴 리가! 무슨 여왕벌이 맨날 구박을 당하냐! 나 여왕이었는데 왜 4년 내내 구박을 받았지? 너희들 다 고소.]

세연이 카톡을 남겼다. 몇 개 없는 이모티콘을 샅샅이 뒤져서 왕관을 쓰고 있는 고양이 이모티콘을 찾아냈다. 아무리 봐도 여왕님 같아 보이지는 않지만 비슷하긴 했다.

[여왕은 나라고!]

나영의 대답이 바로 올라왔다.

[밥 먹을 때만 나타나는 여왕이 어딨어?]

[굳이 정의하자면 세연이는 기사 아냐?]

[싸움 못해서 기사는 안 되고, 공작 정도?]

[귀족도 과분해. 공부만 했으니까 학자.]

줄줄이 톡이 올라온다.

[이것들이!]

세연이 톡을 올리자 각종 '깜놀' 이모티콘이 난무했다. 세연이 킥킥거리며 톡에서 손을 못 떼는 사이 세준은 흥미진진하게 세연을 구경하고 있었다.

"잠깐만요."

세연이 그의 모습을 눈치채고 톡의 알람을 해제했다.

[그래도 오늘 세연이는 정말 여왕 같더라.]

마지막으로 확인한 톡을 보고 세연이 미소 지었다. 좋은 친구들이었다. 세연이 흐뭇한 마음으로 휴대폰을 작은 가방에 집어넣었다. 그 바람에 손에 쥐고 잊고 있었던 작은 병이 드러났다.

"손에 든 건 뭐지?"

"아, 이거요?"

세연이 작은 물약 병을 열었다. 향기롭지 못한 냄새가 퍼지자 세준이 이마를 찌푸렸다.

"냄새 고약한데?"

그녀가 다시 물약 병을 꼭 닫아 준비해 왔던 비닐팩 안에 넣으며 말했다.

"까나리 액젓이에요. 김치 담글 때 넣죠. 집에서 조금 담아 왔어요."

"그걸 뭐하러?"

"이우석 차가 후미진 곳에 있길래 후드 환풍구에 뿌리고 왔어요."

"뭐라고?"

그가 경악하며 되물었다. 자동차 전면 유리 앞 후드 환풍구는 바깥공기를 차 내부로 들이는 기능과 필터가 달려 있어 더러운 공기를 거르는 역할도 했다. 그는 잠시 침묵하는가 싶더니 곧이어 어깨를 들썩이며 웃기 시작했다. 통쾌한 웃음소리가 차 안을 가득 메웠다.

"그 차 버려야 할 거야."

한참 후에 목이 멘 듯한 목소리로 그가 말했다. 시동을 켜면 어떤 메커니즘이 일어날지 상상해보던 그는 다시 소리 내어 웃었다.

"알아요. 아이고, 참 안됐네."

영혼이 전혀 실리지 않은 그녀의 목소리에 그의 웃음소리가 커졌다.

"네가 한 짓인 걸 다 알지 않겠어?"

겨우 웃음을 멈추고 그가 물었다. 걱정스러운 표정이었다.

"알 게 뭐예요. 심증뿐이겠죠. CCTV도 없었고요, 차의 어느 한 부분도 만지지 않았고요, 증거도 없고요."

그녀가 물약 병이 든 비닐팩을 보여주며 말했다. 집에 가서 잘 씻어서 약국 휴지통에 버릴 예정이었다.

"그리고 이제 팀장님도 아셨으니까 우린 공범이에요. 게다가 전 이미 공범의 블랙카드를 봤거든요. 그거 한도가 없다면서요?"

그녀의 말에 그가 이번엔 아주 큰 소리로 웃음을 터뜨렸다.

"깜짝이야. 팀장님 점점 큰 소리로 웃는 거 알아요?"

"내가?"

그는 신기한 듯 생각에 빠졌다.

"그런 것 같군. 나쁘지 않네."

한참 만에 그가 말했다.

"나는 잘할게."

그가 유쾌하게 말했다.

"그러셔야 할 거예요. 배신당한 여자가 어떻게 변하는지 잘 보셨죠?"

"응."

신호에 걸려 서 있는 동안 그는 말없이 그녀를 살피다 가만가만 손을 쥐었다.

"왜요?"

세연이 묻자 그는 그녀의 손을 내려놓더니 그녀의 눈을 보며 물었다.

"괜찮아?"

왠지 목에 턱 하고 무언가가 걸리는 기분이었다.

"뭐가요?"

"애썼어."

그의 말에 어깨에 잔뜩 들어가 있던 각오의 부스러기들이 떨어져 나왔다. 한때 정말 사랑했던, 사랑한다고 믿었던 사람과 더러운 종지부를 찍었다. 아름답게 채색되어 있던 그녀의 청춘 한 페이지가 조각조각 찢겨나갔고, 과거는 방울방울 눈물이 되어 그녀의 눈에서 흘러나왔다.

차가 움직이고 세준은 가끔씩 그녀의 머리를 쓰다듬었다. 울지 말라고 하지 않았다. 그저 양복 주머니 이딘가에서 손수건을 꺼내 그녀에게 내밀었을 뿐이었다.

모든 눈물이 나쁜 건 아니라는 반지의 제왕식 위로였다.

13. 오류를 수정한다

여름휴가를 앞두고 대형엔진개발팀은 팽팽한 긴장감에 휩싸여 있었다. 원래의 계획대로라면 30기 엔진 모두가 휴가 전 시험을 마쳐야 했다. 하지만 시험은 예상보다 늦어졌고 촉박한 날짜 때문인지 다들 신경이 곤두서 있는 상태였다. 특히나 세연은 더했다.

결혼식이 끝나고 우석과 유진은 그녀의 마음에서 깨끗하게 정리되어 기억 속에 사라졌다. 메모리에서 영구 삭제라도 한 것처럼 말이다. 대신 그 모든 공간을 세준이 차지했다.

그는 평소처럼 자상하고 완벽한 남친이었지만 어딘가 모호한 부분이 있었다. 그 점이 계속해서 세연을 괴롭혔다. 때문에 꽃길만 펼쳐질 줄 알았던 그들 사이는 왠지 살얼음판 위를 걷는 것처럼 아슬아슬했다. 적어도 그녀가 느끼기엔 그랬다.

그리고 하나 더.

"부품 없다고요."

꾸준히 신경을 긁고 있는 이 자식, 강명식이 있다. 불행인지 다행인지 그나마 세준을 향한 그녀의 불안감을 분노로 잠재워주는, 고맙지 않은 일등공신이었다. 아마 30기 엔진을 제작하는 내내 삼백 번은 넘게 부딪쳤을 것이다.

"그게 왜 없어요?"

이제 30기째, 마지막까지 말이다.

"아, 없으니까 없다고 하지. 있는 걸 없다고 하겠어요?"

세연의 물음에 강명식이 심드렁히게 대꾸했다. 정말 꼭 한 번은 반드시 패주고 말겠다.

"내가 어제도 봤는데요. 그사이에 동이 났단 말이에요?"

"아, 있으면 찾아보시든가."

말할 때마다 꼭 붙이는 '아'는 혈압을 상승하게 했다 . 짜증 나게 하려고 일부러 그러는 것이라면 강명식은 천재였다.

"얼마든지."

세연은 부품창고로 씩씩대며 걸어 들어갔다. 어제도, 그제도 부품 문제로 입씨름을 했었고 부품은 질리도록 찾아봤다. 그러니 이젠 외울 만도 했다. a-3, a-4, 그래, 여기 있다. 세연의 온몸에 독이 잔뜩 차올랐다.

"여기 있는데요. 버젓이. 찾아보고 얘기를 해야 하는 거 아니에요?"

부품을 그의 코앞에 들이밀었지만 벽에 기대 귀를 파고 있는 강명식이다. 머리 위에서 폭죽이 터지는 것 같다.

"아, 거기 있었네? 일지엔 분명히 없었는데."

"아, 거기 있었네?"

이게 진짜 보자보자 하니까.

"아, 왜 반말이에요? FM대로 합시다. FM대로 예의 차려서, 예?"

숨 막히도록 급할 때일수록 더욱 느긋하고 더욱 불량해진다. 늘 겪었으면서도 이젠 한계가 온 것 같다. 마지막이니까 한 대 정도는 때려도 되지 않을까? 저 노란색 머리채를 한번 잡아볼까 하는 강렬한 욕구를 세연은 초인의 의지로 참아냈다.

"내가 안 이러게 됐어요? 한 번을 그냥 주는 법이 없잖아요. 이게 도대체 몇 번째예요?"

"아, 그러니까 FM대로 하면 누가 안 주냐고요. 하, 여자가 앞뒤가 꽉꽉 막혀 가지고. 여자다운 맛도 하나도 없고."

명식은 내팽개쳐져 있던 일지에 볼펜으로 대강 휘갈겨 적더니 그 위로 아무렇게나 던져 버렸다. 참을 인자, 세 번 새겼다. 세연이 주먹을 피가 나도록 쥐고 그가 하는 양을 그저 보고만 있었다. 잡동사니가 수북이 쌓여 있는 책상 위에는 먼지 쌓인 컴퓨터가 폐물처럼 놓여 있었다. 왜 컴퓨터를 놔두고 부품 불출을 일지와 손으로 하는지 알 수가 없는 거다.

"말끝마다 여자 타령 좀 그만할 수 없어요? 일하는 데 여자다운 게 왜 필요해요?"

"아, 그럼 여자를 여자라 그러지 남자라 그래요? 오늘따라 왜 이렇게 예민하게 굴지? 그날이에요, 혹시?"

명식은 마치 세기의 발견이라도 한 양 세연을 향해 한껏 웃었다. 먹히는 유머라 생각했던 모양이다. 하지만 순식간에 표정이 얼어붙었다. 폭발 직전의 세연을 발견했기 때문이었다.

"야!"

그래, 오늘이다. 언제가 됐든 이런 날은 올 것이고 빠를수록 좋았다. 될 대로 되라지. 오히려 터뜨리고 났더니 왠지 시원한 기분이 든다.

"······헐. 야래. 지금 나한테 그런 거예요? 우와 성깔, 대박."

몇 번 입을 벌렸다 닫았다 하던 명식이 겨우 말을 뱉어냈다. 그의 당황한 동공이 지진을 일으켰다.

"그럼 여기 너 말고 누가 또 있니? 그래, 야라고 했다, 이 자식아. 너 대체 왜 그래? 한두 번도 아니고!"

팔을 걷어붙이고 덤벼드는 세연을 피해 명식이 주춤주춤 뒤로 물러났다.

"내가 뭘 어쨌는데 그래요?"

정말로 억울한지 양손을 가슴 앞에서 곱게 모으고 반항이다.

"어쩌긴 뭘 어째. 단 한 번을 곱게 마주친 적이 없는데. 너 정말 나한테 왜 그래?"

"아, 내가 뭘요!"

구석에 몰린 명식에게 바짝 다가붙었다. 숨결이 느껴질 만큼 얼굴을 들이대고 물었다.

"내가 싫어? 그렇게 싫어서 못 견디겠어? 내가 시작실 그만뒀으면 좋겠어?"

"아, 누가 그렇대요? 진짜 웃기는 여자야."

그녀의 얼굴을 피해 한껏 얼굴을 돌린 명식은 잘 익은 사과처럼 새빨갛게 변했다. 멱살을 잡고 흔들까 명치에 주먹을 날릴까 고민하던 세연이 뒤로 한 발 물러섰다. 이게 아니다. 이 자식에겐 다른 방법이 있다.

"말해. 니가 원하면 언제든 그만둬줄 테니까."

잠시 잊고 있었다. 대학 시절 내내 이런 놈들 틈바구니에서 생활했다는 걸. 기억해내기만 하면 됐다. 어떻게 다루는지. 세연은 발을 탁탁 굴러가며 그의 대답을 기다렸다.

"아, 진짜. 누가…… 그렇대요?"

조금 전보다 훨씬 유순해진 말투였다. 따지고 보면 명식은 그녀가 겪었던 공대 진상놈들 중 제일 쉬운 유형이다. 아니, 다르다. 고등학교 나오고 바로 입사했으니 훨씬 어리고 순진한 거다. 뭐, 그래 봤자 거기서 거기지만.

"그런 거 아니면 일이 복잡해서 그래? 부품 관리 힘들어? 내가 계속 봤는데 솔직히 부품 관리 너무 엉망이야. 프로그램이 있는데 사용도 안 하는 것 같고. 불출증은 받아서 아무 데나 던져놓고 기록도 안 하고. 일지도 그래. 제대로 적기는 해?"

이제 반말로 따박따박 지적하고 있는데도 명식은 아무런 대응이 없었다.

"아니, 그게…… 이게 컴퓨터도 오래돼 가지고 잘 안 되고요 프로그램 자꾸 오류 나고 재고 수량 뻑 나고 그래서 수기로 하기 시작했는데……."

"그럼 그렇다고 얘기를 해야지. 프로그램은 새로 짜서 돌리면 되고. 부품이야 여기서 쓰는 거 새로 싹 정리해서 입력하면 되니까 하루만 투자하면 되겠는데. 서로 협력하면 일이 쉬워지는데 왜 그렇게 어깃장을 놔. 내가 그렇게 싫어?"

"아, 누가 싫대요?"

고분고분하던 명식이 버럭 성질을 부렸다. 기다렸다는 듯 세연이 씩 웃으며 물었다.

"그럼, 좋아서 이러니?"

잠깐의 침묵이 흐르고 명식이 펄쩍 뛰어올랐다.

"우왁! 뭐래!"

한 10센티는 뛰어 오른 것 같았다. 용수철이 따로 없다.

"뭘 그렇게 펄쩍 뛰어? 너 나 좋아서 이러냐고."

"누, 누가 조, 좋아한다고!"

너요. 지나가던 새가 봐도 알겠다.

"야, 초딩도 너처럼은 안 해. 내가 그냥 봐주고 넘어가려고 했는데 이젠 도저히 못 참겠어."

팔짱을 끼고 그를 향해 배시시 웃었다. 고개를 옆으로 돌리고 곁눈으로 그녀를 훔쳐보며 땀까지 흘리는 명식의 반응은 참으로 볼만했다.

"와, 와, 되게 웃겨. 안 참으면 어쩔 건데요?"

눈도 못 마주치면서 명식이 큰소리를 쳤다. 시뻘게진 얼굴이 잘하면 터질 것 같다.

"너, 끝나고 남아."

세연이 손가락 두 개를 들어 자신의 눈을 향하고는 명식을 향해 뻗었다. 너 오늘 죽었어.

"내, 내가 왜요!"

"남으라면 남지 말이 많아! 너 언제까지⋯⋯."

"왜 밖으로 큰소리가 흘러나오지?"

말을 다 마치지도 못했는데 음산한 목소리가 그들 사이로 끼어

들었다.

"뭐 하는 거야, 한세연, 지금 강명식 군기 잡는 거야?"

세준이었다. 요즘 얼굴 보기가 하늘의 별 따기인 이 팀장이 시작실에 등판했다. 하필이면 이런 때.

세연의 심장 박동이 가파르게 상승했다. 도대체 얼마 만인지 모르겠다. 머리가 다 어질어질하다.

"아, 아닙니다, 팀장님."

"강명식, 넌 뭐 하는 거야?"

이번엔 화살이 명식에게로 돌아갔다.

"아, 형. 아니, 팀장님, 그게 아니고 제가 잘못했습니다."

이 자식은 넉살도 좋게 아무도 형이라고 부르지 않는 그에게까지 형이라고 한다. 시작실 기능원들 대부분은 서로서로에게 그리고 연구원들과 호형호제한다. 하지만 세준과는 아니었다. 아무래도 명식은 예사 인간은 아닌 듯싶다.

그런데 뭐지, 이 이질감은?

"제가 부품을 헷갈려 가지고 미처 못 드려서 화가 나신 겁니다. 세연 누…… 아니 한세연 씨가요. 제 잘못입니다."

지금 잘못 뒤집어쓰는 거니? 아니, 방금 나한테 누나라고 하려고 했니? 세연이 눈이 더없이 커다래졌다.

"아니, 그게 아니라 제가……."

잘못했다고 말하려고 하던 세연은 세준의 얼굴을 보고 곧 입을 다물었다. 순간 몇 평 되지 않는 시작실 부품창고의 온도가 차갑게 내려갔다. 돌덩이처럼 굳어진 그의 표정은 강철의 낯짝을 가진 명식마저 파랗게 질리게 했다. 한 가지를 해결하니 더 큰 문제가 생겨버렸다.

"한세연, 따라와."

한없이 낮아진 목소리가 그가 화가 많이 났음을 말해주었다. 말 없이 그를 따라가려는 세연의 소매 끝을 뒤에서 잡아당기는 손길이 있었다. 명식이었다.

"······."

차마 말은 못 하고 눈으로 얘기하고 있었다.

큰일 난 거 아니에요? 어떡해요.

"괜찮아. 나중에 얘기하자. 부품 관리 프로그램 나시 할 거야. 프로그램 짜던 거 있으니까. 이따 야근할 생각하고."

그녀가 작게 말하자 명식이 고개를 끄덕였다.

"네."

네란다. 뭐야, 애. 누구야. 무서워.

순간 세준이 뒤를 돌아보았다. 세연이 얼른 그의 뒤를 따라 뛰어갔다. 세연의 입에서 황당한 웃음이 터져 나왔다. 뭐, 그래도 귀여운 구석이 있는 녀석이었다.

"뭐야, 둘. 회사에서 제정신이야?"

팀장실 문을 닫자마자 세준이 그녀를 향해 싸늘하게 일갈했다. 어느 때보다 화가 난 얼굴, 어느 때보다 무서운 표정. 그렇지만 이상하리만치 아무렇지 않다. 그보다 반가운 마음이 먼저다. 오다 보니 사무실에 아무도 없었는데 그냥 품 안에 뛰어들어도 될라나 모르겠다.

"죄송합니다. 그런데 어차피 한 번은 부딪쳐야 했어요."

결혼식이 지나고 한 달여가 흘렀는데 그는 계속 출장, 출장, 그리고 또 출장이었다. 그렇지 않은 날은 엔진 30기가 제작되고 또 제작되고 또 제작되었다. 세연도 그도 평일에 회사에서 잠시 보는 걸로, 가끔 통화를 하는 걸로 만족해야 했다. 아마 중간에 한 번 만났던 주말 데이트에서는 둘 다 졸다 깨다 했던 것 같다.

"그게 다야?"

더 낮아질 수 없을 것 같은 목소리가 그녀를 향해 날아왔다. 그를 볼 때마다 미친 듯이 맥박이 올라간다. 도무지 생각을 할 수가 없다. 얼마 전 고민을 토로했더니 나영이 그랬다. 그와 대화를 해봐야 할 때가 온 것 같다고. 하지만 오늘은 아니다.

"대답해."

"그게 다인데요. 뭐가 더 있으려고요."

겨우 대답을 했다. 뭐가 불안한지는 모르겠지만 그와의 대화가 또 다른 시작일 것 같지는 않았다. 그런 막연한 불안감이 들었다.

그래, 오늘은 말고.

"잘 지낼 필요는 없지만 그래도 싸움은 곤란해. 시험, 오늘이 마지막이잖아."

겨우 그의 목소리가 제자리를 되찾았다. 낮아지는 것이야말로 그녀에겐 곤란했다.

"반성하고 있습니다. 참았어야 하는데 갈 때마다 건드리니까 오늘은 못 참겠더라고요. 부품 파악도 제대로 안 되어 있는 것 같고. 프로그램이 있는데 수기로 일지 작성하고 관리하는 것 같아요. 시작실 부품창고에 따로 컴퓨터가 있는데 오늘 보니까 작동도 제대로 안 되고 프로그램에 오류도 있었어요. 청소 한 번 하고 하드 싹 밀고 새로 프로그램 하나 짜서 넣으려고요. 그래도 되죠?"

"오늘?"

"네. 품목 번호 얼마 안 돼서 간단할 것 같아요. 인트라넷 들어가는 거 아니니까 따로 할게요. 강명식 데리고 야근 좀 해야겠어요."

의미심장한 미소를 지으며 세연이 말했다. 야근하면서 패야지. 한 주먹거리도 안 되는 게 까불고 있어.

"꼭 그래야 해?"

세준이 가슴 앞으로 팔짱을 끼며 세연을 노려보았다. 근사했나. 그가 팔짱을 낄 때면 대부분 못마땅함을 의미했지만 비주얼은 훌륭했다. 넓은 가슴이 도드라지니까.

"네. 왜요?"

잠깐 그의 가슴을 홀린 듯 감상하다 세연이 물었다.

뭐, 왜, 뭐. 진짜로 때릴 건 아니라고.

"별로 좋은 생각은 아닌 것 같아."

그가 입매를 굳힌 채 고개를 저었다.

"좋은 생각인 것 같은데요."

뭐, 기회를 봐서 한 대쯤은.

"마음에 들지 않아."

그런데 정말 오랜만인데 한 번쯤 안아주지 않을 건가. 그가 그어놓은 선이 너무 단호하고 단단해서 자꾸 서럽다.

"강명식이 왜 그러는지 몰라?"

그의 가슴에 뛰어들까 말까를 고민하느라 대답을 미루는 그녀에게 그가 버럭 소리를 질렀다. 깜짝이야.

"알아요."

그게 뭐 별거라고. 세연이 어깨를 으쓱했다.

"알아?"

그는 진심으로 황당해했다.

"아니까 혼 좀 내주려고요. 요즘은 초등학생들도 그런 짓 안 해요. 맘에 들면 잘해줘야지 왜 괴롭혀요? 아주 근본부터 틀려먹었어."

세연이 생긋 눈웃음을 지었다. 별로 통하진 않은 것 같지만.

"걱정 마세요. 지킬 건 지켜요. 적어도 살려는 놓을게요."

이어서 그녀가 킬킬대자 어이없어하던 그가 헛웃음을 쳤다.

"알아서 잘하겠지만 난 네가 강명식과 계속 얽히는 건 싫어. 하지만 부품 관리 프로그램은 좋은 생각 같아. 부품창고 담당이 강명식이니까 둘이 조율해서 해야겠지. 그래도 난 마뜩지가 않아. 그렇지만 아무래도 효율적인 게 좋겠지."

대답이 어찌나 왔다 갔다 하는지 정신이 하나도 없다.

"어쩌라는 거예요."

"하지 마."

그가 그녀를 노려보며 사납게 말했다. 세연은 결국 웃음을 터뜨렸다.

"제가 알아서 하겠습니다."

고집스레 대답하는 그녀를 바라보던 그가 한숨을 내쉬며 두 팔을 들어 보였다. 항복의 의미였다.

"그리고 이거, 지난번부터 주려고 했었는데."

그가 갑자기 생각난 듯 지갑에서 무언가를 빼내어 그녀에게 내밀었다.

"이게 뭐예요?"

"현관 카드키야. 비밀번호는 한 달 단위로 내가 변경하니까 이걸 쓰도록 해. 전부터 주려고 했었는데……."

이거 프러포즈예요? 농담이 입가에 맴돌다 사라졌다. 한 번 이랬던 적 있었지. 갑자기 훅 치고 들어오는 데는 아무튼 선수다. 세연이 무서운 것이라도 되는 양 카드키를 쳐다보다 고개를 저었다. 아, 안 돼. 오늘은 아니야.

"고맙지만 사양할게요."

특히나 이런 때에는. 세연이 카드를 밀어내자 그의 눈동자가 흔들리는 것이 보였다.

"세연아."

최근의 이상 상태를 이렇게 보완하겠다는 것인가. 세연은 덩그러니 그의 손에 놓여 있는 카드를 멍하니 바라보았다. 만나지 못하는 날이 계속될수록 그리움이 깊어져가는 만큼 둘 사이의 거리도 멀어졌다. 지금 느껴지는 미묘한 어색함도 마찬가지였다.

"요즘 제대로 만나지도 못하고 그래서 내가 너무 미안한데, 그렇다고 주는 건 아니고……. 주행테스트 시작되면 조금 나아질 거야. 받아. 와서 살라는 거 아니야. 오고 싶을 때 오라는 거야."

그는 조급해 보였다. 그 생각이 너무나 어처구니가 없어서 세연이 그를 다시 한번 쳐다보게 된다.

그는 내내 이런 식이었다. 누가 뒤에서 쫓아오기라도 하는 것처럼 초조하고 불안해했다. 내색하지 않는다고 생각했겠지만 세연은 느낄 수 있었다. 그리고 조금씩 그녀에게서 멀어졌다.

바쁜 건……. 그래, 바쁜 건 핑계에 지나지 않는다.

"가끔 생각지도 못한 때에 네가 우리 집에 와 있으면 정말로 기쁠 것 같아."

귀를 의심할 정도로 애처로운 목소리로 그가 말했다. 바로 이런 것 말이다. 예전의 그와 다르다. 도대체 뭐가 그를 괴롭히고 있는 건지 모르겠다. 거리감은 늘 있었다. 그가 그어놓은 선도 항상 존재했다. 하지만 이건 좀 미묘하다. 그게 뭘까.

그의 손을 거절한다면 인간쓰레기가 될 것 같아 세연이 결국 그가 내민 카드키를 받아 들었다.

"이렇게까지 안 하셔도 돼요. 대체 팀장님을 괴롭히고 있는 게 뭐예요?"

하릴없이 카드를 만지작거리며 그녀가 내내 그녀를 괴롭히던 질문을 꺼내버렸다. 입 밖으로 꺼내면 열두 시를 맞은 신데렐라의 드레스처럼 누더기가 되어버릴 것 같았다. 그래서 미뤄두고 묻어두고 무시했는데.

"왜 그런 말을 하지?"

내내 마음에 걸렸으니까. 하지만 묻고 싶지 않았다. 알고 있었지만 모른 척하고 싶었다.

"계약 기간 끝나가시잖아요. 그것 때문이에요?"

"……그렇지 않아."

"T1 출시되면 계약 마치고 떠나실 건가요?"

마침내 물었다. 내내 목에 걸린 가시처럼 그녀를 괴롭히고 있던 질문.

"난……."

그와의 관계를 이제 정리해야 한다. 새로 정립해야 한다고도 말할 수도 있었다. 결혼식으로 우석과 유진을 정리했듯 그와의 관계도 그럴 때가 되었다.

"전 명확한 게 좋아요, 팀장님."

"알아."

"감추고 있는 게 뭐예요?"

"무슨 말이지?"

"겁내고 있잖아요. 초조하고 불안하고. 저한테 말 못 하는 뭔가가 있잖아요."

"……."

그는 아무 말도 하지 않았다. 세연의 머릿속에 넘어서는 안 될 선 위에 서 있는, 그가 그어놓은 선을 밟고 서 있는 자신의 모습이 보였다. 상상 속의 그녀가 조심스레 한발 뒤로 물러났다.

그를 만나는 내내 그녀는 까닭 모를 불안감에 시달렸다. 그가 잘해줄수록 불안감은 점점 강해졌다. 그저 모르는 척하고 그와의 관계를 유지할 수도 있었다. 하지만 그건 그녀의 방식이 아니었다.

"오늘 야근 끝나고 제가 갈게요."

"오늘?"

"우리 이제, 얘기할 때가 된 것 같아요."

오늘은 아니었으면 했는데. 그래도 어쩌면, 어쩌면 상상했던 것보다 좋을 수도 있었다. 좋아한다고, 널 사랑하게 되었다고 할 수도 있는 거잖아. 떠나지 않겠다고 네 곁에 있겠다고 거짓말처럼 그래 줄 수도 있는 거다. 아닌 쪽은 생각하고 싶지도 않다.

"많이 늦지는 않을 거예요. 기다려주실 거죠?"

"그래. 그렇게 해."

최악의 상황이라고 해봤자 그와 헤어지는 일이다. 그녀가 쓸 수 있는 가장 나쁜 시나리오였지만 언제나 상황은 그녀가 상상했던 것보다 훨씬 나았다. 물론 아닐 수도 있다. 가장 좋은 예가 이우석이었다. 그건 시나리오보다 훨씬 나쁜 현실이었지만 결국 극복해 냈다. 인생은 단순하다. 적어도 그녀의 입장에선 그랬다.

조금만 더 꿈속에 살고 싶었다. 동화 속 왕자님과 사귀는 아름다운 꿈속에서.

하지만 꿈에서 깨야 할 때도 있는 거다. 다만 오늘이 아니길 바랐는데. 그날이, 너무 빨리 와버렸다.

14. 에어백은 반드시

야근이 끝난 건 9시가 훌쩍 넘어서였다. 갑자기 순한 양이 되어버린 명식이 고분고분하게 굴었어도, 급조한 프로그램이 순탄하게 돌아갔어도 시간은 잘만 흘러갔다. 그 와중에도 그를 빨리 보고 싶은 마음과 오늘 그를 만나고 싶지 않은 마음이 계속해서 충돌했다.

[지금 가요.]

세연이 출발하기 전 그에게 문자를 보냈지만 그는 답하지 않았다. 전에 없던 일이었다. 전과 다르다는 건 상황이 달라졌거나 어떤 새로운 일이 생겼다는 것이고, 그것이 좋은 일이 아니란 건 분명했다. 그리고 그것을 입증이라도 하듯 그의 아파트 입구로 뛰어들어가려던 세연의 앞을 누군가 막아섰다.

"한세연 양이시죠?"

검은 양복을 입은 낯선 남자였다.

"네, 맞는데요. 실례지만 누구세요?"

잔뜩 경계하며 세연이 뒤로 물러섰다. 가로등도 환하고 경비실도 가깝다. 하지만 소리를 지르면 세준이 달려나올 수 있을까. 세연이 고민하는 사이 검은 양복의 남자는 의외의 말을 전했다.

"TR그룹 임 회장님께서 잠시 뵙자고 하십니다."

"회장님이요?"

검은 양복의 남자 뒤로 검은 세단이 서 있었다. 완벽한 어둠에 가려져 지금껏 인지하지 못했었다. 뒷좌석의 창문이 스르륵 내려가자 그녀가 신문으로, TV로 익히 봤던 모습이 보였다.

어, 나 이거 어디서 봤어. 이거 막 면접 잘 봐 가지고 회장님이 집 주고 차 주고 그러는 거 아냐?

허황된 상상을 하며 세연은 검은 양복의 남자가 이끄는 대로 세단의 뒷좌석에 올랐다. 자동차라고는 믿기지 않을 만큼 넓은 내부에는 꼿꼿한 노신사가 앉아 있었다. 잔뜩 굳어진 채 좌석에 몸을 싣는 세연에게 노인은 쉴 틈을 주지 않았다.

"이세준 팀장하고 사귀고 있다지?"

꼬장꼬장한 목소리. 임철희 옹은 TR을 일으키고 지금의 거대그룹으로 일궈낸 신화적 존재였다. 가족보다, 자식보다, 자기 자신보다 TR을 앞세우는 사람이라고 했다. 세연이 실제로 그를 보는 건 처음이었다. 누구라도 그랬을 것이다. 재벌 회장을 만날 수 있는 사람이 몇이나 되겠는가. 심지어 그녀는 그의 회사에서 일하는 일개 직원이었다.

"네."

세연이 바짝 군기가 든 자세로 대답했다. 승용차 안에서 허리를 펴고 앉아 있자니 보통 일이 아니었다.

호박 장식이 달린 흑단목의 긴 나무지팡이에 두 손을 올리고 앞을 바라보며 앉아 있는 임 회장은 세연의 대답 이후 침묵을 지켰다. 빈틈없는 눈빛으로 그녀를 관찰하고 있는 듯했다. 감히 눈도 마주치지 못하고 앞만 바라보고 있는 세연에게 그 흔한 인사도 건네지 않았다. 무척이나 심술궂고 못되고 고집 센 노인이 그의 첫인상이었다. 그리고 그는 언제나 본론부터 말하는 사람 같았다. 실제로도 그랬고.

"안녕하십니까, 회장님. 한세연입니다."

차분히 인사를 건넸지만 그마저도 보기 좋게 무시당했다. 애초에 인사한 적도 없는 것처럼, 아니 그냥 존재 자체가 없는 것처럼.

"사내 연애라니. 허헛 참. 그 녀석. 죽어도 약점 보일 일은 없을 줄 알았더니. 저도 사내 녀석이었던 게지."

그저 그녀가 아무 말도 하지 않은 것처럼 자신이 할 말만을 차분히 할 뿐이었다. 그러나 그 말투만은 지극히 상냥했다. 오싹하고 소름이 끼쳐왔다.

"세준이는 그 녀석 어미 잃고 내가 쭉 후원해왔지. 어릴 적부터 영특했거든. 꽤 유명한 사립 고등학교를 보내놨는데 거기서도 쭉 1등만 하더란 말이야. 졸업하고 돈으로 갚겠다는 걸 내가 억지를 써서 우리 회사로 끌어왔어요. 아, 알고 있는 얘기인가?"

굳이 답이 필요 없는 질문이었다. 하지만 세연은 대답했다.

"네, 회장님."

뭐야, 설마 나보고 돈을 줄 테니 헤어져라 그러는 건 아니겠지? 손톱을 내려다보며 세연이 생각했다. 대기업의 회장, 그것도 자신이 속한 기업의 회장이라니 실감이 나질 않는다. 한 가지 분명한 건 확실히 옆집 할아버지 느낌은 아니란 것이다.

"그런데 자네, 이것도 알고 있나? 난 녀석이 오래 있어줬으면 좋겠는데 이 녀석이 T1 출시되고 나면 미국으로 들어간다고 한단 말이야. 내게 진 빚은 이제 다 갚았다, 이 말이지. 이런 매정한 녀석 같으니라고. 하하하."

그러니 아무리 너털웃음을 터뜨리고 자애로운 표정을 짓고 있어도 전혀 너그러워 보이지 않는다. 권력을 가진 자의 오만함으로 회장은 '네가 감히 나를 떠나?'라고 말하고 있었다.

"그러니 우리 한세연 씨가 잘 좀 해줘요."

"네?"

이건 예상했던 전개가 아니었다. 놀란 세연이 고개를 돌려 회장의 얼굴을 직시했다. 줄곧 앞으로 고정되어 있던 임 회장의 눈빛이 그녀를 향하고 있었다. 깊고 어두운 눈빛이었다. 80이 넘은 노인이라고 하기엔 지나치게 번뜩이는.

"잘 좀 붙잡아봐요. 서로 좋아하는 사이잖나. 내가 보아온 이세준 팀장은 이런 하찮은 일에 시간을 낭비할 사람이 아니야. 그런데 재계약을 코앞에 두고 사랑놀음이나 하고 있다니. 왜일까? 뭐가 그렇게 특별하지, 한세연 양?"

등줄기를 따라 한기가 타고 올랐다. 그는 묻고 있었다. 너 따위가 뭐냐고. 하찮은 일, 하찮은 연애, 하찮은 사람.

그것은 세연을 가리키는 말이었다.

"많이 외로웠던 녀석이라 내가 애정으로 대했어야 하는데 알다시피 나는 회사 일로 바빠서 후원하는 아이들을 일일이 챙길 수는 없거든. 세준이가 서운해 하는 것도 무리가 아니지. 정에 굶주린 녀석이니 세연 양이 채워주고, 응?"

적선하듯, 마치 돌보지 않던 강아지에게 대신 밥을 주라는 것처럼 들렸다. 모멸감이 가슴속 깊은 곳에서 끓어올라 왔다. 태초부터 그래 왔듯 그녀에게 명령을 내리고 있는 임 회장은 타고난 군주 같았다. 그것이 인간미가 전혀 없는 것을 뜻한다면 말이다.

"세준이 지금 떠나면 한세연 씨는 회사 그만두고 따라갈 건가? 아니지, 내가 한세연 씨 일 잘한다고 들어서 알고 있어요. 입사 성적도 우수하다고 들었고, 이런 인재를 놓치긴 내가 이깝지. 그 녀석 고집은 알고 있겠지? 조금 전에도 내가 설득하다 실패하고 온 참이야. 내 뒷 일은 한세연 씨한테 넘기지. 부탁해요. 회사를 위해서도 둘을 위해서도"

계속해서 세연에 대해 거론하는 것은 그녀의 정보를 파악하고 있음을 어필하는 것이다. 세준과의 교제를 언급하는 것은 그의 사생활까지 모조리 파악하고 있다는 뜻이고, 그 모든 것이 의미하는 것은 단 하나였다.

덫. 바로 세준을 향한.

세연은 묵묵히 앉아 있었고 회장도 굳이 그녀의 대답을 기다리지 않았다. 지팡이를 잡고 있던 손을 한 번 까딱하자 세연이 앉아 있던 쪽의 문이 열렸다. 검은 양복의 사내가 차 문을 잡고 서 있었다. 세연이 차에서 내려 회장에게 고개를 숙이는 동안에도 회장은 그녀에게 고개조차 돌리지 않았다.

차 문이 닫히고 검은 양복의 사내가 조수석으로 뛰어가고 문이 다시 닫히는 일련의 과정이 끝나자 검은 세단은 천천히 그녀의 시야에서 사라져갔다. 꼭 꿈을 꾼 것 같았다. 소름 끼치게 무서운 꿈을.

세연은 터덜터덜 계단을 올라 그의 집에 다다랐다. 머리가 어지러운 걸 가라앉혀보려고 했는데 다리만 후들거릴 뿐이었다. 그가 준 카드키로 그의 집 문을 열고 들어가자 어둡고 조용한 실내가 나왔다. 마치 아무도 살지 않는 것 같은 기묘한 적막이었다. 복도와 거실도 희미한 어둠이었고 부엌 식탁 위쪽으로 작은 불빛 하나만이 남아 있었다. 그리고 그 아래, 처음 보는 표정의 세준이 멍하니 그녀를 바라보고 있었다. 술잔이 두 개. 그것만이 방금 회장이 여기 있었다는 걸 그녀에게 말해주었다.

"왔어?"

놀랍도록 처연한 눈동자가 그녀를 향했다. 가슴이 아릿하게 저려온다. 그녀가 방금 만난 그의 후원자는 무서운 사람이었다. 그가 지금까지 어떤 일을 겪어왔을지 가늠도 되지 않았다. 하지만 한 가지만큼은 알 수 있었다. 그는 TR을 떠나는 게 맞다. 그게 옳은 길이다.

"안녕하십니까, 팀장님?"

그녀가 씩씩하게 인사했다. 그의 처연함을 없애주고 싶다. 표정 없는 그의 얼굴에 웃음을 찾아주고 싶다.

"여기 우리 집이야."

술잔을 빙글 돌리며 그가 웃었다. 의도가 먹혔지만 왜 그 웃음이 더 가슴을 아프게 하는 걸까.

"네, 팀장님."

그녀 역시 웃으며 말했다. 울컥울컥 올라오는 감정을 억누르며 세연이 그에게 한 발 한 발 다가갔다.

"우리 집이라고. 회사 아니야."

"압니다, 팀장님."

"세연아."

느릿하게 그가 이름을 부르자 숨이 턱 막힌다.

"네?"

"이리 와."

그가 한 손을 내밀었다. 그녀가 다가가자 의자에 앉은 채 그의 팔이 허리를 감쌌다. 이제야 안아준다. 그렇게 기다렸는데. 가슴 아래 천천히 무게를 더해오는 그의 머리를 쓰다듬었다. 술을 많이 마신 것 같진 않은데 그는 꼭 응석을 부리는 것처럼 그녀에게 매달렸다.

"오래 기다렸어요?"

나는 오래 기다렸어요. 한 달이나 됐어요. 그거 알아요?

"응."

가슴이 불규칙적으로 뛰는데 찢어지게 아픈 이상한 현상이 생겼다. 아파트를 떠나던 회장의 차가 떠올랐다. 이 상황과 무관하지 않겠지. 세연이 입술을 깨물었다.

"뭐 하러 기다렸어요. 피곤할 텐데 그냥 주무시지. 저 그냥 키 돌려드리러 온 거예요. 팀장님이 자느라고 문 안 열어주면 그냥 갔을 거예요."

세연의 말에 그가 고개를 들어 그녀를 올려다보았다. 그녀의 명치를 눌러오는 그의 턱이 묘한 감정을 들게 했다.

"그걸로 열고 들어왔잖아."

목소리가 나른하니 꼭 어린애 같다. 술 냄새는 많이 안 나는데, 조금 취했나.

"그러니까요."

"그게 무슨 말이야."

그가 서글서글하게 웃었다. 따라 웃게 되는 그런 웃음이었다.

"그냥 그렇다고요. 그런데 나한테 뭐 할 말 없어요?"

그를 안고 있는 게 너무 좋아서 따끈따끈하고 아늑한 이 분위기를 해치고 싶지 않았다. 하지만 이제는 해야 한다. 한시라도 더 빨리.

"나는 네가 나한테 할 말이 있을 거라고 생각했어."

한참을 머뭇거리던 그가 말을 꺼냈다. 그녀를 감싸고 있던 그의 팔에 힘이 풀리는 것이 느껴졌다.

"무슨 말이요?"

"이제 내가 필요 없다는 말."

그녀에게서 떨어져 나간 그가 팔을 내리고 술잔을 집어 들었다. 세연은 잠깐 동안 자신의 귀를 의심했다.

"아니, 왜 얘기가 그렇게 돼요?"

"결혼식도 끝났고, 처음부터 너에게 남자 친구가 필요한 건 그것 때문이었으니까."

건조하게 말하는 그의 멱살을 잡고 흔들고 싶은 충동이 들었다. 그래서 그동안 그렇게 이상하게 굴었던 것일까. 세연은 그의 곁을 떠나 식탁 맞은편으로 가서 앉았다. 그리고 자신의 앞에 놓여 있던 술잔을 손끝으로 멀찌감치 치워버렸다.

회장이 마시던 컵이라고 생각하니 닿기도 싫다.

"그 반대 아니에요?"

"응?"

"저한테서 거리를 둔 건 팀장님이잖아요. 난 이제 팀장님한테 내가 필요 없구나 생각했어요. 팀장님 계약도 끝나가고 이제 미국으로 돌아가니까 슬슬 관계를 정리하는 거구나 하고요. 아니에요?"

솔직하게 그에게 말했다. 새로운 정보가 들어왔고, 모든 것을 다시 살펴봐야 한다. 그에게 말하는 그녀의 눈을 들여다보며 그는 침묵했다. 그녀의 말 한 마디 한 마디를 전부 흡수하려는 것처럼 보였다.

"그래서 저는 팀장님이 헤어지자고 할 것 같았어요."

그랬나. 그래서 불안했고, 이렇게 입 밖으로 뱉고 나니 현실이 되었다. 혼란스러웠다. 각오를 하고 왔는데도 막상 헤어진다는 말이 나오니 그러고 싶지 않았다. 그게 진심이었다.

"올라오기 전에 회장님 뵈었어요."

그의 눈이 커다래지며 술잔을 쥔 손에 힘이 들어갔다. 하지만 여전히 그는 아무 말이 없었다. 하고 싶은 말이 너무 많으면 오히려 아무 말도 나오지 않는 법이다. 그는 그저 많은 말이 담긴 눈으로 계속해서 그녀를 바라보기만 할 뿐이었다.

"떠나신다면서요."

결국 세연이 먼저 이야기를 꺼낼 수밖에 없었다.

"응."

"그럼 헤어지는 건가요, 우리?"

죽어도 꺼내기 싫은 이야기를.

"……"

하릴없이 빙글빙글 돌기만 하던 술잔이 멈추고 그의 모든 동작도 멈췄다. 숨소리마저 멎은 것 같았다.

세연 역시 아무 말도 할 수 없었다.

"그렇게 해. 네가 원한다면."

아주 오래도록 침묵이 그들을 집어삼킬 무렵 그가 말했다. 마치 준비해왔던 것처럼. 그건 사실 그녀도 예상했던 말이었다.

'그렇게 해.'

그가 입버릇처럼 그녀에게 늘 하던 말이었으니까. 하지만 그것이 사실로 다가오자 그의 말에 모든 것이 멈춰버렸다.

세상도.

생각도.

심장도.

울면 안 돼. 절대.

"뭐가 그렇게 쉬워요?"

그래도 다행인 건 목소리가 담담하게 나와준 것이었다.

"그렇지 않아. 지금까지 쉬운 건 하나도 없었어."

그의 대답은 담담하지 않았다. 힘겹고 무거운 목소리가 뒤를 이었다.

"난 회장님께 빚을 졌어. 내가 먹고 입고 쓰고 교육받았던 모든 것이 회장님의 후원이었어. 난 나중에 알았지. 어머니는 한 번도 일을 해본 적이 없었고 난 또래의 아이들보다 훨씬 좋은 환경에서 컸어. 그저 그게 당연한 것인 줄 알았어. 원하지 않았지만 은혜를 입었고 갚을 수 있다면 갚고 싶었어. 운이 좋아서 돈을 벌 수 있었기 때문에 그렇게 하려고 했어. 그런데 회장님은 일을 해서 갚으라고 하더군. 그렇게 여기에 오게 된 거야."

"돌아가고 싶어요?"

"난 가야 해. 지금 하는 일도 재미있기는 하지만 내가 하고 싶은 일은 아니야. 미국에는 친구들과 하고 있는 일이 있고 잘되고 있어. 다니던 대학에서 종신 교수직도 제안 받았고. 그런데 회장님은 여기에 붙잡아두려고 자꾸 무언가를 꾸미시지. 친구들의 회사에도 학교에도, 그리고 네게도. 아마."

그랬다. 방금 겪고 올라온 길이니까. 세연은 그가 무엇을 걱정하는지 왜 그래야 하는지 이제 이해가 되었다.

"그래요. 팀장님 말이 맞아요. 회장님 만나봤고 제 생각에도 팀장님 재계약 안 하시는 게 맞는 것 같아요."

모든 것이 밝혀지니 명확하고 확실했다. 그동안의 그의 행동들이 납득이 갔다.

그래. 쿨하게. 헤어져준다. 내가.

"그동안 감사했어요. 이 말은 꼭 하고 싶었어요."

세연이 그의 손을 잡고 말했다. 이것 또한 진심이었다. 그에게는 너무나 많은 걸 받았다. 아아, 생각하기 싫다. 얼른 끝내자. 힘들고 지치고 어려운 이 상황을 빨리 해치워버리고 집에 가서 다시 잘 생각해보자. 이게 뭔지. 내가 뭘 겪고 있는지.

지금은 하나도 모르겠다. 그녀의 머리는 내내 그렇게 그녀에게 말하고 있었다. 그런데 생각을 닫고 현실로 돌아와 보니 그는 이상한 표정을 짓고 있었다.

"왜요?"

그는 망설였다. 꽤 오래. 눈빛이 점점 어두워지더니 결국 그녀를 쏘아보며 말했다.

"뭐가 그렇게 쉬워?"

"……."

뭐라는 거야, 남이 기껏…… 목이 좀 메는가 싶었는데, 성질이 빡 하고 올라온다. 쉽지 않았다. 여기까지 오느라고 이렇게 생각을 정리하느라고 얼마나 힘들고 얼마나 고민했는데 이 사람은…….

"아, 어쩌라는……."

휴. 일단 숨을 좀 쉬고.

"좋아요, 팀장님. 팀장님이 원하는 게 대체 뭐예요? 매번 저한테 그렇게 하라고 하고 싶은 대로 하라고 했으니까 이번엔 팀장님이 하고 싶은 걸 말해보세요."

한 박자 쉬자. 이럴 때 성질대로 하면 안 된다. 세연이 깊은 호흡을 하고 가슴 앞으로 팔짱을 꼈다. 그런데도 그를 노려보게 된다.

"세연아, 난."

"네."

"난……."

"네."

무슨 얘길 하려고 이렇게 뜸을 들여.

"네게 미래를 줄 수 없어."

"……."

못 참아.

"아, 누가 결혼하재요?"

세연은 참지 못하고 그만 버럭 소리를 질러버렸다.

"그런 말이 아니라……."

놀란 세준이 당황하며 술잔을 당겨 잡았다. 비어 있는 걸 보니 그새 또 술을 마신 것 같았다. 말도 좀 어눌해진 것도 같고.

"팀장님, 그러지 말고 지금 제일 원하는 게 뭐예요? 그걸 말해보세요."

다시 호흡을 정리하고 세연이 물었다. 오늘 참, 참을 인 자 여러 번 새긴다. 강명식 때랑 합치면 108번쯤 새긴 것 같다. 그는 한참을 생각하더니 세연을 물끄러미 바라보았다. 엄마 잃은 강아지처럼.

"너."

우선은 기가 막혔고, 다음은 가슴이 뛰었다. 이거 뭐, 거의 고백 아닙니까? 미친 듯이 두방망이질 지는 심장을 다스리는데도 성질은 조금 뻗쳤고, 안심이 되는가 싶더니 그 사이로 개그가 치고 올라온다. 아, 이건 진짜 진짜 안 좋은 버릇이다. 엉뚱한 상황에서 웃기는 거. 하지만 충동을 이겨내지 못했다.

"벗을까요?"

세연이 조용히 일어서며 말했다. 주섬주섬 어깨를 끌어 내리면서 그를 바라보니 세준이 죽일 듯 노려보고 있었다. 혼자 웃음이 터지려는 걸 안간힘을 써서 참아냈다.

"죄송해요. 농담이었는데."

뭐, 바라는 게 나라며. 세연은 그의 눈을 마주 쏘아보았다. 그리고 전혀 미안하지 않았지만 일단은 그렇게 얘기했다. 대화가 요지경으로 흘러가고 있으니 개그라도 쳐야지. 세연이 삐죽거리며 다시 자리에 앉았다. 그런 그녀의 모습을 가만히 보고 있던 그가 깊은 한숨을 쉬었다.

"세연아, 난 아이를 낳을 수 없어."

"아이는 여자가 낳는 거라면서요."

세연이 심드렁하게 대꾸했다.

그런데 이거, 어디서 겪어봤던 것 같은 상황인데.

"아기를 만들 수 없는 남자 말이야."

세준이 가르치듯 또박또박 덧붙였다. 그러자 한 가지 기억이 그녀의 머리를 스치고 지나갔다.

"고자요?"

세연이 벌떡 일어섰다. 그가 처음 그녀를 태워다주던 날 밤, 그와 나누던 그 대화!

"팀장님 고자예요?"

아이고, 말이 먼저 나갔네.

"그런 말이 아니잖아!"

이번엔 세준이 고함을 쳤다.

"그거잖아요. 아이 못 낳는 거."

그날 한 대화는 분명 그러했다. 그렇다고 굳이 그 단어를 언급할 것까진 없었지만. 그래도 이건 사안이 좀 심각한데.

"아니, 어쩌다…… . 아니, 어떻게…… ."

그가 그녀를 죽일 듯 노려보고 있었다. 저러다 진짜 죽이겠어. 세연이 그의 눈이 풀릴 때까지 그를 향해 웃어주었다.

"대학에 다닐 때 우연찮게 검사를 하게 될 기회가 있었어. 그때 한창 sperm dornation(정자기증)이 유행이었거든. 그때 알게 됐어. 내가 아이를 가질 수 없다는 걸."

어르고 달래서 그에게 말을 이끌어내긴 했지만 정작 그녀는 그의 말을 전혀 듣고 있지 않았다.

내 남친이 고자라니.

"아니야!"

그가 또 벽력같이 소리를 질렀다.

"뭐가요?"

"방금 네가 말한 그거."

그가 이를 갈며 말했다.

"내가 또 말했어요?"

"그래. 그 단어를 꼭 말로 해야 돼?"

"말로 하려고 그런 건 아니라는 거 팀장님이 아시잖아요. 그냥 생각, 생각이에요. 생각도 니쁘디는 건 이는데……. 죄송해요."

세연이 싹싹 빌었다. 상황의 반전이 너무도 스펙터클하여 정신을 차릴 수가 없다.

"내가 그 단어를 찾아봤는데."

그는 진절머리 난다는 듯 고개를 흔들었다.

"네."

"단지 아이를 낳을 수 없다는 뜻만 있는 게 아니더군."

그의 말에 세연이 얼굴을 빨갛게 물들였다. 이를 갈며 말하는 그의 모습에 과거로 돌아가 미안하다고 말하고 싶은 충동이 생겼다. 아니, 그 말을 하지 말았어야 했다. 뒤늦은 후회가 온몸을 후려쳤다.

"네."

세연이 다 기어 들어가는 목소리로 대답했다. 그랬다. 생식능력이 없다는 것 외에 정력이 없거나 떨어진다는 의미도 있었으니까.

"죄송해요."

그녀가 다시 사과했다.

"아니라는 걸 무척이나 확인시켜 주고 싶지만 지금은 그럴 때가 아니니까."

세준이 의미심장하게 말했고 세연은 또 주섬주섬 옷에 손을 가져가며 일어섰다.

"벗······?"

세준이 턱을 치켜들고 이를 악물었다.

"그만두지 못해?"

"······."

사람이 참 개그감이 없어. 세연이 조용히 자리에 앉았다.

"난 너에게서 아이를 빼앗고 싶지 않아. 너에겐 미래가 있고, 결혼하고 가족을 만들고 행복해질 권리가 있어. 너는 명확하고 확실한 걸 좋아하지. 앞으로도 그럴 거야. 나는 더없이 불확실하고 너에게 좋은 사람이 아냐."

남은 술잔을 비워내며 그가 말했다. 세연이 자리에서 일어서자 그가 고개를 들었다. 그에게 성큼성큼 걸어간 그녀는 그의 손에서 술잔을 빼앗아 들었다.

"내 행복은 내가 결정해요. 팀장님이 참견하지 마세요. 제가 이번 일로 배운 게 좀 많거든요."

술잔 두 개를 들고 싱크대로 간 세연이 개수대에서 잔을 헹궈냈다. 아일랜드 식탁 위에 놓여 있던 술병도 있던 자리로 돌려놓았다. 그때까지도 세준은 멍하니 세연의 동선을 좇고 있었다.

"저, 내일 휴가 가요."

"그래."

"대전에 부모님 댁에 가서 일주일 지내다 올 거예요."

"그래."

"팀장님은 팀장님이 원하는 대로 하세요."

"어떻게?"

"일단 들어가서 좀 자요. 그리고 일어나서 잘 생각해보세요."

"응."

"어떻게 할지 잘 생각해서 팀장님 하고 싶은 대로 하세요. 전 팀장님이 하자는 대로 할게요. 헤어지자고 하면 헤어지고, 기다리라면 기다리고, 아무것도 하지 말라고 하면 아무것도 하지 않고. 심지어 디 잊이비리라고 하면 그렇게 할게요."

"왜?"

그러게, 왜일까. 그 이유는 정작 자신도 잘 알지 못했다. 다만 그러고 싶었다. 그래야 한다는 것만 알았다.

신기하게도 마음이 편안해졌다.

"하지만 저는 팀장님이 미국으로 돌아가시는 게 맞다고 생각해요. 우리는 헤어지는 게 맞아요. 휴가 끝날 때까지 연락 없으시면 헤어진 걸로 알게요."

"왜 이야기가 그렇게 되는 거야?"

"그렇게 알고 있으려고요, 아무튼 전 확실한 게 좋으니까."

"그래. 그렇게 해."

그가 비틀거리며 침실로 들어갔다. 그의 뒷모습은 쓸쓸하고 가여웠다. 단편적으로 알게 된 그의 과거가 그녀를 가슴 아프게 했다. 하지만 신기하게도 절망적이 되거나 슬픔이 밀려오진 않았다. 희한한 일이었다.

세연은 그에게 주려고 가져왔던 카드키를 내려다보았다. 식탁 위에 올려놓았다가 다시 집어 들었다. 그래, 아직 희망은 있는 거니까. 내일은 또 내일의 해가 뜨는 거다.

휴대폰의 콜택시 알림에 불이 들어왔다. 세연은 조용히 그의 집을 빠져나왔다.

15. 연료는 충분히

째깍째깍. 시간이 지나간다. 그가 없는 세상이 시작됐다.

첫째 날.

"엄마, 나 왔어."

세연이 현관문을 열고 들어서며 소리쳤다. 신 여사가 반색을 하며 뛰어나왔다.

"아유, 내 새끼. 우리 강아지. 어디 보자. 살이 쏙 빠졌네. 고생 많지, 우리 딸."

세연의 가방을 받아 들며 연신 궁둥이를 두들겼다. 금이야 옥이야 기른 그녀의 유일한 딸이었다.

"뭣이? 살이 대체 어디가 쏙 빠졌다는 거야? 손톱이랑 머리카락? 엄마는 진짜 그 오목렌즈 좀 벗으면 안 돼? 대체 날 어디까지 확대시킬 작정이야. 나 일주일이나 집에 있을 거라고. 이 가족확대범."

세연의 투정에도 신 여사의 손놀림은 바쁘기만 했다. 서둘러 부엌으로 들어간 그녀의 입에서 쉴 새 없이 먹을거리가 흘러나왔다.

"엄마가 육개장 끓여놨어. 너 좋아하는 잡채랑 갈비찜도 좀 했고, 너 코다리 좋아하지? 그거 조금 있어. 간단하게 동그랑땡이랑 전도 좀 부쳤고. 아, 깍두기도 맛있게 익었다? 밥 되려면 조금 시간 걸리니까 그동안 떡 먹을래?"

"엄마!"

세연이 질색을 하며 방으로 도망쳤지만 곧 신 여사의 손에 잡혀 식탁에 앉혀졌다. 인심만큼이나 손도 큰 신현애 여사의 식단은 오늘도 풍성했다.

"그래, 우석이는 요즘 뭐 한다니? 가끔 전화도 하고 그러더니 회사 들어간 다음부터는 통 연락이 없네. 바쁜가 봐?"

세연의 앞으로 이것저것 놔주던 신 여사가 우석의 안부를 물어왔다. 대학 때부터 꽤 오래 사귀어왔던 사이이니 부모님도 이제는 당연히 결혼을 생각하고 있을 터였다.

"엄마, 이우석 결혼했어."

헤어졌다는 말도 아직 안 했는데, 불효를 이렇게도 할 수 있구나. 세연은 먹던 밥이 목에 걸리는 것 같아 다급히 물을 찾았다.

"뭐?"

경악으로 얼룩진 신 여사의 안색은 흙빛이었다. 세연의 앞으로 밀어주던 반찬 그릇에서 손도 떼지 못하고 얼음처럼 굳어져버렸다.

"얼마 안 됐어. 나 대학 동기 있잖아, 김유진이라고. 걔랑 했어, 임신해서."

"너, 너 왜 그걸 이제야 말해? 우석이 그놈이, 그 나쁜 자식이! 그 못된 자식이! 어디 할 짓이 없어서. 세상에. 임신을 시켜서. 어이구, 가슴이야, 어이구."

자신의 가슴을 인정사정없이 두드려대는 신 여사의 손을 잡아 말리느라 세연이 그녀의 곁으로 뛰어갔다.

"진정해, 엄마. 헤어지긴 진작에 헤어졌어. 내가 헤어지자고 했고. 엄마 딸이 찬 거야. 날짜가 조금 애매하긴 한데 어쨌거나 헤어진 다음에 결혼한 거야. 미안해, 엄마. 이제야 말해서."

자신을 끌어안는 딸의 손을 떼어내며 신 여사가 분통을 터뜨렸다.

"어이구, 이 모자란 것아. 그걸 그대로 다 당했어? 내가 그 나쁜 놈 그럴 줄 알았다. 얼굴만 번드르르하게 생겨 가지고 그놈이. 제대로 사람 노릇 못할 줄 알았다고! 아니지, 차라리 잘됐네. 모르고 그딴 놈이랑 결혼했으면 어쩔 뻔했어. ……그래서, 넌 괜찮아?"

하지만 결국 자식의 일이었다. 퍼뜩 정신을 차린 신 여사가 딸의 몸 여기저기를 만지고 감쌌다.

"나 괜찮아. 진짜야. 아무렇지도 않아."

몸을 토닥이던 신 여사의 손은 세연을 몰아 다시 식탁에 앉혔다. 자식 확대 타임이다.

"먹어, 먹어. 얼른 먹어. 갈비찜도 먹고. 아유, 이 예쁜 거, 내가 아까워서 말 한번 험하게 못하고 키웠는데, 그 썩을 놈이 내 딸한테 세상에 험한 짓을 했네. 분해서 못 살겠네."

"음, 엄마? 나 험한 말 엄청 많이 하고 키우지 않았어?"

큼지막한 갈비를 하나 뜨려던 세연이 정말 사심 없이 1촌을 향해 물었다.

"조용하지 못해?"

모친의 눈에 불이 켜지자 그녀는 닥치고 갈비를 뜯기 시작했다.

이후 조금이라며 한 쟁반이나 들고 온 과일의 향연을 피해 방으로 도망친 세연은 침대에 털썩 쓰러졌다. 부른 배를 안고 침대에 누우면 꽉 차고 행복한 기분이 들어야 하는 법이다. 언제나 그랬다. 하지만 지금은 왜 이렇게 허전하고 외로운 기분이 드는 걸까.

"보고 싶다."

무심코 말을 내뱉고는 이불을 머리까지 덮어 써버렸다.

째깍째깍. 시간은 잘도 간다.

그 없이 지낸 시간 5시간 34분. 이제 막 시작되었을 뿐인데 5개월은 지난 것 같다.

둘째 날.

친구들과 만났다. 각자 살기 바빠 연락이 뜸했던 친구들이 세연의 휴가를 맞춰 한자리에 모였다. 신도시 아파트에 살면서 같은 초, 중, 고를 나온 친구들이었다. 세연까지 네 명인 단짝 친구들은 아직도 신도시인 그들의 본가 주변 카페에 모여 앉아 바로 어제 만났던 사람들처럼 떠들어댔다.

"그것보다 한세연, 예뻐졌는데? 새 남친 생겨서 그런 건가? 어떻게 돼가고 있어? 한번 보여준다더니 소식도 없고."

아, 그 없어질지도 모르는 남친. 세연이 의미가 불분명한 미소를 지었다.

"뭐야 그 이상한 웃음은? 남친이 있긴 있는 거야? 너 혹시 어디서 돈 주고 구했냐?"

"왜 안 보여주는 거야? 같은 회사라며? 휴가 같이 보내기로 하지 않았어? 혹시 대전에 안 와?"

"으, 으응."

세연이 마지못해 대답하자 세 명의 눈이 동시에 가늘어졌다.

"뭐지, 그 단답형의 대답은. 질문이 몇 가진데 왜 대답이 하나야."

하이에나 떼에 둘러싸인 느낌이었다. 먹이를 던져주자니 꽤 오랜 시간 시달림을 당할 것 같고, 그와의 관계가 모호한 이 시점에는 발뺌이 최선이었다.

"아직 뭐라고 말할 단계는 아니고. 그냥 잘 사귀고 있어. 너희들한테 소개시킬 만한 사이가 되면 데려올게."

가늘어진 세 쌍의 눈동자가 커질 기미가 없더니 서로 눈짓을 교환한 뒤 물러섰다. 세연의 성격을 익히 알고 있는 터라 한발 후퇴한 것이다.

"좋아. 잘되면 본인 공개, 뷔페 쏘기."

그들이 정한 남자 친구 공개의 불문율이었다.

"콜."

세연이 받아들였다. 그리고 다시 화기애애한 분위기로 돌아갔다.

"그런데 세연아, 너 연봉 얼마야? 많아? 월급 얼마 나와? 시간당 계산하면 얼마니?"

그러나 친구들의 질문공세는 아직 끝나지 않은 듯했다.

"……."

세연은 이번엔 정말 몰라서 대답을 못 했다. 옆에 앉은 친구가 질문을 한 친구의 옆구리를 찔렀다.

"야, 넌 세연이한테 물어볼 걸 물어봐라. 너 쟤 산수 되는 거 봤냐?"

"아 참, 그렇지."

친구들이 킬킬대며 웃었다.

"너 5만 명이 만 원씩 내면 얼마야."

갑자기 훅 질문이 들어왔다. 이제 나머지 두 친구는 박장대소할 준비를 하고 있다.

"응? 만 원이 5만 명이니까 일십백천만하고 오만이니까……"

또 시킨다고 하고 있다.

"저 봐, 쟤 바보야. 야, 5억. 5억. 그걸 일일이 세고 있냐?"

세연이 '정말?' 하는 눈으로 테이블 위에 손가락으로 동그라미를 그리고 있자 이번엔 셋 다 웃음보가 터졌다.

"넌 그렇게 어려운 걸 시키니까 그렇지. 세연아, 57 더하기 69 얼마니?"

다른 친구가 또 묻는다. 그리고 그걸 또 세연은 계산하고 있다.

"쟤 봐라. 손가락 꼽는다."

그리고 곧 깨닫는다.

"이것들이 진짜!"

폭주한다.

"쟤 공대는 어떻게 갔니? 야, 너 산수 못해서 일 어떻게 해?"

"계산기 쓰면 되지, 이것들아! 너네 오늘 다 죽었어."

오랜만에 만난 친구들과의 밤은 늘 시끌벅적했다. 그리고 그 사이사이 세연은 한숨을 쉰다.

그 없이 지낸 시간 35시간 26분, 순간순간 그가 미치도록 보고 싶다.

셋째 날.

우주센터로 출장을 갔던 세연의 아버지 한 박사가 돌아왔다. 세연이 휴가 나온 후 첫 대면이었다. 기쁨의 가족 상봉이 이루어지고 근사한 가족 회식이 이어졌다. 그리고 한 박사는 자신이 금지옥엽 키운 딸내미가 이우석에게 당한 일을 알게 되었다. 즐거웠던 가족 회식은 한 박사가 직장인 동호회에서 받아 온 야구 방망이를 들고 이우석을 죽여버리겠다고 날뛰는 바람에 눈물로 끝이 났다.

그 없이 지낸 시간 60시간 32분, 영원히 끝나지 않는 삶을 사는 느낌이다.

넷째 날.

방 청소를 하고, 엄마를 도와 김치를 담그고, 보고 싶던 책을 찾아봐도 그의 얼굴이 머릿속에 들러붙어 떨어지지를 않는다. 참다못해 마트에 나가 블록을 사와 조립을 시작했다. 운이 좋게도 막 풀린 따끈따끈한 신상을 득템했다. 오랜 시간을 견뎌낸 상이라고 생각하기로 했다. 하지만 상에는 벌도 따라오는 법. 자식은 나이가 들어도 조용하면 사고를 치는 것이라는 생각을 버리지 않는 신 여사의 기습에 당해버렸다.

"그놈의 애들 장난감을 또 집어 왔어?"

등짝을 그나마 아프지 않게 두어 대 맞고 안 하고 키웠다던 험한 말을 한 세 번 들었다. 입이 잔뜩 나온 채 조립을 마친 블록을 책장 빈 곳에 올려놓은 세연은 버릇처럼 휴대폰 시간 창을 눌렀다.

그 없이 보낸 시간 74시간 20분. 아니, 대체 시간은 왜 재고 있는 거야!

휴대폰을 집어 던졌다. 깨질까 봐 침대 위로. 그리고 그 위에 베개를 던져버렸다.

다섯째 날.

사촌 언니 수영과 만나기로 한 날이었다. 그 없는 90시간째였다. 대략 그랬다. 이제 휴대폰 시간 확인을 하지 않고 있으니까. 언니가 있는 병원으로 향하며 세연의 손은 자신도 모르게 휴대폰이 들어 있는 주머니로 향하곤 했다. 그리고 그 동작을 끝도 없이 반복했다. 이쯤 되면 중증이었다.

세연은 병원이라면 질색했다. 1년 중 가장 스트레스 받는 때를 고르라면 바로 건강검진 받는 시기라고 단언할 수 있을 정도였다. 하지만 오늘은 어쩔 수 없었다. 수영이 일하는 곳이 병원이었기 때문이다. 같은 동네에서 자란 수영은 친언니나 마찬가지였다. 세연의 어머니와 수영의 어머니가 자매였고 수영의 집이 대전으로 이사를 오면서 한동네에 살게 되어 한 가족처럼 지냈다.

안내 데스크와 접수처를 등지고 로비를 오른쪽으로 돌아 응급실이 있는 별관과 연결된 통로로 걸어 들어갔다. 회색의 칙칙했던 분위기가 갑자기 확 밝아지면서 조금 전과는 다른 그림이 펼쳐졌다. 대리석 바닥과 환한 조명에 적응하고 나니 거짓말처럼 꽃집이 보이고 편의점이 나왔다. 그리고 향긋한 커피 냄새가 먼저 그녀를 마중 나왔다. 곧 길게 늘어선 유리벽과 그 안쪽으로 모던한 북유럽

풍의 인테리어가 눈에 들어왔다. 바로 수영이 운영하는 커피전문점, '힐링'이었다.

카운터 쪽 문이 아닌 뒤쪽 문을 통해 들어가 수영을 찾았다. 세연은 어렵지 않게 그녀를 발견할 수 있었다. 머리를 틀어 올리고 검정색 긴 앞치마를 두른 수영은 어딘지 모르게 커피 향과 닮았다. 그녀가 타주는 커피는 특별히 더 향기로웠고 가끔씩 구워주는 빵이나 쿠키는 무척이나 달콤했다. 그저 그 자체로 특별한 사람이었다. 그리고 세연과는 개그코드도 잘 맞았다. 같이 자란 세월 때문일 수도 있었지만 그저 타고난 성미가 비슷한 것 같았다. 또 엉뚱했다. 세연과는 조금 다른 종류의 엉뚱함. 세연은 정말이지 그런 사촌 언니를 끔찍이 사랑했다.

오늘은 사랑하는 수영을 보러 온 것도 있지만 그녀의 혜안도 빌려야 했다. 세연이 슬금슬금 수영의 뒤쪽으로 다가갔다. 뒤에서 보아도 부풀어 오른 그녀의 배가 보인다. 너무 놀라게 하면 안 된다는 얘기다.

"언니."

수영의 귓가에 살며시 속삭였다.

"어머! 세연아!"

로스팅 원두를 소분하던 수영이 깜짝 놀라 세연을 향해 돌아섰다. 반가운 심정이 고스란히 얼굴에 드러났다. 그녀는 모든 감정이 얼굴에 몽땅 드러나는 게 특징이었다.

"나 왔어, 언니야. 잘 있었어?"

수영을 끌어안으며 세연은 코끝이 찡해지는 것을 느꼈다. 아이를 가진 엄마에게서 느껴지는 특유의 포근함, 따뜻한 기운, 그런 것들이 전해져왔기 때문이었다.

'난 네게 아이를 줄 수 없어.'

그의 말이 떠올랐다. 그리고 그 의미가 새삼 무겁게 다가왔다. 그가 어떤 심정으로 그녀에게 그 말을 전했을지 이제야 실감할 수 있었다.

"전화하고 오지. 깜짝 놀라고 좋지만……. 어머, 너 왜 그래. 세연아, 무슨 일 있었어?"

갑자기 눈물을 흘리는 세연을 끌어안고 수영이 당황하여 어쩔 줄을 몰라 했다.

"아니야, 언니. 오랜만에 언니 보니까 너무 좋아서 그래."

"아무것도 아닌 게 아닌데 그래. 언니 일 다 끝났어. 이리 와. 좀 앉자."

수영이 앞치마를 벗으며 주위를 두리번거렸다. 매니저인 동현을 찾는 것이었다.

"너는 또 왜 거기 그러고 서 있어? 동현아. 나머지 좀 맡아줘. 나 준비실에 세연이랑 있을 테니까 진우 씨 오면 커피 좀 만들어주고."

잠깐 나갔다 온 매니저 동현은 심상치 않은 분위기를 보고 멀찍이 서 있던 참이었다. 하지만 커피를 만들라는 말에 사색이 되어버린다.

"커피요? 선생님한테, 제가요?"

"그럼. 니가 하지. 뭐, 우리 진우 씨가 널 잡아먹기라도 한대?"

수영이 동현을 노려보며 이죽거렸다.

"설마 아닐 거라고 생각하시는 건 아니죠?"

동현은 사력을 다해 사장의 명령을 거부하고 있었다. 누가 보면 정말 지옥의 사자라도 오는 줄 알겠다.

"넌 대체 언제까지 내 남편 무서워할 건데?"

"안 무서울 때까지요."

"이젠 안 무서울 때도 되지 않았어?"

"안 된 거 같은데요."

"커피."

깊게 울리는 저음의 목소리가 들려왔다.

동현의 하얀 얼굴이 한순간 파랗게 질렸다. 이런 진귀한 구경은 세기에 한 번 나올까 말까 하기 때문에 세연도 울다 말고 구경에 동참했다. 세연의 형부 진우가 등장한 것이다. 꼭 거짓말처럼 이런 타이밍에 나타나는 것도 진우의 특기 중 하나였다. 그리고 그 타이밍은 언제나 동현과 관계가 있었다.

남편에게 눈이 휘어지도록 눈웃음을 선사한 수영이 동현의 등을 밀어 계산대에 세웠다. 잠시 풀어진 눈으로 아내를 확인한 진우가 시선을 돌려 세연에게 눈인사를 건넸다. 그 정도면 열렬한 환영 인사였다.

"커, 커피요? 무, 무슨?"

진우의 주문을 받는 동현이 사시나무 떨듯 떨기 시작했다. 참 사람이 저렇게 떨기 쉽지 않다. 탈곡기인 줄.

"아메리카노."

지옥에서 울려 나오는 것 같은 목소리로 그녀의 형부가 말했다. 와, 저 목소리 오랜만이다. 살짝 몸을 떨며 세연이 생각했다. 목소리로 사람을 죽일 수 있다면 지금 죽었을 것이다. 그것도 피를 토하고. 왜 매니저가 그렇게나 진우를 무서워하는지 세연은 아주 매우 몹시 잘 알 것 같았다.

"아…… 메리카노요?"

세상 끔찍한 것이라도 들은 것처럼 동현이 울먹이며 확인했다. 세연은 그쯤에서 옆에서 히죽대고 있는 수영을 살폈다. 언니지만 이럴 때 보면 참 나쁘다. 자기 직원인데 이러고 싶냐.

"가봐라, 좀. 저러다 울겠다."

세연이 수영의 옆구리를 팔꿈치로 찌르며 복화술로 말했다.

"쟤는 학습능력이 없는 거니, 아니면 지 목숨 깎아먹는 게 좋은 거니? 이 정도 됐으면 진우 씨가 뭘 좋아하는지는 좀 알아야 되는 거 아냐? 사장님 남편이잖아."

"가보라고."

세연이 한 번 더 찔렀지만 수영은 꿈쩍도 하지 않았다.

"사원 교육 차원에서 조금만 더 서 있자."

"그냥 즐기는 거잖아."

"맞아."

아니, 아메리카노 달래서 아메리카노 만드는데 왜 저렇게 죽일 듯 노려보고 서 있는 거며, 그런 동현을 보며 수영은 왜 고개를 절레절레 젓고 있을까. 알 수 없는 요지경 세상이다.

"동현아, 됐다. 수고했다."

다 포기한 목소리로 수영이 말했다. 반면 동현은 세상을 다 얻은 것 같은 표정으로 뽑아낸 에스프레소를 놔두고 달아났다. 그 자리를 수영이 대신했다. 빙산처럼 차가운 표정의 진우의 얼굴이 봄눈 녹듯 녹아내리는 걸 보는 것도 신기한 구경거리였다. 세연이 부드럽게 변한 진우를 바라보며 누군가를 떠올렸다.

"수술 아니죠? 참관?"

"응."

수영의 물음에 더 달콤한 저음의 목소리로 진우가 대답했다. 외과의사인 진우는 수술 전 의식처럼 커피를 마시러 온다. 수영이 에스프레소를 일회용 컵에 넣으며 진우에게 고개를 돌렸다.

"카페모카로 줘요?"

초콜릿처럼 달콤한 목소리였다.

"응."

그가 고개를 끄덕였다.

아니, 그럴 거면 처음부터 카페모카 달라고 하지. 세연이 옆에서 빈정거리며 생각했다.

"들린다."

수영이 남편의 손에 커피를 쥐여주며 세연을 향해 말했다.

"헐. 내가 또 말했어?"

"그래. 너 아직도 그 버릇 못 고쳤어?"

세연이 혀를 내밀고 수영이 웃음을 터뜨렸다.

"반응이 재미있어서."

진우가 세연의 물음에 대답했다. 아무래도 동현을 놀리는 건 이 부부의 취미가 되어버린 듯했다.

"형부, 그러다 동현 씨 죽어요."

세연의 말에 진우가 작게 하하 웃었다. 그러자 놀랄 만큼 다른 모습의 그가 나타났다. 세연의 표현에 의하면 소스라치게 잘생긴 형부였다. 그리고 무섭도록 차갑기도 했다. 예전에는 별명이 빙하인지 빙산인지 그랬다는 것 같다. 지금도 남들 앞에선 별반 다르지 않다는 게 문제이긴 하지만.

생크림을 잔뜩 얹은 커피를 들고 진우가 카페를 나갔다. 그와 동시에 동현이 등장했고 세연은 수영과 준비실로 퇴장할 수 있었다.

"잘생겼니?"

세연의 모든 이야기를 다 들은 수영의 첫마디였다. 참, 그녀의 언니다웠다.

"뭐…… 그렇지."

세연이 그의 얼굴을 떠올리며 대답했다. 그러고 나니 보고 싶어서 숨이 멎을 것 같다.

"야, 남자가 잘생겼으면 됐지. 뭐가 됐든 그 나머진 다 세상이 잘못한 거야."

그 말에 세연이 배를 잡고 웃었다. 어떤 심각한 상황에서도 그녀를 웃길 수 있는 사람은 역시 수영이었다. 물론 반대의 경우도 성립했지만. 그러고 보니 그와 헤어지는 마당에 세연도 그에게 개그를 시전했었다. 정말 핏줄은 못 속인다.

"어쨌거나 헤어졌어. 헤어지자고 하고 왔어."

세연이 우울하게 말했다. 그렇게 편하게 생각하겠다고, 아니 그렇다고 계속해서 자신에게 주입시켰다. 하지만 시간을 재고 휴대폰을 확인하고 눈물을 터뜨린다. 너무나 모순이다.

"너희 안 헤어졌어. 그냥 네가 그러자고 말만 던지고 온 거잖아."

"아니야."

"너 지금 헤어졌으면 이러고 있지도 않아. 그 컴퓨터 같은 머리로 맨날 0하고 1밖에 모르지, 너는."

"내가 뭘."

"너 정말로 헤어졌으면 지금 이렇게 멀쩡한 얼굴로 앉아 있지도 못한다고. 넌 어쩜 이렇게 멍청하냐."

"언니!"

"너 우석이랑 사귈 때 어땠어. 너 우석이가 조금 생각해보자고만 해도 울고불고 매달리고. 생각 안 나?"

그러고 보니 우석은 늘 그녀를 불안하게 했다. 죄책감을 느끼게 하고 툭하면 토라지고 그와 만나는 동안은 늘 안절부절못했다. 편안했던 날들이 별로 없었던 것 같았다.

"너 그러다 헤어졌으면 일상생활이 가능했겠니?"

수영은 그런 우석을 특히나 싫어했었다.

"음, 아니."

"그런데 넌 지금 친구도 만나고 나름 휴가도 즐기고 좀 울긴 했지만 나도 만나러 오고 밥도 먹고, 할 거 다 하잖아. 자꾸 휴대폰을 들여다봐서 그렇지."

때마침 시간을 확인하던 세연이 깜짝 놀라 휴대폰에서 손을 뗐다.

"그런데 너네 팀장은 참 대단한 사람 같아."

"뭐가?"

"내가 생각하기에 사랑에도 급이 있거든. 다 똑같은 것처럼 보이지만 가장 안정적이고 편안하고 서로에게 좋은 건 믿음이 있는 사랑이야. 그런데 너네 팀장은 처음부터 그걸 줬네."

"무슨 소리야."

"너 지금 나한테 와서 헤어졌네, 팀장님을 니가 보내주네 어쩌네 하고 있는데 어쩜 그렇게 맘이 편하게 그런 소리를 하니? 넌 사실은 팀장님이 너를 떠날 거라는 생각은 조금도 하지 않고 있어. 가슴에 손을 올려놓고 잘 생각해봐."

"언니, 우리 헤어졌다니까."

가슴에 손을 올리기는커녕 답답해서 가슴을 쳐가며 세연이 말했다.

"그럼 떠날 거라는 걸 알면서도 마음이 편안한 이유가 뭐야? 몸은 떠나지만 마음은 절대 널 떠나지 않는다는 걸 알아서 아니야? 팀장님이 널 절대적으로 사랑하고 있다는 걸 본능적으로 알고 있다는 거야. 세연아, 너네 팀장 너 사랑해. 어떤 남자가 미쳤다고 주정뱅이 여자가 사귀자는 걸 오케이하니?"

"형부."

세연이 냉큼 대답했다.

"닥치지 못해?"

찔리는 구석이 있는 수영이 버럭 화를 냈다.

"사실이잖아."

세연이 킬킬대고 웃으며 받아쳤다.

"네가 하는 거 다 받아줘, 하자는 대로 다 해, 질투해, 발렌티노를 사줬다고? 미쳤다. 완전 푹 빠졌네. 대놓고 사랑받잖아. 자, 이제."

세연에게 곱지 않은 눈길을 보낸 수영은 다시 본론으로 돌아와 그녀를 채근했다.

"넌 어때?"

"모르겠어."

"넌 그 사람에게서 뭘 보니?"

"뭘 보다니?"

"그 사람을 보면 뭐가 보여? 신경 쓰이는 거. 신경 쓰여서 못 견디겠는 거 자꾸 보이는 거. 그걸 말해봐."

세연이 골똘히 생각에 빠졌다. 전부터 신경 쓰이던 게 있었다. 그걸 찾아 머리를 굴리고 굴렸다.

"외로움. 아주 깊은 외로움. 그게 계속 신경 쓰여. 내가 채워줘야 될 것 같은 그런 거야. 자꾸 신경 쓰여서 돌아보게 되고 들여다보게 되더라고. 내가 언젠가는 그곳을 다 채워줄 수 있었으면 좋겠다고 생각했어."

"사랑이네."

수영이 말했다.

"그러네."

밝고 활달한 목소리가 문을 열고 들어오며 말했다. 수영의 친구 시은이었다.

"야, 넌 상담을 할 사람이 따로 있지. 얘가 술 마시고 진우 씨 첨 만나서 빙판길에 손잡아서 끌어달라고 했던 애다. 미끄럼 태워달라고 고래고래 소리 지르고. 그게 무슨 영업비밀이라고 애를 잡고 지금 카운셀링을 하냐?"

바늘 가는 데 실 간다고, 수영이 있는 곳엔 언제나 시은이 있었다. 세연이 왔다는 소식을 듣고 달려왔을 것이다.

세연의 등을 두드려주며 반가움을 표시한 시은이 세연의 옆자리에 털썩 주저앉으며 친구를 향해 턱을 치켜들었다.

"진우 씨가 워낙 특이한 걸 좋아해 가지고 저런 거에 반한 거지. 눈에 콩깍지. 알지?"

"흐즈 므르, 즌쯔(하지 마라, 진짜)."

수영이 이를 앙다물고 시은에게 경고했지만 시은은 콧방귀도 뀌지 않았다.

"저항하지 말고 마음 가는 대로 하는 거야. 니가 아무리 저항해 봤자 결국 사랑은 가슴이 시키는 대로 하게 돼 있어. 혹시 아니? 제대로 정해진 네 짝일지? 부딪쳐봐. 깨지면 또 어때. 이 언니랑 저 앞에 있는 배부른 언니한테 와. 한바탕 울고 위로받고 새로 시작하면 돼."

수영에게 세연에 관한 간략한 얘기를 들은 후 시은이 한 말이었다. 이들과 있으면 이 세상에 어려운 일은 하나도 없을 것만 같았다.

"그럴까……?"

그래. 이제 인정하자. 그를 사랑한다. 좋은 걸 어떡해. 감정이 그렇게 맘대로 되는 거라면 슬픈 이별은 왜 있고 아픈 상처는 왜 있겠냐고. 그걸 알면서도 사람은 사랑을 한다.

"연락이 오지 않으면 헤어진 걸로 알겠다고 말했어."

휴대폰을 만지작거리며 세연이 말했다. 그리고 거짓말처럼 문자가 들어왔다.

[어디야?]

세준이었다. 세연이 통화 버튼을 눌렀다.

"팀장님, 어디세요?"

-내가 먼저 물은 것 같은데.

"저 병원이요. 아니, 병원 1층 카페요."

-무슨 병원? 어디 아파?

"여기 현 병원이요. 아니에요. 언니네 가게가 여기 있어서 놀러 왔어요. 대전 현 병원 1층 카페요. 팀장님 어디세요?"

－기다려.

통화가 끊겼다.

"세연아, 너 지금 얼굴 되게 빨개."

호기심 어린 눈동자 네 개가 그녀를 가까이에서 들여다보고 있었다.

"그 사람이야?"

그중 한 쌍의 눈동자가 물었다.

"그 사람이네."

다른 한 쌍의 눈동자가 말했다.

"푹 빠졌네."

"그러게. 푹 빠졌어. 뭘 고민씩이나 하고 그랬냐. 대책 없이 사랑에 빠졌으면서."

둘이 주거니 받거니 하며 잘도 그녀를 놀려댔지만 세연의 귀에는 어느 것도 들어오지 않았다. 그가 왔다. 그가 이곳에 왔다. 가슴이 쿵쾅거리는 소리가 십 리 밖까지 들릴 것 같았다.

[나와. 주차장이야.]

생각보다 가까운 곳에 있었는지 그는 곧 도착했다는 메시지를 보내왔다.

"언니, 나 갈게. 시은 언니, 담에 또 봐요."

스프링처럼 소파에서 튀어 오르는 세연을 보며 시은과 수영이 웃음을 터뜨렸다.

"저렇게 좋을까."

"다음에 언제? 너 그 사람 꼭 보여줘야 된다?"

"금방 보겠는데 뭘."

"그렇지? 너도 그렇게 보이지?"

둘의 대화가 세연의 등 뒤에서 메아리처럼 사라져갔다. 빛의 속도로 병원을 질주하는 세연의 귀에는 그 어떤 소리도 들리지 않았다.

병원 후문으로 달려 나오자 주차장이 보였다. 그리고 그곳에 그가 있었다. 뛰어나오다 잠시 멈칫했던 그녀의 발걸음이 다시 빨라졌다. 차에 기대서 있던 그가 그녀를 발견하곤 몸을 일으켰다.

그 없이 지낸 지 96시간 45분 33초, 34초, 35초……. Goal in.

그녀가 그대로 그의 품 안으로 뛰어들었다.

"whoa(워우)!"

그녀를 온몸으로 받아내며 그가 감탄사를 내뱉었다.

이 사람이다. 바로 이 사람이야.

그의 가슴에 얼굴을 묻고 그녀가 되뇌었다.

"이런 식으로 환대받을 줄은 몰랐는데."

그가 가슴을 울리며 웃는 소리가 진동이 되어 그녀의 뺨에 전달됐다.

"왜 이제 와요?"

세연이 말했다. 그의 심장이 미친 듯이 쿵쿵대며 뛰고 있었다. 그녀 때문에 뛰는 것이었다.

"헤어진 걸로 알고 있겠다고 했으면서."

그가 말했다.

입이 좀 나와 있는 것 같은데. 기분 탓이겠지.

"상처받았어요?"

"응."

"미안해요. 내가 다 잘못했어요. 왔으니까 이제 됐어요."

그녀가 다시 그의 가슴에 얼굴을 묻고 비볐다. 그녀의 머리를 쓸어내리는 그의 손길이 그리웠다. 자신에게 닿아 있는데도, 그녀를 계속해서 쓰다듬고 있는 중에도 계속 그가 그리웠다.

그와 다시 함께한 시간 1초, 2초, 3초……. 그들의 시간이 미래를 향해 천천히 흘러가고 있었다.

16. 터보를 장착한다

어둠이 내려앉기 시작한 병원 주차장 한쪽 구석은 오롯이 그들만의 공간이었다. 차에 기대선 그와 그에게 기대선 그녀를 어둠이 숨겨주었다. 가로등 불빛도 그들을 방해하지 못했다.

"세연아."

다정하게 그가 부른다. 하지만 고개를 들고 싶지 않았다. 그의 심장이 뛰는 소리를 계속 들어야 하니까.

"말해요."

어둠을 틈타 더욱 대담해진 그녀가 그의 가슴에 얼굴을 파묻으며 말했다. 떨어져 있던 그 긴 시간들을 한꺼번에 보상받고 싶었다. 그의 체온을 느끼고 그의 심장이 뛰는 소리를 듣고 싶어 세연이 더욱 그의 품으로 파고들었다.

"얼굴을 좀 보고 싶은데……."

목소리가 이쪽저쪽에서 들리는 것으로 보아 그는 그녀의 얼굴을 보기 위해 애를 쓰고 있는 것 같았다. 자동으로 심술이 장착되자 바람 빠지는 것처럼 푸흣 하고 웃음이 새어 나왔다.

"싫어요."

머리를 쓰다듬던 손이 멎고, 어깨를 안고 있던 손에 힘이 들어가는 것이 느껴졌다. 하지만 가슴이 잔잔히 울리는 것으로 보아 그도 웃고 있음이 틀림없었다.

"고개만 들어줘."

조금은 불만이 섞인, 하지만 간질간질한 그의 목소리가 심장을 타고 그녀의 귀로 전달되었다. 이 따스하고 포근한 기운을 아직은 놓고 싶지 않았다. 세연이 쿡쿡 웃으며 얼굴을 파묻었다. 지금까지 걱정이라 생각했던, 불안하고 답답했던 모든 것들이 스르르 씻겨 내려갔다.

세연이 고개를 들었다. 그곳엔 그녀를 기다리는 그가 있었다. 오직 그녀만을 바라보고 있는 그의 눈이 그녀가 바라는 모든 걸 말해주고 있었다.

"나 보고 싶었어요?"

희미하게 불빛에 반사되는 그의 얼굴이 잔잔해진다. 자신의 눈 안에 담긴 그녀만이 의미 있는 존재라는 듯 흔들림 없이 그녀만을 응시한 채 대답했다.

"말이라고."

그의 차분한 대답에 비죽비죽 입꼬리가 솟아올라 춤을 추었다. 자꾸 비뚤어진 대답이 하고 싶어진다.

"저의 미래는 어쩌시려고요?"

"······."

"아기는?"

"······."

"회장님은?"

태풍이 불어도 흔들리지 않을 것 같던 그의 눈동자가 방황했다. 한숨을 쉬어야 할지 눈꼬리를 올려야 할지 한 소리를 해야 할지 고민이 되는 모양이었다. 그가 피식 웃더니 방금 전까지 어떻게든 들여다보려던 그녀의 얼굴을 다시 자신의 가슴으로 묻어버렸다. 가장 효과적으로 그녀의 입을 원천 봉쇄해버린 것이다.

"알 게 뭐야."

가슴을 울리며 그가 말했다. 세연은 그의 가슴에 납작하게 코가 눌린 채 큭큭 웃었다.

"나도요. 알 게 뭐예요."

그의 품에서 웅얼웅얼 그녀가 말했다.

"실례합니다."

멀찍이 떨어진 곳에서 들려온 목소리에 세연이 깜짝 놀라 세준의 가슴에서 고개를 들었다.

"좋은 시간 방해해서 죄송합니다만, 혹시 세바스찬 리 씨 아니십니까?"

서글서글하고 모나지 않은, 적당히 예의 바르고 듣기 좋은 목소리였다. 목소리만으로도 어떤 사람인지 충분히 유추할 수 있는 그런 목소리가 있다. 그 목소리가 어두컴컴한 주차장 끄트머리에서 다가오고 있었다. 커다란 그림자가 희미한 불빛에 으스스했지만 그의 목소리 때문인지 놀랍거나 무섭지는 않았다.

"꺼져."

세준이 목소리를 향해 으르렁거렸다. 그의 반응에 놀라 그녀가 고개를 들었다. 그녀를 잡은 손에 힘이 들어가고 허리를 단단히 감고 있던 팔이 그녀를 더욱 당겨 안았다.

"제가 잘못 본 게 아닌 것 같은데요. 세브? 너 맞아?"

뚜벅뚜벅, 발소리가 거침없이 그들을 향해 다가왔고 곧이어 가로등 불빛 아래 웃음을 머금은 얼굴이 드러났다.

"아니야. 꺼져."

재차 위협하는 세준의 목소리에 호탕한 웃음소리가 화답했다.

"맞잖아, 세브. 너무 그러지 마."

결국 그들은 아는 사이임이 분명했다. 세준의 낯선 반응도 반응이거니와, 그런 취급쯤은 아무렇지 않아 하는 상대방의 태도도 그러했다. 하지만 첫눈에도 놀랄 만큼 호감이 가는 상대는 그에 걸맞은 미소도 갖추고 있었다. 세연과 눈이 마주치자 아마 수백 번쯤은 여자에게 먹혔을 것이 분명한 미소를 지었다. 여자를 순식간에 무장 해제시키는 그런 미소 말이다.

"누구예요?"

세연이 자신도 모르게 그의 미소에 눈인사로 답하고 난 뒤 세준에게로 고개를 돌렸다. 하지만 그녀가 마주한 건 잔뜩 찌푸린 그의 얼굴이었다.

"모르는 게 좋은 녀석."

"네?"

"눈 마주치지 마."

또다시 웃음이 터진 상대방을 향해 고개를 돌리려던 그녀의 머리를 단단히 자신에게로 고정시키며 세준이 말했다. 정말이지 '누구세요?' 하고 싶은 심정이었다.

"이거 정말 너무한 거 아냐? 모임에도 안 나와, 전화도 안 받아, 찾아가면 만나주기를 하나? 얼굴 보기가 이렇게 어려워서야 어디 친구라고 할 수 있겠냐고 한탄을 하던 참인데, 떡하니 여길 나타나? 대전엘?"

"시끄러운 건 여전하네, 현. 좀 닥치지 그래. 그리고 가던 길이면 그냥 지나가주면 고맙고."

세준은 더 이상 상대방을 모르는 척하는 건 포기한 모양이었다. 하지만 말투는 여전히 퉁명스럽고 거칠었다. 마치 본 적도 없는 그의 사춘기를 엿보고 있는 듯한 기분이었다. 더 놀라운 건 그런 세준을 대하는 상대 남자의 태도였다.

"미쳤어? 나더러 병원 주차장에서 애정행각을 벌이고 있는 남녀를 무시하라고? 천만의 말씀. 게다가 남자가 아무리 봐도 내가 아는 사람이야. 그런데 그게 누구인 줄 알아? 천하의 세브야! 다른 누구도 아니고 너, 인마, 너. 내가 어떻게 참견을 안 할 수 있어?"

그는 세준의 말쯤은 대강 흘려버리고 간간이 웃어가며 물 흐르듯 대화를 이어갔다. 물론 사이사이 그를 자극하는 것도 잊지 않았다. 그것은 오래된 친구들 사이에서나 나오는 애정 어린 대화법이었다.

"그런데 안고 있는 게 인간…… 인 거지?"

잠시 말을 멈춘 남자가 세준의 품 안에서 자신을 쳐다보고 있는 세연을 뚫어져라 보기 시작했다. 세준이 당겨 안아 그녀의 얼굴을 숨길 때까지 말이다.

"미안한데, 한 번만 만져보면 안 되겠냐? 내가 믿어지지가 않아서 그래. 멀리서 보기엔 여자 형체 비슷한 것과 같이 있는데 내 눈을 의심했어. 여자일 리 없지. 너 그새 안드로이드라도 개발한……."

"Get the fuck off my……."

세연이 세준의 뒤로 휙 돌려지는가 싶더니 그의 넓은 등이 보였다. 곧이어 낭패로 질려버린 남자의 얼굴이 보이고 양옆으로 두 손이 올려졌다.

"으악. 항복, 항복. 내가 잘못했다. 무조건 항복. 그렇다고 뭘 이렇게까지 화를 내. 그런 거야? 진짜? 진짜로 특별한 거야? Sorry. 그렇다면 내가 정말로 미안하다."

세연이 가려진 세준의 등 뒤로 얼굴을 내밀고는 멱살이 잡힌 채자신에게 도움을 구하고 있는 남자를 향해 미소 지었다.

이 사람은 꼭, 음…… 말하자면, 남자판 수영 언니 같다. 세연은콕 집어 말할 수 없었던 미지의 남자에 대한 첫인상을 이렇게 정리했다. 그리고 남자가 퍽이나 마음에 들었다.

그녀가 세준의 등 뒤에서 몸을 드러냈다. 그리고 그 남자를 향해 손을 내밀었다.

"안녕하세요? 한세연입니다. 인간이에요."

남자의 목을 쥐고 있던 세준의 손이 스르르 풀렸다. 반색을 하며 남자가 한 걸음 옆으로 재빨리 걸어 나왔다. 그리고 세연이 내민 손을 마치 구명정이라도 되는 것처럼 움켜쥐고 흔들었다.

"이야! 그러시구나! 반갑습니다. 차현성입니다. 세브와는 대학동기예요. 나이로 보면 제가 형이지만. 이 녀석이 도대체 형이라고부르질 않으니 친구라고 해두죠."

어디 한 군데 흠잡을 곳 없이 멀끔하고 잘생긴 남자였다. 그늘

없이 잘 자란 티가 났다. 그동안은 몰랐지만 확실히 세준과 나란히 서 있는 모습을 보자니 빛과 그림자처럼 구분이 갔다.

"그나저나 천하의 세브가 인간의 여자를 사귀고 있었다니 온 우주가 놀랄 일인데요. 우리끼리 내기를 했거든요. 저 자식은 분명 연애를 해도 기계랑 할 거라고. 야, 세티(seti) 놈들은 아냐? 네가…… 어……? 그래서 칼(Carl)이……."

갑자기 현성이 배를 잡고 웃기 시작했다. 세준의 얼굴은 점점 붉어지고 세연은 영문을 몰라 양쪽의 남자를 번갈아 쳐다보며 서 있었다.

"우와, 이 귀여운 자식. 그래, 칼이 영문을 모르겠다던 발렌티노 아가씨가 여기 있는 세연 씨야? 너 다짜고짜 칼네 집에 나타나서 칼하고 케이트를 들들 볶았다며? 백화점을 두 바퀴나 돌게 해놓고도 사이즈를 몰라서 똑같은 옷을 두 벌이나 사들고 갔다고. 으하하하하! 미친 자식. 으하하하!"

"쓸데없는 말 그만하고 당장 꺼져."

눈물까지 훔쳐가며 웃고 있는 현성에게 다가가 세준이 말했다. 웃느라 벌겋게 된 현성의 얼굴과 복잡한 이유로 같은 색이 된 세준의 얼굴이 나란히 서 있었다. 이유야 어쨌든 훈훈한 얼굴의 둘이 모이니 보기에는 좋았다. 그동안 궁금해했던 비밀도 드디어 밝혀졌고.

"커피나 한 잔씩 하실까요? 마침 이 병원에 우리 언니 커피숍 있는데."

세연이 제안했다. 그러자 현성의 입이 놀라움으로 벌어졌다.

"우리 언니? 혹시 오수영 씨가 언니 되십니까?"

"네, 맞아요, 사촌 언니예요. 우리 언니를 아세요?"

그의 입가에 있던 미소가 천천히 장난스럽고 짓궂은 웃음으로 바뀌어 갔다. 세준을 위아래로 훑어보며 입이 귀에 걸리는가 싶더니 세연을 향해 허리를 굽혀 절을 했다.

"다시 인사드리겠습니다. 차현성입니다. 이시은 씨 아시죠? 제가 시은이랑 곧 결혼할 사람입니다."

이제 놀랄 사람은 세연이었다.

"말도 안 돼!"

"합격!"

뛰쳐나갔던 세연이 현성과 세준을 줄줄이 달고 입장하자 두 눈이 휘둥그레졌던 시은과 수영은 세연이 세준을 소개시키자마자 이구동성으로 외쳤다.

"뭐야, 왜 얘기가 그렇게 돼? 아직 인사도 안 했어. 목소리도 못 들었잖아."

테이블을 모으고 막 의자를 뒤로 빼서 앉으려던 현성이 자세 그대로 굳어졌다. 얼굴은 한껏 불만에 가득 찼다.

"무조건 합격."

"나도."

시은이 팔짱을 끼며 자신의 의지를 드러내자 수영이 뒤따랐다. 현성이 시은을 노려보며 의자에 털썩 내려앉았다.

"그러니까 왜!"

얼떨떨해하는 세준의 등을 밀어 테이블 구석 자리를 찾아 앉으며 세연은 구경꾼의 자세를 갖췄다. 어디로 튈지 모르는 주제와 뜻 모르는 단어가 빗발치는 그들의 대화는 세준의 눈에 신세계일 것이다. 그가 외국에서 나고 자란 사람이 아니더라도 이런 진귀한 광경을 어디에서 볼 수 있겠는가.

그가 점점 의자 깊숙이 등을 기대는 것으로 보아 그 역시 이 상황을 즐기고 있는 것 같았다. 아무래도 현성이 언짢아하는 것 같으니 더욱 그러했다.

"얼굴이요."

수영이 노골적으로 세준의 얼굴을 뜯어보며 말했다.

"그래, 얼굴."

"흔치 않은 얼굴이야."

"그래. 맞아."

시은이 고개를 끄덕였다.

"너무 미끈하게 잘생기지 않았어? 선수처럼. 그런데 눈빛은 그렇지 않단 말이지. 순수하잖아. 저렇게."

수영의 말에 세준의 얼굴이 순식간에 붉게 물들었다. 현성은 헛기침을 했고 옆에 앉은 세연마저 얼굴이 화끈해질 정도였다.

"언니, 너무 노골적인 거 아니야? 왜 그래, 사람 앞에다 놓고."

"그러게. 그런데 사실이야. 그래서 합격."

수영이 아무렇지 않게 어깨를 으쓱하며 말했다. 그러면서도 세준에게 사과의 미소를 지었다. 자애로운 미소였다.

"뭐가 흔치 않은 얼굴이에요? 얼굴은 딱 봐도 내가 더 잘생겼잖아."

현성이 유들유들하게 대화에 끼어들었다.

"왜 이래요, 유치하게. 그런 말이 아니잖아요."

시은이 현성을 구박했다.

"내가 지금 안 유치하게 생겼어? 왜 이렇게 여자들은 이 얼굴에 껌뻑 죽는 거야. MIT에서 세브 하면 모르는 여자들이 없었던 거 알아? 기숙사 앞에 이 자식 때문에 죽겠다는 여자들이 줄을 섰다고. 알고 보면 위험한 놈이라고. FBI 블랙리스트에 올랐단 소문도 돌았는데. 너 그거 기억나냐?"

"과거 얘기하면 불리한 거 너일 텐데, 현."

세준이 팔짱을 끼며 한 방 날리자 현성이 즉각 꼬리를 내렸다.

"그럼 여기까지."

현성이 양팔을 들어 올리며 말했다. 시은이 호기심 가득 담은 얼굴을 세준에게 향했지만 현성에게 가로막혔다. 하지만 그런 것에 굴할 이시은이 아니었다.

"안녕하세요, 세준 씨? 이시은입니다. 이 사람이 철이 좀 없죠? 대학 때 많이 괴롭힘을 당하셨을 것 같아요. 제가 대신 죄송합니다."

긴 팔을 현성의 겨드랑이 사이로 뻗어 세준에게 악수를 청한 것이다.

"예. 사실 그랬습니다. 결혼하신다니 앞으로 고생이 많으시겠습니다. 지금이라도 다시 생각해보시는 게 어떻겠습니까?"

이제는 어떤 우스운 상황이 펼쳐져도 당황하지 않는 세준이었다. 침착하게 현성의 겨드랑이 사이로 뻗어 나온 손을 잡으며 인사를 건넸다.

"뭐 하는 거야? 우리 시은이 만지지 마."

양팔을 내려 시은을 끌어안은 채 세준에게서 떼어놓은 현성이 세준에게 으르렁거렸다.

"뭐야, 너 왜 이렇게 됐어?"

웃음을 참고 있는 것이 역력한 목소리로 세준이 말했다.

"내가 할 말이다. 자식아. 그 손은 좀 놓고 말하지 그래?"

한 손으로 세연의 손을 꼭 잡고 있는 세준을 눈으로 가리키며 현성이 반박했고 수영과 시은의 시선이 그들에게로 쏠렸다. 부끄러워진 세연이 슬그머니 손을 빼려고 했지만 세준은 그 손을 꼭 잡았고 현성의 입에서 비난과 야유의 소리가 흘러나왔다. 그 바람에 다들 웃음이 터져버렸다.

그때 진우가 커피숍으로 들어섰다. 제일 먼저 눈으로 수영을 찾고는 곧장 걸어 들어왔다. 세준이 그를 보고 자리에서 벌떡 일어섰다. 알파를 알아보는 늑대인 걸까. 동류를 알아보는 본능인 걸까. 유난히 타인에 대한 경계가 심한 진우가 세준이 내민 손을 거리낌 없이 마주 잡았다. 그리고 미소 지었다.

모두가 충격 비슷한 걸 받았다. 특히 현성이 더했다.

"뭐야! 형님, 지금 웃은 거예요? 와, 나. 나한테는 한 번도 그런 적 없으시잖아요. 이 자식이 마음에 들어요? 나 이 상황 점점 마음에 안 들어. 나 지금 심하게 배신감 느꼈어."

진우는 세준의 손을 조용히 놓고는 시끄러운 현성을 한 번 돌아보고 말했다.

"가볍고."

그리고 자리에 앉는 세준을 보고 다시 말했다.

"무겁고."

그런 다음 수영을 향해 미소 짓고 자리에 앉았다. 백 마디의 말보다 효과적인 두 마디였다.

"참 나. 내가 어디가 가벼워. 진짜 너무하시네."

진우의 어투에는 분명히 애정이 묻어 있었고 그것은 현성도 잘 알고 있었다. 그러니 투덜거리면서도 피식거릴 수 있는 것이다.

"그만 좀 투덜대요. 애도 아니고."

결국 시은이 나서서 현성의 입을 막았다.

"응."

그리고 기다리기라도 한 듯 그의 너무나도 간단한 수긍에 또다시 모두가 웃음이 터졌다.

사랑을 듬뿍 받고 자란 사람은 티가 나기 마련이다. 늘 밝고 자신감 있고 당당하다. 시련에도 굴하지 않고 거절에도 상처받지 않는다. 그런 대표적인 인물이 현성이었다. 반면 어머니를 제외하고는 조건 없는 사랑을 받아본 적이 없는 세준이었다. 그것을 알 리없을 텐데 그에게 본능적으로 퍼부어지는 모두의 조건 없는 호감의 공세가 세연은 못내 고마웠다. 현성도 연신 투덜거리기는 해도 눈은 세준을 향해 휘어져 있었다. 따뜻한 분위기였다. 조금 떠들썩했지만 말이다.

"얘 데리고 나갈 거죠?"

수영이 불쑥 세준에게 물었다. 대답도 기다리지 않은 채 진우의 품에 폭 안겨 있는가 싶더니 열심히 휴대폰을 찾아 어딘가로 전화를 건다.

"아, 이모? 나야 수영이. 지금 세연이 우리 가게 와 있어. 놀다가 우리 집에서 재우고 내일 보낼게요. 우진이도 세연이 이모랑 자겠다고 난리야. 응, 그럴게요."

모두의 시선이 자신에게로 집중되었지만 무시한 채 수영은 세연을 향해 물었다.

"들었지?"

"응?"

이번엔 세연의 대답을 무시했다.

"세준 씨, 어디 묵어요?"

질문이 자신에게로 다시 향하자 세준이 당황하며 대답했다.

"L호텔에……."

"잘됐네. 전화 통화 들었죠? 오늘 애 안 들어가도 돼요."

세연의 안색이 파랗게 질렸다.

"언니!"

아울러 바위처럼 앉아 있던 진우의 눈썹이 꿈틀했다.

"진우 씨는 좀 조용히 해요."

진우 쪽은 돌아보지도 않고 수영이 말했다.

"아무 말도 안 했는데."

"얼굴이 시끄러워요."

여느 때와 마찬가지로 진우는 아내의 말에 아무런 대꾸도 하지 않았다. 그녀의 모든 행동은 언제나 옳다.

어떻게든 결론까지 가게 되면 말이다.

"됐으니까 넌 이제 좀 가라. 우리 저녁 먹으러 갈 거야. 새 커플 끼면 정신없어."

도대체 누구의 행동이 정신없는 건지는 모르겠지만 수영은 세연을 일으키며 말했다.

"그래, 빨리 가. 우리 현성 씨 계속 징징거려서 정신 사나워 죽겠어."

시은이 거들었다.

"아무 말도 안 했어!"

지지 않고 현성이 대꾸하다 시은에게 맵게 꼬집혔다.

어쨌거나 세연과 세준은 말 그대로 쫓겨났다. 등까지 떠밀려서. 그들은 배웅한답시고 주차장까지 우르르 따라 나와서는 얼른 가라고 손을 흔들어댔다. 그 모습이 부끄러운지 남자 둘은 멀찌감치 서서 고개만 끄덕였다. 세연이 백미러로 멀어지는 그들의 모습을 보다 웃음을 터뜨렸다.

"정신없죠?"

하지만 세준은 의외로 마주 웃어주지 않았다. 대신 뜻 모를 미소가 그의 입가에 걸려 있었다.

"아니. 난 좋은데."

세연은 그의 미소가 마음 아팠다.

"내가 만약 가족을 선택해서 태어날 수 있었다면, 이런 가족이었을 거야."

그가 손을 내밀었다. 세연이 말없이 그의 손을 감싸 쥐었다.

"그래도 피곤하죠?"

"응. 마라톤이라도 뛴 것 같아."

세연이 큰 소리로 웃음을 터뜨리고는 그의 손을 핸들 위에 곱게 놔주었다.

"저녁은 호텔에서 먹어요."

그가 고개를 끄덕였다.

L호텔 스카이라운지의 야경은 근사했다. 식사를 마치고 와인

잔을 막 입으로 가져가려던 세준에게 세연이 폭탄을 투하했다.

"그럼 팀장님의 첫 번째는 제가 가지게 되는 거네요?"

푸웃. 와인이 뿜어져 나왔다. 하얀 식탁보에 핏빛 파편이 화려하게 물들었다. 그의 얼굴빛도 그것과 조금도 다르지 않았다. 쓸데없이 프로의식 넘치는 매니저가 다가와 식탁보를 교체해드릴까요, 하고 물었고, 세준은 미안하다며 곧 나가겠다고 말했다. 그러는 사이에도 달아오른 그의 얼굴은 좀체 식을 줄 몰랐다.

"그게 무슨 말이야?"

매니저가 테이블을 떠나자마자 그가 득달같이 그녀를 몰아세웠다.

"제가 준비가 되면 알 거라고 했잖아요."

테이블을 떠날 채비를 하며 세연이 천연덕스러운 목소리로 말했다. 그는 이제 귀 끝까지 빨갛게 물들어가고 있었다.

"저 준비됐는데, 알겠어요? 이마에 써 붙일까요?"

"아주 잘 알겠어. 이미 얼굴에 온통 쓰여 있어."

세준이 어금니를 꽉 깨문 채 말했다. 그리고 서둘러 그녀를 데리고 식당을 나섰다.

"화났어요?"

그녀의 손을 부서지도록 잡고 푹신한 호텔 복도를 뛰듯이 걷고 있는 그에게 세연이 물었다.

"아니."

목이 졸린 것 같은 그의 목소리가 대답했다.

"화난 것 같은데."

세연이 심통 맞게 대꾸했다. 아프도록 쥐고 있던 그녀의 손을 내던지듯 놓고 호텔방의 카드키를 찾아 몇 번이고 에러를 내고 있는 그에게 말이다. 그러자 아주 천천히 시간이 멈추기라도 한 것처럼 느리게 그의 고개가 그녀에게로 돌려졌다. 카드키에서는 여전히 삐삑거리며 에러 메시지가 들렸다.

"한마디라도 더 하면 호텔 복도에서 내 첫 번째를 가지게 될 줄 알아."

이를 갈며 그가 덧붙였다. 세연의 심술이 쏙 들어갔다.

"네."

"제길. 이 방이 아니었어."

그가 에러가 난 카드키를 들고 다시 그녀의 손을 부서져라 잡고 옆방으로 향했다.

문이 닫히자마자 벽으로 밀어붙여졌다. 곧 입술을 가르고 그의 혀가 격렬하게 그녀를 탐하기 시작했다. 다급한 그의 손이 윗옷을 헤치고 그녀의 맨살을 찾았다. 아랫배를 문지르던 손이 천천히 올라와 그녀의 가슴을 움켜쥐었다. 나지막한 신음 소리가 한 치의 틈도 없이 밀착된 그의 몸을 통해 전해졌다. 성난 그의 분신이 아랫배에 느껴지고 그의 허벅지가 열린 무릎 사이로 들어와 자리 잡았다. 온몸이 그에 의해 삼켜지고 있는 것 같은 기분이 들었다.

욕망을 숨기지 않고 날것 그대로의 감정을 고스란히 드러낸 그는 그녀의 온몸을 달아오르게 만들었다. 숨이 막히도록 입술을 빨아들이고 무겁도록 체중을 실어왔다. 입술을 겹치고 다시 겹치고, 그녀가 그곳에 있다는 것을 믿지 못하겠다는 듯 확인하고 또 확인했다. 허기진 입술과 손이 그녀의 몸 곳곳을 탐했다. 폭풍처럼 달려드는 그를 막을 수 있는 건 아무것도 없었다. 어느새 옷이 하나둘씩 벗겨지고 드러난 맨살에 그의 입술이 와 닿았다. 지금까지 그저 몸을 내맡기고 있던 세연이 그의 손길에 서툴게 반응하기 시작했다. 허리를 밀어붙이는 그에게 자신의 몸을 밀어붙이고 그의 목에 팔을 두르고 키스를 되돌렸다. 저도 모르게 신음이 흘러나왔다.

"흐…… 흐읏."

갑자기 그가 그녀에게서 튕겨져 나갔다. 꼭 그랬다. 그녀의 어깨를 잡고 스스로 자신을 그녀에게서 떼어내며 떨어져 나온 것이다. 깜짝 놀란 그녀의 어깨에 머리를 기댄 채 그가 말했다.

"제발 좀 봐줘."

헐떡이는 거친 숨소리가 그녀의 뺨을 자극하며 흘러나왔다. 그의 젖은 목소리에 오싹오싹 소름이 돋았다.

"넌 지금 방문 앞에서 내 처음을 가질 뻔했어."

애써 숨을 고르며 던진 그의 농담에 그녀가 쿡쿡 웃자 그는 비로소 몸을 일으켰다. 그녀를 빤히 들여다보고 서 있는 그는 평소의 그와는 전혀 달라 보였다. 그런 그의 눈빛에 부끄러워 그녀는 그만 눈길을 피해버렸다. 움직임이 느껴지는가 싶더니 무릎 뒤로 팔이 들어오고 그녀의 몸이 번쩍 들렸다. 성큼성큼 그녀를 침대로 옮기며 그가 나지막이 웃었다.

"너의 처음도 내가 갖게 되는 걸 잊은 것 같은데."

그의 말에 그녀의 볼이 순식간에 빨갛게 물들어버렸다. 아닌 척하고 있었지만 실은 무척이나 겁이 났다. 언제나 문제에 정면으로 부딪혀온 그녀였다. 첫 경험에도 저돌적으로 굴긴 했지만 처음인 건 그나 그녀나 마찬가지였다. 죽을 만큼 떨렸다.

"사실 네가 없는 동안, 그리고 이곳으로 오는 내내, 오늘 널 보는 일분일초, 이럴 생각만 했어. 그렇지만 난 짐승이 아니니까 적어도 참을 수는 있을 거라고 생각했지."

그가 그녀를 침대에 내려놓으며 말했다. 그리고 세연에게서 눈을 떼지 않은 채 셔츠의 단추를 하나씩 풀었다. 그의 벗은 몸이 드러날 때마다 마른침이 꿀꺽 삼켜졌다. 차마 다른 곳으로 눈을 돌릴 수도, 입을 열어 말을 할 수도 없었다.

"널 과소평가한 벌을 받는 거야."

그의 셔츠가 바닥에 툭 하고 떨어졌다. 고작 셔츠가 떨어졌을 뿐인데 천둥 치는 소리처럼 들렸다. 그녀는 그의 벗은 상반신을 차마 볼 수 없어 고개를 돌려야 했다. 심장이 미친 듯이 두방망이질 쳤다. 그가 천천히 바지의 버클을 풀었다. 시선은 여전히 그녀에게 고정한 채로. 그의 눈에 사로잡힌 그녀는 침대에 못 박힌 채 누워 있었다. 마음껏 자유로운 상태임에도 불구하고 이제는 손끝 하나 움직일 수가 없었다.

그가 침대 위로 올라왔다. 마치 커다란 표범이 먹잇감을 노리는 것처럼 그녀의 눈을 응시하며 아래쪽에서 위쪽으로 그녀의 전신을 타고 기어 올라왔다. 그들의 사이를 막은 것은 그녀의 속옷이 전부였다. 얼굴 양옆으로 그의 두 팔이 기둥처럼 놓이고 그 사이를 짜릿한 긴장감이 타고 흘렀다.

"각오하는 게 좋을 거야, 한세연. 나는 지금까지 내 것을 가져본 적이 한 번도 없어. 언제나 버려도 되는 것, 돌려줘야 하는 것, 갚아야 하는 것뿐이었어."

그의 눈이 위험하게 번뜩였다. 한 번도 본 적 없는 눈빛이었다. 그리고 그런 눈빛을 한 그의 얼굴은 묘한 해방감에 빛나고 있었다.

"이제 넌 내 거야. 절대로 못 놔줘. 미래가 어떻게 되든, 누가 앞에서 가로막든."

체중을 실어 몸을 겹쳐오며 그가 음울하게 속삭였다. 목소리가 어찌나 가라앉아 있던지 발밑 어딘가에서 울려 나오는 것 같았다. 그것은 마치 스스로에게 하는 다짐처럼 보이기도 했다.

눈으로 샅샅이 그녀의 몸을 훑어 내려간 그는 그녀의 목선을 따라 길고 깊게 키스했다. 느리게 입술로 그리듯 턱선으로 올라와 곧 입술을 겹쳤다. 그의 혀가 대번에 입술을 가르고 그의 양손이 그녀의 양손을 잡았다. 온몸으로 그녀를 묶을 심산인 듯했다. 모든 곳에 겹쳐오는 그의 단단한 몸이 뜨겁게 피부에 와 닿았다. 마치 하나로 섞여 자신의 것으로 만들 것처럼 그녀에게로 끊임없이 침잠했다.

쏟아지는 키스 세례를 받으며 세연은 이대로 모든 것을 놔버려도 좋을 것 같다는 생각을 했다. 그는 그녀의 모든 곳에 키스를 하고 싶어 했다. 브래지어를 벗겨내며 그녀의 작고 동그란 가슴에는 아주 오래도록 키스를 했다. 허리 라인을 타고 내려가 굴곡이 완만한 엉덩이에도, 무릎 뒤 우묵한 곳에도, 등과 목선이 이어지는 부분 어딘가에도, 손가락 끝과 어깨 그리고 특히 그가 좋아하는 쇄골과 목선 사이. 모든 곳에 키스를 퍼부었다.

정신을 차릴 수 없게, 호흡이 가빠져 더 이상 견딜 수 없겠다 싶을 때까지. 철저하게 젖어들어 이제 그만 들어와달라고 애원하고 싶어질 때까지.

하지만 목에 걸린 가시처럼 내내 그녀를 괴롭히는 것이 있었다. 그의 모든 키스는 짙은 소유욕을 드러내고 있었다. 문득 마주하게 되는 그의 눈동자는 깊고 어두웠다. 원초적인 감정이 그를 잠식하고 있었다. 그의 두려움이 무엇인지 그녀는 잘 알 것 같았다. 홀린 듯 그녀를 탐하는 그를 불러 세웠다. 그리고 그에게 잡힌 손을 빼내어 그의 얼굴을 붙들었다.

"잃어버릴까 봐 미리 걱정하지 말아요. 나 어디 안 가요."

어둡고 깊은 눈동자가 흔들렸다. 끊임없이 그녀의 중심부를 지분대던 그의 허릿짓이 이내 멈췄다. 엉덩이 아래 잔뜩 화가 난 그의 거대한 분신이 고동치고 있는 것을 느낄 수 있었다.

"응."

잔잔한 웃음이 그의 눈을 타고 온기를 찾아냈다. 만족스러운 웃음이었다. 과자를 손에 쥔 소년처럼 그가 웃었다. 그리고 처음 보는 것처럼 세연을 뚫어지게 바라보던 그가 낮게 말했다.

"지금이야."

한껏 낮아지고 한껏 섹시해진 음성이 개운해진 얼굴과 묘하게 상반되어 그녀를 어리둥절하게 만들었다.

"응?"

"지금."

그 말과 동시에 입구에서 고동치고 있던 그의 분신이 한껏 준비된 그녀의 내부를 뚫고 들어왔다.

"헉."

쪼개지는 아픔이 전신을 강타했다. 그 어떤 고통도 처음 겪는 이것과 견줄 수 없었다. 온몸이 조각나는 감각에 세연이 그의 팔에 손톱을 세웠다. 하지만 단단히 긴장된 그의 팔은 바늘 하나도 들어갈 틈이 없었다.

"Shhhhh……. Relax, honey. 괜찮아질 거야, 힘을 빼."

부드럽지만 잔뜩 억눌린 목소리였다. 마치 그녀만큼 그도 고통받고 있는 것처럼. 하지만 그는 이 순간에도 철저하게 그녀만을 배려하고 있었다.

"아직이야. 아직 다 들어가지 못했어."

그의 말처럼 그는 이제 막 그녀 안에 들어와 있을 뿐이었다. 이것이 다가 아니라는 것을 그녀도 잘 알고 있었다. 하지만 그 모든 걸 감안한다고 하더라도 너무나, 너무나 아팠다. 눈물이 눈가로 흘러 베갯잇을 적셨다. 그만하라고 하고 싶다. 너무나도 절실히.

"지금 잠깐이라고 하면 안 되겠죠?"

농담처럼 말하려고 했는데 진심이 섞여 나와버렸다. 어찌 됐든 긴장은 풀어야 할 것 같았다.

"지금 그만이라고 해도 돼."

이마를 맞대며 그가 조금은 고통스럽게 말했다. 무척이나 힘들어 보이는 얼굴을 하고 있었다. 하지만 세연에겐 '그만'이라는 단어만 골라 들렸을 뿐이다.

"진짜요?"

"상당히 괴롭긴 하겠지만 죽는 건 아니니까."

그의 말은 확실히 농담처럼 들렸다. 그의 말에 방심한 그녀가 작게 웃음을 터뜨렸다. 결과는 엄청났다. 잠시 잊고 있던 거대한 이물감이 온몸을 덮쳤던 것이다. 통증으로 고통스러워하는 그녀를 위해 그는 그녀의 온 얼굴에 자잘하게 입을 맞춰주었다.

"협박처럼 들리는데요."

다시 귀 아래 목선에 입을 맞추고 있는 그에게 세연이 말했다.

"애원에 가깝지."

입술을 떼지 않은 채 그가 말했다. 이물감은 여전했다.

"제가 멈추라고 하면요?"

아까보다는 조금 나은 것 같지만 아직도 그러고 싶긴 하다.

"그럴 거야."

그가 흔쾌히 말했다. 진심인 것 같다.

"아주 몹시 매우 괴로울 거고요?"

이번엔 확실히 심술 섞인 농담이 되었다. 장하다, 한세연. 그가 킬킬대기 시작했다.

"아니, 참을 만할 거야."

킬킬대든가 키스를 하든가 둘 중에 하나만 하라고 하고 싶다. 아니, 사실 멈추라고 하고 싶다. 하지만.

"그렇다면 나도 참을 만해요."

조금 나아진 것도 같다. 허세 섞인 그녀의 말에 그가 낮은 웃음을 터뜨렸다.

"웃지 말아요. 웃으면 울려서 아프단 말이에요."

"그렇다면 웃기질 말았어야지."

"내가 언제 웃겼어요. 그냥 팀장님이 웃었지."

점점 심술궂어지고 있다. 아픈데 어떡해. 매에 장사 없다고. 응? 이건 아닌가?

"사랑해."

그가 입술에 길게 키스하고 그녀의 눈을 들여다보며 말했다.

"……"

심장이 쾅 하고 한 방 맞았다. 이런 때 그런 말 하는 건 반칙이다. 그런데 그의 말이 너무나 진심이라 화도 내지 못하겠다. 눈물이 찌르르 돌고 짜릿한 감동이 전신을 감쌌다. 긴장이 한순간에 풀어졌다.

"반칙이에요."

"아니야."

"이런 게 어딨어요."

그가 잠시 몸을 빼는가 싶더니 조금 더 안으로 들어왔다. 꽉 들어찬 그가 느껴졌다. 숨을 멈추자 그가 말했다.

"조금 나아졌지?"

"반칙이잖아."

그가 다시 몸을 뺐다. 그러자 자신도 모르게 으응 하는 신음이 흘러나왔다. 통증이 줄고 다른 것이 자리 잡고 있었다. 이번엔 좀 더 수월하게 그가 파고들었다. 찌르는 듯한 감각이 뒤를 따르고 그가 다시 빠져나갔다. 그리고 한 번에, 완벽하게 그가 끝까지 자신을 그녀 안에 묻었다.

"흐윽."

꽉 채웠다. 그가. 그녀를 전부 채우고 있었다.

"세연아, 날 봐."

그가 그녀를 내려다보며 요구했다. 질끈 감은 눈을 떠 그를 바라보자 그가 그녀의 두 눈을 들여다보며 말했다.

"처음으로 하나가 된 이 순간을 기억해두고 싶어."

그의 눈을 바라보며 세연이 울자 그가 웃었다. 그리고 그녀의 안에서 천천히 움직이기 시작했다.

"아아……. 아홋."

처음엔 고통이었던 그의 움직임은 점점 다른 것으로 바뀌어갔다. 리듬이 생기고 열기가 생겨났다. 천천히 피어난 불꽃은 그가 빠져나가고 다시 그녀를 채울 때마다 점점 커져갔다. 그는 깊이, 더 깊이 그녀에게로 들어와 그녀의 내부를 온통 휘저었다. 점점 고조되어가는 감각에 그녀는 정신을 차릴 수가 없었다.

미끄러지듯 빠져나간 그가 다시 퍽 하고 그녀의 안으로 치고 들어왔다. 그리고 다시 한번, 또다시 한번. 그렇게 치고 들어올 때마다 짜릿짜릿 느껴지던 전율이 점점 세기를 더해갔다. 심장이 무섭게 뛰고 온몸의 혈관을 뜨거운 불길이 내달리는 것 같은 기분이었다. 신음이 터져 나왔다.

"잠깐……. 자, 잠깐. 아앗."

느른한 속도로 그녀의 안을 채우던 그가 허리를 돌리는가 싶더니 속도를 내기 시작했다. 무서운 속도로 빠져나가고 다시 힘을 실어 그녀의 안을 채웠다. 커지기 시작한 열기가 소용돌이가 되어 그녀를 뒤흔들었다.

"그만, 그만해요."

세연이 울부짖었다. 뭔가가 일어날 것 같았다. 더 이상 참을 수 없는 무언가가 툭하고 끊어질 것 같다.

"쉿, 괜찮아. 괜찮아, 참지 마."

멈추는 대신 점점 더 속도를 빨리하며 그가 그녀를 재촉했다.

"안 돼, 안 돼요."

고개를 저으며 그녀가 반항했다. 더 이상은 견딜 수 없다. 침대 시트를 움켜쥔 두 손을 뻗어 그의 등을 잡으며 버텼지만 속수무책이었다.

"참지 말고……."

이를 악물고 고개를 뒤로 젖힌 그녀에게 그가 헐떡이며 말했다. 그와 동시에 강하게 치고 들어오기 시작했다.

"풀어놔."

그의 말에 억눌려 있던 그녀의 감각이 풀려나기 시작했다. 점점 빨라지고 점점 강해지는 그의 움직임에 활화산처럼 터져버렸다. 빙글빙글 돌던 세상이 어지럽게 뒤섞이고 온몸에서 깨어난 세포들이 황홀한 감각에 저마다 비명을 질렀다.

"아앗."

절정이었다. 세연이 비명을 지르자 그도 외마디 소리를 지르며 그녀의 위로 무너져 내렸다. 더할 나위 없이 충만해진 감정이 북받쳤다. 그녀는 아득해지는 정신을 놓아버리며 찬란하게 폭발했다. 어느새 한 줄기 눈물이 그녀의 눈에서 흘러내렸다.

잠시 까무룩 잠이 들었다가 잠깐 깼다가 또 잠이 드는 사이 그는 그녀를 씻기고 입히고 그의 품 안에서 재웠다.

눈을 뜨니 그가 그녀를 보고 있었다. 이상한 기분이었다.

"안 자요?"

잔뜩 졸린 목소리로 물었더니 그는 그저 웃으며 그녀의 이마에 입을 맞췄다. 가물가물 졸음이 찾아왔고 그는 자장가처럼 그녀에게 이야기를 시작했다.

"나는 키가 잘 자라지 않는 아이였어. 하이스쿨에 다닐 때도 주니어 하이 취급을 받았으니까. 12학년에 급격하게 키가 컸어. 잘 때마다 무릎이 아파 약을 먹어야 했지. 난 눈이 약해 보안경을 쓰고 치아 교정기를 낀 전형적인 너드(nerd)였어. 여드름쟁이 세즈, 넌 잘 알겠지?"

"으응."

"너드는 네 취향이라고 했잖아. 스파이더맨도 너드라며."

"으응."

"언젠가 이런 적이 한 번 있었던 것 같은데?"

그가 쿡쿡 웃으며 잠에 취한 그녀의 볼을 찔렀다. 눈꺼풀이 파르르 떨리더니 힘겨운 손이 올라왔다 툭 떨어졌다. 세연을 품 안에 재운 건 이번이 두 번째였지만 언제나 어디서나 참 근심 없이 잘 자는 타입이다.

"세연아."

잠을 깨우려는 듯 짓궂게 그가 그녀의 이름을 불러보았다.

"네."

또 대답은 떡 먹듯 잘도 한다.

"한세연."

"네."

자동반사일까. 내일 아침이면 분명 기억하지 못할 거다.

"Victoria."

"응."

"Vic."

"으응."

무심결에 세연이 계속 대답했다. 아련한 미소를 지으며 세준이 자는 세연의 눈가에 키스했다.

"기억하지 못하는 거야?"

"……."

"바보구나."

"아니야."

잠결임에도 고집스레 세연이 대답했다. 잠시 흠칫했던 세준이 그녀를 쳐다보다 하하 웃고 말았다.

"괜찮아. 기억하지 못해도. 상관없어, 난. 결국 널 가졌잖아."

조용한 방 안에는 세연의 쌕쌕거리는 숨소리만 커져갔다. 세준은 만족스러운 미소를 지으며 잠을 청했다.

17. 시트는 안락하게

여름휴가가 끝나고 마침내 30기 엔진 모두 성공적으로 시험을 마쳤다. 그리고 주행 테스트가 이어졌다. 시험 주행을 위해 제작된 엔진 4기가 42도가 넘는 사막에서 시행되는 혹서지 차량 테스트와 영하 50도 이하의 지역에서 실시되는 혹한지 차량 테스트를 통과해야만 한다. 그런 다음에야 대량생산에 돌입하게 되는 것이다.

대형엔진개발팀의 역할은 거기까지였다. 기나긴 여정의 끝이 드디어 보이고 있었다. 테스트 중 발견된 엔진 결함은 즉각 보고되고 설계 수정되어 시작실로 넘겨진다. 이 말은 곧 세연이 또다시 눈코 뜰 새 없이 바빠졌다는 얘기였다. 하지만 입사 이래로 제일 만족스러운 시기이기도 했다. 즐겁고 보람찼다. 그녀의 인생 모든 것이 안정적으로 순항 중이었다.

"또 뻗었어요? 아, 좀 제대로 만들지. 이번엔 어디래요?"

시작실 문을 열자마자 명식이 세연을 맞았다. 인사 대신 첫마디가 T1의 안부였지만 모두의 관심이 T1의 생사에 모아져 있는 때라 아주 당연한 반응이었다. 지난번 일 이후 명식과는 아주 잘 지내고 있다. 워낙에 반죽이 좋은 인간이라 뻔뻔하게도 그날 이후 세연을 잘도 누나라고 부르며 대놓고 친한 척이었다. 세연은 그러려니 했지만 세준이 질색을 했다. 휴가 이후 그는 세연 주위의 모든 남자들을 경계하는 면이 없지 않아 있긴 했지만 말이다.

"이번엔 어디서 뻗었어요? 지난번엔 시동이 안 걸렸었던가? 알래스카? 맞다. 알래스카였지. 이번에도 거긴 아닐 테고. 그럼 사막이겠네. 혹서지 어디로 갔어요?"

사실 T1의 테스트는 아주 순항 중이었다. 혹한지에서의 문제는 단순히 냉각수가 얼어서 그렇게 된 것뿐이었다. 자체 해결 후 테스트를 무사히 마쳤다.

"아, 답답해 죽겠네. 왜 또 나 무시해요?"

그건 그렇고 참, 속사포가 따로 없다. 막 그렇다고 대답하려던 세연의 입이 꼭 다물렸다. 아무튼 예뻐하려도 예뻐할 틈을 안 주는 놈이란 말이다. 제 버릇 개 못 준다더니. 오냐오냐하면 꼭 기어오르는 버릇이 또 나온다. 남자란 자고로 조신해야 맛이라는 게 요즘 트렌드인데, 얘는 그런 것도 모르나?

"무시하는 거 아니라고 몇 번을 말합니까, 강명식 씨. 질문을 하나씩 해야 대답을 하지요. 그리고 대답할 시간을 주고 질문을 하라고 좀."

세연의 가시 돋은 말에 명식의 입이 댓 발은 툭 튀어나왔다. 그러고는 늘 하던 대로 대화의 주제와는 상관없는 엉뚱한 논리가 따라붙었다.

"참, 누나는 보면 여자다운 맛이 없어요. 말 좀 사근사근하게 하면 안 돼요? 여자가 맨날 그렇게 인상이나 찌푸리고 있으니 어느 남자가 좋아하겠어요? 잘 웃기를 해, 그렇다고 애교가 있기를 해. 그러면 남자들이 안 좋아해요."

사람마다 건드려선 안 될 부분이 있고, 들어선 안 될 말들도 있다. 세연에게 그것은 '여자가'였다. 순간 열불이 났다.

"넌 내가 여자로 보이냐? 응? 아주 잊을 만하면 한 번씩 네가 상기시켜주지 않아도 난 충분히 여자고요, 아주 상 여자고요. 걱정해 주시지 않아도 어느 남자가 아주 좋아합니다. 아시겠습니까?"

전투적으로 다다다 쏟아내다 어느 남자 부분에서 슬그머니 얼굴이 달아올랐다. 요즘 그 어느 남자분께서는 실제로 지나치게 그녀를 좋아해서 탈이다. 정말 곤란할 지경이었다.

"아, 그럼 누나가 여자지 남자예요? 오늘따라 왜 그렇게 신경질을 내요? 누나 혹시……."

"야!"

전에도 생리 운운해서 속을 뒤집어놓더니 오늘도 또 시작하려나 보다. 언젠가 꼭 한번 때려주려고 벼르고 있었는데 오늘 딱 날이 적당하다.

"저 봐, 저 봐. 딱 그거네."

"대체 명식 씨 머릿속엔 뭐가 들었어? 응? 그렇게 여자, 여자 하니까 관심은 그렇게 차고 넘치는데 명식 씨한테 여자가 없는 거야."

"왜 얘기가 그렇게 돼요?"

"명식 씨 얘기가 매번 '여자가' 타령으로 끝나는 거랑 뭐가 다른데?"

"요새 여자들이 눈만 높아 가지고 돈 많은 놈들만 찾아서 그런 거지, 내가 뭐가 문제라고. 비싼 것만 좋아하고, 명품에 환장하고."

세연이 팔짱을 낀 채 긴 한숨을 쉬었다.

"모든 걸 여자 탓으로 돌리기 전에 명식 씨가 못나서 여자들이 싫어하는 거라고 생각해본 적은 없니?"

명식의 입이 바닥까지 떨어졌다. 정말 크게 놀란 모양이었다.

"날 왜 싫어해요? 나 정도면 잘생긴 거 아니에요?"

"누가 그래. 어머님이?"

그것보다 '못나서'가 단순히 못생겼다라는 의미로만 받아들여진다는 게 신기할 따름이었다.

"……네."

"그렇지. 세상 모든 엄마들이 아들한테 심어주는 첫 번째 환상이지."

세연의 말에 명식이 더 이상 대꾸를 하지 못했다. 세연은 잠시 기다렸다 풀죽은 그의 얼굴을 보며 아까부터 했어야 할 말을 겨우 꺼냈다.

"사막에서 엔진 과열로 서모스탯 조정했습니다, 강명식 기능원님. 도면은 여기 있고요. 김 공장님께 전해주세요."

정확한 논리로 잘못된 점을 지적해봤자 돌아오는 반응은 '생리하냐?'이니 이런 방법을 쓸 수밖에. 누가 그랬다. 말을 해도 못 알아들으니 솔직히 이길 자신이 없다고.

"아, 사람 되게 무시하네. 왜, 나는 도면도 못 볼까 봐요? 이 정도야 뭐, 나 혼자서도 충분하겠네."

하지만 명식의 회복력은 빨랐다. 세연이 넘긴 도면을 펼쳐 들며 명식이 허세를 부렸다.

"예예, 알겠습니다. 그럼 빨리 부탁드려요."

너의 그 끝없는 피해의식은 도대체 뿌리가 어디일까? 세연이 속으로 말을 씹으며 도망갈 채비를 했다.

"아, 누나 그냥 가게요? 커피라도 마시고 가요."

"나 바빠."

세연이 무시무시한 속도로 시작실을 빠져나왔다. 뒤에서 부르는 소리 따윈 철저하게 무시했다. 아까부터 주머니에서 톡이 끊임 없이 울리고 있었기 때문이다. 오늘은 정말이지 한마디 해야겠다. 세연이 잠시 멈춰 서서 달려가는 이모티콘을 하나 보내놓고 고개를 저었다.

연구동 뒤쪽 산으로 향하는 오솔길을 따라 올라가다 보면 작은 벤치가 나온다. 그 벤치 아래에는 그녀를 기다리는 그가 있었다. 출시 직전 광란의 소용돌이 상태임에도 불구하고 그들은 자투리 시간을 활용하여 만났다. 굳이 따지자면 억지활용이다. 불려 나오는 건 언제나 세연이기 때문이다.

"시작실 업무, 인턴사원에게 넘기라고 하지 않았나?"

세연이 숨이 턱 끝에 차도록 뛰어올라 벤치에 앉자마자 세준이 산책로 뒤편에서 나타났다.

"아직 기본 업무도 못 익혔던데, 그럴 수야 없죠. 그리고 저 이 업무 좋아해요. 재미있어요."

휴가가 끝나자마자 그는 짐 몇 개와 함께 세연을 자신의 집으로 거의 납치해 갔다. 세연으로서는 처음 보는 그의 모습이었다. 타협은 불가능했고 퇴로는 막혔다. 사실 거의 자진해서 그의 집에 머무는 것이었지만 그는 동원할 수 있는 모든 수단을 동원해서 그녀를 못 가게 하고 있었다.

"재미있다니 다행이지만 나는 별로 마음에 들지 않는데."

그가 팔짱을 끼고 벤치 옆 나무 기둥에 어깨를 기댔다. 말이야 바른말이지, 그렇게 따지자면 그는 요즘 세연의 주변 무엇 하나 마음에 들어 하지 않았다. 특히 남자와 관련된 것이면 무조건 질색했다. 그중 최고는 물론 강명식이었고.

"남자로 접근하고 있는데 왜 그냥 놔두는 거지?"

"정식으로 뭘 어떻게 한 것도 아니니 그만두라고 할 수도 없는 거잖아요. 게다가 저보다 어리고."

그의 눈이 가늘어지고 나무 기둥에서 몸을 일으켰다. 그리고 그에게서 몇 걸음 떨어지지 않은 곳에 앉아 있는 세연을 향해 다가왔다.

"안 돼요."

세연이 집게손가락을 세워 흔들었다. 멈칫하는 세준의 몸과 굳어진 얼굴이 세연을 못마땅하게 쳐다보았다.

"회사에서 꼭 이 거리를 지켜야 하는 거야?"

"당연하죠."

불만에 가득 찬 그를 노려보며 세연이 말했다. 잠시의 허점도 보이면 큰일 난다. 요즘의 그는 아주 다른 사람이라고 보면 된다.

"만지지도 못하게 하잖아."

"만지는 걸로만 끝낼 수 있어요?"

지난번 이 벤치에서 그에게 옆자리를 허락했다 거의 집어삼켜질 뻔했다.

"……."

　매일 밤 그의 품에 안겨 잠드는 일은 지극히 만족스럽고 행복한 일이었다. 하지만 모든 일엔 반드시 대가가 따른다. 사람이 하룻밤에 몇 번씩이나 사랑을 나누고 다음 날 멀쩡할 수는 없는 노릇이다. 처음엔 단지 뭘 증명하고 싶어서 그런 줄 알았다. 그녀의 고자발언도 있었던 데다 그의 처음을 가졌고 또 여러 가지 난관이 있었으니까. 하지만 그것은 그녀의 크나큰 오산이었다. 그는 그냥 강했다.

"어린 게 이유가 되나?"

　가슴 앞에서 다시 팔짱을 끼며 그가 불만이 가득 담긴 볼멘소리를 했다.

"제가 알아서 할게요."

"못 미더우니까 그렇지."

　그가 어느새 왔는지 그녀의 곁에 서서 말했다. 세연이 조용히 자리에서 일어났다.

"그리고 회사에서 자꾸 톡 보내지 말아요."

"왜?"

　그가 한 발짝 다가오자 세연이 한 발 물러섰다.

"바쁜데 자꾸 여기로 불러내지도 말고요."

"보고 싶은데."

　그의 말에 세연이 웃어야 할지 울어야 할지 기막혀하는 동안 그는 또 한 발 다가왔다.

"매일 보잖아요."

거의 매일이 회의에다 그 많던 출장도 이젠 없다. 사람들의 눈을 피해 같이 퇴근하고 같은 침대를 쓰고 같이 출근했다. 넘칠 정도로 보고 있다는 거다.

"부족해."

바지 주머니에 꽂은 그의 두 손이 금방이라도 나와서 그녀를 품으로 끌어당길 것만 같았다. 그의 눈이 그렇게 말하고 있었다. 그가 이성을 잃지 않으리란 보장만 있다면 세연도 그가 원하는 대로 해주었을 것이다. 하지만 그렇지 않다는 걸 그도 알고 세연도 안다.

"안 돼요."

세연이 마음을 다잡으며 말했다. 그의 눈이 약간 슬퍼졌다. 넘어가면 안 된다. 지난번에 '한 번만 더'라는 그 눈에 넘어가 새벽을 맞이하고, 입사한 후 처음으로 월차를 냈다.

"그리고 집도 너무 오래 비웠어요. 오늘은⋯⋯."

말을 다 끝마치기도 전에 그녀는 그의 품 안에 있었다.

"안 돼."

"뭐가 안 돼요? 그리고 이건 반칙⋯⋯."

그는 그녀의 입을 효과적으로 막는 방법을 알았다. 허리를 감고 있는 그의 팔에 힘이 들어감과 동시에 다른 한 손이 그녀의 얼굴을 감싸며 그대로 입술이 겹쳐졌다. 그는 알고 있었다. 그렇게 하면 그녀는 전혀 딴생각을 할 수가 없게 된다는 걸.

그녀의 입술 위를 부드럽게 움직이는 그의 육감적인 입술 외에는 머릿속에 모든 것이 사라져버렸다. 세연이 저도 모르게 그에게 매달렸다. 다리에 힘이 풀리자 허리를 감은 그의 팔에는 더욱 힘이 들어갔고 그녀의 머리카락을 헤집던 손이 내려와 그녀의 몸을 자신에게로 완벽하게 합쳤다.

정신을 차렸을 땐 그의 웃는 얼굴이 자신을 내려다보고 있었고 그녀의 몸은 벤치와 그의 몸에 반반씩 걸쳐 있었다.

"내가 이럴 줄……."

세연이 그의 몸에서 자신의 몸을 빼내며 그의 어깨며 팔을 찰싹찰싹 때리기 시작했다.

"오후에 회의 있어."

요령껏 그녀의 손을 피하고는 그가 얄밉도록 말쑥한 모습으로 일어섰다. 그리고 씩씩대며 자신을 노려보는 세연의 머리카락을 귀 뒤로 넘겨주며 말했다.

"집에는 다음 주에 가는 게 어때?"

"지난주에도 그랬잖아요."

세연이 매무새를 가다듬으며 일어섰다.

"이따 봐."

아무것도 듣지 못한 것처럼 그녀의 뺨에 키스하고 세준이 여유만만하게 산책로를 걸어 내려갔다.

"아악, 얄미워."

세연의 말에 킥킥거리는 그의 웃음소리가 그녀에게까지 들려왔다. 아무도 오지 않는 시간이라고 해도 그가 내려간 뒤 시차를 두고 내려가야 했다. 그는 괜찮다고 했지만 세연은 늘 고집을 부렸다. 무엇이든 '그렇게 해'라고 말해주던 세준은 이제 없다. 사라졌다. 그는 '안 돼'라고 했으며 '절대'라는 말도 사용했다. 고집을 부렸고 그녀에게 집착했다.

문제는 예전의 그도 지금의 그도 똑같이 사랑스럽다는 것이다. 단단히 빠진 거지. 세연이 고개를 흔들고는 행복한 웃음을 터뜨렸다.

이른 아침 회사 앞 커피숍에 앉아 시나몬을 잔뜩 뿌린 카푸치노를 한 모금 마신 세연이 만족스러운 한숨을 내쉬었다. 더 이상의 엔진 결함 없이 차량 테스트를 무사히 마쳤다. 하이브리드엔진으로선 최고의 결과를 낸 일이었다. 이제 정말 모든 것이 끝이 나고 세연도 드디어 시작실 담당 업무에서 해방이 되었다. 이 느낌을 만끽하려면 반드시 혼자 있을 시간이 필요했다.

덕분에 이번 주 내내 세준은 발톱에 가시 박힌 호랑이같이 굴었다. 세연이 이번 주를 '혼자 있기 주간'으로 정했기 때문이었다.

"역시, 비싼 커피 좋아할 줄 알았어. 럭셔리하네. 아침도 막 이런데서 먹고 그러는 거예요?"

"푸."

커피를 한 모금 더 마시려던 세연은 귓가에 들려온 목소리에 그만 커피를 뿜어내고 말았다.

"헐, 무슨 커피 한 잔이 5천 원이 넘어. 요 앞에 이모네 백반 점심값이 이거보다 싸겠네."

회색 작업복 차림의 남자가 그녀 앞에 나타났다. 그게 왠지 전투복처럼 보이는 것 순전히 느낌 탓이겠지.

"명식 씨."

마지못해 그의 얼굴을 확인한 세연이 얼굴을 한껏 찌푸렸다. 몇 달 만에 느끼는 자유롭고 느긋한 아침이었다. 게다가 시작실 업무에서도 해방되었다. 밖에서까지 만나고 싶지 않은 사람인 데다 이렇게 되면 세준을 떼어놓고 나온 의미가 없지 않은가.

"되게 오랜만이지 않나? 이제 볼일 다 끝났다, 이거예요? 이야, 사람 매정하네. 어떻게 그렇게 발길을 딱 끊어요?"

무슨, 얼마나 친한 사이라고. 그리고 내 남친이 너 만나지 말래.

"여긴 웬일이야?"

당장 꺼지라고 해야 할지 조금 있다 꺼지라고 해야 할지 고민하고 있는 사이 명식이 주위를 두리번거리며 자연스럽게 그녀의 앞자리에 자리를 잡았다.

"겁나 반갑네. 지나던 길에 커피나 마실까 하고 들어왔는데 누나가 있잖아요."

"……."

할 말은 많은데 뭐부터 해야 될지 모르겠다.

"명식 씨."

세연이 작정하고 그의 이름을 부르자 명식의 어깨가 움츠러들었다. 세연의 눈치를 흘깃흘깃 보던 그가 기어 들어가는 목소리로 대답했다.

"왜요."

"여긴 왜 왔어?"

"그냥 지나가다 들렀다니까요?"

뻔뻔스러운 말대답과 반대로 눈도 제대로 못 맞추는 명식이었다.

"여기 지나다니는 길 아니잖아."

"그냥 오늘 한번 지나가봤어요. 나도 커피 마시려고."

불퉁스럽게 내뱉고는 또 한 번 그녀의 눈치를 본다. 세연이 작게 한숨을 쉬었다. 언젠가 때가 되면 확실히 하려고 했지만 그게 오늘일 줄은 몰랐다.

"그래, 알았어. 그런데 명식 씨, 내가 혹시나 해서 말해두는 건데 나 남자 친구 있어."

명식의 얼굴이 굳어지는가 싶더니 목에서부터 벌건 기운이 얼굴까지 올라와 순식간에 번졌다. 헛기침을 두어 번 하다 입을 닫은 그가 갑자기 버럭 소리를 질렀다.

"아, 누가 뭐래요?"

"그래, 괜한 말이었다면 미안해. 커피 뭐 마실래?"

세연이 지갑을 들고 일어섰다. 명식은 세연이 주문하는 동안 주눅 든 어린아이처럼 눈치만 보다 커피를 받아 왔다. 그래 놓고도 한참을 말없이 앉아만 있었다.

"할 말 있어서 온 거 아니야?"

결국 침묵에 진 세연이 명식에게 물었다. 그러자 갑자기 두 손을 얼굴에 가져다 댄 그는 거칠게 마른세수를 시작했다. 발갛게 변한 얼굴을 손바닥으로 대차게 비비고는 머리까지 두어 번 벅벅 긁고 기운차게 손을 휘저은 후 내렸다.

"아니에요. 맞아요. 사실 누나가 여기 잘 온다는 거 알고 있었어요. 그래서 아까부터 기다렸어요."

"그래?"

"그래도 남자 친구 있는 줄은 진짜 몰랐다. 맞아요, 나 누나 좋아해요. 됐어요?"

말을 하는 건지, 고함을 치는 건지. 호기롭게 얘기를 하고는 다시 몸을 쪼그렸다.

아무래도 진심인 듯했다. 귀여운 구석도 있는 녀석이긴 하다.

"그래, 고마워. 여자 같지도 않다더니. 좋아하기까지 해주고."

"그러니까요. 고마운 줄도 모르고. 아까운 사람 놓치는 줄이나 알아요. 이런 기회도 드문데."

귀여운 구석이 찰나를 담당하니 문제다. 세연이 아낌없이 그에게 눈을 흘겼다.

"커피나 마시지 그래?"

세연의 말에 명식이 뜨거운 커피를 후루룩 들이켰다.

"그런데 그 남자는 뭐 하는 사람이에요?"

그러고는 금방 촉새처럼 물어왔다. 하여간, 말 많은 녀석이다.

"그건 알아서 뭐 하게?"

"그냥 궁금해서요. 돈 많아요? 누나보다 많이 배웠어요? 뭐, 사짜 그런 건가?"

질문을 호로록 던져놓고 세연의 샌드위치에 껄떡대던 명식이 세연에게 매몰차게 손등을 맞고 물러났다.

"아니. 그냥 잘생겨서 사귀는 거야. 돈은 내가 벌면 되지."

고혹적인 미소를 지으며 세연이 말했다. 샌드위치를 사수하고, 네 거는 네가 시켜 먹으라며 핀잔을 준 이후였다.

"으에에?"

명식이 아낌없이 대경실색했다. 참, 놀리는 맛도 있는 녀석이라 대화가 지루하진 않다.

"입 다물어라. 파리 들어가겠다."

"우와, 뭐 이래. 남자가 무슨 제비예요? 누나 남자 나오는 술집 이런 데 다니는 거 아니죠?"

"너 진짜 맞을래?"

마음을 담아 손을 올리자 명식은 온몸으로 그 손을 방어했다.

세연이 그 모습에 그만 전의를 상실했다. 밉상이긴 한데 가끔 술자리 같은 데서 부르고 싶은, 죽이 잘 맞지만 꼴 보기 싫은 남자 후배 같은 타입이었다.

"그 남자가 잘해줘요?"

갑자기 풀이 죽더니, 명식이 진지하게 그녀에게 물었다. 그래서 세연도 진지하게 대답했다.

"그럼. 당연하지."

"칫."

세연은 그만 웃음을 터뜨렸다. 순수하게 감정을 드러내며 입을 삐죽거리는 명식은 정말 그 나이대 사내아이로 보였다.

솔직히 말하면 훨씬 어린 고등학생 정도로 보였다.

"출근들 안 해?"

갑자기 테이블 위로 테이크아웃 컵이 하나 더 등장했다. 컵을 들고 있는 긴 손가락, 그리고 그 위로 이어진 긴 팔. 세연은 체념한 듯 커피를 내려놓고 남은 샌드위치를 봉투에 조심스럽게 넣었다. 아무래도 이건 못 먹지 싶다.

"어……."

오늘 무슨 날이야? 한세연이 혼자 커피숍에 있다고 아주 사원 알림판에라도 떴냐고.

"어, 형? 여긴 웬일이에요? 형도 지나가다 들렀어요?"

명식이 세준을 보고 반갑게 몸을 일으켰다. 눈치 하난 역대급으로 없는 것 같다.

"응. 지나가다…… 들렀지."

세준이 자연스럽게 세연을 옆자리로 옮기게 하고는 그 옆자리를 차지하며 말했다. 당장 명식의 눈이 곱지 않게 가늘어지는 것이 보였다.

"오늘 일찍 출근한다더니 여기서 커피 마시고 가려고?"

세연의 입이 떡 벌어졌다. 아주 작정을 하셨네.

"……."

모든 걸 포기했다. 명식의 가자미 같은 눈도, 이글이글 불타오르고 있는 세준의 눈도 못 본 척하고 봉투에 넣었던 샌드위치를 꺼냈다. 피할 수 없으면 즐겨야지, 별수 있나. 세준의 질문은 못 들은 척하고 그녀는 샌드위치를 우걱우걱 잘라 먹었다. 커피도 한 모금 잔뜩 들이켰다.

왜, 뭐, 왜. 세연이 해볼 테면 해보라는 식으로 둘을 번갈아 쏘아보았다.

"형, 뭐예요? 아니, 둘이 뭐야?"

명식의 선공이었다.

"그게 왜 궁금하지, 강명식?"

느긋하게 의자에 기대어 커피를 입가로 가져가며 세준이 방어했다. 명식의 어이가 하늘로 날아가는 것이 눈에 보인다.

"와, 누나 이 팀장 형이랑 사귀어요? 돈 없고 얼굴만 잘생겼다는 게 이 형이에요?"

명식의 말에 세준의 눈썹이 하늘로 치켜 올라갔다.

"내가 그랬어?"

이럴 땐 같이 뻔뻔해지는 수밖에 없다. 일을 이 지경으로 만든 책임은 장본인에게 나중에 호되게 물어도 되고.

"그게 그 말 아니에요. 돈은 누나가 벌면 된다면서요. 우와, 누나 알고 보니 되게 속물이네요?"

활화산이라도 된 것처럼 곧 폭발 조짐을 보이고 있는 명식에게 세준이 찬물을 끼얹었다.

"강명식, 말조심해."

그 말에 명식의 분노는 곧 차게 식었다.

"칫."

"그래서?"

"그래서 뭐요?"

입 내민 명식이 되물었다.

"차였어?"

명식의 어이가 또 한 번 하늘을 날았다.

"와, 나 어이가 없네. 네, 차였어요. 아주 처절하게 차였습니다. 아까까지는 남자가 제비 비슷한 건 줄 알고 여지가 있는 줄 알았는데요. 형 오고 나서는 여지도 없이 완벽하게 짓밟혔어요. 정말 둘이 너무하는 거 아니에요?"

잘하면 울겠네. 세연이 생각했다.

"안 울어요!"

명식이 버럭 소리를 질렀다.

"헉. 내가 말로 했어?"

명식은 기가 막혀 했고 세준은 그녀를 노려보았다.

"그거 내 앞에서만 하는 게 아니었나?"

"아니, 그게. 지금 팀장님 앞 맞잖아요. 나도 몰랐다고요."

세연이 애써 변명했다.

"헐. 지금 둘이 뭐 하는 거예요? 내 앞에서 사랑싸움 하는 거예요? 와, 진짜 못됐다."

명식이 기가 막히고 코가 막히다는 심정을 온몸을 다해 표현했다.

"술 살게."

세연이 두 손 모아 빌었다.

"비밀로 해줘. 부탁이야, 명식 씨."

"아니. 세연이가 술을 사는 일 따윈 절대로 없을 거야."

세준이 무서운 얼굴로 세연을 가로막고 명식에게 말했다.

"우와, 이 형 봐. 우와, 지금 질투해요? 내가 누나랑 단둘이 술 마실까 봐 이러는 거예요? 진짜 쪼잔하다! 아, 됐어요! 내가 미쳤다고 임자 있는 여자랑 술을 마셔? 사람을 뭘로 보고. 나 어디 가서 입 함부로 놀리는 놈 아니니까 걱정하지 말아요."

명식이 원망 섞인 비난을 세준에게 쏟아냈지만 정작 그는 듣고 있지도 않는 것 같았다.

"시간 다 됐어. 일어나."

세준이 자리에서 일어서며 세연에게 말했다.

"전 이따 갈게요. 두 분 먼저 가세요. 저 오늘 사실 오후 근무예요."

세연이 명식을 돌아보자 그는 세상을 다 포기한 것처럼 그들에게 말했다.

"저, 근데 누나."

그러고는 손을 흔들고 나가려는 세연을 불러 세웠다.

"응?"

"나 샌드위치 좀 시켜주고 가면 안 돼요?"

세연의 손이 허공에서 멈췄다. 풋 하는 웃음소리가 그녀의 뒤에서 터져 나왔다. 세연이 고개를 돌리니 지갑을 꺼내 드는 세준의 모습이 보였다.

"내가 내지."

세준의 말에 명식이 환호를 하며 손으로 오케이 사인을 흔들어 보였다.

저 인간의 뇌엔 자존심이란 게 있는 걸까. 세연이 심각하게 고민하며 커피숍을 나섰다.

하나둘씩 출근 전 커피숍에 들르는 사원들의 수가 늘어나고 있었다. 세준과 함께 커피숍을 나서는 세연이 주변을 둘러보며 아는 사람이 없는지 확인했다.

"진짜, 누가 더 어린애 같은지 가늠을 할 수가 없네. 아주 막상 막하네."

지나가는 사람이 없는 것을 확인한 후 세연이 그를 향해 눈을 흘겼다. 명식도 그도 똑같이 꼴도 보기가 싫었다. 방금 전 있었던 일들이 과연 현실로 일어났던 것일까. 믿고 싶지 않았다.

미리 얘기하지 않았는데도 그들은 자연스럽게 후문 쪽으로 방향을 잡고 걷고 있었다. 출근 러시아워가 시작되려면 아직 시간이 좀 남은 데다, 후문은 큰길과 반대편이라 인적이 드물다 못해 적막하기까지 했다.

"그런데 내가 언제부터 돈 없고 얼굴만 잘생긴 놈이 된 거야?"

그는 그녀의 말엔 아무 대꾸도 하지 않고 대신 다른 문제를 꺼내 들었다. 세연은 그의 엉뚱한 말에 갑자기 웃음보가 터져버렸다.

"지금 그게 문제예요?"

"그럼 뭐가 문제지?"

"어휴, 진짜. 내가 말을 말아야지. 어쨌든 명식 씨는 내가 얘기 잘 끝냈으니까 팀장님은 더 이상 신경 쓰지 마세요."

그녀의 웃는 얼굴을 보고 그의 표정이 딱딱하게 굳었다. 세준은 뚜벅뚜벅 걸어서 그녀의 앞을 막아서더니 손가락으로 세연의 턱을 들어 올렸다. 기세에 비하면 다정한 손길이었다. 눈을 맞추고 찬찬히 그녀의 얼굴을 뜯어보다 눈빛이 어두워졌다.

"그렇게 뭐든 혼자서 다 해낼 수 있는 것처럼 굴지 마."

차가운 말투였다. 그의 눈동자에서 다른 것을 발견해내지 못했다면 아마 그녀는 화를 냈을 수도 있었다.

"왜 그런 말을 하는 거예요?"

"난 네가 독립적으로 구는 게 마음에 들지 않아."

정말이지 이제는 안 되겠다. 세연이 그의 넥타이를 손으로 잡아 끌어당겼다. 그리고 그의 얼굴을 자신에게로 바짝 당기고는 이렇게 말했다.

"잘 들어요, 이세준 씨. 난 어른이고 내 일은 내가 알아서 해요. 난 독립적인 사람이고 앞으로도 이렇게 살 거예요. 자꾸 어린애처럼 굴지 말아요."

그녀를 바라보는 눈동자가 더 짙고 더 어둡게 변했다. 숨결이 느껴질 정도의 가까운 거리에서 그는 낮고 음울하게 말했다.

"난 아니야. 난 네가 나에게 기대고 의지하고 내가 없으면 아무것도 못 했으면 좋겠어."

당황한 세연이 그의 넥타이를 놓고서 멍하니 그의 눈만 바라보고 있었다. 마치 그의 눈동자에 사로잡힌 것 같았다. 그가 허리를 펴고 손가락으로 그녀의 이마를 튕길 때까지 그녀는 옴짝달싹 못 했다.

"그만 돌아오지 그래?"

"네?"

"그 혼자 있기 주간이라는 거 말이야. 너무 길지 않아?"

아. 세연이 현실로 돌아왔다. 방금 전 그의 말에 너무 놀라서 정신을 차리지 못하고 있었다. 조금 전 그의 말은 차차 생각해보기로 하고 세연이 그를 툭 밀었다.

"난 독립적이고 싶어요."

"내 안에서 얼마든지 독립적으로 지내."

"어떻게 그래요?"

"어떻게 그렇게 못 하지?"

세연이 쏘아보자 그는 잠시 눈을 다른 곳으로 돌렸다.

"대체 원하는 게 뭐예요?"

"너."

데자뷔인가. 이런 일이 전에도 한 번 있었던 것 같은데. 세연이 천연덕스럽게 대답하는 그를 쳐다보며 애써 표정 관리를 했다. 그녀를 향한 그의 집착은 중증으로 치닫고 있었다. 요즘 그녀가 그와 자주 부딪치는 이유였다. 그럼에도 이상하게 슬슬 그가 귀엽게 보이기 시작했다. 이 정도면 그녀도 중증임에 틀림없었다.

"그거 말고요."

"다른 건 필요 없어."

그가 고집스레 덧붙였다. 웃음이 나오려는 걸 억지로 참자니 입가가 떨리고 가슴 근육이 아프다.

어휴.

"정말……."

이 남자를 어쩌면 좋단 말인가. 어찌 보면 어린아이 같기도 하고 또 어떻게 보면 대형견 같기도 한 그는 때려주고 싶다가도 꽉 끌어안아주고 싶기도 하다. 솔직히 말하면 그녀도 일주일은 길다고 생각하기는 했다. 그가 없는 밤은 외롭고 쓸쓸하고 너무 길었다. 뭐, 귀여우니까 일단 져주는 척 해볼까.

"생각해볼게요."

"오늘."

턱을 굳히며 그가 말했다. 고집을 부릴 때 나오는 그의 버릇이었다. 세연이 포기하고 손을 들었다. 그의 입가에 슬쩍 미소가 걸리는 것을 보며 세연은 한숨을 내쉬었다. 아마 조만간 또 한 번 싸워야 할지도 모르겠다.

신차가 나오면 나영과 여행을 가기로 약속을 했었다. 그는 결코 그 계획을 마음에 들어 하지 않을 것이다. 결국 그녀가 이기겠지만 힘겨운 싸움이 될 것이다. 몸도 마음도.

"안녕하세요, 팀장님. 어? 세연 씨도 같이 오네?"

그러는 사이 어느새 연구동 앞까지 왔다. 그리고 입구에서 숙현과 딱 마주쳤다.

"아, 이 앞에서 만났어요."

세연이 재빨리 변명했다.

"그래도 신기하다. 누구 만났다고 같이 들어오시는 분 아니잖아요? 우리 막내만 너무 예뻐하시는 거 아니에요?"

숙현이 장난스레 물어왔다.

"아, 한세연 씨가 예쁘긴 한데 예뻐하는 건 어떻게 하는 거지?"

표정 하나 변하지 않고 진심을 말하는 세준 때문에 당황한 건 질문한 숙현만이 아니었다. 아, 쥐구멍이 어딨더라. 세연은 가까운 블랙홀이 있다면 몸이라도 던지고 싶었다.

"네? 하하하. 진짜 팀장님 가끔 보면 되게 재밌으시다니까."

어색하기 짝이 없는 웃음을 지으며 숙현이 세연 쪽을 흘끔거렸다. 하지만 세연은 세연대로 블랙홀과 쥐구멍을 찾느라 정신없었다.

"한세연 씨는 테스트 엔진 히스토리 정리해서 가져오도록 하고, 이숙현 주임은 신차발표회에 참가할 인원 맞춰서 보고하도록 해요. 신차발표회에 개발팀 참가시키라는 회장님 지시가 내려왔어."

갑자기 세준의 입에서 딱딱한 업무지시가 내려졌다.

"신차발표회에 참석합니까? 개발팀이요?"

워낙 이례적인 일이라 숙현이 깜짝 놀라 되물었다.

"회장님 특별 지시야."

"지금까지는 한 번도 없었던 일인데, T1에 대한 기대가 이 정도일 줄은 몰랐는데요. 설마 개발팀이 몽땅 참석해야 하는 건 아니죠?"

"개발팀 전원 참석하란 지시는 없었어. 참가하겠다는 팀원들 명단만 제출하도록 해. 강제하지는 말고."

"알겠습니다, 팀장님."

도망갈 구멍을 찾았으니 세연은 부리나케 지시에 따랐다. 그리고 눈치 빠른 숙현도 조용히 그의 뒤를 따라 사무실로 들어섰다.

18. 안전테스트를 준비한다

"거기서 대각선으로 긋는 게 아니었어."

화려한 X호텔의 그랜드볼룸 한쪽 구석에서 입이 잔뜩 나온 윤 책임이 투덜거렸다. 세기의 난제였던 신차발표회 참석인원 채우기의 피해자 중 한 명이었다.

"어차피 윤 책임님 아니면 저였어요. 다들 잔머리 굴려 가지고 월차 쓰고 반차 내고 몇 명 남지도 않았는데 사다리를 탔으니. 어휴."

편법이 난무했다. 비리가 판을 치고 반칙 정도는 애교였다. 애초에 가기로 정해졌던 세연을 빼고는 모두가 진창에서 뒹굴었다. 오로지 신차발표장에 가지 않기 위하여.

"하긴 말이죠. 무슨 무간지옥에 들어가라는 것도 아닌데 왜들 그렇게 안 오려고 난리들을 쳐요?"

또 한 명의 피해자 박 선임이 윤 책임을 달래다 말고 한숨을 쉬었다.

"그러는 박 선임도 도망가다 잡히지 않았나?"

"아, 화장실 간 거라니까요. 몇 번을 말해요."

"우리 층 화장실 놔두고 왜 1층 정문 앞 화장실에서 잡혔는데?"

"거기가 제일 편해요, 저는."

박 선임이 정색하며 박박 우겨댔다. 윤 책임이 못마땅한 듯 혀를 끌끌 찼지만 숙현의 제지로 말이 이어지진 않았다. 나란히 사다리에 당첨된 둘은 승리의 기쁨을 만끽하며 환호하는 다른 팀원들을 남겨두고 곧바로 발표회장으로 향했다. 오는 동안에도 내내 성난 오리처럼 꽥꽥거리며 다투는 바람에 숙현과 세연의 혼을 쏙 빼놓았음은 물론이다.

"이제 그만들 좀 하세요. 막내 앞에서 부끄럽지도 않아요? 아무튼 제일 질색하신 두 분이 오게 돼서 정말 유감입니다만 그래도 이왕 온 거 불평은 그만하시고 좀 즐겨보시는 게 어때요?"

그들은 발표회장의 뒤쪽 테이블에 둘러앉아 자리를 비운 세준이 돌아오기를 기다리는 중이었다. 발표회장 안은 매스컴 기자와 관계자들, 각종 자동차 동호회 회원들과 초대받은 손님들로 인산인해를 이루고 있었다. 일찌감치 와서 자리를 잡은 그들과 달리 사람들은 T1이 조명을 받고 서 있는 입구에서부터 런웨이처럼 만든 무대 주변에 몰려 있었다.

"휴우. 난 왜 그 생각을 못 했지? 나도 월차 쓸 거 한참 남았는데. 말이 나왔으니까 말이지 신차발표회 자체는 좋아요. 요즘은 뭐 쇼도 하고 경품 추첨도 하고 밥도 주고, 싫을 게 없단 말이야. 그런데 이게 우리 회사잖아. 오늘 얼굴도 한 번 못 본 임원진들 다 올 텐데 이런 가시방석이 어디 있어? 격려해준답시고 한 명씩만 왔다가도……. 아흐흐, 살 떨려."

숙현의 말은 귓등으로 흘린 윤 책임이 미련을 버리지 못하고 떫은 입맛을 다셨다.

"우리 보러 오는 거겠어요? 팀장님 보러 오는 거지. 우린 그냥 팀장님 뒤에 서 있다가 악수하라면 악수하고 인사하라면 인사하고 그럼 되겠네."

그에 비해 이제는 포기의 빛이 역력한 박 선임은 한풀 꺾인 목소리였다.

"그런데 왜 모델명이 없어요? 설마 T1으로 나오는 건 아니죠?"

세연은 아무것도 걸려 있지 않은 무대를 쳐다보며 숙현에게 속삭였다.

"당연히 아니지. 이름은 아무도 몰라. 사장님하고 홍보팀만 알걸? 오늘 사장님이 환영사 하면서 발표하신대."

숙현이 다소 목소리를 높이며 주변을 둘러보았다. 유독 그들 주변에만 아무도 없었다. 몰려 있는 사람들은 시끌벅적했지만 유독 구석진 자리라 음악 소리도 조명도 없었다.

"그런데 상무님은 왜 여기까지 와서 팀장님을 불러내신 거야? 어차피 이따 임원진들 따로 뵙고 인사하는 거 아니었어?"

"그거야 저도 모르죠. 포상이라도 따로 하시려는 거 아닐까요? 금일봉 주시려나?"

"이봐, 이봐. 이 주임, 아직도 상무님을 몰라? 어디 그럴 양반이야, 그 양반이? 팀장님 공이나 가로채는 거면 모를까."

기도 안 찬다는 듯 윤 책임이 콧방귀를 뀌었다.

"아무리 상무님이라도 무슨 수로 이번 공을 가로요? 그냥 화나는 김에 불러다 성질이나 부린다에 5백 원 건다, 내가."

박 선임이 자신 있게 말했다. 그리고 그의 말과 꼭 맞아떨어질 만한 일이 발표회장 2층의 한 세미나실에서 벌어지고 있었다.

"내가 괜한 데 건드리고 다니지 말라고 했었던 것 같은데, 내 말이 우스운 건가?"

잔뜩 거만하게 소파에 몸을 묻고 앉아 있던 상무는 세준이 문을 열고 들어서자마자 몸을 일으키며 이를 드러냈다.

"무슨 말씀이십니까?"

세준의 대응은 차분했다. 날카롭게 각을 세우고 그를 노려보고 있는 상무의 모습과는 대조적이었다. 휴가 전 그를 불러 짐짓 위엄 있게 타이르던 그는 이제 그런 가면을 쓸 여유도 없는 모양이었다. 발표회 시작을 알리는 팡파르가 울리고 떠들썩한 환호가 멀리서 들려왔다.

"발표회장에 가보셔야 하는 것 아닙니까?"

핏대를 세우고 서 있는 상무의 맞은편 의자에 앉으며 세준이 물었다.

"지금 그게 문제야?"

"그럼 무엇이 문제입니까?"

"T1 성공했다고 눈에 뵈는 게 없는 모양인데, 부품업체는 왜 자꾸 건드리고 다니는 거야?"

"휴가 전 상무님이 말씀하신 대로 그 이후 부품업체와 연락하지 않았습니다."

놀랍도록 아무 미동도 없이 침착하게 대답하는 세준을 상무는 죽일 듯 노려보았다. 속이 타는지 자신의 앞에 놓인 찻잔을 들어

냉수라도 들이켜는 양 벌컥벌컥 마셨다.

"좋아. 그럼 구매부 이 과장을 따로 만난 이유가 뭐야?"

탁 하고 찻잔을 내려놓은 그가 다시금 날카로운 공세를 폈다. 물론 세준 몫의 차는 준비돼 있지 않았다. 미리 지시를 했는지 그 누구도 세준에게 권하지 않았다. 그의 옹졸함에 세준이 헛웃음을 삼켰다.

"저녁 식사를 했을 뿐입니다."

"그걸 나보고 믿으라고?"

"그거야 상무님께서 알아서 하실 일입니다."

"뭐야?"

버럭 소리를 지른 상무는 상스러운 소리를 내뱉으며 세준에게 삿대질하기 시작했다. 세준은 그저 잠자코 모든 걸 받아냈다. TR과 계약된 모든 일을 마쳤으니 재계약을 하지 않는 이상 그는 어떤 일에도 관여하지 않았어야 했다. 그 어떤 것에도 애착이나 의무가 없는 그로선 아주 당연한 일이었다. 하지만 그는 휴가 전 구매부의 이 과장을 따로 만났다. 지난 10년간 부품업체들의 납품 단가가 명시되어 있는 납품 장부의 원본을 요청하기 위해서였다. 어렵게 얻어낸 자료는 모두 자신의 집에 따로 보관해두었다. 증거자료를 더 모으고 조금 더 파헤쳐본다면 유사시 그가 쓸 훌륭한 무기가 될 터였다.

하지만 여기까지. 딱 여기까지였다.

"왜 이러시는지 영문을 모르겠습니다."

"영문이고 한문이고 간에, 당장 그만둬. 내가 그만두라고 했어. 네가 한국 회사의 조직 구조를 잘 몰라서 그러는 모양인데, 여긴 여기 나름대로의 규칙이 있는 거야. 여기가 어딘 줄 알고 천둥벌거숭이처럼 낄 때 안 낄 때를 모르고 날뛰어?"

"신차발표회는 회장님의 지시에 따라 참석한 것뿐입니다. 제가 원해서 온 것은 아닙니다."

"으아. 이 자식이 진짜 사람 열 받게 하네. 그게 그 말이야? 지금 내 앞에서 회장님 운운하는 거야? 너 나 지금 협박해? 회장님이 직접 스카우트했다고 기고만장해서 눈에 뵈는 게 없는 모양인데, 네까짓 거 하나쯤은 내가 자른다고 하면 그만이야!"

"상무님이 염려하시는 일이 무엇인지는 알겠습니다. 넘겨짚으시고 계신 일들은 하나도 일어나지 않았고, 앞으로도 그럴 일은 없다는 걸 말씀드리고 싶습니다."

세준은 표정 하나 바꾸지 않은 채 상무의 정수리에 대고 말했다. 어지간히 혈압이 올랐던지 듬성듬성한 머리숱 사이로 벌겋게 물든 그의 피부가 보였다.

"무슨 일을 하든 다 이유가 있어서 하는 거라고. 시키는 일이나 고분고분 하지 어딜 나서서 들쑤시고 다녀, 다니길."

의혹의 눈길은 거두지 않았지만 세준의 대답이 조금은 영향을 끼친 때문인지 상무의 언성이 점차 잦아들었다.

세준은 한숨을 쉬며 손수건으로 땀을 닦아내는 상무를 바라보다 조용히 자리에서 일어섰다. 우려했던 대로 리베이트 건은 윗선이 개입되어 있었다. 문제는 그 윗선이 상무로 끝나느냐, 아니면 더 위냐는 것이었다. 판을 들여다보니 단순한 횡령이 아닌 비자금 조성이었다. 그렇다면 더 이상은 관여하지 않는 게 옳았다. 그와는 상관없는 일이었기 때문이다.

"먼저 일어나 보겠습니다. 상무님도 가보셔야 하지 않겠습니까? 발표회가 거의 끝나가는 것 같은데요."

"건방진 자식. 이대로 별일 없이 넘어갈 줄 알면 큰 오산이야. 네가 언제까지 회장님의 비호를 받을 것 같아? 이번 계약 종료되면 너도 끝이야."

허락도 없이 세미나실을 나서는 세준의 등 뒤로 상무의 고함이 따라왔다.

그의 시간은 언제나 느리게, 더없이 느리게 흘러간다. 호텔의 좁고 긴 복도를 지나는 그의 뒤로 흥겨운 음악 소리와 왁자지껄한 소음이 시간을 타고 그에게 천천히 부딪혀왔다. 떠들썩한 곳은 질색이었다. 그가 살아오는 동안 늘 그랬듯 덧없는 시간이 의미 없이 그를 향해 왔다가 사라졌다. 모든 것이 아무 의미가 없었다. 단 하나를 제외하곤. 그가 돌아갈 곳에 그녀가 있다. 이제 그에겐 세연이 있었다. 그가 가진 단 하나였다.

그가 발표회장 안으로 들어섰을 때는 식이 모두 끝나 있었다. 무슨 이유에선지 상무는 그를 끝까지 붙잡아둘 생각이었던 모양이다. 덕분에 피하고 싶었던 지루한 쇼를 모두 넘긴 것은 그에게 감사할 만했다. 팀원들이 있는 테이블로 다가갈수록 온통 한 사람의 모습만 보였다. 세연이 그를 발견하고는 눈을 반짝이며 손을 꼼지락거리는 것까지 모두 눈에 담았다. 조금 전까지 느꼈던 피로가 거짓말처럼 사라지는 기분이 들었다.

"티볼트? 무슨 이름이 이래."

윤 책임의 목소리가 소음을 뚫고서 그에게까지 들려왔다. 피날레로 신차의 명칭을 발표함과 동시에 무대 가운데로 T1이 솟아올랐기 때문이었다.

"왜요. 멋진데."

"완전한 전기자동차는 아니지만 그에 가까운 하이브리드급이라 볼트라는 전기 단위를 사용한 것 같은데요."

"볼트면 제일 작은 단위 아니야?"

"전 볼트 좋은데요. 그렇다고 암페어나 와트 이런 건 멋이 없잖아요."

얌전하게 앉아 있다가 지지 않고 한마디 거드는 세연의 모습도 사랑스럽다.

"T는 영문으로 가고 Volt는 단위처럼 붙는 거예요. TR의 T고 TR의 브랜드만큼이나 우수한 연비를 나타낸다고 아까 사장님이 그러셨잖아요."

"언제 그런 걸 다 들었어? 난 먹느라고 못 들었어."

"할 말이 없네요, 진짜. 어? 팀장님 오셨어요?"

숙현의 인사를 받으며 세준이 마침내 자신의 자리를 찾아 앉았다.

"상무님이 지금까지 잡아두셨어요? 무슨 급한 일이 있었던 거예요?"

"아니. 별로."

"내 그럴 줄 알았다. 괜히 심술부리신 거지, 뭐. 일개 엔진개발팀 따위가 회장님 초대로 신차발표회 참석하고, 그런 게 싫으셨던 거야."

"아이참. 말조심 좀 하시라니까요."

세준이 빙긋 웃었다. 2부가 시작되면서 주변은 더욱 시끌벅적해졌다. 유명한 아이돌 가수의 무대로 분위기는 한껏 달아올랐다.

"사장님 오십니다."

언제 나타났는지 그들의 뒤로 누군가 서서 속삭였다. 작은 속삭임이었음에도 불구하고 사장님이라는 단어 한마디에 일동이 자리에서 벌떡 일어섰다. 일개 연구팀원이 사장을 직접 만나기란 쉽지 않을 일이었다. 게다가 사원들의 존경을 한 몸에 받고 있는 사장이었다. 경영보다는 교수직이 더 어울린다던 회장의 외아들, 임성혁 사장이었다.

"대형엔진개발팀이죠? 이번에 아주 수고가 많았어요."

염색하지 않은 반백의 머리가 그레이 톤의 슈트와 잘 어우러지는 온화한 인상의 사장이 테이블로 다가왔다. 팀원 하나하나와 눈을 맞추고 인사를 하고는 어렵지 않게 세준을 찾아냈다.

"이세준 팀장? 얘기는 많이 들었는데 이렇게 만나는 건 처음이지요? 반갑습니다. 회장님이 꽁꽁 숨겨두고 아끼시는 인재라고 소문이 자자해요. 하하하. 아주 궁금했는데 생각보다 훨씬 잘생겼네."

세준에게 악수를 청하고 그의 손을 양손으로 잡고 다독이며 그는 아낌없는 칭찬을 쏟아냈다. 가슴에서 우러나오는 진심 어린 칭찬이라는 걸 알 수 있었다. 회장을 이미 만나봤던 세연으로서는 아버지와 전혀 닮지 않은 아들이 신기했다. 임성혁 사장은 아주 호감형이었다. 그리고 아버지인 임 회장보다는 오히려 지금 그의 앞에 서 있는 세준과 이미지가 비슷했다. 아마 세준이 나이를 먹는다면 저렇게 로맨스그레이로 늙어갈 것 같았다.

"앞으로 갈 길이 멀어요. 계약 기간 얼마 안 남았다는 말을 들었는데 내 욕심으로는 이 팀장이 조금 더 애써줬으면 좋겠어요. 이 팀장, 우리 실제로 만난 건 오늘이 처음이지요? 언제 따로 한번 자리를 만듭시다."

"네."

미소 지으며 대답하는 것과는 별개로 세준의 눈동자는 점점 어둡게 변해가고 있었다. 적어도 세연의 눈에는 그렇게 보였다. 아무래도 계약 기간의 언급 때문인 것 같았다.

"남은 시간 즐겁게 보내도록 하고, 회사에서 봅시다."

사장이 팀원들을 향해 마지막 인사를 하고 돌아섰다. 회사에서 볼 일이 전혀 없을 텐데, 라는 생각을 하면서 세연이 사장의 말에 슬며시 웃자 옆에 서 있던 숙현이 허리를 쿡 찔러왔다.

"사장님이 전해드리랍니다."

수행비서로 보이는 남자가 숙현에게 제법 두둑한 봉투를 전했다. 팀원들의 얼굴이 활짝 폈다. 특히 윤 책임의 얼굴에 광채가 돌았다.

"그, 금일봉!"

봉투를 전한 비서까지 돌아가자 윤 책임이 거의 비명과 다름없는 소리를 질렀다. 액수를 확인하고는 희열에 찬 몸짓까지 곁들였다. 축제나 다름없었다.

"오늘 회식하고 남은 돈은 팀 회식비로 돌려요. 난 일이 생겨서 먼저 가야겠어."

세준이 일어서며 팀원들에게 말했다. 아무도 눈치채지 못한 것 같았으나 세연은 그의 낯빛이 조금 전보다 더 어두워졌다는 걸 알았다. 하지만 아무리 그와 눈을 마주치려 해도 그는 세연에게 눈길을 주지 않았다.

"네, 팀장님. 그럼 저희끼리 2차 하고 들어가겠습니다."

숙현이 밝은 얼굴로 그를 배웅했다. 세연이 걱정스러운 눈길로 그의 뒷모습을 좇았다. 그는 뒤도 한 번 돌아보지 않고 그대로 발표회장을 빠져나갔다.

"그런데 말이야. 우리 팀장님이랑 사장님, 좀 닮지 않았어? 키가 비슷해서 그런가? 웃는 모습도 그렇고 나란히 서 있는데 되게 비슷하더라."

"여자들이란."

숙현의 말에 윤 책임이 고개를 좌우로 흔들었다.

"잘생긴 남자만 보면 다 비슷하다고 하지. 우리 사장님도 미남이시지. 희한하게 회장님은 거의 안 닮으셨단 말이야. 돌아가신 사모님을 많이 닮으셨다더라고."

"그런 건 다 어디서 들으셨어요? 정말 정보통이 따로 있으신가 보네."

"팀장님도 가셨으니까 우리도 일찍 나갈까? 이 돈이면 이 호텔 바에서 비싼 거 먹어도 반은 남겠다."

윤 책임이 입맛을 다시며 숙현에게 말했다.

"그건 안 돼요. 여기서 조금만 내려가면 근사한 선술집 있으니까 거기로 가요. 세연 씨도 괜찮지?"

윤 책임과 박 선임이 환호성을 올렸고 세연이 작게 고개를 끄덕였다. 그녀의 신경은 온통 가버린 세준에게 쏠려 있었다.

탕. 현관문을 닫자 전실에 불이 켜졌다. 어둡고 넓은 집 안에 유일하게 빛이 스며들었다. 그가 속한 세계는 늘 어두웠다. 지금처럼.

정신없이 울리는 휴대폰을 대강 던져두고 술을 꺼내 들었다. 제정신으로 있기엔 그가 오늘 받아들여야 할 사실은 실로 엄청났다. 견디기 힘들었다. 알고 있었음에도, 마음속으로 인정하고 있지 않았음에도 아버지란 자리는 그런 것이었나 보다. 실제로 만난 그는 사진으로 보던 것보다 훨씬 더 자신과 닮아 있었다. 그리고 아무것도 모르는 눈을 하고 있었다.

세준이 단숨에 술을 들이켰다. 아득히 먼 기억이 술기운을 빌려 점차 머릿속에 펼쳐졌다.

그날은 비가 왔다. 어머니가 돌아가신 날이었다. 그의 세계는 너무나 작고 불안해서 그가 속했던 유일한 한 사람을 잃자 모든 것이 무너지기 시작했다.

"네가 그 아이인가 보구나. 어미를 많이 닮았어. 이름이…… 뭐라고? 세바스찬? 한국이름은, 응? 한국 이름이 없어? 이런……."

강팍해 보이는 노인이었다. 그를 이리저리 살펴보며 혀를 차는 노인이 세준은 마음에 들지 않았다. 노인의 뒤에 서서 계속 그의 귓가에 무언가를 속삭이던 남자는 노인의 고갯짓에 세준에게 그를 소개했다. 검은 양복의 남자였다. 그는 앞뒤 없이 그 노인을 그저 회장님이라며 계속 그를 후원해왔다고만 말했다.

"고맙습니다."

세준은 마지못해 노인에게 머리 숙여 인사했다. 그는 본능적으로 알았다. 그의 인생은 공짜가 아니었다는 것을. 충격은 받지 않았다. 알고 있었지만 무시했을 수도 있었다. 그의 어머니는 한 번도 일을 한 적이 없었고 노인의 말처럼 그는 비싼 사립 고등학교를 다니며 좋은 옷을 입고 좋은 것을 먹으며 살아왔으니까.

"조용히 살아갈 수 있다면 계속 후원해주마. 헛된 꿈은 어리석은 자들이나 꾸는 법이야. 너는 아주 영리해 보이는구나."

알 수 없는 말을 늘어놓는 회장이라는 노인은 왠지 낯이 익었다. 그럴 리야 없겠지만 세준은 확인해보기로 했다.

"혹시…… 회장님이 우리 아버지이신가요?"

노인의 얼굴이 단박에 분노로 타올랐다.

"무슨 그런 상스러운 말을 하는 게냐? 다시는 그런 말 꺼내지도 말아라."

너같이 천한 것이 감히. 회장의 눈은 그렇게 말하고 있었다. 단지 세준의 앞날에 투자하기 위해 왔노라고 회장은 말했다.

"아버지를 찾고 싶으냐?"

돌아가기 전 엄한 눈으로 회장이 물었다. 찾지 말아라, 그렇게 말하는 것처럼 들렸다.

"아닙니다."

궁금하기는 했다. 그의 어머니는 아버지를 그리워만 했을 뿐 단 한 번도 아버지에 대해 이야기해주지 않았다. 어린 세준이 아버지에 대해 묻기라도 하면 어머니는 그저 울기만 했다. 그래서 세준은 더 이상 아버지에 대해 묻지 않았다.

"잘됐구나."

회장은 만족스러운 듯 고개를 끄덕이며 말했다. 세준의 대답이 마음에 든 모양이었다.

아버지란 존재는 그에게 그다지 큰 의미는 아니었다. 궁금해하지 않으면 되었다. 어차피 이 세상에 남은 미련 따윈 없었다. 그는 막 세상에 버려졌으니까.

그는 이제 완벽하게 혼자였다.

탁. 옛 기억에서 빠져나와 현실로 돌아온 세준은 술잔을 식탁 위에 내려놓았다. 그리고 다시 술을 채워 넣었다. 그때 이후로 닫아두고 다시 들여다보지 않았던 아버지란 이름이었다. 그에겐 아무 의미도 없다고 생각하며 살아왔다. 그런데도 휘몰아치는 이 감정은 무엇인지.

얼음도 없이 독한 양주를 입에 털어 넣으며 기분 나쁘게 엄습해 오는 감정의 회오리를 애써 몰아내려 했다. 회장의 의도가 무엇인지 알고 싶지도 않았다. 발표회장을 나오기 무섭게 회장으로부터 호출이 왔다. 그와 임 사장을 마주치게 한 것으로 모자라 한자리에 불러내기까지 한 것이다.

'만나야 할 때가 되지 않았느냐?'

회장의 말은 그것이 다였다. 물론 그는 그곳에 가지 않았다. 그저 도망치듯 집으로 와버렸다. 소파 한쪽에 던져둔 그의 휴대폰으로는 여전히 쉴 새 없이 문자와 전화가 오고 있었다. 비척비척 걸어 침대로 갔다. 술을 마신 날엔 유난히 넓어 보이는 집이었다. 세연이 없으면 더욱 그랬다.

세상이 빙글빙글 돌고 있었다. 술잔을 식탁 위에 놓고 온 그는 병째로 술을 들이켰다. 잊고 싶다. 버리고 싶다. 이런 감정 따위 없애버리고 싶다. 술병에 남은 한 방울까지 다 비우고 침대에 누웠다. 그리고 눈을 감았다.

"팀장님, 무슨 일이에요? 무슨 술을 이렇게 많이 마셨어요?"

얼마나 지났을까. 그리운 목소리가 들려온다. 그녀가 왔다.

"Hey, Vic."

눈을 떠서 그녀를 보고 싶지만 잘 떠지지가 않았다. 눈꺼풀이 무겁다. 아무래도 술이 과했나 보다.

"괜찮아요?"

"돌아왔구나."

걱정하는 목소리를 조금 더 들어도 좋겠다. 그녀만 있다면 다른 모든 것은 아무래도 상관없다. 그것이 아버지라고 할지라도.

"팀장님, 좀 일어나 봐요. 무슨 술을 이렇게 마셨어요?"

"네가 떠났잖아. 날 두고 갔어."

가족이 돼주겠다고 했으면서.

이제 와서 조금 억울한 기분도 들었다.

"무슨 말이에요. 팀장님이 먼저 가셨잖아요."

세연이 그의 팔을 찰싹 때린다. 그녀의 이런 스킨십은 터무니없이 기분이 좋았다. 그녀 딴엔 아프라고 하는 것 같은데 전혀 그렇지 않았다.

"무슨 일 있었어요? 상무님이랑 안 좋은 일 있었던 거예요?"

세준이 무거운 눈꺼풀을 들어 올렸다. 이제 그녀에게 이야기할 때가 온 것 같았다. 세연의 도움을 받아 침대에 일어나 앉았다.

"세연아, 잘 들어. 내가……."

호흡이 무겁다. 들어 올린 몸이 무거워 침대 아래로 내려놓은 무릎 위로 수그렸다. 눈을 뜨니 걱정스러운 두 눈이 그를 올려다보고 있었다. 침대 밑에 그녀가 앉아 있었다. 심장 부근에서 뜨거운 것이 치밀어 올라온다.

"내가 TR의 사생아야."

충격이 세연의 몸을 강타하는 건 순식간의 일이었다. 커진 동공이 심하게 흔들리고 있었다. 애써 아무렇지 않은 척하고 있었지만 바닥을 짚은 그녀의 손이 덜덜 떨린다.

"사생아라니……. 팀장님이…… 회장님 손자라는 말이에요?"

세연이 믿을 수 없는지 그를 붙잡고 다시금 확인했다. 그녀의 눈이 촉촉이 젖어가는 것이 그의 마음을 어지럽게 했다.

"언제부터요? 아니, 언제 알았어요? 어떻게 알았어요?"

"오늘. 아까 사장님을 만나고 알았어."

"그동안은 몰랐어요?"

"그렇지 않을까 생각은 하고 있었지만 아무래도 좋았으니까, 별 의미가 없다고 생각했어."

"그런데요?"

"그런데 이제 회장님 생각이 바뀐 모양이야."

"어떻게……."

이 일로 너를 잃을까 봐 두려워. 꺼내지 못한 말이 그의 가슴속에서 부서졌다. 대신 그는 그간의 사정을 그녀에게 간략하게 설명했다.

"어떻게 지금까지 아무 말도 안 하고. 왜 지금껏, 그걸 왜 이제 와서야. 난 이해를 못 하겠어요. 회장님 그러시면 안 되는 거 아니에요? 팀장님도 그렇지만 사장님에게도. 아버지잖아요."

그의 이야기를 들은 세연은 불같이 화를 냈다. 그를 위해 아파하고 그를 위해 화를 내는 그녀가 무척이나 고맙고 사랑스러웠다.

"나는 괜찮아."

그가 손가락으로 세연의 볼을 쓰다듬으며 말했다. 정말로 지금 이 순간, 아무래도 좋다는 생각이 들었다.

그녀만 있다면, 다른 아무것도 필요 없다.

"이제 어떻게 되는 거예요?"

불안한 그녀의 눈동자가 그에게 물었다.

"떠나자. 계획대로 한국을 떠날 거야. 너만 괜찮다면 너와 함께 가고 싶은데, 괜찮겠어?"

세연이 고개를 끄덕였다.

"네, 가요. 내일이라도 가요."

그는 만족하여 다시 침대에 누웠다. 아까와는 사뭇 달라진 세상이 다시 빙글 돈다. 손을 뻗으니 세연이 그의 손을 맞잡았다. 그는 다시 잠이 들었다. 하지만 그의 손을 잡은 세연은 엄습해오는 공포에 몸을 웅크렸다.

그가 TR의 상속자다. 회장의 손자다.

지금까지와는 다른 상황이 펼쳐질 것이다. 그녀는 자신이 과연 앞으로 벌어질 세찬 폭풍 속에서 버텨낼 수 있을지 자신할 수 없었다. 그가 어디까지 막아줄 수 있을지도.

그의 손을 잡은 채로 무릎에 얼굴을 파묻은 세연에게서 희미한 울음소리가 새어 나왔다.

19. 점검은 확실하게

티볼트는 출시하자마자 판매율 1위를 달성하며 날마다 기록을 갈아치웠다. 국내시장은 물론 북미와 유럽, 중국 시장에서 몰려드는 주문으로 TR모터스는 하이브리드 시장뿐 아니라 전 차종에서 매출 1위 자리를 석권했다. 전 직원에게 인센티브가 지급되었고 대형엔진개발팀에는 회장의 포상이 따로 주어졌다. 직원들의 사기가 하늘을 찔렀다.

하지만 빛이 있으면 어둠도 있는 법이었다.

"이세준 팀장님 그만둔다며?"

"나도 들었어. 어떡해. 재계약 안 하신대?"

구내식당의 긴 줄 끝에 서 있던 세연의 귀에 앞줄의 대화가 들려왔다. 요즘은 어딜 가도 나오는 얘기였지만 이제는 사정이 좀 달라졌다. 날벼락 같은 그의 재계약 해지 건은 점심시간 직전 인트라

넷을 통해 사내 공지로 떴다. 파장이 엄청나서 연구소 전체가 마치 벌집을 쑤셔놓은 것 같은 꼴이 되어버렸다.

"팀장님 이름 뒤에만 보류라고 붙어 있었다며. 그럼 재계약 안 하는 거지. 대형엔진개발팀 해체되고 차세대엔진개발팀이 발족된 다는데 팀장이 공석이래."

그들이 하는 이야기를 억지로 듣고 있자니 묘한 기분이 들었다. 정확히 말해 그녀는 그와 공범이었다. 일이 이렇게 되리란 걸 미리 알고 있었지만 요즘 정말 미칠 듯이 심란했다.

사내 공지가 뜨자 팀 분위기 또한 최악이었다. 다들 올 것이 왔 구나 하는 표정이었다. 하지만 막상 폭탄이 떨어지고 나니 망연자 실한 것 또한 사실이었다. 결국 그녀는 우왕좌왕하는 팀원들 사이 에서 섬처럼 떠다니다 몰래 빠져나올 수밖에 없었다.

"하아……."

세연이 한숨을 깊게 쉬며 기계적으로 식판에 음식을 퍼 담았다. 그녀로선 팀장의 재계약 따위가 문제가 아니었다. 순진하게도 그 는 자신만 거절한다면 이대로 그만두고 미국에 갈 수 있을 것이라 고 생각했다. 그녀는 그에 대해 뭐라고 할 입장이 아니었다. 하지 만 임 회장이 세준과 사장을 한자리에 모으려고 했다는 것만으로 도 회장의 의중은 확실하게 드러난 셈이다. 곧 비밀이 수면 밖으로 고개를 내밀 것이다. 세연은 이런 상황이 점점 두려워졌다. 하루하 루가 불안의 연속이었다. 너무 두려워 시도 때도 없이 눈물이 울컥 나오려고 했다.

"한참 찾았어. 점심 같이하지."

솟아오른 눈물을 참느라 눈을 부릅뜬 그녀의 뒤로 익숙한 목소리가 들려왔다. 원수는 외나무다리에서 만난다더니, 아니다. 원수가 외나무다리로 찾아왔다. TR을 그만두기로 결정한 이후 그는 지나치게 개운한 모습이었다. 그녀와는 아주 반대로 말이다.

미웠다. 아주 밉고, 죽도록 그가 걱정됐다.

"……."

화제의 중심, 세준이 나타나자 줄을 서 있던 사람이건 앉아서 밥을 먹던 사람이건 가리지 않고 시선이 한데로 모아졌다. 그리고 그들의 시선은 자연스레 세연에게로 옮겨졌다. 그가 누군가와 구내식당에서 밥을 먹는다는 건 드문 일이었다. 있을 수 없는 일이라고 봐도 무방했다. 게다가 그만두기 직전에 단둘, 그것도 여직원이다. 이렇게 오해받기 쉬운 시점도 없을 것이다. 쏟아지는 시선으로 얼굴에 불이 붙는 것 같았다.

"아직 식사 안 하셨어요?"

세연이 억지웃음을 지으며 물었다. 호기심 어린 시선들, 간혹 적의에 차거나 노골적인 시선들이 몹시 신경이 쓰였다. 하지만 그의 아무렇지 않은 얼굴은 너무나 위태로워 보여서 남의 시선들 따윈 사소한 걱정거리에 지나지 않았다.

"응. 회장님이 갑자기 오셔서 만나고 오느라고. 자리 좀 잡아주겠어?"

오전 내내 팀장실이 비어 있던 이유가 드러났다. 게다가 그런 자리라면 보통 식사까지 이어지기 마련인데 구내식당이라니. 뭔가가 단단히 잘못되었다는 뜻이다. 걱정이 쌓인다.

"아……. 그럴게요."

세연이 자신에게로 쏠리는 관심을 온몸으로 받으며 자리를 잡았다. 소문은 즉시 제조되어 삽시간에 퍼질 것이다. 이름 뒤에 보류가 붙은 사람이야 나가면 그만이지만 남아 있는 그녀는 뒷담화의 제물이 되어 아작아작 씹힐 것이다. 불쑥 화가 치밀었다.

"오늘 맛있겠다."

세상 평온한 얼굴로 나타난 세준이 그녀의 앞자리에 앉으며 말했다.

"지금 뭐 하자는 거예요?"

얼굴은 최대한 웃으며, 입은 거의 움직이지 않도록 애쓰며 세연이 따져 물었다. 입을 다물고 말하려니 입가에 경련이 일어나려고 했다.

"점심 먹자는 건데."

"이게 그냥 점심 먹는 일인 것 같아요?"

"그럼 무슨 일인데?"

그걸 몰라서 묻느냐는 눈초리를 그에게 쐈다. 하지만 그는 꿈쩍도 안 했다.

"우리 주목받는 거 안 보여요? 오늘 나도 사표 쓰라고 공작하는 거예요, 뭐예요?"

결국 설명했다. 공대놈들이란. 부들부들. 자기도 공대생이면서 이율배반적인 분노로 세연이 몸서리를 쳤다.

"회장님의 모든 제안을 거절했어. 마지막 제안까지."

그의 말에 한창 상승곡선을 그리던 그녀의 분노가 착 가라앉았다. '내가 지뢰를 밟았어' 혹은 '내가 뇌관을 건드렸어'와는 차원이 다르다. 아마 '내가 핵폭탄의 발사 버튼을 누른 것 같아'와 비슷한 강도의 충격일 것이다. 듣는 사람은 이렇게 소름이 끼치는데 말하는 그는 지극히 평온했다. 그게 더 소름 끼치는 부분일지도 몰랐다.

"회장님이 뭐래요?"

"별로."

답답해 죽겠네. 고개를 숙이고 목소리를 낮춰도 쫑긋 세운 귀가 여기저기 눈에 들어온다. 아무래도 여기서 자세한 얘기는 무리인 것 같았다. 그래도 이왕 이렇게 된 거 급한 건 물어야겠다.

"팀장님은 뭐라고 했어요?"

"오늘은 하고 싶은 말을 했어."

그러니까. 하고 싶은 말을. 뭐라고. 어떻게. 얼마나 했냐고!

"됐어요. 묻는 내가 바보지."

세연은 질문을 포기하고 밥을 먹기로 했다. 이 이상 무얼 시도한다는 것 자체가 불가능했다. 아마 지금까지 한 것만으로도 엄청난 소문이 되어 그녀에게로 돌아올 것이다. 반면에 세준은 세상 개운한 얼굴로 밥을 먹고 있었다. 그들은 그렇게 한동안 묵묵히 밥만 먹었다. 그러자 그들을 향한 관심도 점차 수그러드는 것 같았다.

"일이 이렇게 되어버려서 미안해. 정리할 일도 있고 내가 정신이 좀 없었어. 회장님께는 TR에 남지 않겠다고 말씀드렸어. 앞으로도 돌아올 일은 없을 거라고, 인연은 여기까지라고."

세연이 입을 떡 벌렸다. 그런 말을 할 수 있었다는 것 자체가 충격이었다. 그런 일이 있은 후에, 아니 자신이 어떤 사람인지 알고 난 후에 그럴 수 있다는 게 놀라웠다. 그리고 그것이 가능한 그가 새삼 존경스러웠다.

"이 일이 다 마무리되고 나면 부모님께 인사드리러 가고 싶은데, 괜찮겠어?"

하릴없이 밥알을 괴롭히던 젓가락 놀림이 한순간 딱 멎고 세연이 여전히 다물지 못하는 입을 더욱 크게 벌렸다.

"전개가 왜 그렇게 건너뛰는 거예요?"

그녀의 말에 세준이 하하 웃었다. 그 웃음이야말로 사람들의 시선을 일시에 집중시키는 효과를 불러일으켰다. 아차 싶었지만 때는 이미 늦었다. 도대체 어디로 튈지 모르는 공 같다.

"미국에 들어가기 전에 결혼부터 하는 게 순서인 것 같은데."

빠른 속도로 밥을 먹으며 그가 툭 내던졌다. 이건 또 뭔가. 강철 공이다. 공이 튀는 곳마다 파괴되는 것 같다.

"이거 프러포즈면 가만두지 않을 거야."

거의 복화술처럼 이를 악물고 세연이 그에게 속삭였다. 식당에 들어온 후 처음으로 그가 당황한 모습을 보였다. 안절부절못하며 사태를 수습을 하려는 것 같았지만 어림없었다.

"그것도 구내식당에서……."

눈물이 솟아오른다. 세연이 필사적으로 두 눈을 깜빡거렸다. 요즘 계속 이런 상태다. 감정이 불안정하다는 증거였다. 모든 것이 불안한 이때에 이건 너무했다.

"그런 게 아니라……."

쩔쩔매는 그를 바라보다 세연이 가만가만 마음을 가라앉혔다. 여기서 이러면 안 된다. 보는 눈도 있고, 장소도 적당치 않았다. 그러는 동안에도 그의 식판은 싹 비워져 있었다. 세상 마음 편한 사람이다.

"괜찮아요?"

세연이 식사는 포기한 채 물었다. 식욕이 싹 달아났다.

"응?"

손을 잡아주고 괜찮다고 말해주고 싶었다. 다 잘될 거라고 안아주고 싶었다.

"괜찮아요?"

그녀가 다시 물었다.

"……."

그가 물끄러미 그녀를 바라보며 앉아 있었다. 그 자리에 있는데도 없는 것처럼. 어디 멀리 있는 그녀를 보는 것처럼. 그의 눈 속에서 '그것'을 발견하고 세연이 흠칫 놀랐다. 뭐라고 표현할 수 없는 깊은 어둠, 깊은 슬픔. 잠깐씩 나타났다 사라지곤 하는 그의 어두운 심연은 그녀를 한없이 약하게 만들었다.

"괜찮아."

그가 상쾌한 표정의 가면을 쓰고 말했다.

"거짓말."

세연이 고개를 숙이며 웅얼거렸다. 그러고는 반도 못 먹은 식판을 들고 일어섰다. 쳐다보는 눈길들과 속삭임이 감당하기에 버거울 지경이 되었다.

"나중에요."

"응?"

"나중에 얘기해요."

구내식당을 나서는 그들 뒤로 소나기 같은 따가운 시선이 내리꽂혔다. 뒤를 돌아보지 않아도 따끔거리는 뒤통수가 이를 말해주고 있었다. 이젠 될 대로 되라 싶었다. 게다가 어느 정도 마음을 정해놓은 참이었다. 소문은 소문일 뿐 그녀에게 전혀 영향을 끼치지 않을 것이다. 걱정이 되는 건 세준의 상태였다. 지극히 안정되어 보여 되레 불안했다.

세준이 그녀의 뒤를 따라 나왔다. 흘긋 뒤를 돌아본 세연은 그와의 거리를 최대한 벌리며 잰걸음으로 갈 길을 재촉했다.

오후 시간은 혼돈 그 자체였다. 어수선한 분위기였고, 그런 분위기에서 제대로 일을 하는 사람은 단 한 명도 없었다. 팀 배정이 끝나고 다른 팀들은 팀장이 정해졌지만 차세대엔진개발팀의 팀장은 공석이었다. 책상이 옮겨지고 명패가 바뀌고 곳곳이 소란스러웠다. 그나마 건물이 바뀌지 않은 것이 천만다행이었다.

세연은 종이박스에 개인 물품을 옮겨 담다 말고 책상에 앉아 꼬박꼬박 졸고 있었다. 요즘은 점심시간만 지나고 나면 폭풍처럼 잠이 쏟아졌다. 아무래도 카페인 섭취량을 늘려야 할 때가 된 것 같다는 생각을 잠결에 하고 있을 때였다.

"사장님 오십니다."

오늘은 곳곳에 시도 때도 없이 폭격이다. 세연이 벼락이라도 맞은 것처럼 자리에서 일어섰다. 웅성거리는 소란 속에 임 사장이 들어오고 있었다. 그가 향하는 곳이 팀장실이라는 건 불을 보듯 훤했다.

결국 부자상봉인가. 세연이 걱정스레 팀장실 쪽을 곁눈질했다. 세준이 얼마나 그를 피하고 있었는지 누구보다 그녀가 잘 알고 있었다. 아무 의미가 없다고 했지만 전혀 그렇지 않았다. 아마도 그는 임 사장을 기다리고 있었을 것이다. 자신의 아버지를.

"결국 사장님이 직접 나서는 건가?"

"회장님도 못 막았는데 사장님이 나선다고 되겠어?"

"어떻게든 팀장님 잡는 데 총력을 기울이겠다는 거겠지."

여기저기에서 수군거리는 소리가 들려왔다. 하지만 세연의 신경은 오로지 팀장실로 향해 있었다. 그 안에서 자신의 아버지를 기다리고 있을 그만을 생각했다.

임 사장은 비서를 물리고 홀로 팀장실로 들어섰다. 블라인드를 내려 조금은 어둑한 사무실에서 세준이 그를 기다리고 있었다.

세준이 직접 차를 만들어 테이블 위에 놓은 후 임 사장, 성혁의 건너편에 앉았다. 사무실 중앙에 위치한 작은 응접세트였다. 과하게 푹신한 가죽소파가 오늘따라 불편하게 느껴지는 건 평소보다 무거운 공기 탓일 수도 있겠다.

"내가 널 이렇게 볼 자격이 없다는 것, 내가 잘 안다."

마시지도 않는 찻잔을 손으로 하릴없이 만지고만 있던 성혁이 가만히 입을 열었다.

"그래도 만나고 싶었다. 사장이 아니라 아버지 자격으로."

아버지라고 말할 때 그의 음성은 세준도 느낄 정도로 떨리고 있었다.

"그러실 필요 없습니다."

반면 세준은 빈틈 하나 보이지 않을 정도로 매우 정중했다. 너무 깍듯해서 소름이 끼칠 정도였다.

"세준아."

그러나 성혁이 그의 이름을 부르자 세준의 주먹 쥔 손이 순간 움찔했다. 성혁의 눈에 그 모습이 들어왔고 한참이나 그 손을 바라보던 그는 30년 세월을 넘어 자신의 아들과 처음으로 눈을 마주했다.

"이렇게 불러도 되겠니?"

다정하게 묻는 그의 말투는 세준의 그것과 닮아 있었다.

"편하게 하십시오."

하지만 세준은 여전히 싸늘하게 예의를 지켰다. 테이블을 사이에 두고 앉은 그들의 거리는 무척이나 멀고 서먹했다.

"모르고 살아왔다고 해도 용서받을 수 있을 거라고 생각하지 않는다. 그래도 어떻게든 너에게 보상하고 싶구나."

"괜찮습니다. 괘념치 마십시오."

감정이라고는 한 점 섞이지 않은 메마른 그의 어조에 성혁은 절망했다. 회장이 직접 스카우트한 인재를 사장인 그에게 일절 오픈하지 않고 따로 관리한다고 했을 때 예상했어야 했다. 그저 소중한 인재였다고만 여겼다. 인터뷰 기사가 넘치고, 알아보려면 얼마든지 알 수 있었던 지척에 있는 아들이었다. 생각만 해도 가슴이 미어진다.

"너는 알고 있었니?"

발표회장에서 악수를 나누었을 때 세준의 얼굴에서 그리운 무언가를 본 듯한 기분이 들었다. 그는 그것마저 놓치고 말았다. 모든 일정이 끝나고 회장을 만났을 때 그는 청천벽력과도 같은 한마디를 들었다.

'이제 네 아들을 만나보지 않겠니?'

임 회장은 방금 만난 대형엔진개발팀의 팀장 이세준이 그도 모르게 낳은 그의 아이라고 했다. 기억도 희미한 그의 첫사랑의 아이.

"회장님은 아니라고 하셨습니다."

미국으로 도피시켜 혼자 아이를 낳게 하고 혼자 아이를 기르게 했다. 성혁에게 있어 아버지란 그런 존재였다. 피도 눈물도 없는, 철저히 계산에 의해 움직이는 기업가. 그리고 그런 아버지가 피가 이어진 손자를 지금껏 숨겨왔다.

"그럼 혼자 예상하고 있었다는 말이야?"

그리고 그 아이에게도 아버지인 자신의 존재를 숨겼다. 피 끓는 분노, 안타까움, 자괴감, 무엇보다 혼자 외롭게 살아야 했을 자신의 아이에 대한 처절한 죄책감이 그의 마음을 뒤흔들었다.

"막연히 그럴 것이라고 생각은 했었습니다. 그렇지만 의미는 없다고 생각했습니다."

"아니, 그게 왜 의미가 없어. 아버지인데. 네가 태어나게 된 이유인데 그게 왜."

같이 얼싸안고 눈물을 흘린 후 집으로 데려가 따뜻한 밥을 먹이고 싶었다. 그동안 알아보지 못한 잘못을 사과하고 이제부터라도 살뜰한 정을 나누고 싶었다. 그런데 이처럼 돌덩이같이 차가운 얼굴을 대하리라고는 생각하지 못했다. 그것이 그의 가슴을 찢어지게 했다. 모르고 살아온 세월이 아들을 이런 바윗덩이로 만들었다. 감정을 내비칠 줄도 모르는 사람으로 만들었다.

"개의치 마십시오. 진심입니다."

표정 하나 바꾸지 않고 세준이 말했다.

"미안하다. 정말 미안해. 내가 정말 너에게 못할 짓을 했구나."

결국 성혁이 눈시울을 붉히고야 말았다.

"미희는, 네 어머니는 내겐 첫사랑이었다. 네 어머니를 지키기에 난 너무 어리고 힘이 없었어. 그래서 날 떠났다고 생각했지. 힘

이 들어서 포기했다고 생각했다. 설마 회장님이 빼돌렸으리라고
는 생각하지 못했어.”

　인생을 걸었던 사랑이었다. 모든 걸 내던지고 가지고 싶었다. 하지
만 현실의 벽을 넘을 순 없었다. 그렇게 생각하고 지금까지 살아왔다.

　“그것 또한 어머니의 선택이었을 겁니다. 저를 낳고 나서 어머
니의 병세가 심해졌습니다. 돈이 많이 드는 병이었으니까요. 아마
회장님과 합의가 된 내용일 겁니다. 저도 그 점에 대해 유감은 없
습니다. 어려움 없이 자랐습니다. 사장님…… 께서는 그저 DNA를
나누어주신 것일 뿐입니다. 저는 그렇게 생각하고 또한 감사드립
니다. 한 번쯤은 얼굴을 뵙고 말씀을 나누고 싶었는데 이렇게 만나
게 되어 다행입니다. 그리고 회장님께도 말씀드렸습니다만 이제
TR과의 계약이 끝났으니 미국으로 돌아갈 예정입니다.”

　담담히 말하는 자신의 아들을 바라보며 성혁은 작은 희망의 불
씨라도 살려보려고 애썼다.

　“조금이라도 더 남아 있어달라고 하면 내 욕심이겠니? 아버지
라고 불러달라고는 하지 않겠다. 큰 욕심이란 걸 나도 안다. 그래
도 혈육이 아니라 인간적인 친분이라도 나누고 싶은데 그것도 안
될까?”

　콰당. 성혁이 아들의 손이라도 한번 잡아보고 싶어서 세준에게
로 다가가려던 순간 갑자기 팀장실의 문이 벌컥 열리며 누군가가
뛰어 들어왔다. 비서가 분명 문 앞을 지키고 있었을 텐데 그를 뚫
고 들어온 사람은 의외로 몸집이 작은 여고생이었다.

　“짠!”

　“지유야!”

교복을 입은 발랄한 여학생이 문을 부서져라 닫아버리고 성혁을 와락 끌어안았다.

"내가 못 올 줄 알았지?"

벼락이라도 맞은 것처럼 성혁도 세준도 꼼짝 못 하고 그 자리에서 얼어 버렸다.

"너 학교는 어떡하고 여길 왔어?"

먼저 충격에서 벗어난 건 성혁이었다. 그는 목을 끌어안은 딸의 팔을 떼어내며 물었다.

"아빠는, 학교가 문제야? 오늘 완전 탈출각. 오빠가 생겼는데 보충이 문제야?"

아무렇지도 않은 듯 지유가 팔을 툭툭 털고는 소파에 털썩 주저앉았다. 그 모습을 홀린 듯 세준이 바라보고 있었다. 하지만 그는 여전히 굳어 있는 그대로였다.

"아이고야."

머리를 부여잡으면서도 흘긋 세준의 눈치를 보고 있는 성혁이었다. 난공불락이었던 세준에게 금이 가기 시작한 것이 아닐까. 세준의 눈이 쉬지 않고 지유를 따라다니고 있었다.

"대한민국 고3을 누가 건드려? 막 이래. 완전 수시 포기잼."

들어오자마자 일사천리로 분위기를 바꿔버리는 지유였다. 딱딱하고 경직된 세준은 여전히 표정이 없었지만 조금 전과는 공기가 달라졌다.

"무슨 소리를 하는 거냐, 대체."

헛웃음을 터뜨린 성혁이 결국 세준에게 사과를 했다.

"미안하다. 딸이 하나라 오냐오냐해서 키웠더니 얘가 버릇이 없어."

"괜찮습니다."

세준이 이내 눈을 맞춰왔다. 목소리엔 미세하지만 부드러움이 섞여 있었다. 죽어가던 희망의 불씨가 성혁의 내부에서 살아나려 하고 있었다.

"그런데 분위기가 왜 이래?"

양껏 휘저어 놓고 나자 분위기가 느껴진 건지 물어놓고는 정작 지유는 눈 하나 깜짝하지 않았다. 심지어 세준의 코끝에 얼굴을 들이밀었다. 그리고 눈을 데굴데굴 굴리며 그를 관찰하기 시작했다.

"아빠랑 닮았다고 해서 보러 나왔는데, 뭐야, 하나도 안 닮았네."

그래놓고 대담한 관찰일지까지 구술하는 거다. 세준의 얼굴이 벌겋게 물들었다.

"오빠 쪽이 훨씬 잘생겼잖아. 그런데 이거 실화야? 대박 잘생겼잖아. 오오오."

"오빠? 아침까지는 그 자식 아니었니?"

성혁이 조용히 지적했다. 그리고 딸내미의 목덜미를 잡아 아들의 얼굴과 멀리 떼놓았다.

"에이, 왜 그래, 아빠. 아침에는 오빠 보기 전이었고. 나 얼빠인 거 몰라? 아, 맞다. 오빠, 안녕하세요? 오빠 동생 임지유예요. 잘 부탁합니다."

소녀가 발랄하게 인사하며 세준에게 손을 내밀어왔다. 티 한 점 없는 밝은 얼굴이 그를 향해 웃고 있었다. 세준은 저도 모르게 그 작은 손을 잡았다. 뭔가 뭉클한 것이 손을 따라 심장까지 전해져 올라왔다. 꽉 잡은 손이 그의 팔을 힘차게 흔들어댔다.

"그런데 우리랑 안 살 거예요? 할아버지가 그러는데 우리 가족

안 할 거라고 했다던데."

"이 녀석이, 말이 되는 소리를 해!"

"진짜야, 아침에 내가 물어봤어."

억울하다는 듯 볼을 잔뜩 부풀린 지유가 세준 쪽을 다시 돌아보며 얼굴을 들이밀었다.

"정말이에요, 오빠? 우리랑 같이 안 살 거예요? 왜요? 나 오빠 있는 거 좋은데?"

테이블에 몸을 걸치고 아무 말도 못 하고 있는 세준의 얼굴을 빤히 들여다보며 발을 까딱거리던 지유가 고개를 휘휘 둘러 팀장실을 구경했다. 천진난만한 표정은 사랑을 듬뿍 받고 자란 그 나이 대 아이 특유의 모습이었다.

이제 팀장실 안은 지유에게서 흘러나오는 유쾌함과 성혁의 어색함이 기이하게 섞여 어찌할 수 없는 지경이었다. 하지만 세준은 갑자기 밀려드는 감정을 주체할 수 없었다. 반짝반짝 빛나는 아이가 그의 허를 찌르고 기억을 휘젓고 있었다.

"팀장 이세준. 오빠 이름이 이세준이에요? 그럼 이제부터 임세준이라고 하면 되겠다. 우리 오빠니까."

테이블 위의 명패를 보며 지유가 말했다. 순간 정적이 그들 사이를 스쳐 지나갔다. 난처한 것 같으면서도 차마 딸을 말리지 못하고 있는 성혁과 안하무인인 것 같으면서도 묘하게 밉지 않은 지유는 많이 닮아 있었다. 어쩌면 이 둘의 모습 속에 그도 들어 있을 수 있었을까.

'오빠 이름이 세즈니까 세준이라고 하면 되겠다.'

그리고 기억 어딘가에 새겨져 있는 목소리와 지유의 목소리가 겹쳐졌다. 갑자기 뜨거운 것이 왈칵 치밀어 오르더니 시야가 흐릿해지고 사물이 안개처럼 뿌옇게 변했다.

'우리 이제 가족이 되는 거야.'

단단하게 얼어 있던 세준의 심장 한구석에 균열이 일어났다. 오랜 세월 닫아걸고 사슬로 칭칭 동여매었던 곳이었다.

툭. 뜨뜻한 뭔가가 볼을 타고 꽉 쥔 그의 손등으로 떨어졌다. 사슬이 끊어지며 눈물을 타고 조각조각 흘러내렸다.

철옹성과 같았던 그의 심장은 어이없이 쉽게 무너져버렸다. 그때의 그녀를 떠올리게 하는 이 아이 때문에.

"어? 오빠 울어요? 왜요? 오빠 미안해요. 내가 잘못했어요."

큰 눈에 눈물을 글썽이며 지유가 세준의 손을 잡았다. 그러고는 울상이 되어 도움을 청하려는 듯 성혁을 돌아보다 그만 울음을 터뜨렸다. 성혁도 눈물을 흘리고 있었기 때문이었다.

세준이 늘 꿈꾸던, 아니 억지로 눌러서 새어 나오지 못하게 했던 그의 꿈속의 가족엔 늘 여동생이 존재했었다. 어린 시절 그에게 각인되었던 기억에 기인한 것이었다. 그렇기에 그에게 가족이란 여동생이었다. 그리고 지금 실제로 그 존재가 눈앞에 있었다. 그가 가져보지 못한 꿈이었다. 교묘하게 닮은 세 사람의 모습은 어찌 보면 진짜 가족처럼 보이기도 했다. 한없이 어색하면서도 지유가 잡은 손을 차마 뿌리치지도 못하는 이유였다.

팀장실을 걱정스레 바라보는 세연의 어깨를 숙현이 두드렸다. 세연이 놀라 펄쩍 뛰며 일어섰다.

"뭘 그렇게 놀라? 어휴, 없던 애도 떨어지겠네."

"아, 주임님. 딴생각 좀 하느라고. 왜요?"

"세연 씨, 커피 필요하지? 나랑 나가서 마시고 오자."

뜨거운 김이 모락모락 올라오는 자판기 커피를 건네며 숙현이 말했다. 세연은 커피를 받아 들고 사무실 밖으로 향하는 숙현의 뒤를 따랐다.

"사실은 할 얘기가 있어서 그랬어. 단도직입적으로 물을게. 세연 씨, 팀장님이랑 사귀지?"

연구동 앞 벤치에 자리를 잡고 앉자마자 숙현이 허를 찔렀다. 그래 놓고는 세연이 너무 대놓고 깜짝 놀라자 깔깔대며 웃음을 터뜨렸다.

"아이고, 표정 하나 감추지도 못하면서 여태까지 어떻게 숨겼어? 설마, 아무 사이도 아니라고 할 생각은 아니지? 팀장님은 전혀 숨길 생각 없으셨던 것 같고. 아주 눈이 자기만 쫓더라. 게다가 방금 들은 따끈한 소식인데 오늘 둘이 구내식당에서 데이트했다며?"

"……"

올 것이 오고야 말았다.

이 바닥의 소문은 흡사 KTX급이었다. 깨작거린 점심이 채 소화도 되기 전이다. 할 말을 잃은 세연은 그저 종이컵이 뚫어져라 쳐다보며 앉아 있었다.

그랬다. 바보가 아니고서야 그걸 모를 리가 없었다. 확실히 그는 한동안 나사가 빠진 사람처럼 굴었고 좋아하는 티를 감추려고도 하지 않았다. 알고 있었지만 의식하지 않으려 애썼다. 회의실에서도, 일을 할 때에도, 사무실을 오갈 때에도 그의 눈길은 언제나 세연을 향해 있었다. 요 며칠 어두운 표정을 하고서도 그의 시선은 언제나 세연을 따라 움직였다. 어지간히 둔한 사람이 아닌 다음에야 금방 눈치를 챘을 것이다.

그런데 오늘 아주 쐐기를 박았다. 세연의 얼굴이 점점 어두워지자 숙현이 그녀를 다독이며 말했다.

"아유, 괜찮아. 사내 연애가 뭐 잘못이니? 이렇게 되면 지난번에 괜히 오지랖 떤 게 미안해지는데 말이야. 그때도 사귀고 있었던 거야?"

세연이 고개를 끄덕였다.

"그랬구나. 하여간 이놈의 입이 주책이지. 이해해줘, 세연 씨."

"괜찮아요. 저 생각해서 그러신 건데요."

"그래? 그렇게 생각해주면 고맙고. 그나저나 회장님하고는 엄청 난리도 아니었던 것 같은데, 사장님하고는 얘기가 잘됐나 모르겠네."

"그래요?"

그럼 그렇지. 가만히 있을 회장이 아니었다. 개운한 얼굴로 일이 다 해결된 것처럼 굴었던 세준이 떠오르자 마음 한구석이 아려왔다.

"회장님은 팀장님이 당연히 남아 있을 거라고 생각하셨나 봐. 오늘 임원 자리를 제안하셨다는데 팀장님이 단칼에 거절하셨대. 그런 데다……."

"그런데요?"

"무슨 부품 리베이트 얘기가 나왔다던데. 회장님 면전에 대고 비자금이냐 횡령이냐 얘기까지 나온 것 같더라고."

"설마……."

"안 좋게 끝난 것 같아. 재계약은 물론이고 관계도 아주 안 좋게."

도대체 그는 무슨 생각이었던 것일까. 정면으로 회장에게 맞서는 건 어리석은 일이다. 누구보다도 제일 잘 알고 있을 그가 무엇 때문에 일을 이렇게 만들고 있는지 감도 잡히지 않았다.

"계약 기간 남아 있어서 임시 팀장으로 출근하실 예정이었는데 정리되는 대로 나가겠다고 하셨나 봐. 회장님이 그 말에 화가 단단 히 나서 가셨어. 사장님은 그거 무마하러 오신 모양이고. 팀장님은 어떠셨어?"

"지나칠 정도로 괜찮으시던데요."

세연이 한숨을 내쉬며 말했다.

"팀장님답네. 하늘이 무너지고 목에 칼이 들어와도 하고 싶은 말은 하실 분이니까. 솔직히 뭐가 아쉽겠어? 약점이라도 잡히지 않은 이상 TR에 팀장으로 있는 것 자체가 이상하다고 다들 그러 는데."

종이컵에 남은 커피를 호로록 들이마신 숙현이 세연을 향해 눈 을 굴리며 이어 말했다.

"아무튼 팀장님에 관한 건 뭐가 됐든 소문이 엄청 커지니까 세 연 씨도 조심하는 게 좋겠어. 내가 둘이 사귀는 것 같더라 하고 말 하면 이제 내일이면 둘이 살림 차렸다더라 소리도 나올걸."

숙현의 말에 세연이 땅이 꺼지도록 한숨을 쉬었다. 되는 일이 하나도 없다.

"구내식당 점심 말이야, 팀장님 작품이지?"

이제 일이 어떻게 된 건지 슬슬 눈치를 챈 숙현이 물었다.

"네."

모든 걸 포기한 음성으로 세연이 말했다. 숙현이 또 웃음을 터 뜨렸다.

"못 말려, 진짜. 되게 좋으신가 봐."

"네?"

숙현이 눈을 찡긋하며 일어섰다. 그러더니 눈을 가늘게 뜨고 연구동 한쪽을 유심히 올려다보았다.

한참 만에 고개를 내린 숙현이 피식하고 웃더니 세연을 향해 물었다.

"왜 저러시는 거냐고. 내가 뭐 세연 씨를 잡아먹기라도 할까 봐?"

그녀가 바라보고 있던 곳은 그들의 사무실이 있는 층의 복도 유리창이었고 그 뒤론 그늘이 져 흐릿하지만 늘 보던 익숙한 실루엣이 있었다.

"그러게요. 왜 저러시는 걸까요."

세연이 고개를 절레절레 흔들었다. 이젠 이도 저도 다 꼴 보기 싫다. 회사에선 티 내지 말라고 5백 번은 더 말한 것 같은데. 오늘은 아주 작정을 한 모양이었다. 깊은 한숨을 내쉬는 세연을 보고 숙현이 다시 웃음을 터뜨렸다.

"뭐긴 뭐겠어? 진짜 몰라서 묻는 거야?"

숙현이 깔깔거리며 세연의 허리를 쿡쿡 찔러댔다.

"세연 씨 참 대단하다."

"뭐가요?"

"난 가끔 궁금했어. 팀장님이 인간관계를 어떻게 맺고 지내시나 하고 말이야. 그거 있잖아. 사람을 보는 눈과 사물을 보는 눈. 팀장님은 그저 모든 사물과 사람을 똑같이 보고 있다고 생각했거든. 일 이외에는 관계도 맺지 않고 사람과 사람 사이의 관계 따위에는 전혀 관심이 없는 것처럼 말이야. 내 이 오지랖에 이따금씩 팀장님을 걱정했었다고. 저렇게 철저하게 자신을 고립시키면서 어떻게 살지? 하고. 그렇다고 관계에 서투른 타입은 아닌 것 같은데. 그런데 대단히 영리하게 주변에 벽을 세우는 느낌이랄까. 꼭 일부러 그러는 것처럼."

의미심장한 미소를 띠며 말을 이어가던 숙현은 신기한 물건이라도 되는 것처럼 세연을 요리조리 뜯어보며 이렇게 말을 덧붙였다.

"도대체 그걸 어떻게 뚫고 들어갔어? 세연 씨, 엄청 능력자인 거 알아?"

"그러게요. 아무래도 제가 엄청난 걸 길들여버린 것 같네요."

"뭐? 하하하하. 세연 씨 진짜 재밌다. 팀장님이 이런 모습에 반하셨나 봐."

허리를 찔러대던 손은 어느새 등을 찰싹찰싹 때리고 있었다. 아무래도 웃을 때마다 폭행을 가하는 타입인 것 같다. 안 맞은 쪽을 스리슬쩍 돌려대며 세연은 여전히 자신들을 내려다보며 서 있는 세준을 향해 눈을 흘겼다.

20. 외부 충격에 대비한다

그는 몇 번이나 여동생에게 녹다운이 된 이야기를 했다. 간간이 웃음을 터뜨리며 작고 발랄한 여고생에 대해 설명했다. 그런 그의 모습이 행복해 보였다.

"널 닮았어."

자신의 품으로 그녀를 더욱 끌어당기며 그가 말했다. 넓은 그의 침대 한가운데를 이렇게 좁게 쓰는 건 효율성과는 거리가 멀다고 세연이 생각했다.

"그래요? 하나도 안 닮은 것 같던데."

고개를 꺾어 그를 보다 숨이 막혀 바르작거리며 그녀가 말했다. 아무리 기억을 더듬어 보아도 작고 발랄하고 깜찍한 이미지의 소녀와 그녀 자신과는 전혀 닮은 데가 없었다. 얼굴을 자세히 보지는 못했지만 임 사장을 떠올려보아도 자신과는 거리가 멀었다.

"닮았어."

무슨 생각을 하는지 그가 킥킥거리며 말했다.

그녀의 등을 천천히 쓰다듬는 그의 손이 잠시 멎었다가 다시 움직였다.

"마음에 들었군요?"

그는 대답하지 않았다. 하지만 그렇다는 걸, 정말로 그렇다는 걸 그의 눈이 말해주었다.

"나 질투해야 하는 거예요?"

그가 웃었다. 가슴에서 우러나오는 웃음이었다. 그 모습이 새로워 세연이 그의 얼굴을 가만가만 쓰다듬었다. 늘 이런 얼굴을 하게 해주고 싶다.

"사장님이 본가로 들어오라고 하시더군. 한 달만이라도 같이 살아보자고."

그는 미간을 찌푸리며 말했지만 조금 설레는 듯 보였다. 세연의 눈을 속일 순 없었다.

"들어가고 싶어요?"

"모르겠어."

"다녀와요. 가고 싶잖아."

그녀의 말에 그가 골똘히 생각에 잠겼다.

"내가…… 그분을 닮았다고 해서."

"네, 많이 닮았어요. 사장님하고. 분위기도 비슷하고. 말투도 비슷한 것 같고요. 목소리도 그렇고. 회장님하고는 전혀 다른 것 같아요. 어떻게 그럴 수 있지?"

"본가에는 회장님도 계셔."

불쾌한 어떤 것을 말하는 것처럼 그의 목소리가 차가워졌다.

"그럼 한 달만 있다 와요."

세연이 명쾌하게 말했다. 그가 흐음 하는 소리를 내는가 싶더니 그녀의 정수리에 그의 턱이 얹혀졌다. 가끔 그녀의 대답이 마음에 들거나 그녀가 사랑스러울 때 나오는 그의 행동이었다.

"당신 마음대로 날 휘두르려고 하실 거야."

"응, 그럴 거예요. 하지만 휘둘릴 사람 아니잖아요."

만족스러운 신음 소리가 머리 위에서 들리는가 싶더니 등을 배회하던 그의 손이 서서히 아래쪽으로 내려왔다. 다분히 의도가 담긴 몸짓이었다.

"어떻게 하고 싶어요?"

세연이 뒤로 손을 돌려 그의 손등을 꼬집으며 물었다. 끄응 하는 소리와 함께 그의 손이 다시 그녀의 등으로 올라왔다.

"모르겠어."

"하고 싶은 대로 해요."

"주말에 사장님 가족과 식사하기로 했어."

그가 한결 개운해진 목소리로 말했다.

"잘했어요."

말을 마치기 무섭게 그녀의 몸이 휙 돌려졌다.

어느새 그녀의 몸을 타고 오른 그가 그녀를 내려다보며 웃고 있었다.

"이제 말은 그만하기로 할까?"

그녀의 입술을 향해 내려오며 그가 사악하게 미소 지었다.

세연이 기꺼이 그에게 입술을 내주었다. 가슴에 스멀스멀 스며

드는 막연한 불안감을 그의 키스로 애써 지워버렸다.

주말이 왔다. 모처럼 만에 혼자 있는 주말이었다. 하지만.

딩동. 언제나 그런 아침엔 불청객이 있다. 식전 댓바람부터 온
톡에 집에 있다고 대답을 하는 게 아니었다.

"내가 뭘 사왔게?"

불쾌한 냄새를 풍기며 나영이 들이닥쳤다. 검정 비닐봉지를 흔
들어대며 개선장군처럼 입장했다.

"뭐야 그게? 아침부터 뭘 사왔어?"

"얼레? 이거 네가 제일 좋아하는 떡볶이집에서 사온 거야. 이 언
니가 아침부터 달려가서 사온 거잖냐. 너 줄려고. 응? 백 년 만에
보는 내 친구 주려고. 너 좋아하는 순대랑 간이랑."

전날 먹은 게 잘못됐는지 내내 속이 좋지 않던 세연이었다. 그
래도 떡볶이와 순대라면 사족을 못 쓰는 세연은 기꺼이 봉지를 받
아 들었다.

"그래, 고맙다. 어제 저녁부터 아무것도 못 먹었는데. 역시 친구
밖에 없네."

"그렇지? 네가 배신 때리고 남친하고 꽁냥꽁냥하고 있는 동안
이 언니는 외로이 떡볶이를 먹으며 널 그리워했다."

"정말 외로웠을까? 너의 소개팅 소식이 도처에서 들려오던데?"

"뭐? 누가 그래? 어디서 들었어?"

떡볶이와 순대를 그릇에 옮겨 담고 포크와 물컵을 챙기는 동안
커피 원두를 갈던 나영이 펄쩍 뛰었다. 후식으로 즐길 드립커피를
위한 사전 작업 중이었다.

"어디긴. 주선자 인스타랑 페북이지. 친절하게 너까지 태그해놨던데?"

느긋하게 눈을 내리깔고 나영에게 말하며 세연이 의자에 앉았다. 향긋한 원두의 향이 좋지 않던 속을 편하게 해주자 식욕이 슬슬 돌아오고 있었다.

"와 진짜, SNS가 사생활 다 잡아먹네. 왜 내가 소개팅하는 걸 남들이 생중계하는 거야?"

전투적으로 포크를 들며 나영이 소리쳤다.

"소개팅이라고는 안 했고, 그냥 커피랑 케이크 사진에 네가 태그된 거야. 난 시간과 장소, 그리고 평소 네가 먹지 않던 아메리카노를 보고 소개팅이구나 짐작했을 뿐이고."

"함정이었군요, 선생님."

"네, 빠지셨어요."

떡볶이를 입으로 가져가며 세연이 대꾸했다. 매콤한 것이 입맛을 확 당긴다. 역시 체했을 땐 떡볶이!

연속으로 두 개를 포크로 찍어 입에 넣었다.

"거봐. 잘 먹을 거면서 타박은. 아침부터 신경질 내고, 너 팀장님이랑 무슨 일 있었냐?"

나영이 순대를 포크로 찍으며 말했다. 그걸 보고 있자니 갑자기 속이 거북해진다. 아직 체기가 다 가시진 않은 것 같았다. 세연이 다시 떡볶이를 공략했다.

"우리 팀장님, 사장님 아들이래."

"뭐?"

허공에서 순대가 멎고 쩍 벌린 나영의 입도 멈췄다. 보다 못한 세연이 나영의 손을 잡고 벌린 입에 순대를 넣어줬다.

"사장님이 젊었을 때 팀장님 어머니랑 사귀었는데 회장님이 반대해서 헤어졌대. 그런데 이미 팀장님을 임신하고 있었대."

세연이 그에게서 들은 얘기를 요약 정리했다. 문장이 끝날 때마다 나영의 눈이 점점 커져갔다.

"세상에! 웬일이야! 이게 무슨 막장 드라마야. 정말이야? 진짜야? 이거 너만 아는 거야? 이거 신문에 나오는 거 아니야?"

하긴. 직접 겪은 일만 아니라면 세연 자신도 못 믿을 일이었다. 그동안의 일들이 다 꿈인 것 같았다. 아니, 정말로 꿈이었으면 좋겠다.

"너 입에서 순대 튀어나오면 죽인다."

그런 와중에도 순대의 향방이 거슬리는 세연이었다.

"지금 그게 문제야? 너하고는 어떻게 되는 거야? 재벌 3세잖아."

그사이 나영이 정곡을 콕 찔러버렸다. 세연이 정말로 두려워하고 있는 것, 이제는 정말로 달라져버린 그와의 사이, 그와의 관계였다.

"나도 모르겠다. 내가 어떻게 되는 건지."

"팀장님은 뭐래?"

반면에 그가 생각하는 그들의 관계는 명약관화하고 확고부동해서 -그의 사자성어에 따른 표현에 의한 것이다- 그녀는 감히 반박도 못 하고 있었다.

"팀장님은 미국으로 돌아가고 싶어 해. 그런데 갑자기 일이 이렇게 터져버려서 자기도 어떻게 못 하겠나 봐. 사장님은 아무것도 모르고 있다가 갑자기 생긴 아들하고 같이 시간을 보내고 싶은 거고 회장님은 어떻게든 회사 차원에서 붙잡고 싶은 거고. 그런데도 다 버리고 가려고 했는데, 여동생한테 발목 잡혔어."

"여동생?"

"응. 사장님한테 딸이 한 명 있는데, 오빠가 생겼다고 너무 좋아한대. 그런데 팀장님이 알고 보니 동생바보인 거지. 동생이 없던 사람이 갑자기 생긴 동생이 너무 예쁜가 봐. 가족이란 걸 모르고 살다가 여동생한테서 그 모습을 본 거 같아."

"뭔지 알겠다."

"말릴 수도 없고. 그러라고 할 수도 없고. 나도 마음이 복잡해."

"그렇겠네."

나영이 세연을 다독였다. 그러고는 살짝 인상을 쓰고 있는 세연을 의아하게 바라보며 물었다.

"팀장님은 별말 안 해? 기다리라든가, 뭐 걱정하지 말라든가. 앞으로 어떻게 하겠다든가."

"결혼하자더라. 그것도 구내식당에서 밥 먹다가."

"헐. 대박."

나영이 엄지를 척 내밀었다. 그러고는 순대를 떡볶이 국물에 찍어서 먹기 시작했다. 갑자기 속이 확 뒤집혔다. 슬슬 풍겨오던 냄새가 이젠 강하고 역하게 후각을 자극했다.

"꼭 그렇게 먹어야 돼?"

"응? 뭘?"

"……아니다."

갑자기 하얗게 질린 세연의 안색을 보며 나영이 물었다.

"너 왜 그래? 속 안 좋아?"

"아니야. 어제 체했었는데 약 먹어서 나아지긴 했어. 아직 체기가 남았나 봐. 이거 먹고 약 먹어야겠다."

나영이 납득이 간다는 듯 고개를 끄덕였다.

"그래. 너 스트레스 받으면 잘 체하지, 참. 야, 너 간 안 먹어? 너 이거 좋아해서 내가 간만 썰어달랬어. 떡볶이랑 같이 먹는 거 좋아하잖아."

그러고는 세연의 코앞에 간을 흔들어댔다.

"하지 마. 냄새나……. 우욱."

세연이 넘어오려는 입을 틀어막고 화장실로 뛰어 들어갔다. 방금 먹었던 모든 것을 게워내고도 한참이나 헛구역질을 한 끝에 입안을 헹군 후 거실로 나온 세연의 앞을 나영이 가로막았다.

"괜찮아? 엄청 심하게 체한 거 아냐?"

"응. 떡볶이는 괜찮았는데 순대는 냄새가 좀……. 너 먹을 때 이상하지 않았어?"

"어? 난 괜찮던데. 그러지 말고 약 먹어라. 너 얼굴 백지장 같아."

세연은 의심이 가득한 눈길로 식탁을 바라보다 진저리를 쳤다. 보고 있기만 해도 역겨운 기운이 올라왔다.

이제는 순대가 있는 식탁 쪽은 쳐다보기도 싫다. 최대한 고개를 돌리고 커피를 내려 거실 한구석 소파로 자리를 옮겼다. 찬장 과자 칸에 있던 크래커도 한 봉지 챙겼다. 짭짤한 크래커와 아메리카노 한 잔이면 불편한 속이 개운해질 것 같기도 했다.

"커피 마시게? 체했다며."

남은 음식을 서둘러 먹어치우며 나영이 물었다.

"응. 속이 좀 울렁거려서. 이거라도 먹으면 좀 괜찮을 것 같아."

세연이 호로록대며 커피를 마셨다. 뜨겁고 향이 좋은 커피가 들어가니 조금 살 것 같았다.

"참 나. 무슨 입덧도 아니고. 야, 우리 언니가 임신했을 때 딱 너처럼 크래커만 먹고 살았……."

대충 입에다 남은 떡볶이와 순대를 쑤셔 넣은 나영이 식탁을 치우며 너스레를 떨다 한순간 몸이 딱 굳었다. 아무것도 바르지 않은 플레인 크래커를 냠냠 씹어 먹던 세연도 동시에 움직임이 멈췄다. 그녀의 평소 지론은 잼과 초콜릿 스프레드를 바르지 않은 크래커는 아무짝에도 쓸모가 없다는 것이었다.

"세연아, 너 생리 언제 했어?"

번개같이 세연에게 달려온 나영이 얼굴을 붙일 듯 들이밀며 물었다. 한순간 세연의 머릿속이 새하얗게 변했다.

"어우, 야. 아니야. 생리했지. 했어. 바로 얼마 전에……. 이제 곧할 때가……."

기억이 없다. 얼마 전이 도대체 언제인지 까마득하다.

"언제 했냐고."

이젠 나영의 얼굴이 하얗게 질려가고 있었다. 세연은 잠시 당황하다 고개를 가로저었다.

그럴 리가 없다. 절대, 절대로 그럴 리 없다.

"아닌데."

"뭐가 아니야."

"그럴 리가 없는데."

"뭐가 그럴 리가 없어."

확실히 아니긴 하지만 그래도 혹시나 싶어 세연이 휴대폰 플래너를 뒤졌다. 28일 주기지만 하루 이틀 늦거나 빠른 경우도 있어서 생각나면 표시를 해두곤 했었다.

"그럴 수 없다고 했다고."

두 달이나 늦었다.

"뭐가 그럴 수가 없냐고!"

"임신일 리가 없다고. 그럴 수가 없어. 그냥 생리가 늦는 거야. 한 달 걸렀고 이제 해야 하는데…… 안 했네."

"헉."

"아니래도. 야, 내가 스트레스가 진짜 심했나 보다."

점점 질려가는 나영을 세연이 달랬다. 그렇다고 사실 내 남친고…… 아니 불임이야, 할 수는 없지 않은가.

"너 잠깐 있어봐. 내가 나가서……. 아니다. 지금 몇 시지? 야, 너 나랑 나가자."

나영이 세연을 잡아 일으켰다.

"어딜?"

"이 앞에 산부인과 있잖아."

"뭐? 야, 아니야. 아니라니까."

세연이 나영의 손을 뿌리치며 질색을 했다.

"그러니까 아닌 거 확인하러 가자고. 생리불순이라도 뭔가 이유가 있을 거 아니야. 그거 질병이야. 너 빨리 나와."

힘이 어찌나 장사인지 세연은 나영의 손에 질질 끌려 집 밖으로 나갈 수밖에 없었다.

두 시간 후.

그들은 청천벽력과 같은 결과를 손에 들고 집으로 돌아왔다.

"9주? 3개월이라고? 이 둔탱아, 둔한 것도 정도가 있지."

정신이 나간 세연 대신 의사의 당부를 듣고 엽산제를 구입하고 산모수첩을 받아 온 나영은 세연을 챙겨 작은 거실 소파에 앉히고 주변을 정리했다. 물론 잔소리도 잊지 않았다.

"지금까지는 몰랐으니까 그렇다고 쳐도 이제부터는 너 조심해야 돼. 네 몸이 네 몸이 아니야. 먹는 것도 그렇고 다닐 때도 조심조심 다니고. 스트레스 받지 말고. 그리고 생각해보니까 내가 성급했던 거 같아. 아무리 결혼 전이라지만 엄연히 아기 아빠가 있는데 임신 확인을 나랑 했으니. 너 아닌 척하고 이따가 팀장님이랑 다시 가서……. 어? 너 왜 그래?"

굵은 눈물을 뚝뚝 흘리고 있는 세연을 보고 나영이 깜짝 놀라 뛰어왔다.

"임신하면 안 되는데……."

감당할 수 없는 일을 당했을 때 일어나는 일이었다. 나영은 세연의 이런 모습은 처음 보았기 때문에 잠시 당황했으나 곧 이해를 했다. 임신 초기의 언니가 떠올랐던 것이다. 툭하면 울고 성질부리고 작은 일에 혼란스러워하는 상태, 호르몬의 장난이었다.

"안 되긴 왜 안 돼? 요즘 임신 먼저 하고 결혼하는 게 트렌드라잖아. 유행이라고. 야, 야, 어차피 잘됐다. 이 기회에 못을 콱 박으면 되겠네. 어차피 결혼할 거였는데 미리 하고 팀장님 말처럼 같이 미국 가면 되잖아, 뭐가 문제야?"

세연을 끌어안고 토닥이며 나영이 말했다. 그러다 번뜩 고개를 들며 세연에게 물었다.

"혹시 팀장님 아이 싫어해? 아니, 그러면 자기가 피임을 잘했어야지."

어미 닭처럼 꼬꼬댁거리며 나영이 잔소리를 시작했다.

"그게 아니라."

"그게 아니면 뭐. 혹시 재벌 됐다고 결혼 미루자고 하는 거 아니지? 그 인간, 진짜 죽인다."

솔직히 말하면 혼란스러운 건 나영도 마찬가지였다. 주말 아침, 친구랑 떡볶이나 먹으면서 놀려고 왔다가 엄청난 일에 맞닥뜨린 것이다. 당사자는 오죽할까 싶어 세연의 머리카락을 귀 뒤로 얌전히 넘겨주며 그녀는 분노를 고스란히 세연의 남자 친구에게로 떠넘겼다.

"못 갖는다고 했단 말이야."

울음을 참으려고 애쓰면서 세연이 말했다.

"응?"

친구의 머리를 만져주던 나영의 손이 멎었다.

"아이 못 갖는다고 했다고. 낳을 수 없는 몸이라고 했단 말이야."

이건 또 뭔가. 첩첩산중이다.

나영이 하늘을 원망하며 울고 있는 세연에게 찬찬히 물었다.

"못 낳는다니. 너네 팀장님…… 불임이야?"

"……응."

"……."

말한 자도, 들은 자도 똑같은 충격을 받은 듯 움직임이 없었다. 한동안 서로의 얼굴을 들여다보며 입을 다물지 못하다 겨우 소리를 낸 건 나영이었다.

"잠깐만. 나 오늘 충격 너무 자꾸 받아서 감당이 안 돼. 너네 팀장님 재벌 3세 된 것도 아직 소화가 덜 됐다고. 그런데 불임이었다고? 너 그거 되게 엄청난 문제인 거 알아?"

아무래도 이 헛똑똑이가 엄청난 일을 저지른 것 같다는 불길한 예감에 나영의 목소리가 데시벨을 높였다.

"나도 알아. 그것 때문에 헤어질 뻔했으니까. 정확히는 팀장님이 내게 미래를 줄 수 없다고 헤어지자고 했고. 그런데 난 상관없다고 했어. 정말 상관없었어. 그런데 어떻게 임신이 돼? 말이 안 되잖아."

그럼에도 세연은 고집스레 자신의 입장을 고수했다. 불임, 그게 뭐 대수라고. 하지만 임신은 달라. 나영이 환장하는 포인트가 바로 이거였다.

"불임은 상관없는데, 임신은 상관있다는 말이야? 이게 무슨 말이야, 막걸리야. 와, 나 미치겠네. 야, 임신했잖아. 말이 됐네. 아니지. 그냥 말이 된 게 아니라 기적이잖아. 불임인데 임신 된 거면 굉장한 거 아니야? 너 지금 춤을 추고 있어도 시원찮을 판에……."

나영의 말은 그저 귓등을 스쳐 지나가는 바람이었다. 세연은 또다시 폭풍처럼 눈물을 쏟아내고 있었다. 점점 더 나락으로 떨어져 가는 감정의 변화에 어쩔 줄 모르고 빠져들어 가는 친구를 보며 나영이 정신을 다잡았다.

"어떡할 거야, 이제! 자기는 입 꾹 다물고 있다가 갑자기 회장님 손자라고 하고! 미국은 어떻게 들어갈 건데? 회장님이 퍽이나 그래, TR 포기하고 들어가라 하겠다! 그리고 난 아기 낳고 결혼하는 거 싫단 말이야. 이럴 거면 유진이랑 뭐가 달라? 게다가 아직 프러포즈도 못 받았는데. 아기 때문에 억지로 결혼하는 것 같잖아."

그간의 세연이 겪은 혼란의 소용돌이를 한꺼번에 보는 것 같았다. 말을 하지 않고 있었어도 어지간히 힘들었을 것이다.

"……너는 어떻게 된 게 큰 문제는 대충 지나가고 아무것도 아닌 게 문제냐. 딱 봐도 너네 팀장님이 너 좋아 죽는 게 보이는데 아이 때문에 억지로 결혼한다는 게 말이 돼? 그리고 너도 미국 같이 들어갈 생각이라며. 뭐가 문제야. 그럼 결혼은 생략하고 같이 들어가서 너 공부하면 되잖아."

나영이 그런 세연을 최대한 달래보려 애썼다. 하지만 세연은 그런 나영을 매섭게 째려보며 말했다.

"그거랑 이거랑 같아?"

"야, 그 미국이 이 미국이랑 다르냐?"

"넌 대체 누구 편이야?"

"너야말로 대체 누구냐? 이러는 너 누구야? 이성을 좀 찾으세요, 임산부님."

"……."

단순한 세연에겐 커다란 시련이었을 것이다. 나영은 작게 한숨을 쉬며 친구를 끌어안았다. 이러한 문제는 답이 없었다. 의외로 간단할 수도 있었다. 열쇠는 세연의 남자 친구가 쥐고 있을 뿐이다.

"일단 진정하자, 세연아. 너 임신 상태라서 예민해서 이러는 거야. 먹을 수 있으면 뭣 좀 먹고 잠도 잘 수 있으면 자고 나서 생각해보자. 팀장님이랑 사이 나쁜 거 아니잖아. 팀장님도 사실을 알게 되면 무척 좋아할 거야."

세연이 마지못해 고개를 끄덕였다. 사실 그녀는 미치기 일보 직전이었다. 이게 다 무슨 일인지, 어떻게 해야 할지, 어디서부터 어떻게 해결해야 할지 감도 잡히질 않았다. 그에게 찾아가 간단하고 명쾌하게 '나 임신했어요' 한다는 건 지옥불 위에서 주행 테스트를 하는 것과 같은 의미였다. 이유는 모르겠지만 뒤죽박죽인 그녀의 머릿속이 그렇게 말하고 있었다. 급격하게 상승하고 있는 그녀의 호르몬 수치도 그렇게 외치고 있었고 혈관을 미친 듯이 내달리는 그녀의 혈류속도가 그것을 독려하고 있었다.

"이게 뭐야……."

눈물이 펑펑 쏟아지고 금방이라도 세상이 멸망할 것 같았다. 절망적인 감정이 그녀를 에워쌌다. 끝장이다.

세상이 끝장났고 그녀의 인생도 끝났다.

"아기, 싫어할 거야. 못 낳는 게 아니라 일부러 못 낳게 해놓은 거 아닐까? 그런데 뭐가 잘못돼서 내가 임신하게 된 거고."

퍼뜩 무슨 생각이 들었는지 세연이 나영의 손을 부여잡고 음모론을 늘어놓기 시작했다.

"얘기가 왜 그렇게 돼."

나영이 한숨을 섞어 말했다.

"어떡하지?"

세연이 애절하게 두 손을 모아 나영의 손을 잡으며 말했다.

"뭘 또 어떻게 해?"

"짜장면 먹고 싶어."

"뭐?"

나영이 버럭 소리를 질렀다.

오, 하나님 저를 용서하소서. 친구를 잠시 목 졸라도 되겠습니까? 나영이 기도했다. 죽이지만 않으면 되는 거다. 죽이지만 않으면. 살짝 기절이라도?

"짜장면을 못 먹으면 죽을 것 같아."

세연이 절박하게 말했다. 진심이었다.

명료한 것이 좋다. 1+1=2인 세상에서 사는 것이 당연한 것이다. 그런데 1+1이 3이 되어버렸다. 있을 수 없는 일이고 받아들일 수 없는 일이었다. 그러니 이러한 엉뚱한 결과 하나에 미쳐버리는 것이다. 하지만 못 받아들일 건 또 뭐냐.

짜장면이 먹고 싶을 수도 있지!

"그래! 먹자, 먹어! 먹고 죽은 귀신은 때깔도 곱다는데!"

눈알을 굴리고 하늘을 한번 보고 두 손을 치켜들더니 그래도 친구라고 중국집 전단지 찾아 주문하겠다며 나영이 일어섰다. 부스럭거리는 소리가 들리더니 전화로 주문을 하고 나가기 전 버려두고 간 식탁을 정리하기 시작했다. 그 모습을 멍하니 바라보고 있던 세연이 혼잣말을 시작했다.

"고자라더니."

그런 말 한 적 없다.

"혼자 미국 갈 거면서."

그런다고 한 적 없다.

"……."

어쨌거나 가만두지 않겠다. 두고두고 괴롭혀야지.

"짜장면 먹자."

어느새 음식이 왔다. 그녀 앞에 김이 무럭무럭 나는 짜장면과 탕수육이 대령했다. 한껏 울고 속 시원하게 혼잣말로 욕도 했더니 속이 후련해지고 입맛이 돌아왔다. 변덕이 죽 끓듯 하는 것도 다 호르몬의 영향일 것이다. ……뭐, 아님 말고.

나영이 탕수육을 소스에 콕 찍어 코앞에 들이밀었지만 세연은 냄새난다고 밀어내고 짜장면만 들이켰다.

단순하게 생각하자. 그가 그녀를 속였을 수도, 잘못 알고 있었을 수도 있었다. 하지만 우선하는 것은 그녀보다 그의 상황이다. 이 난리가 지나가고 나면 그에게 말하자. 그저 웃으면서 넘길 해프닝일 것이다. 그렇게 생각했다. 세연의 머릿속엔 무엇보다 세준이 먼저였다. 다 지나고 나면 그에게 사실을 알리고 같이 기뻐할 수 있으리라 생각해버렸다. 그렇게 넘겨버린 것이 잘못이었을 수도 있었다. 그리고 그녀도 모르게 상황은 꼬여만 갔다.

세준의 근무 마지막 날이었다. 팀원들과 일일이 악수하며 인사하는 그날을 기다린 것처럼 평온하고 고요하게 시작된 날이었다. 부서 이동이 모두 끝났고, 자리 배치와 개인 이사까지 모두 마친 후였다. 차세대엔진개발팀의 팀장은 아직 정해지지 않았다. 팀원들이 나란히 서서 그와의 이별을 아쉬워하고 있었다. 마지막 차례인 세연과 악수를 나누기 직전이었다. 사무실 밖이 소란스러워지기 시작한 것은.

"이세준이 어딨어? 이 새끼 어딨냐고?"

사무실 문을 박차고 들어온 건 머리끝까지 열이 오른 상무였다.

"오, 여기 있었어? 한가하게 인사나 하고 있었다, 이거지? 그래, 앞으로 상무 달고 승승장구할 생각 하니 신이 나서 악수하고 있는 거냐? 이 사생아 새끼야!"

무작정 막말부터 쏟아붓기 시작한 상무가 다짜고짜 세준의 멱살을 잡으며 고함을 치기 시작했다.

"너같이 근본도 모르는 새끼가 우리 회사를 삼키려고 들어? 니가 봤어? 내가 리베이트 받는 거 니가 봤냐고, 이 새끼야!"

사람들이 몰려들었다. 갑작스레 당한 일로 당황하던 팀원들이 주춤하는 사이 상무가 한 팔을 들어 올렸다. 폭력을 쓰겠다는 일종의 협박이었지만 세준은 방어할 생각이 전혀 없는 듯했다. 상대가 방어도 반격도 할 마음이 없다는 것을 확인하자 자연스레 상무의 주먹이 세준을 향해 뻗어갔다. 하지만 그의 팔은 누군가에 의해 가로막혔다.

"그만하십시오, 상무님. 적절치 못한 행동이십니다."

세연이었다. 어디서 그런 용기가 나왔는지 세연 자신도 알 수 없었다. 그저 몸이 먼저 반응했다고밖에 할 수 없을 것이다. 그러나 팔이 붙잡힌 상무보다 그 앞에 서 있던 세준이 더 크게 놀란 듯했다.

"이건 또 뭐야?"

세준의 멱살을 잡고 있던 손을 놓고 세연에게로 그 팔을 휘두르려는 순간 세준이 그 손을 낚아챘다.

"그만하라는 말, 못 들으셨습니까?"

지금까지 인형처럼 당하고 있던 사람이라고는 믿기지 않을 만큼 싸늘하고 매서운 어조였다.

"오호라, 이 새끼랑 붙어먹은 년이 있다더니 바로 같은 팀에 있었어? 아주 잘들 논다. 일들은 안 하고 오입질이나 하고 다녔구나? 피는 못 속인다더니 아주 더러운 짓거리를 잘도 회사에서……."

퍼억. 상무가 나뒹굴었다.

"그 더러운 입, 당신이나 닥쳐."

꿈쩍 않고 있던 세준이 상무의 턱을 날린 것이다. 어딘가에서 비명이 들려왔고 상무는 고래고래 소리를 질러댔다. 순식간에 아수라장이 되었다.

"에잉. 쯔쯧."

어디에선가 못마땅하게 혀 차는 소리가 들려왔다. 회장이 나타났고 팀원들이 일사불란하게 흩어져 그에게 인사했다.

"끌어내."

경비원을 대동하고 나타난 회장이 명령했다. 경비원은 삽시간에 상무에게 달려들어 그를 제압했다. 끌려 나가면서도 고래고래 소리를 지르며 악다구니를 써대는 상무를 보는 회장의 눈길이 매서웠다.

"저런 한심한 놈 같으니라고."

그리고 눈을 돌려 세준을 바라보며 말을 이었다.

"이 팀장은 잠깐 나 좀 보지."

임 회장은 말을 마치고 바로 사무실을 떠났다. 그의 뒤를 수행비서와 경영진 몇 명이 따랐다. 멍하니 서 있던 세준은 흐트러진 옷과 머리를 정리하고 팀원들을 돌아보았다.

"흉한 꼴을 보이게 되어 미안합니다. 다음 기회가 있다면 좋은 얼굴로 봅시다."

그의 눈길이 세연에게 한참 머물다가 멀어졌다. 입을 굳게 다문 채 회장이 나갔던 길로 뚜벅뚜벅 걸어 나갔다. 한 점 흐트러짐 없는 걸음걸이였다.

털썩. 세준이 나가자마자 세연이 바닥에 쓰러졌다. 기절한 것은 아니었다. 단지 온몸에 힘이 빠졌을 뿐이었다.

"세연 씨! 어머, 세연 씨 왜 이래? 정신 차려."

숙현이 깜짝 놀라 세연을 잡아 일으켰다.

"괜찮아요, 주임님. 다리가 풀려서."

"그래, 그럴 만도 하지. 거긴 왜 끼어들었어. 자기가 대신 맞았을 수도 있었어."

그러려고 끼어든 것이었다. 무슨 이유인지는 모르겠지만 그는 분명 상무에게 맞을 심산이었다. 그렇게 일을 매듭지으려는 것이었을까. 무얼 매듭짓기 위해? 그것보다 상무가 던진 말의 의미가 뒤늦게 파도처럼 밀어닥쳤다.

"방금 들었어?"

"듣긴 들었는데요, 제가 제대로 들은 건지 잘 모르겠어요."

"상무님이 한 말이 그러니까, 우리 팀장님이 사장님 아들이라는 거야?"

"그게 그 말이죠? 제가 잘못 들은 거 아니죠? 우와, 이게 다 무슨 일이야?"

"출생의 비밀은 드라마에나 나오는 건 줄 알았는데."

"그럼 이제 어떻게 되는 거야? 우리 팀장님이 상무님 되는 거야?"

생각은 하나인지 다들 충격에 빠진 듯했다. 신차발표회에서 농담처럼 둘이 닮았다는 얘기를 한 적이 있긴 했지만 말 그대로 농담이었다.

"아닙니다. 상무님이 혼자 오해하시고 벌이신 일입니다. 근거 없는 추측이니 루머가 퍼져나갈 시 강력하게 대응하시겠다는 것이 회장님의 의지십니다."

임 회장을 따라왔던 비서진 중 한 명이 팀원들을 돌아보며 말했다. 입단속하라는 비서실의 주문이었다. 팀원들이 약속이나 한 듯

서로를 바라보며 입을 다물었다. 남은 한 명의 수행비서까지 떠나고 나자 눈치를 보던 팀원들은 비척비척 자기 자리로 돌아갔다. 어지럼증을 느낀 세연은 책상에 기대어 눈을 감았다. 불행하게도 이런 난리가 왠지 시작일 것 같다는 불길한 예감이 들었다.

21. 액티브 헤드레스트는 사고 시
운전자를 보호한다

상무 이세준. 회사 안은 들썩였고 언론은 들끓었다. 절대 피할 수 없는 일이었다. 함정을 파놓고 기다리기라도 한 것처럼 그의 발목을 붙잡고 그를 놓아주질 않았다. 회장의 계획은 즉시 실행되었다. 준비되었던 것처럼 차세대엔진개발팀의 팀장이 정해지고 그는 상무로 발령이 났다. 이런 사실이 언론에 발표됨과 동시에 TR의 모든 임직원이 이를 받아들여야 했다.

한껏 포장된 그의 인생은 비운의 사생아가 아닌 그를 보호하기 위해 전략적으로 이루어진 일인 것처럼 그럴듯하게 꾸며졌다. 교묘하게 만들어진 굴레가 그에게 덧씌워졌다. 어느새 그는 TR의 후계자가 되어 있었다. 그가 원하든 원하지 않든 말이다.

예정되어 있던 것처럼 그는 본가로 들어갔다. 그리고 상무로 부임했다. 모든 것이 언제 그랬냐는 듯이 잠잠해졌다. 다만 스캔들

속 등장인물이었던 세연만이 그 짐을 혼자 짊어지고 있었다.

이세준의 여자. 세연은 그렇게 불렸다. 그리고 이제는 임세준이 된 상무의 여자로 계속 남아 있을 수 있을지를 두고 내기를 했다. 그나마 다행인 것은 팀원들은 전과 다름없이 그녀를 대해준다는 것이었다.

"어이, 화제의 인물 한세연 씨."

오늘도 크래커와 커피로 점심을 대신하는 세연의 앞에 성수가 나타났다. 입덧을 시작한 이후로 제대로 된 음식을 먹는 건 하늘의 별 따기였다.

"오랜만이야."

억지로 크래커를 입에 쑤셔 넣은 세연이 성수를 향해 웃으며 말했다.

"요즘 핫하시던데요. TR 사모님이 되실 거라는 얘기가 있던데, 맞아? 상무님이랑 유진이 결혼식에도 갔었다며? 왜 나만 몰랐지?"

어딜 가나 누굴 만나나 상무님 얘기다. 그와 관련된 얘기는 이제 그만하고 싶다.

"잘 지냈어?"

"내가 물어볼 말이다. 너야말로 잘 지내야 되는 거 아니야? 얼굴이 왜 이래?"

"내가 뭘."

"거울 좀 봐라. 아픈 애처럼 이게 뭐냐. 새 프로젝트 들어가고 아직 바쁠 때 아니잖아. 뭐, 그런 일 겪고 했으니 마음고생은 좀 했겠다. 너 혹시 다이어트하냐?"

너무나 의식의 흐름대로 흘러가는 성수의 말에 세연이 그만 웃음을 터뜨렸다.

"됐고. 뭐야, 하고 싶은 말이."

세연의 얼굴이 보고 싶어서 그냥 들렀을 성수가 아니었다.

"요즘 우석이 형이 자꾸 네 얘기 나한테 물어봐서 귀찮아 죽겠다."

성수가 바로 본론으로 들어갔다. 하필이면 제일 듣고 싶지 않은 이야기였다.

"죽었다, 그래."

세연이 다 마신 종이컵을 손으로 구기며 말했다. 사람도 이렇게 손으로 구길 수 있으면 얼마나 좋을까.

"상무님 얘기 알고 나서는 부쩍 그러는 거 같아. 신문이며 방송이며 한동안 오르내렸잖아."

"미친. 그게 자기랑 무슨 상관인데?"

예민해질 대로 예민해진 시기였다. 감정 기복은 말할 것도 없고 입덧과 피로에 지쳐 있었다. 외부적 요인만으로도 스트레스가 쌓이는데 몸도 정상이 아니었다. 정상적으로 반응할 수가 없었다.

"유진이랑도 사이 안 좋은 거 같고. 유진이 자기 집으로 갔대."

세연의 상태를 알 리 없는 성수는 계속해서 듣고 싶지 않은 얘기를 세연에게 주워섬기고 있었다. 평소에도 그리 눈치가 빠른 편은 아닌 성수였다.

"애기 낳으러 갔겠지. 그걸 내가 왜 알아야 하는데?"

"아, 미안해. 우석이 형이 자꾸 그러는 게 이상해서. 혹시 너한테 찾아가고 그럴까 봐 미리 얘기해주러 온 거야."

"그래. 아주 고오맙다."

"그런데 너 왜 이렇게 예민해? 상무님이랑 뭐 좀 잘 안 되냐?"

성수가 느물거리며 세연의 어깨를 손가락으로 콕 찔렀다.

이 자식이 근데.

"그게 너랑 무슨 상관인데?"

세연이 버럭 소리를 질렀다. 그러고는 곧 후회했다. 호르몬이 시킨 짓이다.

"미안해, 성수야. 요즘 몸도 안 좋고 일도 바쁘고, 내가 예민하긴 한가 보다."

펄쩍 놀라는 성수에게 세연이 서둘러 사과했다.

"그래. 솔직히 제일 놀라고 힘든 게 너지 누구겠냐. 나도 미안하다. 우석이 형 얘기 뭐 좋은 거라고 너한테 했나 모르겠다. 아무튼 조심해. 늦게 다니지 말고 혼자 다니지 말고."

세연의 어깨를 토닥이며 성수가 말했다. 그게 뭐라고 눈물이 왈칵 나오려는 걸 억지로 눌러 참아야 했다. 점심시간 끝나기 전에 가야 한다며 성수는 곧바로 뛰어갔다. 그 뒷모습이 쓸쓸해 보여 또 한참을 눈물을 참아야 했다.

요즘은 계속 이런 식이었다. 그저 임신 3개월이 빨리 지나가길 기도하는 수밖에 없었다.

너무 한꺼번에 많은 일들이 일어나 세준에게는 아무 말도 할 수 없었다. 그가 본가로 들어가고 상무실로 옮긴 이후 지금껏 한 번도 만나질 못했다. 그는 잘 적응하며 지내는 것 같았다.

가끔 그가 고민하던 그때 말렸어야하나 하는 생각을 했다. 그랬다면 지금 이렇게 힘들지 않았을 것 같다는 생각도 들었다.

하지만 이내 고개를 저었다. 그는 한 번이라도 가족과 같이 살아야 했다. 그는 그럴 자격이 있으니까. 아버지란 자리를 겪어보았으면 했다. 특히나 임 사장이라면 그의 목마름을 일부라도 해소시켜줄 수 있을 것이다.

'그래서 지금 행복해요?'

그를 만날 수만 있다면 물어보았을 것이다.

상무에겐 비서실이 있었고 세연은 비서실을 사이에 두고 그와 격리되었다. 아마 회장의 지시였을 것이다. 그와 연락이 되지 않으니 몇 번 찾아갔었지만 비서실의 대답은 언제나 'no'였다.

자리에 없고, 회의에 갔고, 언제 오실지 모른다.

그건 그렇다 치고 전화는 왜 없어?

형편없이 구겨진 종이컵을 못살게 굴다가 휴지통에 던져버렸다. 몸이 한없이 무겁다. 어딘가로 꺼져버리고 싶었다.

집으로 돌아가는 세연의 발걸음은 천근만근이었다. 가뜩이나 몸도 안 좋은데 낮에 들은 성수의 말이 신경 쓰였다.

어둡지는 않지만 원룸 입구로 들어가는 길은 골목이었고 조금만 벗어나면 으슥한 곳도 있었다.

"세연아."

엄마야.

"얘기 좀 하자."

왜 불길한 예감은 틀린 적이 없는가.

"난 할 얘기 없는데요."

세연이 그를 지나쳐 집으로 들어가려고 했다.

"얘기 좀 하자. 너 어떻게 하겠다는 거 아니야."

팔목을 잡혔다. 이미 어떻게 하고 있다.

"이번엔 신고할 거야. 놔. 이거 폭력이야."

세연의 말에 우물쭈물 잡은 손을 놓은 우석이 세연에게 사정하기 시작했다.

"한 번만 기회를 줘. 다시는 괴롭히지 않을게. 딱 한 번만 얘기하자."

이젠 지긋지긋하다.

"뭐야. 빨리 말하고 가. 그리고 다시는 오지 마."

"나, 유진이랑 헤어질 거야. 세연아, 우리 다시 시작하자."

"미친놈아."

세연이 일갈하고 바로 등을 돌렸다. 다급한 목소리가 그녀의 뒤를 쫓았다.

"세연아!"

걸음을 멈출 생각이 없다는 걸 눈치챈 우석은 그녀를 앞질러 길을 막았다.

"말을 끝까지 들어."

"더 들을 것도 없어. 말 같은 소리를 해."

"난 속아서 결혼한 거야. 이 결혼은 무효야."

"약 먹고 취해서 잤어? 아이는 어떻게 생겼어? 지금 선배는 아이도 버리겠다는 거야."

"그게 내 새끼인지 내가 어떻게 알아?"

"넌 진짜 사람도 아니야. 들을 얘기 다 들었으니까 가. 말한 대로 다시는 괴롭히지 마. 또 나타나면 정말 신고할 거야."

우석을 돌아 원룸의 입구 현관을 향해 뛰었다. 소리를 지른다면 경비원이라도 뛰어나올지 모른다.

"너도 지금 찬밥 더운밥 가릴 처지 아닐 텐데? 그 사람 TR 후계자인 줄은 몰랐을 거 아니야? 너도 속은 거야. 너 같은 걸 이제 거들떠볼 줄 알아? 신분이 달라, 너랑은. 권력이 생긴 남자가 제일 먼저 하는 게 뭔 줄 알아? 너 같은 여자 버리는 거야."

악에 받친 우석이 세연에게 소리 지르기 시작했다.

"틀렸어."

원룸 입구 현관에 불이 들어오며 누군가 나타났다. 낮고 어두운 목소리, 분노에 찬 그의 목소리다. 그리움에 왈칵 눈물이 솟아오른다.

"팀장님!"

세연이 그대로 그에게 달려갔다. 무작정 달려드는 세연을 그는 가뿐히 안아 들었다. 힘껏 끌어안은 그의 팔이 그녀를 가만히 토닥인다. 얼굴을 들여다보고 몸 이곳저곳을 살펴본다.

상냥하던 눈빛은 거기까지였다. 세연의 너머로 어딘가를 쏘아보던 그가 그녀를 자신의 뒤로 돌리고 똑바로 섰다.

"뭘 잘못 알고 있군. 권력이 생긴 남자가 제일 먼저 하는 일이 뭔지 알아? 바로 당신 같은 인간을 청산하는 일이지."

단 몇 걸음 만에 우석에게 다가간 세준이 그의 멱살을 잡고 들어 올렸다. 세준보다 어깨 하나만큼 내려갔던 그의 시선이 같은 위치로 올라왔다.

"이, 이거 놔."

피가 몰렸던 얼굴이 하얗게 질려간다. 그 모습에 세준이 깔보는 듯이 미소 지었다.

"이제부터 폭력을 행사할 겁니다. 당신처럼 여자에게 쓰는 것이 아니라……."

세준은 잡은 멱살을 풀고 우석의 복부에 주먹을 꽂아 넣었다.

"컥."

"같은 남자에게 쓰는 제대로 된 폭력이죠."

우석의 뒷덜미를 잡은 세준이 그대로 그의 복부를 한 번 더 가격했다.

"억울하면 고소하세요. 권력의 힘이 무엇인지 보여드릴 테니."

이렇다 할 반격도 못 하고 우석이 그대로 쓰러졌다. 배를 잡고 뒹굴다 무릎으로 기어 일어나려는 우석에게 세준이 천천히 다가갔다.

"자기 자식을 버리는 인간은 쓰레깁니다. 별로 놀랄 것도 없군요. 원래부터 쓰레기였으니."

예의 바른 어투가 이렇게도 모욕적일 수 있다는 걸 세연은 처음 알았다. 게다가 싸움은 어디서 배웠을까.

하루 이틀 만에 완성되는 폼이 아닌데.

멀찌감치 서서 구경하며 생각했다. 별로 동정하고 싶은 생각도 들지 않았다.

저놈은 좀 맞아야 해.

"하고 싶은 말은 다 한 것 같은데."

세준이 엎드려 일어서지 못하는 우석의 무릎 쪽 바닥을 구두 끝으로 톡톡 치며 말을 이었다. 별것 아닌 것 같은 그의 행동이 우석에게는 위협으로 받아들여지는 듯했다. 발의 움직임이 달라질 때마다 그가 움찔움찔 몸을 피했다.

"약속은 지키실 걸로 믿겠습니다."

세준이 무릎을 구부리며 그의 귓가에 얼굴을 가져다 댔다.

"다시 한번 내 눈에 띄면 직접 쓰레기로 만들어드리지."

세준의 말에 우석이 정신없이 고개를 끄덕였다. 만족한 듯 바지를 탁탁 털고 일어선 세준이 세연을 향해 걸어왔다.

"기다려도 안 와서 걱정했어."

다정하게 말하며 그가 세연의 손을 잡아끌었다. 누가 먼저랄 것
도 없이 그대로 손을 잡고 뛰었다. 엘리베이터를 기다리지 못하고
계단으로 향했다. 몇 걸음도 못 가 그의 손에 잡혔다.

다급한 입술이 그녀를 찾았다. 그동안 만나지 못했던 그리움만
큼 폭풍 같은 키스 세례가 그녀에게 퍼부어졌다. 몇 번의 키스, 몇
번의 멈춤 끝에 겨우 집 안으로 들어설 수 있었다.

"세연아."

숨이 막히도록 세연을 끌어안으며 그가 그녀를 불렀다. 몇 번이
고 반복해서. 그리고 다급하게 그녀의 입술을 찾았다. 입술을 벌리
고 들어가자 말캉한 혀가 그를 맞았다. 혈관의 피가 거꾸로 치솟는
것 같은 느낌이 들었다. 당장 그녀 안으로 들어가지 못하면 죽을
것 같은 갈증이 느껴진다. 늘 같은 욕구다. 가져도 가져도 채워지
지 않는다.

"참기 힘들 것 같아."

이미 터질 것처럼 부풀어 오른 자신을 그녀에게 비벼대며 그가
말했다.

"네."

작고 수줍게 대답하는 그녀의 입술을 물어뜯을 듯 집어삼키며
그가 그녀를 현관 벽으로 밀어붙였다.

"지금."

언제나처럼 그가 결합을 예고했다. 지금 당장. 여기서.

"괜찮아요."

세연이 대답했다. 조급한 손놀림으로 바지 지퍼가 내려가고 세
연의 치마 속으로 들어간 손이 스타킹을 벗겨 내렸다. 찢다시피 속

옷을 벗긴 세준이 한 번의 움직임으로 그녀에게 들어갔다.

"헛."

예상은 하고 있었지만 조금 놀랐는지 세연이 신음을 흘렸다.

"미안. 조금 거칠 수도 있어."

이미 이성 따윈 날아가버린 지 오래였다. 말을 다 마치기도 전에 잠시 몸을 뺀 그가 자신을 끝까지 그녀에게로 밀어 넣었다.

"아, 아앗."

세연이 진저리를 치며 고개를 흔들었다. 이어 강한 몇 번의 스트로크로 그녀의 얼을 빼놓은 동시에 자신의 욕심까지 채운 그가 이번엔 거칠게 허리를 돌렸다.

"으음⋯⋯."

여지없이 세연의 신음이 그를 자극했다. 짓쳐 올리는 그의 허릿짓이 거세어질수록 신음은 더욱 진해져갔다. 하지만 이대로 이곳에서 그녀를 끝까지 안을 수는 없었다.

세준이 그들이 결합된 상태 그대로 그녀를 안은 채 침대를 향해 걸어갔다. 걸을 때마다 흔들리는 자극으로 그들의 결합이 고스란히 느껴졌다. 그의 어깨에 얼굴을 파묻은 채 세연이 내내 흔들거리며 신음을 흘려댔다. 하마터면 걸어가는 중간에 일을 끝낼 뻔했다.

침대에 세연을 내려놓고 나서도 그는 도무지 그녀 안에서 벗어날 수가 없었다. 몸을 빼낸 채 옷을 벗고 다시 사랑을 나누어도 무방했다. 하지만 무슨 고집에서인지 그는 그녀의 안에서 자신의 몸을 빼내고 싶지 않았다. 그러니 일은 힘들어졌다. 입술을 찾고 맨살을 어루만지면서도 세연의 옷을 벗기고 자신도 벗은 몸이 되기란 쉬운 일이 아니었다. 하지만 끝내 고집스럽게 모든 일을 해내고 그녀에게로 돌아갔다. 느른하게 그녀 안에 자신을 묻고 자신에게로 죄어드는 그녀의 내부를 느꼈다.

"무슨 일이에요. 무슨 일 있었어요, 팀장님?"

걱정스럽게 물어오는 세연의 입술을 진지하게 탐한 다음 허리를 누르고 몇 번이나 그녀의 내부로 침잠해 들어갔다. 달콤한 그녀의 입술에서 깊은 신음이 나올 때까지.

"세즈."

그가 그녀의 귓가에 속삭였다. 강하게 속으로 찔러 들어가며 숨소리와 함께 내뱉자 흐느낌과 함께 세연이 물었다.

"네?"

"세즈라고 불러."

"그게 무슨."

"내 이름이야. 한국에 오기 전까지 내 이름."

그가 반복해서 그녀의 귓가에 속삭이며 빠르게 움직이기 시작했다.

"세즈……."

그녀가 그의 이름을 부르기 시작했다. 신음과 함께 부르기 시작한 그의 이름은 끝없이 그의 귓가에 되뇌어졌다.

"세즈……. 세즈."

"헉."

그의 내부에서 벅차오르는 감정과 함께 강한 쾌감이 동시에 폭발했다. 그녀의 안에 모든 걸 쏟아부으며 그녀의 이름을 불렀다. 세연이 그와 동시에 그곳에 도달하는 것이 느껴졌다.

다 가졌다. 그는 방금 모든 걸 가졌다. 세연을 가진다는 건 세상

전부를 가진다는 것과 같다. 이제 다른 건 아무것도 필요 없었다.

"팀장님."

"응."

작은 세연의 침대에서 그들은 한 몸처럼 붙어 있었다.

"아, 이젠 상무님이라고 불러야 되는구나."

"괜찮아."

"그냥 불러봤어요."

할 말이 너무나 많았다. 하지만 어느 것 하나 쉽사리 이야기할 수 없었다.

"일이 왜 이렇게 되어버렸는지 모르겠어."

그가 말했다. 세연만 혼란스러웠던 것은 아닌 모양이었다.

"회장님이 철저하게 준비해놓은 덫에 내가 걸려든 거야."

그가 허탈하게 웃었다.

"그런데 빠져나올 방법을 모르겠어."

그냥 나와요. 같이 도망가요. 이기적으로 굴고 싶었다.

"사장님은 어떠세요?"

하고 싶은 말 대신 다른 걸 물었다.

"좋으신 분이야. 사모님도 그렇고. 두 분 다 과분하게 잘해주셔."

"잘됐네요. 동생은요?"

그가 하하, 웃었다. 가슴에서 우러나온 진짜 웃음이었다.

"그 녀석은 진짜."

한 박자 쉰 그가 세연의 얼굴을 들여다보고는 이를 드러내며 웃었다.

"네가 꼭 봐야 돼."

그가 덫에서 나오지 못하는 진짜 이유가 이것이 아닐까 세연은 생각했다.

"요즘엔 널 소개시켜달라고 난리야."

그에게서 가족을 빼앗을 수는 없다. 그가 충분히 가족의 사랑을 누릴 수 있도록, 그 안에 녹아들 수 있도록 기다려주자.

"일은 재미있어요? 상무는 하는 일이 많겠네요?"

"응. 새로워. 생각보다 재미도 있고. 바쁘긴 하지만."

"잘됐네요."

"이런 식으로 살아도 좋지 않을까 싶기도 하고."

그가 하품을 하며 말했다. 눈 밑에 피로가 짙게 스며들어 있었다.

"네."

세연의 대답을 기다리지 못하고 그는 곧 잠이 들었다.

그를 걱정시키고 싶지는 않다. 예민한 시기라서 그러는 거다.

조금만 참자, 조금만 더.

힘들다고, 당신의 아이를 가졌다고 말할 수 있게 될 때까지.

"어떻게든 자주 연락하도록 할게. 외롭게 만들어서 미안해."

다음 날 아침, 그는 그렇게 말했다. 세연은 그의 눈을 보며 다음에 만나면 꼭 아이 얘기를 해야지 했다. 하지만 그는 약속을 지키지 못했다. 한 달이 넘도록 그는 연락을 하지 않았다. 심지어 전화를 거니 없는 번호라고 나와 세연을 당황케 했다. 세연으로선 그에게 연락할 방법이 전혀 없었다. 화가 났다. 4개월에 접어들었고 배가 불러오고 있었다. 이제 어떻게든 그를 만나 이야기를 해야 했다.

"한세연 씨, 잠깐 이야기 좀 하시죠."

하지만 그녀를 찾아온 건 전혀 다른 사람이었다. 검은색 양복을 입고 표정까지 검은색인 그는 회장을 그림자처럼 따라다니는 수행비서였다.

"회장님이 전해드리라고 하셨습니다."

그를 따라 회장이 보낸 차를 타고 어딘지 알 수도 없는, 지나치게 한적하고 조용한 찻집으로 가서 마주 앉았다. 그리고 비서는 작은 봉투를 내밀었다. 무언가가 들어 있는 불룩한 봉투, 하지만 돈이 들어 있는 것 같지는 않았다.

이런 일은 회장님이 직접 오시지 않나? 세연은 비서가 내민 봉투를 물끄러미 들여다보며 생각했다. 그럴 만한 가치도 없다는 거겠지. 이상하게 자꾸 웃음이 나왔다. 아까부터 몸은 으슬으슬 떨리는데도 말이다.

"이게 뭔가요?"

"직접 확인해보시죠."

정중한 말투였다. 한 치의 흐트러짐도 없는 자세로 예의에 어긋나지 않게 그는 말했다. 하지만 회장에게 경멸을 당하고 있다는 느낌에선 벗어날 수가 없었다.

"통장이네요. 카드하고. 이걸 왜 저에게?"

"원하시는 모든 것을 지원해주시겠다고 하십니다."

결국 이렇게 되는구나. 어느 정도 예상은 했었다. 이런 일이 곧 있을 거라고 생각했다. 하지만 이렇게 빠를 것이라고는 미처 생각하지 못했다.

"헤어지라는 건가요?"

"그것이 조건입니다. 우수한 재원이시니 공부를 좀 더 하시는 것이 좋겠다는 의견이십니다."

"헤어지고 이 나라를 떠나라고요?"

"되도록 알리지 말고 떠나라고 하셨습니다."

모멸감이 뱀처럼 온몸을 기어 다녔다.

"무엇을 알리지 말라는 건가요? 제가 떠나는 것을요?"

"임신한 것도 알리지 마라십니다."

세연이 숨을 들이켰다. 도대체 회장은 어디까지 알고 있는 것일까. 그녀의 사생활 하나하나를 다 알고 있다는 걸까. 어떻게?

"원하시는 모든 것을 준비해주실 겁니다. 학위를 따는 데 드는 모든 비용과 기타 비용까지 모두 드릴 겁니다. 생활하시는 데 불편함 없이 해드리라고 하셨습니다."

비서는 세연이 경악하고 있는 사이 막힘없이 회장의 지시를 이행했다.

"아이를…… 지우길 원하시면 병원 및 기타 비용 일체도 지불하실 거라고도 하셨습니다."

하지만 이 말을 할 때에는 그도 사람인지 잠시 머뭇거렸다. 온 세상이 하얗게 변하고 있었다.

"비밀은 지켜질 것이고, 몸조리하시는 동안 알맞은 명분도 생기실 겁니다."

아이를 죽이라고 말하고 있다. 조용히 떠나거나 아이를 죽이거나. 혹은 둘 다?

"제가 싫다고 하면요?"

검은 양복의 남자는 처음으로 침묵을 지켰다. 아마도 말하기 껄끄러운 내용이 곧 나올 것이다.

422

"불의의 사고가 생기는 것에 대한 책임 및 비용은 회장님이 지불하지 않는다는 조건입니다."

세연은 한동안 그의 말을 이해하지 못해 표정이 없는 비서의 얼굴을 바보같이 쳐다보고 있어야 했다. 그리고 깨달았다. 협박하고 있다. 회장은 그녀와 아이에게 위해를 가하겠다고 협박하고 있었다.

"상무님을 만나게 해주세요."

"안 됩니다."

양복의 남자가 단호하게 말했다. 세연이 차마 다시 물어볼 수도 없을 정도였다. 세연이 마침내 납득했다. 그러기까지 너무 오랜 시간이 걸렸다. 그는 이제 다른 세계의 사람이 된 것이다. 그래, 인정하자. 그는 TR그룹의 3세다. 그가 일부러 상황을 이렇게 만든 것은 아니지만 어처구니없게도 그녀는 지금 신파극을 찍고 있다.

"잠시 실례하겠습니다."

진동이 울리는 휴대폰을 들고 검은 양복의 남자가 일어섰다. 눈물도 나오지 않는다. 그저 믿을 수 없었다. 자신이 처한 상황, 자신이 앉아 있는 자리, 자신이 들은 말들이 모두 믿기지 않았다. 하지만 한편으론 차라리 다행이다 싶었다. 회장이 나왔더라면 '네까짓게 감히'라고 말했을지도 모른다.

갑자기 웃음이 터졌다. 이 모든 게 거짓말 같아서.

"회장님께서 마지막으로 전하라는 말씀이 있으십니다."

돌아온 남자가 말했다.

"상무님께는 이제 새로운 가족이 생겼으니 그의 행복을 방해하지 말아달라고 하십니다. 한세연 양에게 특별히 부탁드리는 거라고. 이렇게 말씀드리면 알아들을 거라고도 하셨습니다."

교활한 노인이었다. 그녀의 약점을 잘 알고 그것을 쥐고 흔들었다. 아이와 그녀를 협박하면서 그를 사랑하는 그녀의 마음을 이용하려 한다. 세연이 조용히 일어섰다.

"잘 알아들었습니다. 하지만 이건 받지 않겠어요. 제 일은 제가 알아서 하겠습니다."

"상무님도 납득하는 방향이어야 한다고 하셨습니다."

남자가 쐐기를 박았다. 세연의 입으로 헤어지자고 말하라는 것이다. 그에겐 잔인한 일이 될 것이다.

"제가 알아서 할게요."

자존심을 지킨다는 것은 무엇일까. 그것이 인생에 얼마나 도움이 될까. 세연이 찻집을 나서며 생각했다. 차로 모시겠다는 남자의 말을 거부하고 택시를 불렀다.

날이 좋았다. 가을로 접어드는 선선한 밤이었다. 세준을 만나기 전 호기롭게 벤츠가 되겠다던 자신이 생각났다. 지금 자신의 모습과 비교해보니 너무나 한심했다. 그녀는 그를 기다리고 있었다. 그가 벤츠가 됐든 벤틀리가 됐든 그에게 기대고, 기대려고 하고 있었다. 그녀 자신을 잃어가고 있었다.

과연 신데렐라를 꿈꾸지 않았다고 자신할 수 있을까?

택시에서 내리고 나니 어디로 가야 할지 알 수가 없었다. 걷는 발길은 목적지가 없었다. 정신을 차리고 보니 그녀는 친구의 집 앞에 서 있었다. 집으로 가려고 했는데 왜 이곳에 있는지 세연도 알 수 없었다.

"세연아!"

문을 두드리자마자 나영이 달려 나왔다.

"너 왜 이래? 무슨 일 있었어?"

세연이 친구의 품으로 오열하며 쓰러졌다.

"아이고, 이 등신아. 신파 찍냐? 신파 찍어? 왜 말을 못 해, 애 가진 게 죄야?"

세연에게 침대를 양보하고 그 아래 앉아서 나영이 내내 친구에게 잔소리를 해댔다. 세연이 울면 같이 울고 화를 내면 같이 화를 내며 이야기를 듣던 차였다.

"내가 이 자식을 당장에⋯⋯."

열이 받은 나영이 소리를 지르며 일어섰다. 기운 빠진 세연은 말릴 기력도 없어 그저 누워만 있자 나영은 다시 자리에 앉았다.

"어떻게 할 수는 없지."

"연락이나 되어야 뭘 어떻게 하지."

세연이 힘없이 말했다.

"번호 바꾸고 너한테 연락 안 한다는 건 그 작자가 너랑 연락할 마음이 없다는 거 아니야?"

아무리 생각해봐도 남자의 마음이 떠난 것 같다는 생각에 나영은 그를 곱게 볼 수만은 없었다.

"아까 택시 타기 직전에 비서님이 그러시더라. 상무님 해외출장 가셨다고."

하지만 세연의 생각은 그렇지 않은 것 같았다. 나영은 일단 한 발 물러섰다.

"그래?"

"망설이다 말해주는 걸로 봐서 출장 보내놓고 회장님이 번호를 어떻게 하신 것 같아. 그리고 그 안에 내 문제 해결하고."

"와, 진짜 비열한 노인네네. 이대로 그냥 당할 거야?"

나영은 억울하고 분하고 원통했다. 자신이 이런 마음인데 당사자야 오죽하겠냐 싶어 세연을 쳐다보았지만 정작 그녀는 공허하게 고개를 저을 뿐이었다.

"내가 뭘 할 수 있는데? 상대는 회장님이야."

"그냥 상무님한테 다 말하면 안 돼? 아이 가졌다고 말하자."

자기도 모르게 '작자'에서 '상무'로 호칭을 변경한 나영이 대안을 제시했다.

"일만 더 복잡해질 거야. 그렇게 하고 나면 회장님이 무슨 짓을 할지 몰라서 무서워."

아이고, 답답해 죽겠네.

"아이는 어쩔 건데."

"낳아야지."

"미쳤다, 미쳤어."

땅이 꺼지도록 한숨을 쉰 나영이 갑자기 버럭 소리를 질렀다.

"그래서 그냥 헤어지겠다고?"

세연이 눈물을 주룩주룩 흘리며 말했다.

"상무님은 올 거야. 겨우 찾은 아버지와 할아버지를 나 때문에 버리라고 할 수는 없잖아. 내가 어디 있는지 아니까 방법을 찾아서 데리러 오겠지."

"안 오면?"

"할 수 없지."

"으아악. 이 답답아!"

단순 대마왕의 머리라도 흔들어서 정신을 차리게 해야겠다는 나영의 말을 끝으로 세연은 정신을 잃었다.

어디선가 나영이 정신 차리라며 울부짖는 소리가 들리는 것도 같았다.

극심한 스트레스로 인한 탈진으로 세연은 이틀 동안 병원에 입원했다. 아이에겐 이상이 없다고 했다. 다만 스트레스를 받는 상황은 피하라는 게 의사의 조언이었다. 세연은 월차를 내고 며칠을 쉰 다음 세준의 귀국에 맞춰 출근을 했다. 김 비서를 만나던 날 확인해두었던 날짜였다.

"한세연 씨, 팀장님이 찾으시는데?"

출근하자마자 숙현이 세연을 불러냈다.

"네."

예상은 하고 있었지만 이렇게 빠를 줄은 몰랐다. 회장이 내민 봉투를 거절한 이상, 어떻게든 그녀를 세준에게서 치워버리려고 할 것이다. 물론 그녀도 각오가 섰다. 이제 실행으로 옮기기만 하면 됐다.

<발령. 한세연. 대전 영업소. 영업직 대리.>

"이럴 수도 있는 건가요?"

팀장이 내민 발령장에는 기가 찰 만한 승진이 그녀를 기다리고 있었다. 아무리 그래도 이건 너무 치졸한 방식이었다.

"미안해요, 한세연 씨. 나야 위에서 시키는 대로 할 수밖에 없어."

"저보고 자동차 세일즈를 하라고요?"

"……."

"알겠습니다."

"내일 날짜로 발령이야."

세연이 준비해두었던 사직서를 책상 위에 올려놓았다. 팀장은 놀라지도 않고 사직서를 결재함에 넣었다.

"바로 처리될 거야."

"네. 그동안 감사했습니다."

"일이 이렇게 되어 유감이야."

세연이 고개 숙여 인사하고 팀장실을 나왔다. 추억이 서린 곳이었다. 더 이상 이곳에 그가 없다는 사실만이 그녀를 더욱 마음 아프게 할 뿐이었다. 터널을 빠져나와 빛으로 향하는 착각에 잠시 빠져보았다. 빛 저편에 사람들이 있었다.

"세연 씨, 영업소로 발령이 났다고?"

팀원들이 모두 모여 그녀를 기다리고 있었던 것이다.

"인사게시판에 방금 떴어. 이게 다 무슨 난리야. 상무님 일하고 관련된 거야?"

모두가 놀란 눈을 하고 그녀에게 달려왔다. 홀가분하고 시원한 기분이었는데 갑자기 눈물이 핑 돈다.

"죄송해요. 사직서 냈어요. 그렇잖아도 학위 따려고 알아보고 있었는데, 차라리 잘된 것 같아요."

거짓말을 했다. 울먹거리지 않으려고 이를 악물다 보니 거짓말쯤은 아무렇지도 않게 나왔다.

"상무님 안 계실 때 지방 영업소로 발령 내는 게 정상이라고?"

숙현이 목소리를 높였다.

"회장님이야? 설마 사장님이 그러신 건 아니겠고."

팀원들 앞에서 숙현이 자기 의견을 내는 건 처음이었다. 그것도 회사 내부와 관련된 민감한 일이었다.

"상무님하고…… 잘되는 줄 알았는데."

박 선임이 거들었다.

"상무님은 이거 아셔?"

윤 책임도 뒤에서 거들었다. 모두 좋은 사람들이었다. 그사이 생각보다 정이 많이 들었나 보다.

"물론 알고 계시죠. 학위 따라고 하신 것도 상무님인데요."

이젠 거짓말이 자연스럽게 술술 나온다. 의외로 이쪽에 재능이 있는 것 같다.

"오, 그렇구나. 결혼식엔 꼭 불러. 알았지?"

숙현에게 연신 옆구리를 찔리면서도 박 선임이 눈치 없이 말했다. 얼마나 있었다고 배려해주고 마음 써주고, 사람 사는 게 다 이렇다면 얼마나 좋을까.

"그럼요. 당연하죠. 그럼 저 갈게요."

씩씩하게 웃으며 인사했다. 울기 전에 가야 했다.

"괜찮은 거야?"

숙현이 복도까지 따라 나와 물었다.

"그럭저럭 견딜 만해요."

그녀를 속일 순 없었다. 매의 눈을 가진 사수, 아마 퇴직 후에 제일 그리울 사람은 이 주임이 될 것 같았다.

"상무님으로 후계 구도 정리하고 M사랑 혼담 얘기 오간다기에 뜬소문인 줄 알았는데 결국 이렇게 되는구나."

모든 것이 임 회장의 큰 그림이었던가 보다. 세연이 차마 숙현을 바라보지 못하고 바닥을 내려다보며 생각했다.

"상무님 계속 해외로 내돌리시고 왜 그런가 했더니, 회장님 쪽에서 자기한테 무슨 말 있었던 거지?"

"아니에요."

"아니긴 뭐가 아니야. 자기가 '네, 알겠습니다' 하고 넙죽 사표 내고 나올 사람이 아닌 거 내가 알아."

"……."

울지 않으려고 했는데 눈물이 방울방울 고여 바닥으로 떨어졌다. 자신의 마음을 알아준다는 것은 이렇게나 고마운 일이었다.

"상무님은 만나보고 갈 거지? 오늘 사무실로 오신대."

"네."

"상무님 호락호락한 분 아니시니까 상무님만 믿고 가."

세연이 고개를 끄덕였다. 등을 두드려주던 숙현이 엘리베이터의 버튼을 눌러주고는 한마디 덧붙였다.

"연락 자주 하고."

"네."

눈물을 닦고 세연이 웃음을 보였다.

"상무님은 자리에 계시지 않습니다."

언제나 듣는 똑같은 소리, 오늘도 여지없었다.

"귀국하신 거 알아요. 기다릴게요."

하지만 오늘은 시간이 많다. 백수니까.

"내부 규정상 그럴 수 없습니다. 사원은 미리 약속되지 않는 한 상무님을 뵐 수 없습니다."

"전 이제 사원이 아니니까 괜찮습니다."

세연이 지지 않고 대답했다.

"……."

"알아요. 회장님 지시겠죠. 오늘만 눈감아주세요. 이제 다신 오지 않을 테니까."

세연이 비서실 대기 의자에 앉으며 말했다. 피곤이 몰려와 더이상 서 있을 수 없을 지경이었다. 포기를 한 건지 큰 키의 무표정한 염 비서는 자신의 업무로 돌아갔다.

작은 부속실엔 비서를 위한 책상과 의자, 그리고 손님을 위한 테이블과 작은 소파가 있었다. 구석엔 티테이블과 차를 준비할 수 있는 시설이 겸비되어 작지만 아기자기한 느낌이었다. 세연은 소파에 앉아 세준이 돌아오길 기다렸다. 가끔 염 비서가 그녀를 관찰하는 듯한 느낌을 받았지만 신경 쓰지 않았다.

"세연아!"

다행히 돌이 되기 직전에 그가 돌아왔다. 소파와 물아일체를 이루기 전 그가 세연을 안아 일으켰다.

"어떻게 왔어?"

그가 물었다. 그에게선 바람 냄새가 났다. 그를 끌어안고 싶었지만 그의 뒤에 손을 모으고 공손히 서 있는 염 비서가 회장의 CCTV일 수도 있었다.

"근무 시간 아니야?"

"할 말이 있어서요. 중요한 거예요."

"들어가자."

그가 그녀를 감싸다시피 안은 채로 상무실 문을 열었다. 뒤따라

온 비서에게 오후 일정을 미루라고 지시하는 소리가 들려왔다.

"뭐라도 먹을래? 어디 아파? 얼굴이 너무 안 좋은데."

세연의 얼굴을 쓰다듬으며 그가 말했다. 소파에 앉히고 얼굴을 들여다보고 가만히 끌어안는다. 그를 보면 변한 건 아무것도 없다.

"물 한 잔만 주실래요?"

세연이 말했다. 아무것도 모르고 있는 그에게 이제 잔인한 말을 해야 하는데 그녀는 자신이 없었다.

왜 말을 못 해? 다 말하고 다 이르지.

그녀는 늘 화를 냈었다. 하지만 이제 그녀는 그에게 아무 말도 하지 못한다. 당신의 할아버지가 나에게 무슨 짓을 했는지 알아요? 나는 당신의 아이를 가졌어요. 이 쉬운 말을 왜 그에게 하지 못하는 것일까.

"잘되던 휴대폰이 안 돼서 새로 하나 샀어. 번호 가르쳐줄게."

그가 직접 물을 가지고 와 그녀에게 먹여주었다. 물 한 컵을 모두 비운 후에야 세연은 상무실을 둘러볼 수 있었다. 터무니없이 넓고 텅 빈 그의 집이 떠오를 만큼 커다란 사무실이었지만 구석구석 잘 채워져 있었다.

"저 대전 영업소로 발령 났어요. 대리로 승진시켜 주셨더라고요."

"뭐라고?"

아무렇지도 않게 얘기하고 싶은데 그의 반응에 울먹이는 자신이 싫었다. 끝끝내 그에게 기대고 싶은 자신이 바보 같다.

"그런데 사표 냈어요. 저는 차 못 팔아요. 그런 재주는 없거든요."

"잠깐만. 이게 다 무슨 얘기지?"

그의 표정이 굳어간다. 얼른 얘기를 마치고 싶다.

"그래서 사표 낸 김에 좀 쉬다가 학위 따려고요. 그동안 미뤄왔는데, 이제 공부해야죠."

겨우겨우 그를 향해 웃음을 지을 수 있었다. 해야 할 이야기는 다 했다.

"세연아, 잠깐만. 잠깐만 기다려."

그가 다급하게 그녀를 막았다. 그녀의 양쪽 팔을 붙잡고 눈을 들여다보고 있었다.

"대전 내려가기 전에 상무님 보고 가려고 왔어요."

울지 마. 울면 안 돼.

"무슨 일인지 알아. 내가 다 해결할게."

그의 음성이 믿음직했다. 세연이 그의 눈동자를 들여다보며 생각했다. 그런데 그동안은 어디에 있었어요? 내가 혼자서 이렇게 힘들 동안 뭘 했는데요? 세연 자신도 미처 느끼지 못했던 내면 깊숙한 곳에서 그에 대한 원망이 솟구쳐 올라왔다.

"조금만 기다려, 세연아. 지금 때가 좋지 않아."

"알아요. 힘들고 바쁜 거."

어쩌면 그가 미웠던 것일 수도 있었다. 알아주길 바랐던 것일 수도 있었다. 아무 말도 하지 않았으면서 그가 다 알아서 해결해주길 기다리고 있었던 것일 수도 있었다.

"그게 아니야. 조금만 기다려줘."

그가 애원했다.

"상무님은 상무님의 길이 있는 것 같아요. 저는 저의 길이 있고."

이젠 늦었다.

"무슨 뜻이지?"

"저 힘들어요. 이제 그만둘래요."

그가 세연을 잡았던 손을 놓았다. 팔을 감싸고 있던 그의 온기가 떨어져 나가자 갑자기 그를 붙들고 싶다는 절박한 충동이 일었다.

"뭘 그만두겠다는 건지 말해."

그의 표정은 싸늘했고 목소리엔 감정이 사라져 있었다.

"그냥 대전에 내려가는 거예요. 아니면 제가 계속 여기 있을 방법이라도 있는 거예요?"

"……."

"이제 상무님에겐 가족이 생겼고 이건 단순히 상무님과 저만의 문제가 아니에요."

"내겐 가족이 없어."

"있잖아요. 할아버지도, 아버지도, 여동생도요. 저에겐 버겁고 과분한 상대예요."

"그러지 마. 세연아, 시간을 조금만 더 줘."

무슨 시간이요? 회장님이 아이와 나를 위협할 시간?

차마 하지 못할 말이 입 안을 맴돈다.

"대전에 내려가 있을게요. 사표는 수리됐어요."

헤어지겠다고 말하지 않았다. 그는 눈치채지 못했지만. 여름휴가 전에 그에게 헤어지자고 말했었다. 하지만 지금은 그러지 않았다.

"날 버리겠다는 거야?"

이 바보. 왜 자꾸 방향을 그렇게 몰고 가는 거야. 세연은 그를 이해할 수 없었다.

"그래요. 난 지독하게 이기적이라 상무님을 가족이 있는 집에다 버리고 가는 거예요. 됐어요?"

말귀를 좀 알아들으라고! 세연이 그에게 버럭 소리를 질렀다. 욱하는 마음에 내지른 말이었다. 하지만 그에게 그런 말을 하면 안 되는 것이었다. 그의 표정을 볼 수 있었다면 그녀는 절대로 그 말을 하지 않았을 것이다. 시간을 되돌릴 수 있다면 절대로 그런 말을 내뱉지 않았을 것이다.

"나로서는 이게 최선이에요. 이젠 한계고, 할 만큼은 해봤지만 잘 안 됐어요. 미안해요."

대신 그녀는 꼭 쥔 자신의 주먹을 내려다보며 치열하게 고민하고 있었다. 일종의 승부수였다. 그가 지난번처럼 자신을 찾아오리라는 믿음. 아이 얘기를 하면 비겁한 걸까. 그에게 알려주는 게 맞을까. 만약 이 모든 걸 회장이 안다면 그녀는 어떻게 되는 걸까. 그가 자신이 생각한 대로 하지 않는다면? 만에 하나, 백만 분의 일의 확률로 그의 마음이 돌아선다면?

"상무님, 잘 생각해봐요. 잘 생각해요."

하지만 세연은 말하지 못했다. 그렇다고 그에게 헤어지자는 말을 할 수도 없었다. 이번엔 절대 그럴 수 없었다.

"……"

그는 대답하지 않았다. 상황을 받아들이지 못하는 듯했다.

길을 찾아요. 가족도 버리지 않고 나도 찾을 수 있을 길을 찾아내요.

"너는 또다시 나를 두고 가는 거야."

그는 앉아 있는 세연을 놔둔 채 일어서서 커다란 집무 데스크로 걸어갔다. 등 돌린 그의 넓은 어깨가 벽처럼 그녀의 눈앞에 펼쳐졌다. 하지만 세연은 그의 말의 무게를 깨닫지 못했다.

세연은 안전한 세상에서 살아왔다. 그녀의 인생은 사랑받고 사랑하는 것이 숨 쉬듯 자연스러운 삶이었다. 어쩌면 그것은 당연한 것인지도 몰랐다. 그러니 세준을 모두 이해한다는 것은 그녀로서는 어려운 일이었다. 그를 두고 가면서도 그녀는 당연히 그가 언제나처럼 자신을 찾아와 미안하다며 자신을 따뜻하게 안아주리라 생각했다. 그것이 그녀의 인생에서는 지극히 자연스러운 흐름이었다.

하지만 세준의 인생은? 그녀는 세준을 두고 가는 것이 그를 버려두고 가는 것임을 미처 깨닫지 못했다. 세준은 남겨졌고 그의 인생은 그 순간부터 서서히 무너져 내리기 시작했다.

22. 로고는 크고 눈에 띄게

TR의 일상은 여전했다. 작은 부품이 하나 빠지면 다른 부품으로 대체되는 기계처럼 변함이 없었다. 세연이 없어도 아무 무리 없이 할 일을 해냈다. 대기업의 생리였다.

늦은 시간의 시작실 문을 열며 세준은 차오르는 감정을 눌렀다. 그녀가 없는 세상은 늘 그렇듯 천천히 그를 지나쳐 간다. 다른 모든 것은 평소와 다름없는데 그는 홀로 잘려져 나간 시간처럼 방황했다. 따로 떨어진 세계의 앨리스처럼.

퇴근 후의 시작실은 고요했다. 보통 신규 프로젝트가 시작되기 전까지는 그러했다. T1 출시 전 풀가동하던 때의 시작실과는 사뭇 다른 모습이 진정 다른 세상에 온 것이 아닐까 하는 착각을 불러일으켰다.

"예, 이 검사님. 보내드린 자료 외에 하나가 더 남았습니다. 그것으로도 충분할 것 같지만 보충자료라고 보시면 되겠습니다."

세준이 낮은 목소리로 통화를 하며 부품실로 걸음을 옮겼다.

"증언 확보는······. 예. 알겠습니다. 30분 안에 메일로 보내겠습니다. 예, 감사합니다."

통화를 마친 그가 부품실의 불을 켜고 주위를 둘러보았다. 세연이 명식을 닦달하며 정리하고 배열한 부품들이 라벨을 달고 순서대로 배열되어 있었다. 어디선가 세연이 나타나 그의 품으로 뛰어들 것만 같은 생각이 들었다. 가끔 못 견디게 보고 싶을 때면 차를 몰고 대전으로 향했다. 시간이 잘 맞으면 그때의 그 병원 카페에 나와 앉아 있는 세연을 볼 수 있었다. 유학 준비를 하며 사촌 언니의 일을 돕고 있는 것 같았다.

"아, 왜 밤에 불러내고 그래요?"

그의 뒤에서 큰 소리로 투덜거리며 명식이 들어왔다. 세연의 생각으로 가라앉은 그의 내부를 깨울 만큼 충분한 소음이었다.

"부탁할 것이 있어서 불렀어. 퇴근하기 전이라 다행이야."

"뭔데 그래요?"

어슬렁거리며 그의 옆으로 다가온 명식이 부품실 주변을 둘러보며 괜한 정리를 해댔다. 팀장일 때의 세준과 상무가 된 세준은 지나치게 다른 사람처럼 보였다. 세연의 퇴사 후 그는 더욱 인간미없는 일중독자 같았다. 명식은 그의 눈치를 힐끔거리며 대답을 기다렸다.

"한세연 씨가 만들어주고 간 부품 프로그램, 아직도 쓰고 있나?"

"당연하죠. 그거 엄청 편하더라고요. 전에는 장부도 같이 썼는데 이제는 이것만 써요."

명식이 컴퓨터의 전원을 켰다. 능숙하게 마우스를 조작해 부품 프로그램을 시작했다. 남아 있는 부품 목록과 찾아야 할 부품 번호 명령이 차례로 떴다.

"부품 입출이 시작실뿐 아니라 사내 전체 부품 목록까지 연결되는군. 예상대로야."

세준이 목록을 살폈다. 마우스를 조작하자 그가 원하는 날짜와 원하는 회사의 부품 목록이 차례대로 화면에 나타났다.

"저는 그건 잘 모르고요, 인트라? 그거랑 연결된다고 하던데요, 다 물어보기도 전에 누나가 나가는 바람에……."

"프린트 좀 해가도 될까?"

들을 필요 없는 명식의 뒷말을 끊고, 이미 프린트 명령을 누른 세준이 형식상 질문을 던졌다.

"뭐, 그러세요."

파일 목록이 프린트됨과 동시에 메일로 전송이 되었다. 이제 모든 것이 끝났다. 세준이 만족스럽게 턱을 만지며 완료 버튼을 눌렀다.

"상무님 되시더니 아주 날마다 행복하신가 봅니다."

그 모습을 가만히 지켜보던 명식은 결국 참고 참았던 말을 뱉어내고야 말았다.

"그런가? 방금 원하던 걸 얻어서. 고마워, 강명식 씨."

서늘한 표정의 세준의 입에서 무미건조한 대답이 흘러나왔다. 그는 명식에게는 관심도 두지 않고 제 할 일만 하고 있었다.

"아뇨. 아주 신수가 훤해지셔서요. 누구는 버림받고 쫓겨나고 참 사람 인생이라는 게. 하긴 팀장하고 상무는 다르지. 회장님 손자는 평범한 사람은 아니니까요. 일개 연구원이 눈에 차겠냐고요."

명식은 불량스럽게 바닥에 침을 탁 뱉어냈다. 세준을 보는 흉흉한 눈빛이 상사를 보는 부하의 눈은 아니었다. 그제야 명식에게로 향한 세준의 얼굴이 천천히 굳어졌다.

"나에게 할 말이 많은 것 같군."

"전 말이죠, 배운 건 없어도 쓰레기 같은 짓은 안 해요. 돌아가신 우리 할머니가 여자 울리는 놈은 쌍놈이랬거든요."

세준은 몸을 돌려 컴퓨터를 끄고 프린트물을 정리하여 봉투에 담았다. 명식의 말은 들을 가치도 없는 것처럼. 하지만 싸늘해져가는 그의 표정은 조금 전까지와는 사뭇 달랐다.

"특히 제 새끼 버리는 놈은 천하의 개쌍놈이랬어요. 아니, 어떻게 자기 애를 가진 여자를 버릴 수가 있어요? 난 다른 사람은 다 변해도 형은 안 그럴 줄 알았어요. 진짜 실망이에요."

탁. 세준이 프린트가 든 봉투를 작은 책상에 소리가 나게 내려놓았다.

"무슨 소리야, 그게?"

그제야 세준의 표정을 보게 된 명식이 주춤 뒷걸음질을 쳤다. 그건 얼마 전 시작실 뒤편에 숨어서 담배를 피다가 엿들었던 내용이었다. 아마 세연의 친구들인 듯했다. 출장 나온 여자와 TR에 근무하는 남자 사원이었다. 워낙 엄청난 내용이라 그대로 듣고 잊어버리려던 했었다. 하지만 멀쩡한 모습의 세준을 보자 분기가 치솟아 입을 열어버리고 말았다. 무시무시한 세준의 표정을 보며 명식은 뒤늦은 후회를 했다.

"모, 몰랐어요? 세연이 누나 임신한 거?"

"아는 대로 말해. 당장!"

"나, 난 잘 몰라요. 그, 가서 물어보면 될 거 아니에요? 형네 할아버지잖아요, 회장님이 돈다발을 던져주고 그랬다던데. 전 이만 가볼게요."

서슬 퍼런 세준의 기세에 놀라 명식이 걸음아 날 살려라 도망을 갔다. 달아나는 명식을 돌아보지도 않은 채 세준은 책상을 짚고 고개를 숙였다. 분노로 흐려진 눈에 놓아둔 봉투가 들어왔다. 휘몰아치는 감정의 소용돌이가 그의 몸을 비틀어 찢어놓는 듯했다. 한참만에 집어 든 봉투는 형편없이 구겨져 허연 속살을 그대로 드러내고 있었다.

"회장님은 어디 계십니까?"

현관문을 열고 들어가니 임 사장이 거실에서 그를 맞았다. 다짜고짜 회장을 찾는 아들을 바라보는 성혁의 얼굴에 당혹감이 스쳐 지나갔다.

"서재에 계신다. 무슨 일이니?"

세준은 살갑진 않지만 늘 예의 바르게 굴었다. 타인을 배려하고 자신을 낮추는 것이 심성인 듯했다. 그런 아들이 심상치 않은 모습으로 들어온 것을 본 성혁의 낯빛이 어두워져 갔다.

"확인할 게 있습니다."

"마실 것 좀 줄까?"

이 여사가 거실 한편 부엌 쪽에서 나와 남편의 곁에 섰다. 분위기를 감지하고 걱정이 가득한 얼굴이었다.

"아닙니다. 소란스러울 수도 있습니다. 들어가 계세요."

세준이 묵례하고 서재로 향했다.

아내와 얼굴을 마주 보며 눈빛을 교환한 임 사장이 휴대폰을 들고 어딘가에 연락을 취했다. 큰일에 대비하기 위해서였다.

"이제 왔니? 수고 많았다."

세준이 서재로 들어가자 기다리고 있던 것처럼 임 회장이 그를 반겼다. 전형적인 자상한 할아버지의 모습 그대로였다.

"마침 한잔하려던 참인데, 잘됐구나."

호박색 액체를 크리스털 잔에 따르며 임 회장이 세준에게 앉기를 권했다. 그가 좋아하는 양주는 화려한 크리스털 양주병에 담겨 묵직한 마호가니 재질의 테이블 위에 놓여 있었다. 은쟁반 위로 크기가 다른 크리스털 양주병들이 보기 좋게 장식되어 그의 취향을 드러냈다. 그는 늘 안에 담긴 내용물만큼이나 겉보기가 중요하다고 말해왔었다.

"이번 주에 약속 잡았다. 넌 그냥 나가서 앉아 있다가만 와. M사 딸내미가 아주 괜찮아. 교육도 잘 받았지만 똑똑하고 야무져. 요즘 애들 말로 뭐냐, 생긴 것도 화끈하고."

"세연이한테 무슨 일을 하신 겁니까?"

자신의 말이 세준에 의해 잘려 나갔는데도 회장은 미소만 짓고 있었다. 잔에 굴리던 술을 바라보다 한 모금 입에 넣고 나서야 세준을 향해 말을 던졌다.

"그 아이가 그러더냐?"

느슨한 입가에 반해 눈빛만은 날카로웠다. 그것을 모를 리 없는 세준이 회장을 향해 심상하게 말을 이었다.

"아니라고는 하지 않으시는군요. 세연이 발령, 회장님이 직접 지시하신 일이라는 건 알고 있었습니다."

"그래. 그 정도야 당연한 일 아니야. 그래도 똑똑한 아이니 제가 먼저 사표를 썼지. 애초에 그 아이는 너와 어울리지 않았어."

"그건 제가 결정할 문제입니다."

"그게 왜 네 문제야? 이제는 우리 문제다. 우리 집안의 문제고, 너도 알다시피 네 아비도 저렇게 딸 하나 낳아놓고 그만이고 너도 알아보니 네 뒤를 이을 아이를 낳을 순 없을 것 같더구나."

"제 뒤를 캐셨습니까?"

세준의 눈에서 불꽃이 튀었다. 하지만 그의 눈빛을 받아내는 임 회장에게선 어떠한 동요도 찾아볼 수 없었다. 호랑이에게서 호랑이가 나오는 법이다. 여우새끼가 호랑이를 낳을 순 없다. 한 치의 어긋남도 없이 눈빛이 왕래했다. 다른 듯 닮아 보이는 두 사람이었다.

"후원하는 아이들이 뭘 하고 사는지 건강 상태는 어떤지 보고는 받고 있었다. 너야 특별하니 따로 보고받았지."

술잔을 틀어쥔 세준의 손목에 경련이 일었다. 아주 오래전부터 그를 손안에 쥐고 필요성을 따져왔을 것이다. 몸이 더럽혀지는 느낌이었다.

"그래, 다 알고 온 것 같으니 오늘은 털어놓고 이야기를 해보자꾸나. 나도 처음부터 널 후계자로 키울 생각이 있었던 건 아니었다. 그건 내가 너에게 미안하게 생각하고 있는 부분이야. 그래서 네 출생이 어떤지 밝히지 않았던 것이다. 큰 의미가 없다고 생각했지. 하지만 네가 대를 이을 수 있다면 얘기가 달라지지 않겠니?"

그를 장기판의 말쯤으로 여긴다는 것은 알고 있었다. 하지만 인형처럼 손에 틀어쥐고 조종하려 했다면 얘기가 다르다.

"세연이가 임신을 했다는 게 사실이로군요."

명식의 말을 듣고도 믿을 수 없었다. 차라리 사실이 아니기를 바랐다. 그를 두고 간 것은 어쩔 수 없는 상황 때문이라고 생각했지 아이를 그에게서 숨기기 위해서라고는 생각해보지 못했다. 수많은 가설들이 그의 마음을 어지럽혔다. 술을 마시고 싶었지만 심하게 떨리고 있는 손이 그것을 방해했다.

"그래, 말도 안 되는 일이지. 너는 아이를 가지지 못하는 줄 알았는데 말이다. 그렇다면 그 아가씨가 아주 복덩이이거나 다른 놈의 씨를 품었거나 둘 중 하나인 게지. 지켜보는 동안에 다른 남자를 들인 적은 없는 것 같았다만 사람 일이야 모르는 것이고."

다른 놈의 씨. 말로만 들었을 뿐인데 세준은 머리카락이 쭈뼛서고 등줄기에 오한이 느껴졌다. 있을 수 없는 일이었다. 하지만 그 말을 듣는 것만으로도 받는 충격은 상상 이상이었다. 그리고 그런 세준을 지그시 바라보며 임 회장은 만족스런 미소를 짓고 있었다. 그것은 도리어 기괴하기까지 했다.

타인의 불행을, 아니 정확히 따지자면 손자의 불행을 마치 즐기기라도 하듯 주시하는 그의 모습은 보통 사람의 그것과는 거리가 멀었다.

"어떻게 됐든 그 아이는 네게 어울리지 않는다. 네 씨가 맞더라도 짝은 다른 곳에서 찾아야만 할 것이야. 네 핏줄은 온전하게 이어야 하니 말이다."

자신이 회장의 핏줄임을 의심해온 그때부터 그는 조금씩 곪아갔다. 아니라고 생각했고 부정하며 지냈었다. 지금 본가에 들어와

444

있는 이 순간까지 그는 자신을 부정하고 있었다. 그런데 그 핏줄을 이어가야 한다니. 그것도 회장이 계획해놓은 대로.

"그 아가씨에게는 합당한 보상을 할 생각이니 걱정 말거라. 학위를 딸 생각인 것 같던데 원하는 후원은 넉넉하게 다 해줄 작정이야. 아기를 낳는다면 그것도 좋고, 만일을 위해서 말이다. 섭섭하지 않게 대우해줄 생각이고. 아이는 키우게 해주겠다."

피가 거꾸로 솟는 게 무엇인지 세준은 단번에 알 수 있었다. 그의 몸속의 모든 피가 거꾸로 요동치고 있었으니까. 귀를 쿵쿵 울리며 회장에게 물려받은 핏줄기가 세차게 곤두박질쳤다. 붉게 흔들리는 시야의 점들이 어지러이 주변을 떠다녔다. 피를 흩뿌리고 있는 듯했다. 그의 피를. 혹은 회장의 피를.

"어머니에게도 그렇게 하셨습니까?"

임 회장이 짜놓은 판 위에서 그의 어머니는 어떤 인생을 살았던 것일까. 그를 낳고 그녀는 단 한 번이라도 행복했던 적이 있었을까.

"합당한 대우, 섭섭지 않은 대가. 만일을 위한 예방책. 그게 나였느냔 말입니다."

마시지도 않은 술잔을 들어 테이블 위로 내리쳤다. 크리스털 잔이 깨지며 사방으로 튀어나갔다. 깨어져버린 술잔처럼 자신의 인생도 산산조각이 나버렸으면 좋겠다는 상상을 했다. 그것이 임 회장을 파멸로 몰고 갈 수만 있다면.

"한 가지 가르쳐드릴까요?"

소름 끼치도록 낮고 음울한 목소리로 그가 말했다. 주먹을 틀어쥔 그의 손에서 피가 배어 흘러나왔다. 잔을 깨뜨릴 때 베인 듯했지만 그는 신경조차 쓰지 않았다. 모든 신경을 임 회장에게 집중하고 있었기 때문이다. 그런 그의 모습은 아무리 임 회장이라고 할지라도 안색이 질릴 정도로 섬뜩했다.

"저는 이 세상에 털끝만큼의 미련도 없는 놈입니다. 살아갈 이유? 그따위 게 있을 리가 없죠. 회장님 덕분에 지금껏 전 이 세상에 혼자 뚝 떨어진 인간처럼 살았습니다. 그런데 이제는 차라리 그것이 더 나을 뻔했습니다. 회장님의 피가 제 혈관을 돈다는 생각만 해도 몸서리가 쳐지니 말입니다."

세준이 잔인하게 속삭였다. 핏기가 가시는 회장의 얼굴은 가히 볼만했다.

"저에게 가치 있는 건 딱 한 가지밖에 없었습니다. 우습지 않습니까? 하나만 가질 수 있다면 다른 모든 건 포기할 수 있었는데요."

세준이 미친 사람처럼 웃어댔다. 오래전 어느 때 그가 가질 수 있었던 단 하나를 임 회장이 빼앗았다. 그리고 지금 그는 그것을 다시 세준에게서 앗아갔다.

"임신을 하다니, 왜. 왜 지금."

웃음인지 울음인지 알 수 없었다. 더러운 피가 이어지고 있다. 원치 않는 힘에 의해서. 인생이란 이렇게 끝없이 그에게 무언가를 요구했다.

"그 아이 말이냐? 한세연이? 여자에 빠져 뭐가 진짜 중요한지 구분도 못 하는구나! 내가 네놈을 단단히 잘못 보았어!"

소리치는 임 회장의 목소리는 겁에 질려 있었다. 맞은편에 앉아 있던 세준이 천천히 일어서 그에게 다가갔기 때문이었다.

"저도 당신이 가진 것 하나 정도는 망쳐버릴 수 있을 것 같았습니다."

그가 다 찢어져 헐어빠진 봉투에서 종이뭉치를 꺼내 들었다.

"이제 와서 이게 다 무슨 소용인가 싶기도 하지만."

세준의 기세에 눌려 소파에 파묻히도록 몸을 뒤로 젖힌 회장의 무릎에 종이 다발이 쏟아져 내렸다.

"잘도 비자금을 모으셨더군요. 횡령이 이 정도면 감옥에 가셔야 할 겁니다, 회장님."

어느새 세준의 얼굴에선 감정이 모두 사라져 있었다. 건조한 그의 음성이 경멸하듯 회장을 향해 흘러나왔다.

"이걸, 이걸 어떻게."

종이를 한곳에 끌어 모으는 회장의 얼굴엔 여유 따윈 모두 사라져 있었다. 모든 증거가 그곳에 다 있었다.

"이건 다 널 위해서였어. 너에게 TR을 물려주기 위해서였단 말이다!"

정신없이 증거를 훑어보며 회장이 세준에게 소리쳤다. 전임 상무를 시켜 모았던 비자금 외에 다른 증거들도 속속들이 드러나 있었다.

"왜 날 위해서지? 당신을 위한 왕국이 아니던가? 내 핏속에 섞인 알량한 당신의 피를 위한 거잖아. 난 필요 없어, 이까짓 회사."

서재를 나가기 전 세준이 회장을 돌아보며 말했다. 그의 왕국은 곧 몰락할 것이다.

"자료는 모두 검찰에 보냈어. 죗값은 필히 치러야 할 거야."

"네 이놈! 네 이노옴!"

회장의 노성에 임 사장 부부와 본가에 기거하는 그의 수행비서가 달려왔다. 서재 문을 열자 그들이 바로 들이닥쳤다.

"걱정 마. 당신이 그토록 사랑하는 TR은 무너지지 않아. 그저 주인만 바뀔 뿐이지."

그에게 계속 소리치는 회장을 차갑게 바라보다 세준이 걸음을 옮겼다.

"이것이 목적이었니? 선뜻 본가에 들어온 이유가."

집을 떠나려는 세준의 뒤를 따라온 건 성혁이었다. 분노가 가득하리라 여겼던 그의 얼굴엔 안타까움만이 가득했다.

세준이 정문을 나서기 전 그를 향해 몸을 돌렸다.

"궁금했습니다. 아버지란 존재가."

성혁이 조심스레 팔을 들어 아들의 어깨를 만졌다.

"당신은 그게 널 위하는 길이라고 생각하셨던 거야."

물기 어린 음성은 조금씩 떨리고 있었다.

"아니요. 그건 오로지 당신을 위한 길이었습니다. 그렇게 사셨고, 단 한 번도 남을 위한 적이 없었습니다. 그게 아들이나 핏줄 조금 섞인 손자라고 할지라도 말입니다."

세준은 움직이지 않았다. 자신의 어깨 위에 겨우 올려 있는 아버지의 손이 떨어질까 두려운 건지 아니면 떨쳐내고 싶은 건지 스스로도 알 수가 없었다.

"어디로 가는 거니?"

"집으로 갑니다."

"여기가 네 집인 줄 알았다만."

"아닙니다. 지금 가는 곳도 제 집은 아니지만 그래도 그곳엔 추억이 남아 있어서요."

세준의 말에 고개를 끄덕인 성혁이 그의 어깨를 두어 번 다독인 후 손을 거뒀다.

"어릴 때의 나는 나약하고 비겁했다. 그래서 네 엄마를 지키지 못했다. 그로 인해 너도 지키지 못했지. 하지만 너는 달라. 아이러니하게도 그런 면은 네 할아버지를 닮은 것 같지만 넌 인정하고 싶지 않겠지. 그러니 너는 다른 삶을 살거라. 미안하다, 세준아. 아비 노릇을 제대로 해주지도 못했구나."

아들을 멀리 떠나보내는 아버지처럼 그는 배웅의 말을 해주고 있었다. 어깨에 남아 있는 온기처럼 가슴에 남는 말이었다.

"그동안 감사했습니다. ……아버지."

그가 덧붙인 한마디에 성혁이 숨을 들이켰다. 작게 흐느끼는 것 같은 소리가 그의 입에서 흘러나왔다. 세준은 돌아보지 않고 떠났다. 그가 등 뒤로 문을 닫자 거대한 정문은 기이한 소리를 내며 그와 성혁의 사이를 가로막았다. 마치 앞으로의 그들 사이를 말해주는 듯했다.

"같이 가자."

조그만 손이 불쑥 내밀어졌다. 그래, 또 이 꿈이다.

"엄마가 오빠랑 집에 가 있으래, 오빠 힘들 거라고."

작은 손이 말했다. 그는 수백 번 그래 왔듯 익숙하게 그 손을 잡았다. 장면이 바뀌고 낯익은 그녀의 작은 방이 펼쳐졌다. 그가 살던 집 자신의 방보다 더 많이 꿈속에 나왔던 바로 그 방이었다. 그곳에서 보낸 며칠이 그에게는 꿈같았다.

"안녕? 난 빅토리아야, 한국 이름은 세연이고, 오빠 이름은 뭐야?"

그녀를 처음 만났던 때로 돌아갔다. 찰랑거리는 머릿결을 가진 작은 소녀는 고사리 같은 손을 내밀며 그에게 말했다. 그녀가 처음 그의 옆집으로 이사 오던 날이었다.

"난……."

세준이라고 말해야지, 그는 자신의 이름을 말하려고 입을 열었다.

"오빠 이름이 세즈야? 미국 이름? 그럼 한국 이름은?"

왜 말이 안 나오는 걸까, 언제나 그의 꿈속에선 그는 자신의 이름을 말할 수가 없었다.

"한국 이름이 없어? 왜? 내가 지어줄까?"

그래, 네가 그랬지. 작고 깜찍한 입술로 당돌하게 그의 인생에 발을 들통놓았다. 그리고 그날,

"세준이 어때? 내가 그동안 많이 생각해봤는데 이게 제일 좋은 것 같아. 세즈니까 세준이, 내 이름이랑 비슷하다. 정말 우리 오빠 같다, 그치?"

네가 지어줬어, 내 이름을.

어머니가 돌아가시던 날이었다. 보호자가 없던 그 대신 세연의 아버지는 모든 장례 절차를 대신 치렀다. 그리고 그를 자신의 집으로 데리고 갔다.

"빨리 자, 아빠가 쓸데없이 오빠 힘들게 하지 말고 자게 놔두랬어. 내가 문 닫아줄게."

안 돼, 닫지 마, 세연아, 가지 마.

쿵. 문이 닫혔다. 어둠은 순식간에 그를 집어삼켜 가느다란 빛의 조각 하나 남겨두지 않았다. 철저한 고립, 완벽한 단절. 그는 세상에 갇혔다. 그리고 홀로 남겨졌다, 또다시.

"헉!"

땀에 흠뻑 젖어 잠에서 깨어났다. 꿈의 끝은 언제나 새카만 어둠이었다. 그 절망적인 어둠 속에서 눈을 떴을 때 깨어난 세상은 꿈에서와 다를 바 없었다. 다만 새카맣지 않았을 뿐.

비틀대며 부엌으로 걸어 나가 컵에 한가득 물을 받아 벌컥벌컥 들이켰다. 그가 꿈을 꾸지 않을 때는 오로지 세연이 그의 품 안에 있을 때뿐이었다. 하지만 지금은 그녀가 없다.

그 어디에도.

그는 비어버린 잔에 물 대신 술을 가득 채웠다.

23. 출시한다

-TR모터스 임철희 회장이 오늘 오후 구속 기소됐습니다. 비자금을 조성하는 과정에서 수천억 원에 이르는 횡령·배임 및 탈세 등의 불법을 저지른 혐의입니다.

TV를 틀자마자 뉴스에 임 회장의 얼굴이 나왔다. 임철희 회장의 비자금 사건으로 전국이 떠들썩했다.

-임 회장은 지난 2002년부터 부품 단가를 부풀리고 임직원의 임금을 허위 지급하는 수법으로 회삿돈 547억 원을 빼돌린 것으로 검찰 조사 결과 드러났습니다. 또한 검찰은 임 회장이 5년 전 판교 일대 부동산을 매입하는 과정에서 대한은행에 721억 원을 대출받고, 자회사인 TR엔지니어링에 보유 중인 부동산을 담보로 연대 보증을 서게 해 모두 690억 원의 손실을 끼친 것으로 보고 이

를 공소 사실에 추가했다고 밝혔습니다.

세연이 TV를 껐다. 초췌한 얼굴로 휠체어에 앉아 검찰로 향하는 그는 그저 무력한 노인으로 보일 뿐이었다. TR을 경영하고 직원을 호령하며 그녀를 협박하던 독불장군 같은 모습은 그 어디에서도 찾아볼 수 없었다.

지금 상황에 가장 걱정이 되는 것은 역시 세준이었다. 그녀가 검색한 기사에는 이렇게 나와 있었다.

<검찰은 향후 구속 상태인 임 회장과 TR모터스 그룹 본사에 추가 압수수색 등 강도 높은 후속 조사를 통해 정확한 횡령·배임 및 탈세 규모를 확인한 후 다음 달 초 재판에 회부할 예정이라고 밝혔다.

임 회장에 대한 피의자 심문을 맡은 서울중앙지법 홍정우 부장판사는 '범죄혐의를 뒷받침할 만한 명확한 물적증거가 있고, 증거 인멸 우려가 있다'며 구속 영장을 발부했다. 한편 재벌가 총수에 대한 이례적으로 신속한 구속 기소 결정에 검찰이 보유한 명확한 증거가 과연 무엇인지 귀추가 주목되고 있다.>

명확한 물적증거, 부품 단가 부풀리기. 세준이 관련된 것이 분명했다. 세연은 알 수 있었다. 이 일의 배후엔 세준이 있다는 걸. 이상하게 가슴이 뛴다. 불길한 예감이 들었기 때문이다.

"세연아, 고기 좀 가져와줄래?"

정원에서 수영이 그녀를 불렀다. 그녀는 수영의 바비큐 파티에 초대되어 와 있었다.

'딱 3일 준다. 그 안에 안 오면 내가 올라가서 그놈 멱살을 잡고 끌고 내려올 거야. 알았니?'

세연의 이야기를 다 듣고 난 수영이 제일 먼저 한 말이었다.

'5일……'

조금 자신이 없어진 세연이 손가락 다섯 개를 펴자 수영이 눈이 돌아가도록 세연을 째려봤다. 순진한 건지 멍청한 건지 도통 감을 잡을 수 없는 동생이었다.

'그래, 5일!'

수영은 소리를 버럭 지르고는 세연을 위해 저녁상을 차려주었다. 임신한 동생이 좋아하는 반찬이 가득했다. 그리고 다음 날부터 가게로 불러내어 일을 시켰다. 잡생각 안 하고 있는 게 세연을 위해서나 아이를 위해서나 좋을 거라고 했다.

"어, 처제도 있네?"

정원으로 나오니 세연을 맞은 건 현성이었다. 요즘 드는 생각인데 저 사람은 여기가 자기 집인 줄 아는 것 같았다.

그보다 일은 하고 다니는 건지 궁금했다.

"의외로 일한다."

정원에는 바비큐 그릴이 나와 있고 라탄 장의자에는 시은이 앉아 있었다. 생각을 읽는 능력이 있는 건지 시은이 세연을 보자마자 대답했다.

"나 아무 말도 안 했는데."

"네 얼굴에 쓰여 있어. '저 사람 백수 아냐?' 이렇게."

자기 옆 일인용 의자를 톡톡 두드리며 시은이 세연에게 웃어주었다.

"뭐, 모든 사람이 그렇게 생각하는 경향이 있긴 하지."

그리고 이렇게 덧붙였다. 대부분의 사람들이 하는 질문이었나 보다.

이른 저녁식사로 고기를 구워 정원에서 먹으며 한가로운 시간을 즐기는 동안, 세연의 머리와 가슴은 복잡했다. 주머니에 손을 넣어 지갑을 꺼냈다. 버릇처럼 만져보게 되는 지갑 안에는 돌려주지 않고 가져왔던 그의 집 카드키가 들어 있었다. 본가로 들어갈 때 그는 최소한의 짐만을 가져갔다. 모든 것이 갖추어진 방으로 들어갔고 그는 본가와 회장이 얻어준 집을 왔다 갔다 했다.

찾아간다고 해도 만나리란 보장은 없지만 그래도 만일의 경우 꼭 한 번 그를 만날 수 있는 카드는 이것이었다. 세연이 카드를 꺼내어 가만가만 손으로 쓸어보았다.

보고 싶다. 죽고 싶을 만큼.

"내가 시켜서 한 건 아니고, 세브한테 다녀왔는데요."

퇴근해온 진우와 고기 굽기를 바통 터치한 현성이 세연에게 말했다. 긴 팔을 라탄 의자 뒤로 넘겨 시은의 어깨 위에 올리며 한껏 느긋한 자세를 취했다. 반면 세연은 그의 말에 깜짝 놀라 몸을 일으켰다.

"요즘 TV에서 난리 난 거 있잖아요. 아무리 봐도 그 자식 작품인 거 같더라고요. 지난번에 대전 왔을 때 아는 검사 있으면 소개 좀 시켜달라고 했거든요. 서울중앙지검에 내 친구가 있어서 소개해줬는데 이번에 뉴스 보니까 특수2부 거기 나오더라고요. 참 나."

짐작이 들어맞았다. 결국 그는 자신의 할아버지를 감옥에 보낸 것이다.

"왜 그랬을까요?"

세연이 물었다. 세준을 향한 순수한 궁금증이기도 했다.

"회장님은 절대로 세브를 놔줄 생각이 없었던 거지. 후계구도를 완성시키고 있었대요. 그러니 위해를 가하거나 아주 큰 말썽을 일으키거나, 아니면 할아버지의 가장 소중한 것을 망가뜨려야 했답니다.

세브 말로는 그래요. 그게 말인지 뭔지는 모르겠지만. 그 자식 소리 지르고 이상한 말 하는 중간중간에 제가 추측해낸 겁니다."

"이상해요? 상무님이요?"

"말도 말아요. 그 녀석 완전히 망가졌던데요. malfunction이라고 알아요? 딱 그거였다니까. 세연 씨는 여기서 이러고 있는데 혼자 일 벌이고 있으니 한마디 해줄까 싶어서 갔는데 웬 다크 세브가 있는 거야."

다시 생각해도 오싹하다며 몸서리를 치는 현성을 향해 시은이 코웃음을 쳤다.

"자기가 무슨 말을 잘못한 거겠지."

"아니야. 이름 잘못 부른 것밖에 없다고. 그게 뭐? 세브나 세즈나. 지 이름이 세바스찬인 게 내 탓이야? 하여간 이름 가지고 유난은."

현성이 입을 잔뜩 내밀고 툴툴거렸다.

"하여간 내가 미안했다고 빌어서 좀 잠잠하다가 이때다 싶어 세연 씨 얘기 꺼내니까 다시 미친놈처럼 난리를 치잖아요. 그래서 도망 왔어요. 그래도 그 와중에 세연 씨 잘 있다고 하니까 안심하는 것 같긴 하더구먼."

"그런데 자기 이름은 왜?"

시은이 물었다.

"그 자식 대학 때부터 우리가 세즈라고 부르면 굉장히 민감해했거든. 그건 뭐, 누구만 부를 수 있다나. 어릴 적 친구인지 여자인지 뭐 있대요. 처음으로 로봇 만들었을 때도 이름을 빅이라고 붙여 가지고. 빅토리아라고 요정 친구가 있었는지. 우리가 다 비웃었잖아."

현성의 말에 세연의 표정이 멍해졌다.

"빅토리아요?"

이정표 없는 안개숲을 걷고 있는 것처럼 세연의 눈이 먼 허공을 헤매고 있었다.

"왜요? 아는 사람이에요?"

현성이 그런 세연을 이상하다는 듯 바라보며 물었다.

"빅토리아면 세연이 미국 이름 아냐? 신기하다, 얘. 너 어렸을 때 이모부께서 연가를 내서서 함께 1년 미국 갔었잖아. 그때 다시 돌아와 가지고 자기 이름 빅토리아라고 그 이름으로 안 부르면 대답도 안 했는데. 네 흑역사잖아, 그거. 우리 오빠들이 엄청 놀렸는데."

진우가 굽고 있던 마지막 고기와 소시지를 접시에 담아오던 수영이 한몫 거들었다. 집안에 하나씩 있는 명절 흑역사를 꺼내 들며 킥킥대자 옆에 앉은 시은까지 깔깔거렸다. 하지만 세연의 표정은 점점 어두워져갔다.

"어떡해."

세연이 흐느끼기 시작했다.

"왜 그래, 세연아? 너 진짜 아는 거야?"

"왜 그래요?"

모두가 걱정하는 가운데 시은이 현성에게 버럭 소리를 질렀다.

"아, 왜 애를 울리고 그래요?"

"내가 뭘."

세연은 그저 눈물만 흘리고 있을 뿐이었다. 그렇게 힌트를 줬는데도 그녀는 아무것도 몰랐다. 처음 만났을 때부터 줄곧 그녀에게 신호를 보냈음에도 바보 같이 눈치채지 못했다.

그가 세즈였는데. 그가 그 세즈였는데.

'난 빅토리아야. 오빠 이름은 뭐야?'

초등학생이었던 그녀는 아버지를 따라 미국에 1년간 살았던 적이 있었다. 그는 그저 옆집에 사는 오빠였다. 그녀의 기억엔 그랬다.

그녀가 새로운 친구들을 사귀고 말을 익히고 신나게 놀러 다니는 동안 그는 어머니와 단둘이 늘 집에서 지냈다. 사교성이 유난히 좋은 그녀의 어머니는 그 집에 먹을 것을 해다 나르고 그의 어머니가 병원에 가면 그 집 아들을 맡아주었다.

두꺼운 안경에 치아 교정 장치를 낀 그는 한국 이름이 없었다.

그의 이름은 '세즈'. 어린 세연은 그의 풀네임이 세바스찬이라는 것도 몰랐다. 그는 그저 옆집 사는 세즈 오빠였다.

그녀의 가족이 한국으로 들어오기 바로 전 그의 어머니가 돌아가셨다. 그녀의 아버지는 세즈를 대신해 장례를 치렀고 그동안 그는 그녀의 집에 와 있었다. 유난히 사람을 좋아하던 그녀는 그가 가족이 되는 걸로 여겼다.

'오빠 이름이 세즈니까 이제부터 세준이라고 하자. 우린 가족이 될 거니까.'

하지만 정작 세연의 가족이 한국으로 돌아오는 날 세준은 같이 오지 못했다. 그의 보호자가 갑자기 나타났기 때문이었다.

'오빠는 왜 같이 안 가?'

세연이 묻자 아버지는 이렇게 말했다.

'아빠가 어떻게든 데려가려고 해봤는데 보호자가 아니라 가족

이라더라. 세연아, 세즈에겐 아버지가 있었어.'

기억조차 희미한 먼 옛날의 기억이었다. 어린 세준은 그녀의 가족을 배웅하러 공항에 나왔었다. 표정 없는 얼굴, 공허한 눈동자를 한 채.

그리고 이제, 그때 그의 얼굴이 기억이 났다. 그거였다. 그녀가 그의 눈동자를 외면하지 못했던 이유.

'데리러 올게.'

그 아무것도 없는 눈동자에 대고 그녀는 약속했다. 철없이 그렇게, 그게 무슨 뜻인 줄도 모르고 그를 두고 왔다. 그날 어린 세준의 표정이 기억난다.

그것은 세연이 그를 두고 대전으로 내려올 때의 표정과 꼭 닮아 있었다.

"나 가야 돼."

세연이 일어서서 나갈 채비를 했다.

"어딜 가, 이 밤중에."

수영이 팔을 붙들자 세연이 뿌리쳤다.

"지금 가야 돼. 내가 가서 빌어야 돼."

"그게 대체 무슨 소리야?"

진우가 달려오고 시은과 현성이 세연을 둘러쌌다.

"내가 버리고 왔어. 내가 또 혼자 두고 왔단 말이야."

세연이 엉엉 울며 말했다. 이제 그녀를 둘러싼 다른 사람들은 아무 말도 못 하고 세연을 바라보고만 있었다.

"버리지 말아달라고, 두고 가지 말라고 세즈가 그랬는데."

세연이 주저앉았다.

"세즈? 진짜 세즈를 알고 있는 거예요? 세브의 빅토리아가 세연 씨였어요?"

현성이 물었다.

"아이고, 무슨 말인지 난 1도 모르겠다."

수영이 머리를 싸매고 의자에 걸터앉았다.

"그러니까 세연이는 세즈를 알고 세연이 어릴 때 이름이 빅토리아라는 거잖아. 둘이 아는 사이였다는 거네?"

네 쌍의 눈동자가 시은을 향했다. 현성이 벗어놓았던 겉옷을 주워 입었다.

"내가 다녀올게."

시은이 차 키를 꺼내어 그에게 건넸고 수영이 손수건으로 세연이 얼굴을 닦아 일으켰다.

"다녀와. 다녀와서 자세하게 얘기해줘. 알았지?"

세연을 현성의 차에 태워 보내며 수영이 말했다. 세연은 그저 어서 빨리 이 차가 그의 집 앞에 닿기를 간절한 마음으로 바랄 뿐이었다.

그의 집까지 따라오겠다는 현성을 돌려보내고 세연은 그의 집 문 앞에 홀로 섰다. 그녀의 손에는 그의 집 카드키가 들려 있었다. 벨을 누르고 문을 두드렸지만 아무 대답도 없었다.

마침내 결심한 그녀가 카드키로 현관문을 열고 집으로 들어섰다. 어두운 집 안에는 아무도 없는 듯했다. 전실 미등이 들어왔다 꺼지고 복도를 따라 부엌과 거실이 만나는 곳으로 가보니 원체어에 그가 앉아 있었다. 작은 불빛 두어 개가 부엌과 그가 앉은 의자

쪽에서 겨우 숨을 유지하고 있었다.

"여긴 왜 왔지?"

그토록 차디찬 눈동자는 처음이었다. 그럼에도 불구하고 그녀는 그가 반가웠다. 그의 품에 뛰어들고 싶었다. 그가 너무나 그리웠기에 지금이라도 그의 발밑에 무릎을 꿇을 수도 있었다.

"할 말이 있어서 왔어요."

눈물이 날 것 같아 주먹을 꼭 눌러 쥐었다. 여전히 거실과 부엌의 중간쯤에 서서 그에게 다가가지도 못하고 있었다.

"너무 늦었다고 생각하지 않아?"

"이제, 이제 이야기를 해도 될 거라고 생각했어요."

"……."

그는 대답하지 않았다. 심지어 그녀를 바라보고 있지도 않았다. 어딘가를 향한 그의 눈은 공허하기만 했다. 분노도 심연도 늘 자리하고 있던 슬픔도 없었다. 그에겐 아무것도 없었다.

세상이 전부 무너져 내린 것 같은 눈이었다. 그때와 같았다.

"아이를 가졌어요."

세연이 말했다.

"알아."

그가 대답했다.

"내 아이야?"

매정한 그의 말에 설움이 복받쳤다. 진심이 아닐 것이라는 걸 알면서도 그가 미웠다.

"그걸 말이라고 하는 거예요?"

"그렇다면 왜 내게 말해주지 않았어?"

그것은 질문이 아니었다. 마치 자신에게 묻는 듯한 그의 말은 슬프게도 자조적이었다.

"아이로 당신의 발목을 잡고 싶지 않았으니까요. 유진이처럼 되는 건 죽어도 싫었으니까."

세연이 그에게 사실대로 말했다. 그녀는 아마 자존심을 지키고 싶었던 걸지도 몰랐다. 그리고 두려웠을지도 모른다. 그녀도 유진처럼 되어버릴까 봐.

"왜 찾아오지 않았어요?"

그동안 몰래 간직했던 원망을 그에게 드러냈다. 오래 기다렸는데, 매일매일 기다렸는데.

"왜 날 두고 갔지?"

그가 그녀를 바라보며 말했다. 그의 눈동자가 똑바로 그녀를 쏘아보고 있었다.

"날 찾아올 줄 알았으니까."

그녀가 속삭였다. 그리고 움직이지 않는 발을 다그쳐 그에게로 한 발짝 겨우 다가갈 수 있었다.

"아니야. 넌 날 속였어. 날 속이고 날 떠났어."

그에게 한 발 더 내디뎠을 때, 그의 앞 테이블에 술잔이 놓인 것을 보았다. 그는 그녀가 없는 매일을 술로 보냈던 것일까.

"속이지 않았어요. 말을 할 수 없었던 것뿐이야."

그녀가 또 한 발 그에게 다가갔다. 그는 그녀가 자신에게로 오는 모습을 보며 석상처럼 앉아 있었다. 그에게는 그것이 아무 의미가 없는 것처럼.

"내가 아이의 아빠라는 게 의미가 없는 일이었어?"

그가 조금 쉰 목소리로 물었다. 그의 몸이 조금 흔들리는 것처럼 보였다.

"그게 아니라는 걸 알잖아요. 아이를 낳을 수 없다고 한 건 팀장님이었어요."

"난 자격이 없어. 아이가 생기면 안 돼. 더러운 핏줄이 이어질 뿐이야."

"왜 그런 말을 하는 거예요?"

그의 말에 그녀의 가슴이 찢어졌다. 그는 이 모든 상황을 자신의 탓으로 돌리고 있었다.

"돌아가. 너무 늦었어."

세연이 마침내 그의 앞에 무릎을 꿇었다. 고개 숙인 그의 얼굴이 그녀를 바라보고 있었다. 세연이 그의 얼굴에 살며시 손을 대며 말했다.

"사실은 놓고 간 게 있어서 왔어요."

가까이에서 본 그의 얼굴은 많이 상해 있었다. 테이블엔 술잔이 놓여 있었지만 그에게선 거의 술 냄새가 느껴지지 않았다. 흐려지지 않은 그의 눈빛을 마주하자 안도감이 그녀를 채웠다.

"그게 뭔데?"

하지만 묻는 눈은 공허하기 짝이 없었다. 그곳엔 더 이상 아무것도 남아 있지 않은 것 같았다. 세연이 입을 움직였지만 목이 메어 말이 나오지 않았다. 표정 없이 그녀를 내려다보는 세준을 바라보며 그녀가 울먹였다.

제발, 제발 돌아와요.

"세즈."

순간 그의 눈동자가 흔들렸다.

"오빠를 두고 갔잖아."

그는 미동도 없이 그녀를 바라보고만 있었다. 숨 쉬는 것조차 잊은 듯했다.

"오빠야말로 왜 말해주지 않았어? 어떻게 또 두고 가게 할 수 있어?"

울지 않으려고 애쓰며 세연이 말했다.

"미안해, 알아보지 못해서. 두고 가버려서 미안."

하지만 그것도 잠시, 결국 말을 마친 세연이 그의 목을 끌어안고 오열했다. 그는 자신에게 매달려 울고 있는 그녀에게 몸을 맡긴 채 여전히 굳어 있었다.

"빅."

나무토막처럼 그녀에게 안겨 있던 그가 조금씩 몸을 움직였다. 팔걸이를 움켜쥐고 있던 두 손이 천천히 그녀의 몸에 감겨왔다.

"빅토리아."

잠겨 있는 그의 목소리가 멀리에서 들려오는 것처럼 울려왔다.

"버린 게 아니야. 오빠가 날 찾을 때까지 기다린 거야. 기억해내지 못해서 미안해."

그의 팔이 그녀의 허리를 더욱 단단히 감아오는 것이 느껴졌다.

"데리러 가지 못해서 미안."

그의 머리가 그녀의 어깨에 내려왔다.

"사랑해, 세즈."

그가 숨이 막히게 그녀를 끌어안았다.

폭풍 같은 키스가 퍼부어졌다. 그러지 않으면 숨이 멎을 것처럼. 목숨이 다하는 것처럼.

그녀를 일으켜 자신의 무릎 위로 안아 올린 채 쉴 새 없이 그녀의 입술을 탐했다. 그녀가 그곳에 있다는 걸 믿을 수 없다는 듯 그녀의 얼굴을 만지고 쓰다듬고 확인했다. 세연이 숨 쉬기 힘들어하자 그제야 그는 그녀의 머리를 자신의 어깨에 기대게 했다.

"그 아이를 가지면, 그 작은 소녀를 내 손에 넣으면 내가 평생 갖지 못했던 가족을 가질 수 있을 것 같았어. 내 것으로 만들면."

격했던 감정이 잦아들었을 즈음 그가 기억을 떠올리며 그녀에게 작게 속삭였다.

"무섭고 더러운 생각을 했었지. 하지만 난 아이를 만들 수 없는 몸이라는 걸 알았을 때 그런 생각마저 접어버렸어."

세연은 아직도 남아 있는 울음의 잔재로 간혹 헐떡이며 그의 품 안에 안겨 있었다. 원체어는 그의 체격에 맞게 큼직해서 그들 둘을 모두 담고도 남았다.

"너무 소중해서 가질 수 없었어. 내가 가졌다간 더럽혀지고 부서질 테니까. 애초에 내 것은 하나도 없었어. 아이를 만들 수 없다는 건 아무것도 가질 자격이 없다는 거야."

넋두리처럼 시작된 그의 이야기는 또다시 스스로를 괴롭히고 있었다.

"그런데 실제로 그런 일을 할 줄이야. 너를 처음 만났을 때 난 내가 너와 그런 일을 벌이게 될 거라곤 상상도 하지 못했어. 아마 잠재의식 속에 네가 박혀 있었을지도 모르겠어. 그래서 그렇게 쉽게 너를 안고 너를 가지고 너를 가두려고 했던 걸 수도 있어."

"아니에요. 그렇지 않아."

세연이 그의 말을 막았다.

"그건 일어날 수밖에 없었던 일이야. 그리고 엄밀히 말해서 세즈는 내가 꼬여낸 거지. 오빠가 날 꼬인 게 아니잖아."

장난기 섞인 그녀의 말에 그가 낮게 한숨을 내쉬었다. 그의 어깨가 조금씩 떨리더니 그의 머리가 그녀에게로 조금씩 내려와 그녀의 어깨에 닿았다. 그러자 그의 떨림이 그녀에게도 전해졌다.

"사랑해, 빅. 내가 어떻게 할 수 없을 정도로."

세연은 가만히 그의 어깨를 안고 그의 머리를 쓰다듬었다. 그는 울고 있었다. 어느새 그녀의 허리를 감아온 그의 손이 부러뜨리기라도 할 것처럼 거세게 그녀를 끌어안았다. 마치 자신의 몸 안에 가두어버리기라도 할 듯. 그렇게 오래도록 그들을 서로를 서로에게 속박한 채 하나의 의자에 묶여 있었다.

"엇."

그녀를 쓰다듬던 그의 손이 멎고 그의 눈이 놀라움으로 커졌다. 그것은 거의 충격에 가까웠다.

"움직였어."

경이로움으로 눈을 빛내며 그가 세연에게 말했다. 태동을 느낀 것이다.

"요즘 자주 움직여요. 아무래도 사내아이 같다고 언니가 그러더라고요."

"Amazing……."

그가 중얼거렸다. 감동받은 얼굴이 흐려지더니 그의 눈에서 툭 하고 눈물이 떨어져 내렸다.

"뭐야."

자기도 코끝이 시큰해지는 걸 느끼면서도 세연이 심술 맞게 말했다.

"나 아무래도 올보랑 결혼하게 되는 것 같은데."

한 줄기 떨어진 눈물을 닦을 틈도 없이 그의 눈이 매서워졌다.

"그 말 취소하는 게 좋을걸."

낮고 울리는 목소리로 그가 말했다.

"안 하면 어쩔 건데요. 나 임산부예요."

아랫입술을 내밀고 얄미운 표정을 만들어 내며 세연이 이죽거렸다.

"방법이야 얼마든지 있지."

세연의 등에 전율이 일어나도록 낮은 목소리로 귓가에 속삭인 그가 그녀를 안은 채 몸을 일으켰다. 제법 몸이 무거워졌음에도 그는 솜처럼 가볍게 그녀를 안아 들었다.

"임산부를 사랑하는 방법도 얼마든지 있고."

침대로 걸어가며 그가 말했다. 그의 얼굴엔 눈물의 흔적조차 남아 있지 않았다. 솟구쳐오는 기대감에 세연은 그의 목에 기꺼이 팔을 감았다.

머리부터 발끝까지 샅샅이 그에게 조사받고 달라진 곳을 모두 확인받은 후에야 그녀는 그와 하나가 될 수 있었다. 그는 부드럽고 조심스럽게 그녀와 사랑을 나누었고, 그것은 그와 그녀 모두를 만족시켰다.

"잡았어야지. 떠난다고 할 때 못 가게 했어야지."

겨우 호흡이 정상으로 돌아온 세연이 그에게 투정을 부렸다.

그리고 예전의 그로 돌아온 세준이 그녀를 뒤에서 안고 만족스러운 웃음을 짓고 있었다. 그의 커다란 침대 위였다.

"잡아주길 바라고 떠난다고 한 거야?"

"당연하지. 여자를 그렇게 몰라?"

"찾으러 갈 생각이었어."

그가 깜짝 놀랄 말을 했다.

"언제요?"

"미국으로 가기 전에. 여길 다 정리하고 널 보러 갈 생각이었어. 네가 날 속이고 떠났다고 생각했기 때문에 아이를 내세워 억지로 결혼할 참이었지."

"진짜로?"

"응."

그가 그녀의 배를 어루만지며 말했다. 가끔씩 태동이 느껴질 때마다 그는 과하게 놀라고 심하게 감동했다.

"네가 널 놓아줄 리 없잖아. 아까는 조금 심통을 부려본 거야. 머릿속으로는 널 묶어서 가둬야 할지, 그대로 납치해야 할지 계속 생각하고 있었어."

"너무해."

"널 다시 만났을 때부터 알았어. 내가 널 절대로 포기할 수 없다는 걸. 겉으로만 신사인 척했던 거야. 난 첫눈에 널 알아봤는데, 넌 내가 힌트를 아무리 줘도 모르던걸."

그의 말에 흐믈흐믈 녹아 있던 세연이 그를 만났던 첫날을 떠올렸다. 면접날이었지. 그가 그녀를 찾아내고 다가와 말을 걸었다.

"아니, 어떻게 알아봐. 키도 이렇게 크고 여드름도 하나도 없고, 이도 이렇게 완벽하고 게다가 안경은 어디 갔어?"

그의 얼굴 여기저기를 찔러보고 입도 벌려보며 그를 못살게 굴었다.

"그래서 그날 안경 끼고 나갔는데."

그가 멋쩍어하며 말했다.

"언제요?"

"면접날에. 안경."

부끄러운지 그의 눈 주변이 발그스레해진다.

세연이 킥킥 웃었다.

그는 훨씬 전부터 알고 있었던가 보다.

"우연히 네 서류를 봤어. 전날 잠을 설칠 정도로 설레었지. 혹시 날 알아볼까 해서 쓰고 있다가 네가 못 알아보는 것 같기에 벗었어."

세연이 그의 말에 기억을 더듬어 봤지만 그가 면접날에 안경을 썼다 벗었다 했던 기억이 전혀 없었다.

그런 걸 기억할 리가! 그날 엄청 긴장했는데!

"뭐예요, 그게."

세연이 웃었다.

"그런데 하나만 하면 안 될까?"

"뭘요?"

"존댓말을 하든지 반말을 하든지."

"섞어서 하면 안 돼요?"

그녀가 말하자 그가 오랜만에 그의 입버릇 같은 말을 읊었다.

"그렇게 해."

"그럼 이제부터 세준 씨라고 부를까요, 상무님?"

악동 같은 미소를 지으며 그녀가 물었다.

"안 돼."

그가 단호하게 말했다.

"세즈."

그리고 덧붙였다.

"세즈."

세연이 그의 이름을 부르자 그가 그녀의 입술을 막았다. 달콤하게 입술을 겹쳐 그녀의 입에서 나온 자신의 이름을 빨아들였다.

에필로그

1.

"뭘 한다고? 결혼? 거기에다 임신?"

한 박사가 야구방망이를 찾아 들고 날뛰었다. 방금 전까지 이게 얼마 만이냐며 세준의 손을 붙잡고 눈물을 글썽이던 모습은 온데 간데없었다.

"이 불한당 같은 놈! 그게 근 이십 년 만에 찾아와서 할 소리 야?"

"아이고, 여보. 참아요!"

기어이 휘두르려는 방망이를 신 여사가 허리를 잡고 세연이 팔 을 붙들어 말렸다.

"잘 자랐다고 내 딸을 꼬여낼 수 있는 자격이 주어진 게 아니란 말이다!"

비련의 여주인공처럼 방바닥에 주저앉아 한탄을 하는 한 박사를 신 여사가 측은한 눈길로 바라보다

"아까는 사위 삼고 싶다면서요. 바로 소원 이뤘네."

한마디를 덧붙였다.

"그게 이 소리야?"

한 박사가 버럭 소리를 지르고 일어섰다.

"그게 내 딸 임신시켜서 나타나라는 말이냐고! 이놈의 자식! 그렇게 두고 온 것만으로도 내내 가슴을 찢더니, 이렇게 또 가슴을 찢어, 나쁜 놈이."

미처 가지고 일어서지 못한 방망이는 세연의 손에 의해 멀리 치워졌다. 한 박사가 없어진 방망이를 찾다 황망히 손을 들어 세준에게 삿대질을 시전했다.

"그리고 애 배가 이렇게 불러오도록 어디서 뭐 하고 있다가 이제야 나타나!"

"죄송합니다. 드릴 말씀이 없습니다."

"어이구, 난 그것도 모르고 회사 그만두고 잠만 자고 돼지처럼 살만 찐다고 뒤에서 얼마나……."

한 박사가 한탄을 시작하자 잠자코 앉아 있던 세연이 기어이 한마디를 거들었다.

"뭐라고? 나보고 돼지라고? 아빠 정말 너무한 거 아냐?"

"너는 뭘 잘했다고 애비한테 대들어?"

"내가 숨어서 입덧하고 얼마나 힘들었는데 뒤에서 그래? 엄마랑 내 흉 봤지?"

이제는 당당하게 배를 내밀고 세연이 한 박사를 몰아붙였다. 딸의 기세와 배의 크기에 눌려 한 박사가 주춤 물러섰다.

"박사님, 제가……."

세준이 그 틈을 타 무릎을 꿇고 고개를 숙였다.

"아버지라고 불러, 이 자식아! 니 새끼 할애비야!"

'잘못했습니다'까지 나오지도 않았는데 한 박사가 소리를 버럭 질렀다. 한 박사의 뒤에서 건성으로 그를 붙들고 있던 신 여사가 나오는 웃음을 참지 못하고 고개를 돌렸다. 그건 아버지에게 일부러 배를 내밀고 있던 세연도 마찬가지였다.

뭐야, 저 김 첨지 -츤데레를 한국식으로 부르는 이름- 는.

"네, 아버님."

세준이 고개를 들고 어색하게 한 박사를 불렀다. 미묘한 얼굴 표정이 그 또한 웃음을 참는 듯 보였다.

"내가 할아버지가 되다니."

아무래도 세연의 맥락 없는 의식의 흐름은 아버지 한 박사의 영향인 듯 보였다. 세준이 고개를 푹 숙였다. 어깨가 흔들리는 것으로 보아 터져 나오는 웃음을 간신히 참고 있는 듯했으나 한 박사는 다른 뜻으로 오해한 것 같았다.

"됐다, 됐어. 이왕 이렇게 된 거 어쩌겠어. 그때 내가 널 데려오려고 백방으로 알아봤었어. 그런데 그 노인네가 나타난 거야. 너 데려간 그 양반 말이야. 지금은 구치소에 계시다고?"

한 박사가 잠시 말을 멈추더니 사돈이 어쩌고 하며 말끝을 흐렸다. 그러고는 먼 기억을 떠올리는 듯 미간을 찌푸렸다.

"보자, 보자. 그 양반이 어땠더라. 맞다. 멀리서만 봤으니 그 양반이 TR그룹 회장인 줄 내가 어떻게 알았겠어? 입양은 아니라도 내가 데리고 와서 학교도 보내주고 후원 형식으로 그렇게라도 하려고 했는데. 당신도 기억나지? 이놈이 얼마나 똑똑했어? 그런데 그 비서라는 사람이 나타나서 아버지가 있다잖아. 그것도 무슨 재벌가라는데, 내가 어떻게 고집을 부려. 널 두고 나오는데 내가 걸음이 안 떨어져서……. 그게 아직도 마음에 남아 있어, 내가!"

흔들리던 세준의 어깨가 멎었지만 고개는 올라오지 않았다.

"가족이 될 거였구나. 이렇게 되려고 그런 거였어. 허 참. 그래도 그렇지, 이놈아! 어떻게 할아버지를 감옥에 보내고! 이놈의 자식! 잘했다! 아주 잘했어. 그놈의 영감탱이는 가도 싸! 아무리 자기 회사라도 돈을 훔치면 되겠냐?"

왠지 문장의 처음과 끝이 전혀 맞지 않는 것 같았지만 한 박사는 물론이고 신 여사도 세연도 전혀 개의치 않는 것 같았다.

그냥 원래 그런 사람이었다, 한 박사는.

"아빠, 좀. 하나만 하면 안 돼?"

"왜 또?"

그리고 그런 한 박사에게 딴죽을 거는 건 물론 세연이었다.

"자꾸 왔다 갔다 하니까 그렇지."

"넌 이제 어떻게 할 거야? 이대로 배불러 가지고 그냥 있을 거야?"

한 박사의 화살이 세연을 향했다.

"준비되는 대로 미국으로 가겠습니다. 세연이는 공부하고 저는 하던 일 하고."

"그럼, 일단 결혼 날짜부터 잡자. 다음 주 어때?"

한 박사가 세준의 무릎을 잡고 바싹 당겨 앉으며 말했다.

"아빠!"

"여보!"

신 여사와 세연이 동시에 소리를 질렀다.

"아, 왜! 그럼 배 잔뜩 불러서 식 올릴 거야? 내일이라도 티 나기 전에 해야지!"

"이미 티 다 나는 걸, 뭐."

세연이 배를 쓰다듬으며 말했다.

"······."

세준이 고개를 들고 세연과 한 박사의 현실성 없는 대화를 시청자 수준으로 보고 있었다. 재미있는 가족이다. 오래전의 기억이라 희미해졌지만 따뜻했다는 건 생각이 났다.

"아니면 간단하게 식구들끼리 밥이나 먹고 혼인신고 해버리든가. 그리고 미국 들어가."

"아빠!"

"여보!"

이젠 추임새처럼 아빠와 여보를 부르는 세연과 신 여사를 한심하다는 듯이 바라보며 한 박사가 고개를 저었다.

"그럼 어쩌겠다는 거야? 자넨 어쩔 거야?"

화살이 세준에게로 다시 넘어왔다.

"아버님 하라시는 대로 하겠습니다."

"그럼, 그래야지. 이건 마음에 드네. 여보, 술상 좀 부탁해요."

한 박사가 신이 나서 신 여사에게 말했다. 마침 상다리가 부러지게 준비해뒀던 신 여사가 부엌으로 나가자 한 박사가 세준에게 물었다.

"자고 갈 거지?"

"예?"

"자고 가야지. 나 그렇게 꽉 막힌 아비 아니다. 세연이 방 넓어."

"여보!"

부엌에서 신 여사가 소리쳤다.

"정리해서 내려왔으면 미국 가기 전까지 여기서 지내면 되겠구
먼. 안 그래?"

한 박사는 그 소리를 무시했다.

"네, 아버님."

넙죽 대답하는 세준을 보고 세연이 고개를 가로저었다.

"뭐 이렇게 죽이 잘 맞아?"

오랜 세월을 뛰어넘어 드디어 그들이 가족이 되는 순간이었다.

어쩌다 보니 둘은 세연이 아이를 낳을 때까지 세연의 집에서 같
이 살게 되었다. 다분히 한 박사의 야욕에 희생된 면이 없지 않았
다.

세연의 방은 신혼방 아닌 신혼방이 되고 세준은 여러 가지 일들
을 처리하느라 미국과 한국을 왔다 갔다 했다. 그가 새로 하는 일,
그리고 둘이 살게 될 집, 세연의 학위에 관련된 일까지 그가 모두
처리하게 되었다. 결과적으로 평소엔 거의 미국에서 보내고 어떻
게든 세연을 보러 한국에 들르는 식이었다.

그런데 기가 막힐 노릇은 세준이 집에 올 때마다 세연은 그를
차지하기 위해 한 박사와 경쟁을 해야 한다는 것이었다.

"아빠의 아들 환상을 세즈한테 실현하지 말라고!"

우주 센터에서 엔진 연소시험을 한다는 말로 세준을 꼬여 출장 길에 동행을 하려 한 한 박사에게 세연이 분통을 터뜨렸다.

"세준이가 보고 싶다고 했다."

그렇지 않냐는 눈빛을 세준에게 보내며 한 박사가 세연의 눈치를 보았다. 제법 불러온 배는 세연에 대한 모든 반대 행동을 무력화시켰다.

"마, 맞습니다."

"토요일엔 야구 동호회 간다고 데려가고, 일요일엔 목욕탕 간다고 데려가고, 오늘은 출장도 데려간다고?"

"음, 굳이 안 봐도 될 것 같기도 하고."

세준이 세연의 곁에 서며 말했다.

"그런가?"

말은 너그럽게 하면서도 한 박사의 눈은 배신자라는 메시지를 세준에게 쏘아 보내며 서운한 표정을 숨기질 못했다.

"로켓 엔진 연소시험을 보고 싶기도 해."

세준이 재빨리 세연에게 속삭였다.

"하나만 해요."

세연이 불러온 배 위로 팔짱을 끼며 말했다.

"아버님, 전 세연이가 시키는 대로 합니다."

천하의 배신자이자 아내 바보 세준이 가볍게 장인을 저버렸다.

"세연이한테 꼼짝 못 하는 건 나 혼자로도 족한데 어떻게 하나가 더 생겨버렸어. 우리 집은 이제 다 틀렸어. 저놈 태어나봤자 제엄마한테 꼼짝도 못 할 테니 우리 집은 세연이가 왕이야."

한 박사가 세연의 배를 바라보며 투덜거렸다.

하지만 그의 눈에선 꿀이 뚝뚝 떨어지고 있었다. 눈에 넣어도 아프지 않은 딸이 손자를 가진 데다 어디 한 군데 마음에 들지 않은 구석이 없는 사위도 있다.

"그럼 다녀온다."

든든한 마음으로 한 박사가 집을 나섰다. 배웅하는 딸, 사위가 못내 사랑스러워 문을 닫기 전 다시 한번 바라보며 천천히 문을 닫았다.

2.

그는 한편, 그녀의 방을 힘겨워했다.

"이게 어떻게 다 여기에 들어 있는 거야?"

그녀의 어머니가 늘 말씀하시던 '애들 장난감 나부랭이'가 가구와 잔뜩 뒤엉켜 있는 그녀의 방을 처음 본 그가 했던 말이었다.

"음……. 나름의 규칙이 있어요."

자신 없는 말투로 그녀가 말했다.

"어디에?"

단 1초도 생각해보지 않고 그가 질문했다. 조금 섭섭했지만 세연은 변명이 무척 급했기에 일단 참기로 했다.

"그러니까 한, 이만큼?"

어디냐고 물어봤는데 그녀는 적당한 곳을 대강 가리키며 부피를 말했다. 그녀로서도 무척이나 민망한 바운더리였다. 그녀의 말을 들으며 그의 손은 모두 그의 바지 주머니 속에 들어가 있었고 곧 마법이 발휘되었다. 신 여사의 표현에 의하면 세연이 태어나고 지금까지를 통틀어 처음 보게 되는 광경이라고 했다. 세연이 방은 난생처음 티끌 한 점 없이 완벽했다.

"좀 무섭다, 애."

신 여사가 세연의 방 앞에서 말했다. 세준이 손이 닿은 곳은 완벽한 수평과 수직이 이루어진다. 모든 물건이 제자리를 찾아가고 크기별, 종류별, 제목별로 분류되었다.

"그치?"

세연이 신 여사의 옆에 서서 말했다. 그리고 임산부 최초로 친정엄마에게 등짝을 맞았다.

"니가 무서워, 니가. 어떻게 니 서방이 이렇게 해놓도록 방을 그 지경을 만들어? 내가 고개를 들고 다닐 수가 없어, 이 서방한테 부끄러워서. 그치 소리가 입으로 나와?"

잔소리와 더불어 두 번째 등짝을 맞았는데 생각보다 아프지 않았다. 너무나 당연했다. 어느새 세연을 밀어내고 세준이 자기 등을 대신 맞았기 때문이었다.

"아이고, 이 서방! 이게 웬일인가! 아니, 거길 왜 와서 서."

신 여사가 펄쩍 뛰며 사위의 등을 문질렀다. 아프게 때린 것은 아니었지만 그래도 업고 다녀도 모자랄 것 같은 사위의 등을 해쳤다. 신 여사가 어쩔 줄 몰라 세준을 잡고 쩔쩔맸다.

"괜찮습니다, 어머님. 별로 아프지 않습니다."

세준이 말하자 신 여사는 말도 안 되는 이상한 핑계를 대고 부엌으로 사라졌다.

"결벽증."

세연이 작게 말했다. 기침하는 척하면서 섞어서 말을 했다.

"아니야."

그런데도 귀는 또 어찌나 밝은지 그가 어느샌가 듣고 그녀의 뒤에 서서 말했다.

"네가 심각한 거라고 생각하지 않아?"

그가 방으로 들어서는 세연의 뒤를 따르며 볼멘소리를 했다.

"아니. 전혀요."

세연이 뻔뻔스럽게 말했다.

"대체 왜 태교로 퍼즐을 맞추는 거야?"

완벽한 방 한구석에 교자상이 펼쳐져 있고 그 위에는 맞추다 만 5백 피스짜리 퍼즐이 어울리지 않게 놓여 있었다. 딱 그거였다. 꿔다놓은 보릿자루.

"재밌어요. 집중도 되고."

"그리고 저것은 또 뭐지?"

그가 책상에 펼쳐 둔 수학의 정석 책을 손으로 가리키며 말했다. 그나마 완벽하게 각이 잡혀 놓여 있었기 때문에 그의 눈살이 덜 찌푸려져 있었다.

"저것도 태교요."

슬슬 불안해지자 세연은 보란 듯 그의 앞에서 배를 문질렀다. 그의 표정이 한결 부드러워지는 것이 보였다.

"어떻게 태교야?"

"풀면 재밌어요."

세연이 웃으며 말했다. 진심이었으니까.

"내가 찾아봤는데, 태교는 주로 클래식 음악을 듣고 좋은 생각을 하고 좋은 것을 보는 거라고 하던데."

세연이 그의 눈길을 피해 딴청을 피웠다.

"네 취미를 태교로 포장하지 마."

그가 눈을 맞추며 말했다. 이런, 들켰네. 세연이 혀를 쏙 내밀었고 그가 헛웃음을 웃다 정말로 웃음을 터뜨리고 말았다.

그리고 얼마 지나지 않아 그들에겐 퍼즐과 숫자를 좋아하는 대략 집요한 성격의 아들이 태어나게 되었다. 그것은 순도 백 퍼센트로 엄마의 탓이었다.

이러나저러나 세준은 그 아들을 끔찍하게 사랑했지만 말이다.

임 사장이 찾아온 건 아이가 백일을 맞기 전, 세준의 가족이 미국으로 들어가기 직전이었다. 임 회장이 구속되어 있는 동안 TR은 임 사장 체제로 바뀌어 돌아가게 되고 다행히 안정을 찾았다. 임 회장은 징역 2년, 집행유예 3년을 선고받았지만 지병을 이유로 구속 집행 정지 허가를 받아 병원에서 생활한 뒤 6개월 만에 특사로 사면됐다.

TR은 굳건했으며 임 회장 쪽으로부터는 아무런 소식도 움직임도 없었다. 세연은 은근히 신경 쓰이고 가끔씩 겁이 덜컥 나기도 했지만 세준은 일절 신경 쓰지 않았다. 그리고 세연이 아기를 낳았을 때 병원으로 커다란 화환이 도착했다. 임 사장의 이름이 들어간 거대한 화환이었다. 세준은 특별히 그 화환을 병실 구석 그늘진 곳에 가져다두었다. 아무도 못 보게, 특히 자신이 못 보게 하려는 행동이었다. 세연은 그 행동이 그저 작은 관심인지, 아니면 계속 너희를 주시하고 있다는 감시의 개념인지 확실치 않아 마음이 불편했다. 다만 임 사장의 이름으로 온 것이기에 그나마 안심이 되었을 뿐이었다.

세준과 임 사장은 세연의 작은 방에 찻상을 마주하고 앉아 있었다.

"회장님은 잘 지내신다."

일상적인 안부가 오고 간 후 성혁이 말했다.

"궁금하지 않습니다."

세준이 답했다.

"널 원망하지 않으신다."

성혁이 미소 지으며 말했다.

"그것도 알고 싶지 않습니다."

세준의 입가는 미동도 없었다. 잠시 침묵하던 성혁이 작게 웃었다.

"네 얘기를 전해드릴 때 회장님의 반응과 별반 다르지 않구나."

세준의 표정이 잔뜩 찌푸려졌다.

"저는 이세준이고, 앞으로도 이세준으로 살 겁니다."

그가 본가에 들어가 있는 동안에도 그의 의지는 변함이 없었다.

"알고 있다. 그래도 가끔은 한 번씩 만나 식사도 같이 하고 아이들 크는 것도 보고, 그렇게 살면 안 되겠니?"

호적 정리를 원한 건 임 회장이었지만 세준의 태도는 강경했었기에 그는 계속 이세준으로 남아 있을 수 있었다. 그리고 그는 계속해서 이세준일 것이다. 이미희의 아들 이세준. 그렇게 살아갈 것이다.

"……."

세준은 대답하지 않았지만 옆에 앉아 있던 세연이 대신 고개를 끄덕였다. 그사이 자던 아기가 깼는지 울음소리가 들려왔다. 성혁의 안색이 변했다. 어찌할 바를 모르는 손이 그의 심정을 드러내고 있었다. 세연이 조용히 자리에서 일어나 아이를 안고 돌아왔다.

"지훈이에요."

조심조심 성혁의 팔에 아이를 안겨주며 세연이 말했다. 그렇게 기쁜 얼굴이, 그렇게 감동하는 얼굴이 있을 수 있을까. 성혁이 눈시울을 붉혔다. 그의 얼굴은 아이를 받아 들던 세준의 얼굴과 많이 닮아 있었다.

"잘생겼구나."

"그렇죠? 아버님을 많이 닮았어요."

세연의 말에 성혁이 결국 눈물을 흘리고 말았다. 고개를 돌리고 주머니에서 주섬주섬 손수건을 꺼내어 눈물을 닦는 성혁을 보던 세연이 세준과 눈을 맞췄다. 아무 말도 하지 않았는데 그가 한쪽 눈썹을 치켜세운다. 기가 막혀서.

세연이 왜, 뭐, 왜, 를 입 모양으로 만들어 보였다. 똑 닮았구만, 삼대가, 그냥.

지훈이도 걸핏하면 우는 통에 아주 죽겠다. 세연이 닮아 있는 삼대를 한눈에 담아보며 미소를 지었다.

"조금 더 안고 있어도 되겠니?"

"그럼요."

성혁의 물음에 대답하며 세연은 말투와 질문하는 방식까지 닮아 있는 부자에게 감탄했다. 같이 살아서 보고 배운 것이 아닌데도 유전자에 새겨진 것은 어떻게 할 수가 없는 것 같다.

"지유가 유학을 계획하고 있다."

자고 있는 아이를 다독다독 두드리며 성혁이 말했다. 그 모습이 너무 따뜻해서 세연은 홀린 듯 그 모습을 지켜보고 있었다.

"네."

"너희 사는 데와 가까운 곳에 집을 얻어줄 예정이야."

세연과는 다르게 못마땅한 표정으로 아버지와 자신의 아들이 같이 있는 모습을 지켜보던 세준이 날카롭게 물었다.

"벌써 저희가 어디에 살 것인지까지 알고 계시는 겁니까? 도대체 언제까지 우리에게 사람을 붙이실 겁니까? 회장님이 하시던 방식 아닙니까?"

"아니, 그런 게 아니었다. 네게 연락이 되지 않으니 그런 것 아니냐. 그냥 관심이라고 여겨주면 안되겠니?"

성혁이 한숨을 길게 내쉬었다.

"지유가 널 많이 보고 싶어 해. 아무래도 지금은 상황이 여의치 않으니 미국에 가서는 오빠하고 가까운 데서 살고 싶다고 하더구나. 나는 반대할 이유가 없고 말이다. 지유 말로는 새언니하고도 친해지고 싶고 조카도 가서 봐주고 한다는데, 좀 귀찮을지도 모르겠다. 괜찮겠니, 새아가?"

새아가래, 새아가. 세연의 귀엔 오로지 그 말만이 들렸다. 저렇게 스윗하고 다정하게 새아가라니. 물론이죠, 아버님.

"괜찮고말고요."

세연이 대답하자 세준의 눈썹이 또 치켜 올라갔다.

왜, 뭐. 지유는 자기가 더 좋아하면서.

세연이 눈으로 그에게 쏘아붙였다.

성혁은 그로부터 한참이나 더 머물다 갔다. 아기가 깨지 않고 그의 품 안에서 잘 잤기 때문이다. 다리가 저릴 때까지 안고 있다가 휴대폰으로 사진도 몇 장이나 찍었다. 깨어난 얼굴도 찍고 자는 얼굴도 찍었다. 세준 몰래 세연에게 사진을 보내달라는 부탁도 해두었다. 손자바보가 탄생했다.

세준은 이것도 저것도 다 마음에 들지 않는다는 얼굴로 앉아 있었지만 그의 눈은 계속해서 아버지를 좇고 있다는 걸 세연은 알 수 있었다. 미국으로 가기 전 제일 마음에 걸리던 것 한 가지를 해결한 것 같아 한결 편안했다. 그리고 그들은 아이와 함께 미국으로 향했다. 그들의 새로운 보금자리였다.

3.

눈부시게 화창한 날이었다. 집에서 아이를 보며 공부하는 그녀를 비웃기라도 하듯 말이다. 조금 전까지 까르륵대며 그녀를 기쁘게 했던 아들은 거짓말처럼 잠이 들었고 날은 눈이 부시도록 좋았다. 세연은 결심한 듯 주먹을 쥐어 보이며 부엌으로 향했다.

어디, 없는 솜씨 한번 발휘해볼까.

이제 막 강의가 끝난 세준에게로 학생들이 따라붙었다. 여느 때와 다르지 않은 광경이라 지나가는 학생들도 강의를 끝내고 나오는 학생들도 그들을 크게 신경 쓰지 않았다. 강의 시간 동안 못다 한 질문을 하며 그를 따라오는 학생들에게 일일이 대답해주느라 세준은 공대 건물 앞 잔디밭에 누가 서 있는지 미처 보지 못했다.

"와우. 섹시 베이비시터 전방 100미터."

질문이 끝난 학생 하나가 휘파람을 불었다.

"동양인이야? 이야, 몸매 죽이는데?"

"가서 말 시켜봐."

"오늘 애기 보는 거 끝나면 술 한잔하자고 해봐."

"이런."

세준이 한껏 신이 난 학생들의 시선을 따라 고개를 돌리고는 인상이 일그러졌다.

"말조심해."

떠들어대는 그들에게 일침을 날리고 그가 걸음을 빨리했다.

"어? 교수님이 먼저 채갈 것 같은데?"

"교수님 결혼한 거 아니었어?"

그의 뒤를 따라오며 진드기 같은 녀석들이 키득거렸다. 제길. 그는 한결 초조해졌다.

"세즈!"

그녀는 그가 건물 밖을 나오는 순간부터 그를 주시하고 있었다. 그리고 그가 자신에게로 점점 다가오자 꽃 같은 미소를 지었다. damn it. 그가 또다시 인상을 썼다.

"왜요? 세즈, 얼굴이 안 좋아요. 무슨 일 있었어요?"

"여긴 웬일이야?"

그녀의 말엔 대답도 없이 그가 다짜고짜 물었다.

"쨔잔. 도시락 싸왔죠. 그리고 베이비 세즈랑."

아직 유모차 안에서 단잠에 빠져 있는 아들을 가리키며 그녀가 말했다.

"내가 금방 들어갈 텐데, 힘들게 뭐하러."

그가 툴툴거리자 그녀가 입을 비죽거렸다.

"하나도 안 반가운가 보네. 난 자기 보고 싶어서 도시락까지 싸 들고 왔는데."

"그게 아니라, 성가신 녀석들이."

아까부터 떠나지도 않고 그들을 호기심 어린 눈으로 지켜보던 한 무리의 학생들을 턱으로 가리키며 그가 말했다.

"아, 안녕……."

"인사하지 마."

그가 막아섰다.

"그만들 돌아가지 그래?"

그들에게 고개도 채 돌리지 않은 상태로 그가 말했다.

"누군데 그래요?"

"내 아내야. 다 꺼져."

그를 따라오던 학생들이 히익 소리를 내며 흩어졌다.

"말도 안 돼."

"거짓말."

그래 봤자 몇 걸음 떨어지지 않아서 그들은 세준에게 야유를 보냈다.

"괜히 왔나?"

"아니야."

아내의 얼굴을 쓰다듬으며 그가 말했다. 아이를 낳은 이후 더욱 아름다워지는 그의 아내는 그가 가르치는 학교에서 박사 과정을 이수하고 있었다.

"어제 공부하느라고 자는 것도 못 봤으니까 오늘은 놀아주려고 왔는데."

그가 그만 못 참고 그녀에게 키스하고 말았다.

"으아. 진하다."

"방을 잡아요, 교수님."

"미성년자랑 키스하는 거 범죄 아니에요?"

멀리서 그를 놀리는 학생들의 목소리가 들려왔다. 그가 겨우 그녀의 입술에서 고개를 떼고 그들을 향해 소리쳤다.

"꺼져!"

킬킬거리며 학생들이 달아났다. 세연이 그들의 모습을 웃으며 구경했다. 자유스러운 학교의 분위기에 그녀도 점차 젖어들고 있었다.

"아무래도 캠퍼스 잔디밭에서 내가 일을 벌이기 전에 집으로 돌아가는 게 좋겠어."

그가 작게 헐떡이며 말했다.

"세즈 주니어가 협조를 해줄까요?"

유모차 안에서 잘 자고 있는 아들을 보며 그녀가 말했다.

"지유한테 전화해. 당장."

그가 그녀의 입에 대고 으르렁거렸다.

성혁이 예고했던 대로 지유는 유학을 왔고, 세준의 집 가까운 곳에 월세를 얻었다. 그리고 자연스레 그들의 집으로 놀러 오기 시작했다.

세즈 주니어라 불리는 지훈이는 유독 고모를 따랐다. 베이비시터는 따놓은 당상이었다. 그녀가 원하기도 했고 지훈이 지유가 아니면 동네가 떠나가도록 울음을 터뜨리기 때문이기도 했다.

아울러 성혁과 세준의 메신저 역할도 그녀가 담당했다.

"아빠 휴대폰 배경이 지훈이야. 얼마 전엔 할아버지한테도 자랑한 거 있지? 아빠 대단하지 않아? 할아버지가 저리 치우라고 고함을 질렀는데도 꿈쩍도 안 하더라니까?"

무용담이라도 되는 것처럼 지유가 손까지 휘저어가며 이야기를 전했다.

"그런데 얼마 있다 보니까 할아버지도 지훈이 사진을 보고 있는 거야."

세준의 표정이 대번에 일그러졌다.

"됐어, 오빠. 얼굴 좀 펴지 그래? 할아버지 포기했거든? 안 그랬으면 오빠를 지금 가만 놔뒀겠어? 얼마나 집요한데. 근데 요즘 나한테 관심 많아. 자꾸 경영학 수업 들으라고 하고."

"포기 안 하실 거야. 그럴 양반이 아니거든. 건강하긴 한 것 같아 다행이네."

"당연히 건강하지! 100살까지 거뜬히 사실걸? 아니, 벌써 100살인가?"

지유가 박수를 치며 웃었다.

"아빠가 나 보러 오시겠대. 근데 나 보러 오는 거 아냐. 지훈이 보러 오는 거지."

지유가 세준의 눈치를 보며 말했다.

"응."

별다른 대꾸 없이 세준이 고개를 끄덕이자 지유가 '오, 예'를 외치고는 세연을 끌어안았다. 이제 막 세연과 게임 한 판을 끝낸 지유는 선망의 눈초리로 세연을 바라보았다. 만나자마자 한눈에 반한 새언니는 그녀가 홀딱 빠진 게임에서 거의 신급으로 날아다녔다. 그 이후로 지유는 세연을 거의 숭배했다.

"이거 치울 거야?"

세준이 그들에게 물었다.

비디오 게임을 하고 있던 그들 뒤로 막 뜯어 담아놓은 간식거리가 펼쳐져 있었다. 그의 얼굴은 평온했고 아무렇지도 않게 묻고 있었지만 그의 양손은 바지 주머니에 들어가 있었다.

"양손에 땀나겠네. 날도 더운데."

세연이 빈정거렸다.

"아니야."

그가 대답했다. 세연이 풋 하고 웃자 지유가 묻는 듯한 시선으로 세연을 돌아보았다.

"왜요, 언니?"

"글쎄에? 내가 왜 그럴까?"

세연이 일부러 땅콩이며 아몬드며 자잘한 간식들이 놓인 접시를 흩뜨려가며 말했다. 세준의 동공지진이 세연이 있는 곳까지 보일 지경이었다.

"아이고, 손이 다 미끄러졌네."

세연이 몸을 옆으로 던지며 나란히 꽂혀 있던 게임 CD들을 와르르 무너뜨렸다. 장승처럼 서서 보고 있던 세준의 입에서 끄응 하는 신음 소리가 나는가 싶더니 번개같이 몸을 움직였다.

"뭐야, 이게."

번개같이 그들의 코앞에서 접시를 낚아채 부엌으로 가져가고 쓰려져 있던 게임 CD들을 정리하는 한편, 게임이 끝나고 난 잔재들을 흔적 없이 정리했다.

"방금 뭐 지나갔어요?"

지유가 물었다.

"몰라. 너무 순식간이라."

지유와 세연이 배를 잡고 웃었다.

"아빠랑 똑같네, 오빠."

지유가 별일도 아니라는 듯 손을 휘저었다.

"정말?"

"네. 아빠가 집에서 딱 저렇거든요."

"오오, 신기하다."

세연이 웃으면서 감탄했다.

"역시. 어휴, 언니 왜 오빠 같은 사람이랑 결혼했어요? 얼굴 잘생긴 거 빼고는 뭐 볼 게 하나도 없네. 고집 센 거는 할아버지랑 똑같고 정리벽은 아빠랑 똑같고. 오빠는 벤츠 만난 줄이나 알아."

"벤츠?"

"그런 거 있어. 결혼 잘한 사람한테 벤츠 만났다고 하는 거거든."

"세연이 정도면 음, 테슬라 정도는 되지 않을까?"

미국의 유명한 전기차를 들먹이며 세준이 아내바보의 위용을 뽐냈다. 지유가 몸서리를 쳤다.

"어으, 닭살. 올 때마다 오빠 때문에 손발이 남아나질 않겠어. 난 진짜 언니 보러 오는 거야. 우리 지훈이랑. 나 이제 갈래."

"왜 벌써 가요? 밥 먹고 가."

세연이 지유를 붙잡으며 말했다.

"나 데이트 있어요. 제이슨이 저녁 먹재."

지유가 신이 나서 떠들어댔다.

"안 돼. 내가 아무나 만나고 다니지 말랬지?"

"아, 오빠는 다 만나지 말래잖아. 누굴 만난다고 해도 왜 다 아무나야? 저 심술쟁이 오빠는 언니한테 맡기고 난 갑니다."

지유가 세준을 향해 혀를 쏙 내밀고는 냉큼 달아나버렸다. 세준이 미처 잡을 틈도 없었다.

"과보호예요."

세연이 열어젖힌 문을 보고 서 있는 세준에게 말했다.

"아니야."

문을 닫기 전 지유에게 일찍 들어오라고 소리를 지르고 세준이 세연에게 고개를 가로저었다.

"풋."

세연이 웃음을 터뜨렸다. 맑고 행복한 웃음소리에 세준이 그녀에게 다가왔다.

"왜?"

"딸 생기면 엄청난 아빠가 될 것 같네."

"내가?"

그가 그녀를 당겨 안고 그녀의 머리 위에 턱을 올렸다. 그가 가장 좋아하는 자세였다.

"응."

그녀가 다시 웃음을 터뜨렸다.

그의 한때 고자설을 비웃기라도 하듯 그들에겐 연이어 아이가 생겼다. 세준이 바라던 대로 둘째는 딸이었다. 그런데 딸을 낳는 순간 그는 바보가 되었다. 할리우드 배우가 바게트처럼 아기를 안고 다닌다더니 그는 거의 옷 속에 넣고 다녔다. 무슨 캥거루도 아니고, 그의 품에서 꺼내놓지를 않았다. 세연에게 두들겨 맞아야 겨우 품 안에서 내놓았다.

"애한테 논문 읽어주지 말아요!"

그뿐만이 아니었다. 옹알이나 겨우 하는 아이를 재워준다고 하기에 책을 읽어주랬더니 논문을 읽어주고 있는 것이었다.

"리듬이 중요한 거야. 내용이 중요한 게 아니라고."

그가 입을 잔뜩 내밀고 말했다.

"다 알아들어요. 애기는 귀가 없는 줄 알아?"

그녀의 말에 그가 침대로 가져갔던 동화책을 들어 보였다.

"동화를 읽으면 슬퍼져."

세연이 읽어주라고 그의 손에 들려 보냈던 『인어공주』였다.

"그럼 행복한 걸로 읽어주면 되잖아요."

세연이 말했다.

"행복하니까 슬픈 거야."

그가 어느새 일어나 그녀에게 다가왔다. 아가는 콜콜 잠이 들어 있었다. 논문이 효과가 있었나 보다.

"우리가 행복해서 슬퍼요?"

"가끔."

그가 말했다.

"너무 행복해서 가끔씩 슬퍼. 행복한 하루가 지나가는 게 슬플 때가 있어."

그가 그녀를 꼭 끌어안으며 말했다. 행복감이 왈칵 밀려왔다.

"즐겁게 하루가 지나가게 해줄게요. 그래서 더 행복하게."

그의 벤츠, 세연이 말했다.

-마침-

작가 후기

안녕하세요? 신은진입니다.

두 번째 책으로 인사드리게 될 줄은 몰랐어요. 오랜만입니다. 3년 만이네요.

첫 작으로 과분한 사랑을 받았습니다. 제 기준으로는 그랬어요. 부족한 제게 넘치는 걸 주셨어요. 그래서 책임감도 생기고 부담감도 커지고 그러다 보니 생각도 많아지고 고민도 깊어졌습니다.

쓰고 고치고 들어엎었다가 새로 썼다가 그만뒀다가…… 러시아도 갔었고요. 하하.

그렇게 『벤츠가 되는 법』이 이렇게 나왔습니다.

고민은 많이 했는데요, 결과물은 결국 이렇습니다. 뭐 어디 가나요. 세연이가 아무리 심각한 상황에서도 병맛 개그를 하는 것처럼요.

그래도 처음에 비해 조금은 나아졌다고 스스로 위안해봅니다. 노력했어요. ㅠㅠ 노력했는데도 이게 한계인가 봐요. 죄송합니다.

타고나길 이런 모양새라 유려한 문장이나 섬세한 감정 표현은 아무리 해도 안 되더라고요.

그러니 앞으로도 잘 부탁드립니다! (뻔뻔의 극치)

유치찬란 병맛 개드립 로맨틱 코미디는 계속됩니다, 쭈우욱!!

3년 동안 정말 많은 일들이 있었습니다.

가슴 아픈 일들도 많았고, 살면서 이런 일들을 내가 겪을 수 있을까 하는 일들도 겪어 봤습니다. 그러면서 소중한 사람들도 만났어요.

이 자리를 빌려 우리 커들리 회원 여러분께 감사 인사 드립니다. 그리고 지금은 사라진 아모르 카페 회원 여러분들도요. 고맙고 감사합니다.

서정윤 작가님, 소하 작가님, 김애정 작가님, 가규K 작가님.

사랑합니다. 고마워요.

내가 무슨 복이 있어서 이렇게 좋은 사람들을 만났는지 모르겠어요. 어렵고 힘들 때 내 옆을 지켜주는 사람들이 진정한 친구라고 하는데, 묵묵히 그 자리에 있어주고 힘이 되어주고 정말 고마워요.

김은지 팀장님, 팀장님 없었으면 이 책 못 나왔어요. 아시죠? 내 일처럼 애써주고 처음부터 끝까지 하나하나 꼼꼼하게 챙겨주셔서 늘 고맙습니다.

박지은 주임님, 지금 이 시간에도 저 때문에 뛰어다니고 계시죠? 감사해요. 마감 시간 엄수! ^^

은주 언니, 진이 언니, 정연아, 내가 사랑하는 거 알지? 고마워. 내가 잘할게.

유신방, 한반단 언니, 동생들 고마워요. 우리 오래 함께해요.

마지막으로, 글을 쓰는 마누라 덕에 노후 생활이 편안할 것이라는 망상에 젖어 있는 남편에게 한마디 하겠습니다.

꿈 깨!

-신은진 올림